EL TERCER HOMBRE

EL TERCER HOMBRE

**TRADUCCIÓN DE
DAVID LEÓN**

ROBERT DUGONI

AMAZON **CROSSING**

Título original: *The Silent Sisters*
Publicado originalmente por Thomas & Mercer, USA, 2022

Edición en español publicada por:
Amazon Crossing, Amazon Media EU Sàrl
38, avenue John F. Kennedy, L-1855 Luxembourg
Diciembre, 2022

Adaptación de cubierta por PEPE *nymi*, Milano
Imagen de cubierta © Vsevolod Chuvanov / Alamy Stock Photo;
© Victor Korchenko © Elisabeth Ansley / ArcAngel

Impreso por: Ver última página

Primera edición digital 2022

ISBN Edición tapa blanda: 9782496712261

www.apub.com

SOBRE EL AUTOR

Robert Dugoni ha recibido la ovación de la crítica y ha encabezado las listas de éxitos editoriales de *The New York Times*, *The Wall Street Journal* y Amazon con la serie de Tracy Crosswhite, que incluye *La tumba de Sarah*, *Su último suspiro*, *El claro más oscuro*, *La chica que atraparon*, *Uno de los nuestros*, *Todo tiene su precio*, *Pista helada* y *Sendas truncadas*, de la que se han vendido millones de ejemplares en todo el mundo. Dugoni es autor también de la célebre serie de David Sloane que incluye *The Jury Master*, *Wrongful Death*, *Bodily Harm*, *Murder One* y *The Conviction*; de las novelas *La extraordinaria vida de Sam*, *The Seventh Canon* y *Damage Control*; del ensayo de investigación periodística *The Cyanide Canary*, elegido por *The Washington Post* entre los mejores libros del año, y de varios cuentos. Ha recibido el Premio Nancy Pearl de novela y el Friends of Mystery Spotted Owl por la mejor novela del Pacífico noroeste. También ha sido dos veces finalista del International Thriller Award y el Harper Lee de narrativa procesal, así como candidato al Edgar de la Asociación de Escritores de Misterio de Estados Unidos. Sus libros se venden en más de veinticinco países y se han traducido a más de una docena de idiomas, entre los que se incluyen el francés, el alemán, el italiano y el español.

Tras *La octava hermana* y *Espías en fuga*, *El tercer hombre* es su tercera novela publicada en español protagonizada por Charles Jenkins. Para más información sobre Robert Dugoni y sus novelas, véase www.robertdugoni.com.

Al verdadero Charles Jenkins, mi amigo del alma. Dios rompió el molde después de hacerte. En la Facultad de Derecho te dije que algún día haría de ti un tío muy grande cuando tú ya eras el más grande.

PRÓLOGO

Elaboraciones Cárnicas de Irkutsk (Rusia)

Charles Jenkins se afanaba en levantar la barbilla del pecho. La cabeza le cayó hacia la izquierda y luego giró hacia la derecha. Los músculos del cuello ya no podían sostener aquel peso. Aunque con dificultad, todavía alcanzaba a ver algo con el ojo izquierdo, porque el derecho hacía mucho que se le había hinchado tanto que le resultaba imposible abrirlo. Sentía en la boca el sabor metálico de la sangre y no era capaz de respirar por la nariz, rota por numerosos golpes. Rozó con la lengua el borde irregular y afilado de lo que quedaba de varios de sus dientes. Al cuerno con todas las intervenciones del dentista y el aparato que había tenido que llevar de niño.

La mujer dio un paso al frente y pisó con la suela de sus botas de cuero marrón el charco que habían formado el sudor y la sangre de él en el suelo de cemento pulido sobre el que colgaba Jenkins, con las muñecas atadas y suspendido de un gancho de carnicero. A su lado, pendían grandes reses muertas que todavía no estaban siquiera abiertas en canal. Aún recordaba que antes de que empezaran a caerle golpes había pensado que aquellos animales eran demasiado grandes para ser vacas y que debían de ser bisontes. Ya ni siquiera sentía la cuerda que se le clavaba en las muñecas ni la tensión que ejercía su propio peso sobre la articulación de sus hombros. También se había vuelto insensible al frío intenso, exacerbado al principio por el dolor de la paliza que le infligían sus verdugos.

Ya no sentía gran cosa en ningún aspecto.

—¿Sabe dónde estamos? —La mujer formuló la pregunta con un inglés de acento muy marcado y subrayando cada palabra con una nube de vaho.

Podía tratar de adivinar una respuesta más o menos acertada, pero, aun en el caso de que diera con ella, sabía que sería incapaz de articularla. Eso era lo de menos, claro, porque se trataba de una pregunta retórica.

—Como todos los americanos, ha visto a su querido Rocky Balboa usando los costillares de ternera de saco de entrenamiento, ¿no? Yo dejé de ver la serie a partir de la cuarta película, esa en la que el señor Balboa derrota al ruso, a Iván Drago, me pareció ya... demasiado inverosímil. —Sus labios esbozaron un amago de sonrisa.

Los dos hombres que se habían turnado para torturar a Jenkins soltaron una carcajada. El tercero, su interrogador, permanecía sentado con gesto estoico en una silla plegable. La mujer volvió la cabeza y recorrió con la vista aquella amplia nave como si pretendiera inspeccionar las plataformas de carga y el suelo de cemento pulido.

—Estamos en la mayor fábrica de productos cárnicos de todo Irkutsk. Los días entre semana llegan camiones refrigerados todas las mañanas, a primera hora. Se siente el temblor de los motores cuando los conductores echan marcha atrás y se colocan en las plataformas para que los operarios llenen sus contenedores y puedan satisfacer los pedidos de toda Rusia. Hasta entonces... —Volvió a observar la nave vacía y, tras llenarse de aire los pulmones, exhaló una nube de vaho—. Todo esto está muy tranquilo, ¿verdad?

Jenkins intentó escupir sangre, pero no pudo sacar las fuerzas necesarias y la saliva le corrió por la barbilla. «Tranquilo» no era precisamente el adjetivo que le acudía a la mente.

La mujer sacó un cigarrillo y lo sostuvo con una mano enguantada. El chófer salió solícito del todoterreno estacionado junto a ella y con el pulgar arrancó una llama al encendedor. Ella dio una calada y expulsó el humo.

—¿Sabe por qué lo sé?

A Jenkins volvió a caerle la barbilla sobre el pecho. Casi de inmediato, uno de sus verdugos lo agarró por el pelo y le echó hacia atrás la cabeza sin miramientos.

—Preste atención, señor Jenkins —dijo desde su silla el mayor de todos—, que ahora viene la mejor parte.

—El dueño de este negocio era mi abuelo —anunció la mujer—. Su nombre no figuraba en el edificio, pero era el dueño. Todos los meses recibía una saca llena de billetes por protegerlo de la competencia. Mi abuela venía aquí todas las semanas y se llevaba carne suficiente para llenar hasta arriba el frigorífico de casa. Cuando salió de los gulags de Stalin, señor Jenkins, mi abuelo vino a Irkutsk y montó su negocio con hombres que habían estado presos con él, que le eran fieles y que, como él, odiaban el Gobierno comunista. Mi padre me contaba que, siendo niño, venía aquí y veía todas estas canales de carne. «Miles, todas ellas colgando de ganchos», me decía. Le encantaba observar el mecanismo de transporte en movimiento, oírlo ronronear y agitarse mientras llevaba la carne a los camiones que esperaban en las plataformas. Lo que más le gustaba, me contaba, era lo sencillo de aquella operación. Eso fue lo que me enseñó del negocio. Siempre me decía: «*Málenkaia printsessa*, "princesita", la sencillez va de la mano de la eficiencia. Aumenta tu margen de beneficios y te baja la tensión». —Una leve sonrisa teñida de nostalgia—. Yo quería a mi padre tanto o más que cualquier chiquilla y no dudé en transmitirle ese consejo a mi hijo. Quería que lo tuviera en cuenta cuando le llegase el momento de dirigir el negocio familiar. ¿Sabe qué más le enseñé?

Jenkins escupió y giró la cabeza hacia la derecha para verla mejor. Atractiva. Mucho. Bien proporcionada. No tan alta como Alex, su mujer. De hecho, le debían de faltar unos centímetros para el metro setenta. Tenía la complexión de una gimnasta y el pelo, castaño claro, le caía suavemente sobre los hombros. *Elegante*, esa era la palabra que mejor la describía, aunque bien podía ser que le pareciera agraciada por el contraste con la brutalidad que los rodeaba. Hermosos rasgos eslavos: rostro ovalado y ojos almendrados entre azules y verdes. Tenía la piel, o al menos lo que alcanzaba a ver de ella, del color del té aguado y la nariz, tan fina y recta como sus dientes. Estaba podrida de dinero, cosa evidente no solo por su aspecto, sino por el coche en que había llegado, un GAZ Tigr ruso semejante a un HMMVV del Ejército estadounidense, un vehículo que debía de costar su buen cuarto de millón de dólares. Tracción en las cuatro ruedas, lunas antibalas, ruedas a prueba de pinchazos. Muy seguro.

Jenkins volvió a escupir y esta vez logró formular las palabras necesarias para responder a la pregunta.

—¿A tratar a una mujer? —dijo.

La expresión del rostro de ella se agrió al tiempo que hacía una señal con la mirada. El golpe que recibió Jenkins en las costillas fue tan rápido como violento y le produjo un dolor sordo. Sus torturadores sabían muy bien cómo lanzar un puñetazo, cómo girar los hombros y las caderas para descargar toda su fuerza. Posiblemente fueran boxeadores.

La mujer dio un paso más hacia él. Lo miró a los ojos sin pestañear siquiera ante su aspecto maltrecho. Entendía la violencia y se codeaba con ella.

—Le enseñé a ser prudente, a ser cauto, como a mí mi padre. Le enseñé a no dejar nunca pruebas.

—Pues tendrías que haberle enseñado a tratar a una mujer. Si lo hubieras hecho, no estaríamos aquí. —Se preparó para el siguiente golpe, pero ella volvió la vista hacia los torturadores y negó con la cabeza.

—Quizá sí —dijo con un extraño gesto de sinceridad—. Mi hijo se parecía demasiado a su padre. Heredó su mal carácter y su afición a las mujeres que menos le convenían, pero era mi hijo. ¿Tiene hijos varones, señor Jenkins?

Él pensó en Alex; en CJ, su hijo, y en Lizzie, su hija. Aquel final no entraba en sus planes. Había tenido la intención de entrar en Rusia por última vez y de forma anónima y marcharse del mismo modo. Entrar y salir antes de que la FSB, la sucesora rusa del KGB, supiese de su presencia, según le había dicho Matt Lemore, el agente al cargo de su misión; pero Jenkins la había jodido.

Se había preocupado por otros en lugar de salir de allí sin más.

—No estoy casado.

Otra sonrisa.

—Miente usted muy bien, pero su expediente de la FSB dice lo contrario. Nacido en Nueva Jersey, veterano de Vietnam… El Afganistán americano, ¿verdad? Agente de la Agencia Central de Información destinado en Ciudad de México, aunque durante un breve período. Luego, desapareció. No volvió a dar señales de vida hasta décadas más tarde, en Moscú, pidiendo ejercer de agente doble. De un modo u otro, consiguió salir con vida de aquella treta. Un tiempo después, volvió a Moscú para sacar a una mujer de la cárcel de Lefórtovo, algo que tengo que reconocer que resulta impresionante. Nadie ha entrado en Lefórtovo y ha salido para contarlo. Así que es usted un hombre de valor, principios, moral y ética.

Jenkins dejó escapar un gruñido.

—Para lo que me ha servido…

—Casado con Alex Hart, antigua analista de la CIA también —prosiguió ella—. Juntos tienen dos hijos: un varón, CJ, y una niña, Elizabeth, que todavía no ha cumplido los dos años.

Él sintió una descarga de adrenalina al oír nombrar a su mujer y los pequeños. Ella tiró el cigarrillo y lo aplastó con el zapato.

—Entonces, puede entender mi dolor.

Él meneó la cabeza.

—No.

Ella alzó la mirada, medio oculta por el flequillo, para clavarla en el único ojo que él tenía abierto.

—¿No?

—Tu dolor es el dolor de una madre, la pérdida de una madre. Un padre no conoce esa clase de dolor.

Su respuesta la hizo enmudecer un instante. Cuando habló al fin, su voz estaba impregnada de emoción. Cada palabra se vio precedida por una diminuta bocanada de vaho.

—Entonces, no hace falta que le diga nada.

—Yo no maté a tu hijo. —Jenkins había perdido ya la cuenta de las veces que había repetido aquella misma frase.

—Pero provocó su muerte.

Eso era indiscutible, aunque dudaba mucho que aquel fuese el momento más oportuno para discutir matices semánticos.

—¿Y qué? ¿Vas a hacer por eso que me maten Iván Drago y su amigo?

—No me ha dejado usted otra opción.

—Seguro que alguna se nos ocurre.

—Otra cosa que me enseñó mi padre y que me ha sido de gran ayuda: «Que nunca te vean débil si no quieres que se aprovechen de ti».

—No se lo diré a nadie.

Ella soltó una risita.

—No, señor Jenkins. Puede estar seguro. —Dio un paso atrás y miró el reloj con incrustaciones de diamantes que llevaba en la muñeca—. ¿Sabe qué hacen con la carne de los ijares del animal que no se vende, señor Jenkins?

—Me lo puedo imaginar.

—No lo dudo, pero aun así yo se lo voy a contar. Pican todo para hacer hamburguesas y salchichas. ¿Ha visto alguna vez un trozo de carne pasar por la picadora, señor Jenkins? ¿No? La máquina tritura todo: huesos, cartílagos, tendones, músculos, grasa… Eso sí, la vaca ya está muerta. No siente dolor. —Lo estudió con gesto frío y ojos de un azul gélido—. Usted no tendrá tanta suerte.

Jenkins le dedicó una sonrisa cansada antes de sentenciar:

—Ni el que tenga que comerse una salchicha hecha conmigo.

CAPÍTULO 1

María Kulikova sacó una servilleta de papel marrón del dispensador que descansaba sobre la barra de la cafetería para enjugar el sudor que le perlaba las sienes. La clase a la que había asistido a primera hora de la mañana en el estudio Ai-Pilates había sido muy exigente. Los ejercicios le activaban la musculatura profunda del abdomen, los glúteos y los oblicuos. Normalmente aprovechaba para enfriarse caminando del estudio a la Lubianka, donde trabajaba como directora de la oficina de administración de la FSB, pero esa semana era distinta. Moscú estaba soportando una ola de calor en pleno mes de septiembre y el hombre del tiempo había vuelto a anunciar esa mañana temperaturas de hasta treinta y cuatro grados.

El amargo aroma del café resultaba tan seductor como el olor a huevos revueltos, jamón y salchichas; pero aquellos lujos no figuraban en su menú. El café la dejaba hecha un flan y, además, estaba siguiendo una dieta estricta para mantener su figura. A las tres sesiones de pilates a las que acudía a la semana sumaba otras de yoga para no perder flexibilidad. A sus sesenta y tres años, ya no podía permitirse correr. En su juventud había sido corredora de fondo de talla olímpica y, de hecho, había llegado a hacerse con el récord soviético en tres mil metros, pero tantos años de entrenamiento le habían desgastado las rodillas.

Podía haber sido peor. Por lo menos, logró evitar los «suplementos» que obligaban a tomar sus entrenadores a otros atletas, quienes a esas alturas habían acabado con dolencias cardíacas y pulmonares y varias formas de cáncer.

A María le encantaba competir, pero aquello no era lo que la había llevado a la práctica deportiva. La condición de atleta soviético la había encumbrado y, por tanto, le había dado acceso a personas a las que no habría conocido en otras circunstancias. Si seguía haciendo ejercicio era por un motivo análogo. Por su apariencia, ya que su figura le abría no pocas puertas y le otorgaba numerosas oportunidades. Su jefe, Dmitri Sokolov, subdirector de contraespionaje de la FSB, sentía debilidad por las mujeres con buen cuerpo y pechos grandes. En la oficina de administración, que se había convertido en una fábrica de rumores despiadada en el seno de la Lubianka, se contaba el chiste de que a Sokolov le gustaba el contraste con su propio aspecto desaliñado. Él también tenía los pechos enormes, a juego con una tripa más grande aún.

El aspecto de Kulikova, unido a la posición que, desde hacía décadas, le otorgaba el hecho de ser la amante de Sokolov, le brindaba acceso a información clasificada… y la sometía a una degradación que la mayoría no podría imaginar ni soportar.

—María.

Se dio la vuelta al oír la voz de su ayudante, Anna. La pobre, con el rostro encendido, cruzó sin aliento el suelo de mármol hasta llegar al punto en que Kulikova hacía cola en la cafetería. A aquel comedor, uno de los que tenía la Lubianka para uso del personal, le habían puesto el nombre de La Prisión por encontrarse en el sótano del edificio, donde habían estado antaño los calabozos de infausta memoria del KGB.

—Gracias a Dios. —Anna lanzó un suspiro—. Te está buscando... otra vez. Ahora es por no sé qué expediente que no encuentra. No sé a quién ni a cuántos ha despedido esta vez.

Si adelgazase veinticinco o treinta kilos, quizá Sokolov podría encontrar las cosas sin ayuda. La hebilla de su cinturón, sin ir más lejos. De no ser por Kulikova, haría años que lo habrían puesto de patitas en la calle, por muy amigo de infancia del presidente que fuera. Bebía demasiado, comía más de la cuenta y era un desastre en lo que a organización se refería. Si seguía en el poder, era por su natural despiadado.

Miró el reloj. Todavía le quedaban quince minutos para fichar y empezar oficialmente su jornada. Ni soñarlo. No podía alejarse ni diez minutos sin que alguien, normalmente Sokolov, se pusiera a buscarla. Eso incluía noches, fines de semana, vacaciones... Como directora de la oficina de administración, María estaba siempre de servicio. El Gobierno le pagaba para ello generosamente y le proporcionaba un apartamento de lujo en las inmediaciones de la Lubianka que difícilmente habrían podido permitirse de otro modo su marido, Helge, y ella. Su posición la convertía en guardiana de todos los archivos de la Lubianka y nadie, absolutamente nadie, de la FSB podía pasar sin ella o sin la gente que trabajaba a sus órdenes. La ejecución y la culminación de la labor de cada uno de los agentes de la FSB dependía de las mujeres de la oficina de administración. Ellas eran quienes mecanografiaban y registraban cada documento y quienes lo ponían en circulación. Ellas enviaban y recibían todo el correo, reservaban las vacaciones, etcétera. Si se desmoronaba su oficina, se detendría sin remedio toda la pesada maquinaria de la Subdirección de Contraespionaje.

Su posición le otorgaba no ya la llave de cada uno de los expedientes de la dirección, sino datos que eran demasiado delicados para figurar en ellos. Sokolov no dudaba en revelarle semejantes secretos durante los juegos eróticos en que participaba con ella, durante los cuales fingía ser un agente de la FSB con información reservada y animaba a Kulikova a atarlo, flagelarlo, abofetearlo, perforarlo y derramar cera derretida sobre su grasienta humanidad para hacer que confesase, casi siempre tan borracho que le resultaba imposible recordar detalle alguno de la velada, por no hablar de lo que había podido dejar escapar.

Si la información era poder y Sokolov se embriagaba de él, Kulikova era su licor.

Dejó escapar un suspiro.

—¿Y te ha dicho el subdirector qué necesitaba?

—¡A ti! —respondió Anna—. Me ha dicho que ni se me ocurra volver si no te encuentro en el edificio. Gracias a Dios, conozco tus costumbres. Siento interrumpir tu desayuno.

Además de ser un cerdo repugnante, Sokolov disfrutaba intimidando a todos aquellos sobre los que tenía algún poder, incluidas las subordinadas de Kulikova.

—No te preocupes, Anna, pero hazme un favor —dijo con estudiada actitud reservada—: pídeme una taza de té sin leche ni azúcar, dos huevos duros y *tvorog*. Déjalo todo en mi mesa.

Le dio unos rublos y se dirigió al Dom 1, el primero de los dos edificios en forma de L unidos por una torre de nueve plantas situada en un gran patio interior que conferían al conjunto la falsa apariencia de una sola estructura cuadrada. Al llegar a los ascensores, usó su tarjeta de seguridad para llamarlos. Para entrar al edificio, había pasado por varios detectores de metales y le habían registrado a fondo el maletín conforme al protocolo impuesto por el Kremlin. El presidente, antiguo agente del KGB que se había arrogado la condición de zar, estaba obsesionado con la seguridad y con castigar a quienes lo traicionaban o traicionaban a Rusia.

Una vez en la planta séptima, María recorrió con paso rápido los pasillos sin ventanas y escasamente iluminados. Los blandos recuadros del parqué cedían bajo sus pies. La mala calidad de aquella madera de pino hacía que se desgastara de forma constante, por lo que siempre había operarios recorriendo el edificio para añadir más capas. El personal de la Lubianka aseguraba en tono de sorna que, al final, se quedarían sin espacio entre el suelo y el techo.

Para entrar en la oficina de administración, María tuvo que colocar los ojos ante un escáner. Una luz verde le recorrió el iris antes de darle paso. La directora abrió la pesada puerta y cruzó el umbral. Las mujeres que estaban trabajando en sus respectivos escritorios exhalaron un suspiro de alivio colectivo. Las más veteranas parecían cansadas, pero no demasiado asustadas, pues habían vivido ya muchas de las pataletas de Sokolov. Las menos avezadas, en cambio, se mostraban aterradas, lo que no hacía sino alimentar el ego de su superior, tan colosal como sus ansias de comida y de sexo. Kulikova apenas necesitó unos segundos para saber quién había tenido que soportar el grueso de la última rabieta de Sokolov. Tiana, una empleada relativamente nueva, lloraba de pie ante su mesa mientras guardaba fotografías de sus hijos.

—Vuelve a poner las fotos en su sitio, Tiana —dijo Kulikova al pasar por su escritorio.

—Pero el subdirector...

—... está teniendo un mal día. Sigue con lo que estuvieses haciendo.

Kariné, la subordinada inmediata de Kulikova, la abordó enseguida y, tomándola del brazo, mientras caminaba con ella hacia el despacho de la segunda, le anunció a media voz:

—Su majestad vuelve a estar en pie de guerra.

—Eso me han dicho. ¿Qué le pasa ahora?

—Algo de una reunión que tiene y un expediente que necesita.

Kulikova se detuvo al llegar a la puerta de su despacho.

—Ya me ocupo yo del subdirector. Tú encárgate de tranquilizar a todo el mundo. Diles que yo he dicho que no hay de qué preocuparse.

Entró en su despacho y cerró la puerta. Puso el maletín junto al escritorio, se dirigió a su armario y se cambió las zapatillas de deporte por un par de zapatos de tacón de Christian Louboutin negros de los siete que guardaba allí. Sacó un frasco de Roja Parfums que le había regalado Sokolov en su sexagésimo cumpleaños y, tras echarse una gota en cada muñeca, se las frotó contra el cuello. Luego, dejando caer una tercera en su dedo índice, se lo pasó por el escote antes de desabrocharse un botón de la blusa. Despegó la cinta magnética amarilla con que sellaba todas las noches su caja fuerte, introdujo la contraseña que cambiaba cada semana y, tras sustituir el reloj de diario por el Rolex, se colocó la pulsera de diamantes y rubíes, más obsequios de Sokolov con los que nunca se presentaba en casa.

El expediente que necesitaba el subdirector estaba también dentro de la caja fuerte, ni más ni menos que donde le había dicho él que lo pusiera. Fue a la puerta interior que daba acceso al sancta-sanctórum de Sokolov, un despacho que brindaba testimonio de sus excesos. El mobiliario y los accesorios valían más que el producto interior bruto de algunos países pequeños y el mueble bar estaba tan bien abastecido que no tenía gran cosa que envidiar a los establecimientos más populares de Moscú. Abrió sin llamar y pasó al interior.

Sokolov recorría de un lado a otro el suelo de madera dura frente a las ventanas encortinadas con vistas al centro de Moscú mientras hablaba por su móvil privado. Los agentes de la FSB llevaban encima dos teléfonos, uno para llamadas personales y otro encriptado que usaban solo para los asuntos propios de la agencia. Kulikova aguardó al lado del escritorio de estilo Luis XV mientras Olga, la esposa de Sokolov, lo mangoneaba desde el otro lado de la línea.

Olga Sokolova tenía algo de lo que carecían otras: un padre que adoraba a su niñita y a sus nietos, y a quien Sokolov temía como a una vara verde.

El subdirector la saludó con una inclinación de cabeza antes de poner en blanco sus ojos inyectados en sangre. Llevaba puesta la chaqueta para la reunión que le esperaba. El extremo de la corbata le descansaba sobre su voluminoso vientre, que ponía a prueba la resistencia del hilo con que estaban cosidos los botones a la camisa. La estancia estaba dominada por el fuerte olor a producto químico del ungüento capilar que usaba en su inútil empeño en proteger lo que le quedaba de un pelo cada vez más escaso.

—Sí, ya te he dicho que estaré allí. Claro que estaré allí. No, no me surgirá nada. Sí, entiendo que no quieras defraudar a tu padre en su cumpleaños. Sí, sí, por supuesto. —Su suegro era el general Román Portnov, antiguo director de la SVR, el Servicio de Información Exterior de la Federación Rusa—. Te tengo que dejar, Olga —suplicó—. Tengo una reunión dentro de pocos minutos y todavía me quedan cosas por rematar. No, no es más importante que el septuagésimo sexto cumpleaños de tu padre. Por supuesto que estoy deseando conocer todos los detalles de los preparativos, pero mejor en otro momento. Sí, perfecto: esta tarde. —Se apartó el teléfono de la oreja mientras seguía diciendo—: Sí, sí. Ya, ya. Adiós, ad…

Bajó el aparato y dedicó un suspiro extenuado a Kulikova antes de caminar pesadamente hacia su mesa. La estrechez de sus hombros, la delgadez de sus piernas y aquel trasero casi inexistente le conferían el aspecto de un palo de polo embarazado de ocho meses.

—¿Qué puede ser más importante que el septuagésimo tercer, el septuagésimo cuarto y el septuagésimo quinto cumpleaños de un hombre? ¡Pues su septuagésimo sexto cumpleaños, por supuesto! —Volvió a suspirar—. Es agotadora. Tengo…

—… una reunión dentro de diez minutos con el director Petrov, el subdirector Lébedev y el general Pasternak. —Kulikova le tendió la carpeta del expediente que le había dado Sokolov para que la guardase la noche previa, antes de que el alcohol borrase aquel detalle de su cabeza. Ella sí había leído y memorizado de cabo a rabo el documento, aunque daba la impresión de estar incompleto—. Lo tenía guardado en la caja fuerte de mi despacho, como me pediste.

Sokolov alargó la mano como el sediento al que le ofrecen un vaso de agua fría. Sacó un pañuelo para secarse el sudor que le empapaba la frente pese al aire acondicionado de la sala.

—¿Qué haría yo sin ti, María?

—Maltratar a mi personal, sin duda.

—Esta reunión me tiene muy nervioso. El director Petrov ha mantenido más en secreto aún que de costumbre el motivo por el que la ha convocado. ¿Están incluidos en el expediente todas nuestras operaciones recientes y nuestros agentes?

—Tal como me pediste. ¿A qué viene tanta preocupación, Dmitri? Si de aquí a poco vas a estar ocupando el asiento del director Petrov... —Petrov había anunciado su intención de jubilarse antes de que acabara el año.

—Lébedev está apretando para hacerse con el puesto.

—Lébedev no es más que una losa que tendrás que pisar para llegar al Kremlin.

Sokolov sonrió ante el cumplido. Él ansiaba verse fuera de la Lubianka y sentado en un despacho del Kremlin y María tenía muchísimo interés personal en que alcanzara aquella cima. Él insistiría en que lo acompañara, lo que le ofrecería un acceso sin precedentes al presidente, su círculo interno y sus secretos más reservados.

Siempre que la operación Herodes no destapase primero las verdaderas intenciones de ella.

—Con tu ayuda, desde luego. —Sokolov irrumpió en su espacio personal para poder echar una ojeada bajo su blusa e inhalar su aroma—. ¡Ay, si pudiera meter en frascos tu fragancia y venderla...! No tendría que volver a trabajar en la vida.

—Sí, sí. Como fantasía es preciosa, pero tienes que prepararte para la reunión.

—Estaba pensando que podíamos vernos después del trabajo.

El subdirector tenía un piso en Varsonófevski Pereúlok, a pocas manzanas de la Lubianka, para poder reunirse con Kulikova cada vez que encontraba una excusa razonable para no volver a casa directamente desde su despacho. Su contenido, testimonio de las perversiones y el fetichismo de Sokolov, habría hecho enfermar a la mayoría.

Ella sonrió levemente y se mojó los labios con aire discreto.

—¿No tenías esta noche el cumpleaños de tu suegro?

—¡Bah! —Le quitó el expediente de las manos y se situó detrás de su opulento escritorio soltando un bufido al sentarse. El sillón de piel gimió ante semejante tormento—. El hombre cumple años y para Olga se acaba el mundo. Es peor que hacer otro hijo.

—Sí, pero no querrás enfadar al general contrariando a su *Tsvetóchek* —«su florecilla».

—Quiero que estés presente en la reunión. Les diré que vas a tomar notas taquigráficas, porque no se va a grabar.

Sin grabación. Interesante.

—Por supuesto, señor subdirector. Lo que usted desee —dijo ella sin aliento.

Sokolov dejó escapar un gruñido.

CAPÍTULO 2

Jenkins entró al Island Café de Stanwood resuelto a convencer a Matt Lemore de que el reloj solo marcaba las seis una vez al día y no era precisamente por la mañana. Buscó entre las mesas de bancos corridos y se sorprendió al ver que casi todas estaban ya ocupadas y el local se encontraba en plena actividad: las dos camareras servían comida y limpiaban mesas a toda prisa y los cocineros anunciaban los platos por encima del jaleo de las voces de los clientes, el tañido metálico de las cajas registradoras y el ruido de los cuchillos y los tenedores al dar en los platos de porcelana.

¿No había nadie en toda la ciudad que se levantara tarde?

—¡Paso! —gritó Maureen. La eterna empleada de la cafetería esquivó a Jenkins con un buen número de platos humeantes cuyo contenido hacía casi que valiese la pena dejar la cama tan temprano.

Al recién llegado le rugió el estómago ante el olor a beicon, a salchichas y a las tortillas del Island Café.

—¿Estás esperando una señal, larguirucho? Si no corres a sentarte, te va a tocar comer de pie.

Tan encantadora como siempre. Y eso que Jenkins llevaba casi cuarenta años acudiendo a aquel local. Tal vez Maureen tampoco fuese muy amiga de madrugar. De camino a su mesa, Jenkins saludó a Jalen Davis con una leve inclinación de cabeza a modo de señal de reconocimiento. No tenía una gran relación con él, pero en la isla podían contarse con los dedos de la mano los habitantes afroamericanos.

Jenkins accedió al asiento corrido de vinilo verde cuarteado de una mesa vacía y miró por entre las cortinas de las ventanas al cielo, que amanecía naranja y rojo envuelto en nubes grises de tormenta. Aquella noche había caído una fuerte tormenta de verano que, sin duda, habría convertido en un lodazal los pastos de sus caballos. A lo lejos, asomaban los restos astillados de un embarcadero de madera por encima de las aguas barrosas del río Stillaguamish, que separaba Stanwood de la isla de Caamaño. Aquel entorno pintoresco y pacífico contrastaba con el ajetreo del interior de la cafetería.

Maureen estampó una carta plastificada sobre la mesa para llamar su atención mientras preguntaba:

—¿Quieres el café en la taza o prefieres que te lo eche sin más en el regazo?

—En la taza dolerá menos... o eso espero.

Jenkins levantó sonriente la mirada y, volviendo la taza, la apoyó sobre el mantel individual de papel.

—Yo no estaría tan segura. Todavía no lo has probado.

Le sirvió el café, que parecía más oscuro que de costumbre, y alzó la voz para hacerse oír por encima del gentío y de la campanilla que sonaba en la barra en que dejaban los pedidos.

—Bruno cree saber mejor que yo lo que quieren los clientes. —Bruno, el novio de Maureen de toda la vida, trabajaba en la cocina de la cafetería. Muchos lo consideraban su marido, pero ella no—. Yo le he dicho que me lo demuestre... y él ha hecho ese fango que tienes en la taza.

Dejó en la mesa la jarra de cristal y miró de hito en hito a Jenkins por encima de sus gafas de cerca, estrechas y de un color rojo chillón que casi hacía juego con el de su pelo.

Que Maureen se detuviera, aunque fuese por un instante, era cosa grave. Jenkins dio un sorbo. El café estaba más fuerte de lo habitual y detectó en él el sabor y el sutil olor de la vainilla.

—¿Y bien? —quiso saber ella apoyando una mano en la cadera.

El cliente puso una expresión avinagrada para responder:

—¿Y a esto lo llama café Bruno? ¿Qué ha hecho, escurrir la fregona en la jarra?

Ella hizo un gesto de aprobación al ver que le daba la razón y se alejó. Jenkins tenía por norma no llevar nunca la contraria, jamás, a la mujer que le daba de comer.

La campanilla que colgaba encima de la puerta tintineó en ese instante y Matt Lemore, su contacto en la CIA desde su inesperado regreso oficial a la agencia —y a Rusia— el invierno anterior, entró en el establecimiento y se limpió las botas en el felpudo mientras se desabrochaba el chubasquero y recorría las mesas con la mirada. Al ver a Jenkins, sonrió y agitó una mano como un chiquillo que saluda a Papá Noel en un centro comercial. Es que Lemore era un crío. Pese a que había cumplido ya los cuarenta, parecía diez años más joven. El pelo rubio le caía sobre las orejas y no hacía más que apartarse el flequillo de la frente. Se quitó el chaquetón al acercarse a la mesa y se quedó con un jersey de rombos por el que asomaba el cuello de la camisa. Lanzó el primero al banco antes de dar la mano a Jenkins y luego se sentó frente a él.

Lemore miró a su alrededor antes de decir:

—Llevo toda la mañana soñando con el desayuno campero especial.

—Son las seis. ¿A qué hora te levantas tú?

El joven se regía por el huso horario de la Costa Este.

—Ya me he hecho ocho kilómetros corriendo y treinta minutos de gimnasio en el Anytime Fitness de la ciudad. Tienen abierto...

Jenkins levantó una mano.

—Deja que lo adivine. ¿A todas horas?

—Tú has adelgazado unos kilos más, ¿no?

Era cierto. Su hijo estaba a punto de entrar en la adolescencia y la pequeña, que iba para los dos años, era ya un diablillo. Eso, sumado a las cuatro hectáreas de las que tenía que cuidar, le proporcionaban ejercicio más que suficiente sin apenas salir de casa. Pesaba noventa y siete kilos, a lo que también había contribuido la dieta saludable que había puesto en práctica Alex hacía poco y que incluía más fruta y verdura y menos patatas fritas y galletas.

—Yo lo llamo trabajar —repuso—. Cuidar el huerto, darles de comer a los caballos, clavar postes para las vallas, cortar leña... ¿Quieres hacer ejercicio? Pues echa una mañana en la granja, que verás lo que te ahorras en gimnasio.

Jenkins seguía corriendo cuatro días a la semana y hacía levantamiento de pesas en el gimnasio de su casa. A eso había sumado hacía poco dos clases semanales de *krav magá*, el sistema de combate cuerpo a cuerpo de las fuerzas defensivas de Israel en el que se atacaba primero y se preguntaba después.

Lemore miró hacia la ventana.

—¿Y esta lluvia, en septiembre?

—Suponía que un agente del servicio de información habría investigado algo más. En Seattle llueve. El mes es lo de menos.

—Pensaba que habías dicho que los veranos aquí eran muy bonitos.

—Sí. Aquí decimos que Dios viene a veranear a esta zona, pero se va en cuanto llega octubre.

Maureen dejó una carta y, sosteniendo en alto la jarra, miró a Lemore como si pensara echarle el café en el pantalón. Él le dio la vuelta enseguida a su taza sin que tuviera que decirle nada y, sonriendo, señaló:

—Me he acordado justo a tiempo.

—Muy listillo, Daniel el Travieso. Vamos aprendiendo…

Le llenó la taza.

El joven se la llevó a los labios, pero se interrumpió para decir:

—No necesito carta, Maureen. Llevo saboreando este desayuno desde que me he levantado.

—Les pasa a muchos. —Se volvió hacia Jenkins—. Ya entiendo por qué prefiere el descafeinado. Supongo que tú querrás el especial, ¿verdad?

—Con extra de salsa sobre los bizcochos —dijo él.

La camarera miró entonces a Lemore.

—Y Jorgito el Rebonito, ¿qué es lo que ha estado saboreando?

—Un desayuno campero especial con extra de beicon. —Dio un sorbo al café. Jenkins levantó una mano, pero era ya demasiado tarde—. ¡Vaya! —sonrió Lemore—. Esto está de muerte. ¿Habéis cambiado de marca?

Maureen cerró los ojos, meneó la cabeza con gesto de desaliento y se marchó.

—La has liado —dijo Jenkins.

—¿Qué he dicho? —preguntó desconcertado el forastero.

—La próxima vez que vengamos a comer, no digas nada hasta que nos sirvan.

Lemore dejó la taza sobre la mesa.

—Doy por hecho que esto no es una visita de cortesía —dijo Jenkins—. ¿Tiene algo que ver con las hermanas que quedan? ¿Habéis tenido noticias de Rusia?

Los dos habían mantenido una conversación en la granja después de que Jenkins volviera de Rusia tras rescatar a Pavlina Ponomaiova de la cárcel de Lefórtovo y Lemore había hablado de sacar a las cuatro que quedaban con vida de las siete mujeres que llevaban décadas espiando para los Estados Unidos. La operación de la CIA había recibido el nombre de las Siete Hermanas por los siete edificios que había encargado erigir Stalin acabada la Segunda Guerra Mundial para mayor gloria del Estado soviético. Inspirándose en el manual de estrategia del KGB, los servicios estadounidenses habían formado desde la infancia a siete mujeres rusas a fin de que operasen para ellos convertidas en lo que el KGB llamaba «ilegales», es decir, agentes encubiertos hasta el punto de mezclarse sin ser notados con la ciudadanía del país al que espiaban. A tres de ellas las había delatado —y presumiblemente matado— Carl Emerson, antiguo jefe del puesto de operaciones de la CIA en que había estado destinado Jenkins, convertido en traidor. Durante los seis meses anteriores, Lemore había informado a Jenkins de que la agencia había sacado con éxito de Rusia a dos de las cuatro hermanas restantes. No había sido fácil, pues el Kremlin había autorizado la formación de una unidad secreta dentro de la Subdirección de Contraespionaje, un grupo operativo encargado de dar con las demás y acabar con ellas.

La operación Herodes debía su nombre al rey israelita que, según el relato bíblico, temiendo el nacimiento de Jesucristo, mandó a sus soldados a matar a todos los varones recién nacidos en Belén, ya que pretendía emprenderla a cañonazos si era imposible encontrar el objetivo con el fusil de precisión. Así, la unidad había identificado a todas las mujeres de más de sesenta años que trabajasen en el Gobierno ruso para investigarlas a fondo. Semejante misión habría resultado imposible de no haber sido porque los hombres seguían dominando los puestos más elevados del Gobierno ruso y el número de mujeres sexagenarias que los ocupaban era aún menor.

Un grupo operativo similar constituido en 2008 había conseguido identificar y asesinar a varios peces gordos de familias de la mafia rusa, así como a diversos oligarcas famosos que el presidente consideraba una amenaza a su autoridad.

Maureen puso en la mesa dos platos rebosantes de huevos, jamón, salchichas, beicon, patatas fritas, bizcochos, salsa de carne y tostadas.

—¿Algo más?

—Yo diría que estamos servidos —dijo Jenkins.

—¿Más café? —preguntó la camarera al más joven.

Jenkins le hizo un leve movimiento de negación con la cabeza.

—La verdad es que no estaba tan bueno como me ha parecido al principio —respondió Lemore—. Deja un sabor de boca muy raro.

Maureen asintió.

—Creo que la palabra que buscas es *amargo*.

Dejó la cuenta en la mesa y se marchó.

Los dos comensales se lanzaron a dar cuenta de sus platos.

—¿Cómo les va a las dos mujeres que rescatasteis?

—El NROC las está ayudando con sus nuevas identidades y les está buscando un hogar nuevo alejado de la ira de Rusia.

—¿El NROC?

—Perdón, el Centro Nacional de Operaciones de Realojamiento.

—Los tentáculos de Rusia son cada vez más largos desde que persiguieron a Alekséi Navalni.

Jenkins se refería al célebre opositor político de Vladímir Putin al que habían envenenado con un extraño agente químico antes de embarcar en un vuelo de Siberia y, tras su hospitalización en Berlín, se había visto encarcelado al regresar a Rusia.

—Dudo que se arriesguen a envenenarlas en suelo estadounidense —dijo Lemore—. Corren un riesgo demasiado alto.

Jenkins se metió en la boca un trozo de jamón con huevo y patatas.

—Doy por hecho que las dos hermanas restantes son el motivo por el que estoy sentado delante de ti a esta hora intempestiva.

—Últimamente no hemos tenido noticias de ellas.

—¿Y qué quiere decir eso exactamente?

—Que no responden a los mensajes que les dejamos en los buzones ni a las llamadas de teléfono.

—Pero ¿siguen con vida?

—Sí, siguen con vida. Suponemos que el silencio de una de ellas se debe a que está al tanto de la operación Herodes. El de la segunda no sabemos a qué puede deberse. Quizá haya detectado que la vigilaban y haya decidido pasar a la inactividad.

La ausencia de detalles concretos no era ninguna sorpresa para Jenkins. El trato personal entre los espías de Moscú y sus contactos solía ser muy limitado. El KGB, y después la FSB, sometía a un intenso escrutinio a los estadounidenses y más aún a los que trabajaban en la embajada. Un contacto con experiencia podía cruzarse con su agente para hacerle llegar información valiosa mediante un juego de prestidigitación. También podían servirse de buzones, que era como se denominaban los escondites secretos en los que podían dejarse paquetes o mensajes sin llegar a encontrarse cara a cara. Para ello, el contacto llamaba, pedía hablar con la espía y ofrecía un nombre falso que, en realidad, constituía el código de la ubicación. Si ella estaba en condiciones de acudir, respondía: «Lo siento, se ha equivocado de número». De lo contrario, contestaba: «Aquí no hay nadie con ese nombre». El lugar del escondite podía ocultarse también en anuncios clasificados o, suponía Jenkins, aunque no lo sabía con certeza, mediante el uso de ordenadores. La agente podría responder con una señal de verificación en determinada parada de autobús, abriendo una ventana concreta de su piso, cerrando una persiana particular o colocando flores en un balcón.

—¿Cabe la posibilidad de que alguna de ellas haya cambiado de bando? —quiso saber Jenkins.

Lemore se llevó a la boca una porción de patatas con huevo y, después de tragársela, dijo:

—De la segunda no sabría decirlo, pero la primera es la que nos dio la información confidencial sobre la operación Herodes.

Jenkins estaba a punto de dar un sorbo al café cuando dejó la taza en la mesa.

—¿Tan arriba está infiltrada?

—Las dos están muy arriba. Por eso creo que han preferido no dar señales de vida por el momento. La segunda está en posición de saber de la operación Herodes o sospechar que está ocurriendo algo gordo. —Lemore meneó la cabeza—. Si las perdemos, nos quedaremos sin la mayor fuente de información reservada a la que hayamos tenido nunca acceso en Moscú.

—Voy a hacer de abogado del diablo. ¿No podrían estar dándonos solo la información necesaria para que creamos que están bien situadas? ¿No hay nadie en Moscú que pueda averiguar lo que está ocurriendo?

—Es complicado.

Lemore le habló del campo de minas de vigilancia que tenían que esquivar los agentes de la CIA y los diplomáticos destinados en la capital rusa, que no podían dejar la embajada para volver a casa en coche sin que los siguieran vehículos y satélites, por no mencionar las doscientas mil cámaras de reconocimiento facial que había repartidas por Moscú ni la central informática destinada a dar con los rostros de individuos buscados por las autoridades, entre los que se contaba el propio Jenkins. Si usaban a uno de sus agentes rusos, corrían el riesgo de delatarlo... y hasta ponían en peligro su vida.

—¿No podéis usar ningún avance tecnológico para dar con ellas y averiguar qué está pasando?

La última vez que se habían visto, Lemore lo había puesto al corriente de la implosión sufrida por el sistema de comunicaciones encubiertas que usaba la CIA para ponerse en contacto con los espías que tenía repartidos por el mundo. Por lo visto, había sido un caso de manual de exceso de dependencia y de ingenua confianza en la seguridad digital, en particular en países con servicios secretos con gran pericia en el ámbito de la cibernética, como Rusia. En consecuencia, la CIA se había visto obligada a apartarse de adelantos tecnológicos susceptibles de ser pirateados y a volver a los métodos de espionaje de la Guerra Fría, cuya eficacia estaba mucho más que comprobada, y la falta de costumbre de los agentes jóvenes respecto de este enfoque convertía a Jenkins, que en otra época había ejercido de informante en tierra enemiga, en un activo de gran valor.

—Esas mujeres son también de la vieja escuela. Las dos han cumplido ya los sesenta.

—Cuidado... —dijo Jenkins, reacio a admitir que ser sexagenario fuese haber llegado a viejo.

—Dada su posición dentro del Gobierno, sus móviles y sus ordenadores están sometidos a una vigilancia tremenda tanto en el trabajo como en su casa. A las dos las registran de arriba abajo al llegar a trabajar por la mañana y al salir por la tarde.

Hablaron largo y tendido sobre ambas antes de que Jenkins preguntara al fin:

—¿Qué es exactamente lo que necesitáis?

—A alguien que las observe y averigüe si las están vigilando, cuál es el problema, si es que hay alguno, y por qué no sabemos nada de ellas. Si están limpias, tenemos un plan para sacarlas de allí. Lo hemos llamado Puerta Roja.

—¿Y no hay nadie allí que pueda sacarlas?

—Como he dicho, es complicado. Son de la vieja escuela, gente paranoica. Por su posición, conocen el caso de las tres hermanas a las que traicionó Emerson y también están al tanto de que sacaste a Ponomaiova de Lefórtovo. Confiarán en ti.

Jenkins no pasó por alto, no solo por el gesto perturbado de Lemore, sino también porque había soltado el tenedor, que hasta aquel momento había usado sin descanso a modo de pala para llenarse la boca del contenido de su plato, que había otra cosa que lo inquietaba.

—¿Qué más? —preguntó.

Lemore frunció el ceño.

—Según la información que hemos recibido de la hermana que trabaja en la Lubianka, han puesto a las cuatro hermanas que quedan en una lista de objetivos que hay que eliminar firmada por el presidente.

—Eso ya lo sabíamos, ¿no?

—Sí.

—¿Entonces?

—Pues que hemos sabido que tú también estás en esa lista negra. Pero, como te he dicho, tengo un plan.

—¿Un plan? Eso me da muchísima tranquilidad —dijo Jenkins.

CAPÍTULO 3

Lubianka (Moscú)

María Kulikova se mantuvo a un lado mientras Dmitri Sokolov daba la bienvenida a los tres hombres que acababan de llegar a su despacho. Bogdán Petrov, al frente de la Comisión Antiterrorista Nacional, solo respondía ante Vladímir Putin. Gavriil Lébedev, responsable del Departamento S, se hallaba al mando de la tristemente célebre división de información exterior, en tanto que el general Klíment Pasternak dirigía el Zaslón, la unidad selecta ultrasecreta integrada en dicho departamento y cuya existencia negaban de forma rotunda las autoridades rusas. El Zaslón consistía en un grupo de unos trescientos operativos bien adiestrados, capaces de hablar varias lenguas sin el menor acento y con amplia experiencia en operaciones encubiertas en el seno de diversas unidades secretas del Ejército ruso.

Aquella era, desde luego, una ocasión muy interesante.

El Zaslón había llevado a cabo, entre otras operaciones, la muerte por envenenamiento de Aleksandr Litvinenko, antiguo agente de la FSB crítico con el Gobierno ruso, seis años después de su huida al Reino Unido; el envenenamiento de Serguéi Skripal, antiguo oficial del Ejército ruso y doble agente que trabajaba para los servicios secretos británicos, y, más recientemente, el envenenamiento de Alekséi Navalni poco antes de las elecciones parlamentarias.

Sokolov los recibió sobre la alfombra persa extendida bajo la araña de caireles de cristal dispuestos en varias alturas. Las estanterías de caoba que tenían a la espalda exhibían una colección de libros antiguos rarísimos, pero los altos funcionarios allí reunidos no tenían el menor interés en aquella opulencia artificial. Los ojos de Petrov se centraron, como siempre, en María. Parecían los de un gato ante su juguete favorito.

—Señora Kulikova. —Petrov la miró con lascivia mientras daba la vuelta al chéster de color granate a fin de saludarla. Sus ojos descendieron hasta los pechos de ella, quien se inclinó hacia delante para dejarse besar en las mejillas y ofrecerle una vista más amplia de su escote—. Tan radiante como siempre. —Su aliento delataba que había bebido—. ¿A qué debo este enorme placer?

Ella no se atrevió a responder.

—La señora Kulikova tomará nota de lo que digamos aquí y guardará el memorando en su caja fuerte —dijo Sokolov dando un paso al frente con gesto de padre protector.

Petrov, como si quisiera dejar clara su posición de superioridad, no soltó la mano de Kulikova.

—Ni pensarlo. —Lébedev trasladó su monumental contorno hasta un extremo del sofá de tapizado capitoné—. El presidente ha dejado muy claro que no debemos tomar acta de esta reunión ni grabarla.

—Y no vamos a tomar acta ni se va a grabar. —Sokolov se ajustó el nudo de la corbata como hacía de forma involuntaria cuando estaba nervioso—. Pero el presidente querrá que lo ponga al día y, cuando me llame, quiero asegurarme de no olvidar ningún detalle. —Hizo hincapié en la única superioridad de que podía presumir con respecto al resto de los reunidos: la relación que lo había unido desde joven al presidente. Por lo demás, sus interlocutores lo adelantaban en todo y por eso insistía en que Kulikova dejara constancia del contenido de la reunión. Como decía siempre, «la mierda corre hacia abajo» y él se encontraba debajo del todo, con la pala y el cubo preparados.

—A mí no me resulta cómodo —se quejó Lébedev, que movió su orondo perímetro para mirar a Petrov.

Este último no había apartado aún su mirada de Kulikova, quien se preguntaba si el anciano no estaría esperando que se tumbara, sin más, sobre el escritorio de estilo Luis XV para dejarse poseer.

—La señora Kulikova lleva más de treinta años trabajando para mí. Espero que no estés cuestionando su lealtad —dijo Sokolov.

—Soy muy consciente de la relación profesional que mantienes con la señora Kulikova —respondió Lébedev y, tras dejar en el aire unos segundos su comentario, añadió—: Lo único que quiero es seguir las instrucciones del presidente de no dejar constancia de lo que aquí se diga.

Lébedev y Sokolov tenían algo en común: los dos deseaban el puesto del director y meter la cabeza en el Kremlin.

El general Pasternak, militar práctico donde los hubiera, decidió vadear aquel cenagal.

—¿Y si buscamos un término medio que nos permita empezar con la reunión? —Miró a Petrov, quien soltó la mano de Kulikova, aunque sin apartar la mirada.

Ella se la sostuvo el tiempo necesario para no contrariar a Sokolov ni ofender a Petrov.

—¿Y si dejamos que la señora Kulikova tome notas con la condición de que queden en posesión del director? —prosiguió Pasternak, refiriéndose a Petrov.

—Entiendo perfectamente tu preocupación —dijo Sokolov, que no estaba dispuesto a ceder con tanta facilidad—. La propuesta es excelente, pero dudo que el director desee tener que cargar con semejante obligación. Yo propondría, más bien, depositar las notas de la señora Kulikova en mi caja fuerte y dejarlas aquí, en mi despacho, a buen recaudo... por si ocurriera algo.

—Es que no va a ocurrir nada —replicó encrespado Pasternak.

Sokolov sonrió, pero aquella representación teatral no iba destinada al segundón, sino al director Petrov.

—Que uno haya viajado cien veces en un tren sin que le ocurra algo no quiere decir que a la centésima primera no vaya a descarrilar. Sin que de ello tenga culpa alguna el maquinista, por supuesto. Lo único que estoy sugiriendo, la hipótesis que estoy planteando, si prefieres verlo así, es que, en caso de que algo pudiera salir mal, y no pretendo con esto desacreditar, ni muchísimo menos, a tu unidad, yo tengo amistad con el presidente. Seguro que me prestará oídos cuando le asegure que hemos mantenido esta reunión en el más estricto de los secretos.

Petrov tomó asiento en el extremo del sofá opuesto al que ocupaba Lébedev.

—No sé vosotros, pero yo tengo que reconocer que encuentro que la señora Kulikova ofrece una excepción estéticamente agradable a las caras de caballo que tengo que soportar normalmente durante estas reuniones, incluyéndome a mí mismo.

Todos respondieron con una risita obediente.

—La señora Kulikova tomará notas de lo que aquí se diga y Dmitri las guardará en la caja fuerte que tiene aquí, en su despacho. Ya podemos empezar.

«Fin de la discusión», pensó Kulikova sin mudar de expresión. Mientras los demás tomaban asiento, se dirigió a la silla que había dispuesto Sokolov al lado de su escritorio. Él se sentó en uno de los dos sillones de cuero, pues ocupar su sitio se habría considerado un gesto irrespetuoso para con los superiores allí presentes. Kulikova tomó su cuaderno de espiral y lo abrió para anotar la fecha y el nombre de los reunidos.

Cruzó las piernas, lo que le atrajo las miradas de todos menos de Lébedev. Acto seguido, se llevó una mano al seno derecho para ajustar el tirante de su sujetador, movimiento que tampoco pasó inadvertido en la sala.

Petrov se aclaró la garganta.

—Ibraguímov.

Se refería a Fiódor Ibraguímov, antiguo funcionario del Kremlin, cercano al círculo más allegado al presidente, que había resultado ser espía de los estadounidenses. La CIA lo había sacado de Rusia después de que el presidente de los Estados Unidos revelase información confidencial que podía delatarlo. Había sido el principal agente americano de que se tuviera noticia en Rusia y había divulgado secretos importantes relativos a operaciones del Kremlin, incluida la interferencia del presidente ruso en las elecciones presidenciales de los Estados Unidos.

Putin había montado en cólera no solo por semejante traición, sino también al saber que Ibraguímov, su mujer y sus dos hijos habían huido a suelo estadounidense. Dentro del Kremlin habían rodado cabezas durante una purga que los funcionarios rusos habían comparado en privado con las de Iván el Terrible.

—El presidente considera que ha pasado ya el tiempo suficiente para emprender las acciones necesarias. No hacerlo equivaldría a mandar el mensaje equivocado a quienes puedan sentir la tentación de traicionar a Rusia —prosiguió Petrov.

Kulikova mantuvo la cabeza gacha, pero los oídos bien abiertos. El presidente había adoptado hacía mucho la costumbre de sentar bien las costuras a los estadounidenses que vivían en Moscú y eran sospechosos de espionaje y a los ciudadanos rusos desleales a su país. Quería que los traidores supieran que su paciencia era tan larga como su brazo.

— Ibraguímov está en los Estados Unidos —dijo Sokolov.

—Sí, en una preciosa casa de Virginia pintada de blanco y dotada de un jardín con cerca de madera —añadió Petrov en tono desdeñoso—. Muy bonito todo y, además, bastante cerca de Langley. Ibraguímov ha rechazado los ofrecimientos que le ha hecho la CIA de esconder a su familia o proporcionarle seguridad, por considerar que es más valioso como símbolo de la lucha contra la tiranía rusa, como ejemplo de que los traidores pueden sentirse a salvo en suelo estadounidense.

El general Pasternak se inclinó hacia delante.

—Se está mofando de todos nosotros, pinchándonos para que hagamos algo.

—Con todos mis respetos, director Petrov —dijo Sokolov—, es cierto que es una lástima que perdiéramos la ocasión cuando estaba aquí, pero…

—No hay pero que valga —contestó su superior con tanta calma como firmeza—. Estoy de acuerdo con el general: cuanto más tiempo queden impunes los actos de Ibraguímov, más fuerza tendrá como símbolo de que la traición y la deslealtad pueden suponer una espléndida recompensa. Ya debe de haber otros siguiendo su ejemplo y su descaro solo servirá para alentarlos.

—Entonces, ¿qué propone el presidente?

—¿El presidente? —repitió Petrov con gesto burlón y, tras atravesar a cada uno de los presentes con la mirada de sus ojos oscuros, añadió—: El presidente no sabe nada de esto, Dmitri. No sabe nada.

—Por supuesto. Te pido disculpas.

—Lo único que quiere es que entendamos hasta dónde alcanza su desasosiego para que emprendamos, nosotros, cualquier acción que consideremos oportuna para disuadir a quien pueda estar pensando cometer un acto de traición en el futuro.

A Kulikova se le aceleró el corazón ante lo que debía de estar a punto de proponer Petrov.

—¿Suele viajar Ibraguímov? —preguntó el general Pasternak.

—Dadas las circunstancias, parece poco probable —dijo Petrov—, ¿no?

—Sí, claro.

—Tiene familia aquí, en Rusia. Tenemos... —empezó a decir Lébedev.

Petrov lo atajó con un gesto de la mano.

—Los hemos investigado a todos y han demostrado, sin dejar lugar a duda, que no sabían nada de la traición de Ibraguímov —respondió Petrov.

Lo que quería decir con ello era que habían torturado y amenazado a los parientes hasta que sus interrogadores habían quedado totalmente convencidos de su inocencia. Kulikova sintió náuseas solo de pensarlo. Tuvo la impresión de que la sala se hubiera quedado de pronto sin aire por lo que estaban proponiendo de forma tácita.

—Eso sería un hecho sin precedentes —dijo Lébedev con aire de inseguridad.

—Nada tiene precedentes hasta que los tiene —replicó Petrov.

—Sí, pero los servicios secretos de los Estados Unidos han aumentado su seguridad desde lo de Skripal y lo de Navalni, y las sanciones son mayores.

—Las sanciones han sido simbólicas hasta ahora y lo seguirán siendo. Se trata solo de un lenitivo destinado a apaciguar a la población americana.

—Cierto —terció Sokolov—, pero un asesinato en los Estados Unidos obligaría a actuar a su presidente. Y, dado el historial reciente de envenenamientos, sería imposible negar nuestra responsabilidad con un mínimo de credibilidad.

—De eso se trata, ¿no? —dijo Petrov, confirmando así que el presidente aprobaba tales acciones, pero no quería que hubiese pruebas que las vinculasen a él—. Habrá que apuntar bien para limitar los daños colaterales. Los americanos se indignarán mucho menos si la única víctima también es rusa y, encima, espía. Lo considerarán desafortunado, pero llegarán a la conclusión de que Ibraguímov sabía a lo que se exponía cuando decidió traicionar a su país.

—¿Y cómo limitamos los daños colaterales? —preguntó Sokolov—. Con un agente radioactivo no hay mucho que hacer para restringir quién puede tener contacto con el agente ni con el recipiente en el que se administre. Una cosa es matar a un espía ruso y otra muy distinta a americanos inocentes en su propio país.

—Quizá no —señaló Pasternak.

Todos lo miraron como si hubiera dicho algo inapropiado. El general tenía la irritante manía de hacer una pausa entre un pensamiento y otro. «¿Buscará un efecto dramático —se preguntaba siempre Kulikova— o es que habla sin meditar y luego necesita tiempo para recapacitar lo que ha dicho?».

El general meneó la cabeza.

—El convencimiento que tiene Ibraguímov de que su familia y él se han librado del castigo al llegar a América también es su mayor debilidad. —Todos asintieron—. Como afirma el director, ha rechazado toda protección porque no quiere que sus hijos vivan como presos. También estoy de acuerdo con el subdirector en que el uso de un agente venenoso, cosa que ahora todo el mundo ve como sello de Rusia, hará imposible negar nuestra participación con un mínimo de verosimilitud y podría provocar daños colaterales.

—¿Qué es lo que propones que hagamos entonces? —quiso saber Petrov.

—¿Y si tomásemos una vía diferente que impida todo imprevisto?

—¿Tienes algo en mente?

—Una bala certera.

Al principio nadie dijo nada en espera de la reacción de Petrov. A continuación, al ver que seguía en silencio, fue Sokolov el primero que se lanzó a hablar.

—Es un juego muy peligroso. Mandar a un asesino a abatir a alguien en suelo americano sería... —Agitó la cabeza de un lado a otro—. Los estadounidenses pondrían enseguida en alerta a la guardia fronteriza y, si encuentran al asesino y descubren que es ruso, el resultado será el mismo: no habrá manera de negarlo con un mínimo de verosimilitud. La opinión pública americana se indignará, exigirá duras sanciones económicas y pedirá que sus aliados hagan lo mismo.

Pasternak se encogió de hombros.

—A no ser que Ibraguímov sea víctima de un accidente de tráfico o, tal vez, de un acto de delincuencia de los que tanto abundan en los Estados Unidos. De un atraco, por ejemplo.

—Sigue siendo peligroso si encuentran al asesino —dijo Petrov—. A diferencia de una toxina, cuyos síntomas pueden tardar horas en manifestarse, una bala deja a los responsables poco tiempo para huir. Nuestros servicios secretos nos informan de que los movimientos diarios de Ibraguímov son limitados. Su mujer raras veces sale de casa si no es para llevar a los niños a la escuela, que está a quince minutos de su casa, o para recogerlos.

—¿Y si los asesinos tuvieran más tiempo para escapar? —preguntó el general.

—¿Cómo? —Saltaba a la vista que aquello había intrigado al director.

—Todavía no lo sé bien, pero tendría que ser algo corriente, como un accidente mientras vuelve su mujer de dejar a los niños en la escuela.

Sokolov miró a Pasternak como si hubiera perdido el juicio.

—¿Un accidente? Queremos eliminar cualquier vinculación con un agente ruso, no delatarlo.

—Es que no sería ruso. Lo que propongo es que le hagamos a los americanos lo que ellos llevan tanto tiempo haciéndonos con sus siete hermanas.

Kulikova se afanó en no reaccionar ni mostrar indicio alguno de que conocía aquel nombre en clave. Había pasado media vida convencida de que era la única hermana, hasta que Sokolov la informó de que cierto agente de la CIA convertido en espía hablaba de que eran siete, de las cuales el agente había traicionado a tres, que habían muerto tras sufrir tortura.

—Activamos a una ilegal que viva en los alrededores y buscamos un motivo plausible para que esté por la zona. En un momento determinado, hacemos que se salte una señal de *stop* y se empotre contra el coche de la mujer de Ibraguímov. Deberán detenerse para darse los datos. Llamarán a un agente de policía para que haga un informe y tal vez hasta necesiten una ambulancia para atender a la mujer de Ibraguímov y llevarla al hospital. Con eso conseguiríamos tiempo, tiempo para que mis hombres matasen a Ibraguímov y cruzaran la frontera de Canadá para poner rumbo a casa.

La idea de Pasternak tenía sentido, aunque ninguno de los presentes mostraría su aprobación hasta contar con la bendición del director. Petrov miró al general.

—Me gustaría que elaborases mejor la propuesta. Proporcióname un análisis detallado que pueda presentar en el Kremlin. —Entonces se volvió hacia Sokolov—. Creo que esto merece un trago.

Todos se pusieron en pie y Sokolov se dirigió hacia el mueble bar. Kulikova sintió un nudo en el estómago, pero supo ver la oportunidad de hacer más daño a la Administración. Caminó hacia la puerta interior para volver a su despacho.

—Señora Kulikova —dijo Lébedev.

Ella se dio la vuelta para mirarlo.

—¿Sí, señor subdirector?

—Deje aquí las notas, por favor —le ordenó clavando la vista en el cuaderno que llevaba en la mano.

—Claro, señor subdirector. —Dejó el cuaderno y el bolígrafo en un extremo del escritorio de Sokolov.

—Señora Kulikova —añadió él—. No sé si le importará que le pregunte qué edad tiene.

Sokolov se mostró irritado.

—A una mujer no se le pregunta una cosa así.

—Solo me resulta que una mujer de… más de sesenta años, diría yo, se conserve en tan buena condición física. Espero no ofenderla, pero ¿verdad que ya ha cumplido usted los sesenta?

—No me ofende, señor subdirector. Sí, ya los he cumplido.

Lébedev miró a Sokolov con gesto de complicidad.

Kulikova salió de la sala y cerró la puerta interior a sus espaldas. Una vez en su propio despacho, se afanó en recobrar el aliento. Sintió el frío del aire acondicionado en la frente, húmeda de sudor. Maldijo a ese cerdo gordo de Lébedev.

—«Deje aquí las notas». —Sonrió—. Con mucho gusto. —Y se llevó la mano al sujetador para apagar la grabadora.

Los guardias encargados del detector de metales ni se molestaban ya en hacerle preguntas cuando hacía saltar los sensores, cosa que llevaba haciendo religiosamente desde hacía años hasta convertirlo en algo habitual que no extrañaba a los vigilantes. Daban por hecho que el responsable debía de ser un aro de metal del sostén, destinado a brindar la sujeción necesaria a una mujer que contaba con la bendición de semejante escote. Jamás sospecharon que hubiese podido coser a aquella prenda una grabadora inalámbrica que se activaba con la voz y no medía más que un clip para papel.

El juego al que llevaba jugando unos cuarenta años no dejaba de volverse más peligroso cada vez. Desde que la unidad al cargo de la operación Herodes se había puesto a buscar a las hermanas, María había optado por hibernar y ni enviaba mensajes para encontrarse con su contacto ni respondía a los que le mandaban. Sin embargo, en ese momento no tenía elección: tenía que hacerle llegar lo que acababa de grabar. No se trataba solo de salvar a Ibraguímov, aunque sentía lástima por su mujer y sus dos hijos pequeños, sino de no disuadir a cuantos rusos detestaban el régimen autoritario que se había impuesto en Rusia. Si lograban matar al disidente, asustarían a otros y los empujarían a guardar silencio, de modo que Rusia seguiría cayendo en el abismo de la tiranía.

No podía seguir callada, aunque sabía que actuar tal vez le acarreara una condena de muerte.

CAPÍTULO 4

Isla de Caamaño (estado de Washington)

Jenkins estaba sentado a la cabecera de la mesa de la cocina, disfrutando de su familia, aunque aquello se pareciera más a la escena de la batalla campal en el comedor de *Desmadre a la americana*. Lizzie, que había cumplido los dos años hacía unos meses y estaba hecha todo un diablillo, había encontrado cierto placer en estampar la palma de la mano contra los macarrones que tenía en la bandeja de la trona o en cogerlos con sus dedos regordetes y lanzarlos al suelo, donde la perra, Max, los limpiaba diligente como si fuera una aspiradora.

En la mesa apenas quedaban unos cuantos en la fuente de pasta al horno; los cuencos de maíz, tomatitos y pepino estaban vacíos, y el bizcocho de chocolate del postre se había reducido a una sola porción. Jenkins no se había dado cuenta de cómo había aumentado el apetito de CJ hasta que habían ido a su pizzería favorita de Stanwood. Siempre habían pedido el menú familiar especial, compuesto por una *pizza* grande de *pepperoni* al estilo neoyorquino y una ensalada César, y siempre habían vuelto a casa con unas cuantas porciones de la primera y las sobras de la segunda, pero aquello se había acabado. Aquella vez, lo único que quedó por comer fueron cuatro trozos del borde de la *pizza* en el plato de su hijo.

—Mamá, ¿podéis comprarme un móvil? —CJ hizo la pregunta mientras se limpiaba la boca con una servilleta de papel y, tras arrugarla, la dejaba en el plato que acababa de dejar limpio.

—¿Un móvil? —dijo Jenkins.

Alex le lanzó aquella mirada tan suya mientras le daba un puntapié por debajo de la mesa. Acto seguido preguntó a CJ:

—¿Para qué quieres un móvil?

—Es que los niños de mi clase tienen.

—¿Y para qué usan el móvil los niños de tu clase?

—La mayoría para mandar mensajes, pero también pueden llamar a sus padres —se apresuró a añadir antes de que Jenkins tuviera la ocasión de replicar, lo que hacía pensar que el pequeño había ensayado aquella argumentación que pretendía parecer espontánea—. Anna Potts se puso mala el otro día en la hora del recreo y avisó a su madre. Yo podría llamarte si, por ejemplo, a papá se le vuelve a olvidar recogerme.

—No se me olvidó —se defendió el aludido—: solo perdí la noción del tiempo.

—Me parece una respuesta muy responsable —dijo Alex a CJ—, pero no me haría ninguna gracia que estuvieras jugando con él o mandándoles mensajes a tus amigos cuando estamos en familia o cuando tienes que hacer deberes. Podemos hacer un trato si te comprometes a usarlo solo una hora al día en casa o para emergencias. ¿Lo cumplirías?

—Claro. —Su sonrisa hacía evidente que había esperado un no rotundo, que era precisamente la respuesta que le habría dado Jenkins si su mujer le hubiese dejado hablar.

Tenía una gran aversión a los adelantos tecnológicos y estaba convencido de que los teléfonos móviles convertían en zombi a cualquier chaval menor de dieciocho años. Los críos ya no sabían interactuar ni jugar. Eso, por no hablar del ciberacoso…

—¿Te importa que lo discutamos papá y mamá después de la cena? Ya sabes que tenemos que decidirlo juntos. Si has acabado, ¿por qué no limpias tu plato y te pones a hacer los deberes?

CJ llevó su plato, su vaso y sus cubiertos al fregadero antes de dirigirse a la sala de estar, donde tenían el ordenador.

—¿Por qué me has dado una patada? —Jenkins se levantó y se puso a recoger los platos sucios. Llamó a Alexa para que pusiera música *country* en el dispositivo de la encimera para evitar que su hijo pudiera escuchar la conversación y la voz de Keith Urban inundó la cocina.

—Porque está creciendo —dijo Alex sin alzar la voz—. Quiere hablar con nosotros, no que nosotros le digamos las cosas. Lo ha pedido de un modo razonable y deberíamos hacer lo mismo si queremos sacar algo de todo esto.

—Te refieres a un modo razonable de decirle que no.

—Yo me sentiría mejor conectada si CJ tuviese teléfono. Aquel día es verdad que se te olvidó recogerlo.

—Llegas tarde una vez y el jurado ya te quiere aplicar la pena de muerte.

Jenkins no se sentía preparado para tener un hijo adolescente. Aquello hacía que se sintiese mayor aún de lo que era. Sin embargo, tampoco tenía ningún sentido no querer ver la edad de CJ ni cómo estaba creciendo. Era el más alto de su clase, pues no en vano tenía una madre de uno noventa y cuatro de altura y un padre de uno noventa y seis, y pesaba ya cincuenta y dos kilos. Los zapatos se le quedaban pequeños antes de que tuviera tiempo de desgastar las suelas, le salían gallos de vez en cuando y le habían salido las primeras espinillas. Jenkins conocía bien las dificultades a las que tendría que hacer frente en breve, si no había empezado ya a experimentarlas, al tener la piel oscura en una comunidad formada casi exclusivamente por blancos. Él mismo había tenido que sufrirlas al llegar a Caamaño. La gente se mostraba recelosa al conocerlo y más de uno no hacía nada por disimular su desconfianza. A CJ lo percibirían como un forastero y una amenaza. Sabía que aquella charla no le iba a resultar fácil al pequeño, pero era tan inevitable como la que debe tener todo padre con su hijo al llegar la pubertad. Cuando CJ se montaba en el coche después de los entrenamientos de fútbol, Jenkins tenía que bajar la ventanilla para ventilar el olor corporal. Una noche, en casa, le había preguntado a Alex qué debían hacer.

—A mí no me metas en esto. Lo de hablarle de pajaritos y de abejitas es responsabilidad tuya.

Consciente de que la unión hace la fuerza, Jenkins buscó un taller de educación sexual en su centro de salud. Después, se llevó a CJ a una hamburguesería en la que no necesitaban salir del coche, suponiendo que su hijo podría tener dudas que no se atrevía a preguntar delante de sus amigos.

—Sí que me pregunto cuánto dura…, bueno, el acto.

Jenkins se afanó en dar con una respuesta apropiada y, al final, le habló del respeto a la mujer antes de concluir que el coito en sí podía durar quizá entre diez y veinte minutos.

—Gracias a Dios —dijo CJ aliviado—. Pensaba que sería una semana o algo así. No entendía cómo se las apañaba la gente para comer.

A Jenkins le faltó poco para echar el batido de fresa por la nariz. Cuando volvieron a casa, le dijo a Alex:

—Si seguimos pidiéndole *pizza* de *pepperoni*, creo que todavía nos quedan unos años para tener que empezar a preocuparnos por el sexo.

—¿Charlie? —Su mujer, de pie ante el fregadero, lo estaba mirando con gesto extrañado.

—¿Mmm?

—Te he preguntado si prefieres fregar los platos o encargarte de Lizzie.

Él miró a la cría, sentada en su trona y cubierta de macarrones y de queso, y supo que un día se preguntaría cuándo había crecido su pequeña.

—Querrás decir fregar los platos o fregar a Lizzie. Yo me encargo de bañarla.

—Baño no —dijo la cría—: *cocho*.

—¿Bizcocho? —Jenkins alargó el brazo para hacerle cosquillas en la pancita, que le asomaba por debajo de la camiseta manchada—. Pero si ya eres un Buda en chiquitín. ¿Quieres ser un Buda gigante?

Lizzie frunció el ceño y golpeó la bandeja con su tacita de bebé.

—Baño no: *cocho*.

—Está claro que va para jueza. ¿No parece que tenga un mazo en la mano? —comentó Jenkins a su mujer.

Sacó a Lizzie de su trona con los brazos estirados para mantenerla a cierta distancia. Al hacerlo, cayeron más trozos de macarrones al suelo, donde Max, el pitbull hembra de la familia, que tenía ya cierta edad, esperaba para engullirlos. Entonces, puso a la niña panza abajo y salió con ella de la cocina haciendo ruidos de avión. En cuanto vio la bañerita llena de espuma, Lizzie dejó de protestar. Se pasó el rato dando palmadas y patadas en el agua y luego no quiso salir. Su padre la envolvió en una toalla blanca enorme, le puso el pañal de noche y el pijama, le leyó tres cuentos ilustrados y la puso en la cuna con un biberón de agua.

—Buenas noches, chiquitina.

—Buda —repuso Lizzie riendo.

Jenkins le hizo cosquillas en el vientre diciendo:

—Barrigón de Buda, Barrigón de Buda…

Cerró la puerta y bajó las escaleras. CJ tenía puestos los auriculares mientras hacía los deberes en el ordenador de la sala de estar. Jenkins llamó a Alex con un gesto y señaló la puerta corredera que daba al porche.

—Voy a echarle un ojo al prado de los caballos, que hay una valla caída. ¿Te importa acompañarme?

—¿CJ? —Alex dio unas palmaditas en el hombro a su hijo para llamar su atención. Él se quitó los auriculares—. Papá y yo vamos a dar un paseo. Será solo unos minutos.

—¿Ves? Por eso quiero tener móvil. Así puedo saber dónde estáis si os necesito.

El chaval sabía cargar las tintas. Podría ser un buen abogado... o político.

Alex y Charlie caminaron por las tierras de pastoreo hablando de la conveniencia de comprarle un móvil a su hijo y al final decidieron que podían hacer una prueba y ver si se comportaba responsablemente. Dejaron pasar unos minutos más en silencio mientras ambos disfrutaban de la noche. En el Pacífico Noroeste, la claridad tardaba en irse en verano, pero, a medida que avanzaba septiembre, iba oscureciendo más temprano y Jenkins sintió que se acercaba con rapidez el otoño. La brisa agitaba las hojas de los arces y hacía titilar los pinos y el suelo estaba blando por la lluvia de la noche anterior. Jenkins puso a Alex al corriente de la conversación que había mantenido con Lemore mientras arreglaba la valla que había derribado un caballo.

—¿Y puede tener que ver su silencio con la operación que ha emprendido la FSB para encontrarlas? —preguntó ella.

—Eso es lo que yo diría, por lo menos en el caso de la hermana que trabaja en la Lubianka, que fue la que la descubrió. De la segunda no lo tengo tan claro.

—¿Y ha pensado alguien que quizá esas mujeres no quieren dejar su país con más de sesenta años?

—Yo —repuso Jenkins—. Es una decisión difícil, y más aún si su posición les permite vivir con ciertos lujos. Por otra parte, si ocupan puestos destacados, sabrán bien qué les ocurre a los traidores.

La otra posibilidad es que hayan cambiado de bando, puede incluso que hace años.

—¿Y cómo vas a contactar con ellas sin llamar la atención? Ya hemos pasado por esto. La población negra de Rusia no llega al uno por ciento y tú allí no pasas precisamente inadvertido, mucho menos en Moscú.

—Lemore tiene un plan y dice que la CIA ya está trabajando en varios disfraces y pasaportes. Además, recibiría adiestramiento específico en Langley.

Alex guardó silencio.

—Ya sé que estarás preocupada —dijo él—, pero Moscú es una ciudad enorme…

—Con cámaras de reconocimiento facial por todas partes.

—Estaré disfrazado a todas horas. Determinaré su posición y las sacaré de allí o saldré yo.

—¿Algo más que deba saber?

Jenkins pensó en el comentario de Lemore sobre el hecho de que lo habían puesto en una lista negra para matarlo. No era ninguna noticia, porque ya lo había sospechado, pero verlo confirmado resultaba poco alentador. De cualquier modo, él no pensaba dejar que lo atrapasen.

—Eso es todo —aseguró.

—Si alguna de las dos ha cambiado de bando, y haz el favor de no tomarme por tonta y decirme que Lemore puede garantizarme que no es así, podría ser que os esté proporcionando información confidencial para hacerte volver a Moscú.

—Cuento con el factor sorpresa.

—¿Por qué piensas eso?

—Porque ni los rusos creen que pueda ser tan estúpido de volver por tercera vez.

Ella meneó la cabeza.

—No bromees con eso, que no tiene ninguna gracia.

Siguieron caminando en silencio.

—Ya hemos hablado de esto —dijo al fin Jenkins—. Esas mujeres han dado toda su vida. Nos ayudaron a ganar la Guerra Fría y han tenido vigilado a Putin. Tres de ellas han muerto ya por culpa de Carl Emerson. Me gustaría acabar con lo que he empezado y sacar de allí a las dos que quedan. Es peligroso, pero esta vez podremos tener bien controlados los riesgos.

—¿Ah, sí?

—Al menor problema, saldré pitando.

—Te conozco, Charlie. Si ves una injusticia, algo que no esté bien, serás incapaz de no meter las narices.

—Todavía sé cuidarme, Alex.

El comentario la hizo pararse en seco.

—¿Qué quiere decir eso? Espero que no estés haciendo esto por demostrarte que todavía eres muy capaz y que tu edad es solo un número…

—No iba por ahí —replicó él, aunque a su mujer no le faltaba cierta razón—. Solo digo que Lemore tiene recursos con los que ayudarme.

Sabía que Alex sospechaba que no le estaba contando toda la verdad, que se estaba guardando algún detalle para no preocuparla; pero tampoco podía negar que, cuando había vuelto a Rusia para sacar a Pavlina Ponomaiova, había sentido una descarga notable de adrenalina al superar a los que trataban de ser más listos que él. Aquella sensación, que había resultado embriagadora en Ciudad de México, lo era más aún en Moscú, el rincón más oscuro del mundo del espionaje.

—Recuerda solo una cosa —dijo Alex.

—¿Qué?

—Que no todo el mundo tiene tu sentido del deber y la justicia. No te entregues pensando que alguien te devolverá el favor. La mayoría prefiere salvar su propio pellejo aunque tú des el tuyo por ellos.

—Lo sé —dijo él.

—Aquí, en casa, también tienes responsabilidades.

—No pienso dejar que me atrapen, Alex.

—Nadie piensa dejar que lo atrapen, Charlie.

Alex pasó el resto de la velada en silencio y Jenkins tuvo claro que estaba enfadada. Optó por dejarla en paz. Acabaría haciéndose a la idea, como siempre, aunque necesitaría su tiempo. Alex mandó a la cama a CJ, que desplegó un comportamiento ejemplar, y luego se retiró. Jenkins se quedó solo viendo la televisión y, a continuación, la apagó y subió las escaleras. Antes de ir al dormitorio de matrimonio, pasó por el cuarto de Lizzie. Oyó a Alex balanceándose en la mecedora delante de la cuna de su hija, en la misma mecedora que había usado para acunar de niño a CJ. A la luz de la lámpara que descansaba en la mesilla de noche de la pequeña, distinguió las lágrimas que corrían por las mejillas de su esposa.

CAPÍTULO 5

María Kulikova compró el primer ramo de flores recién cortadas que vio en su puesto de siempre sin molestarse en conocer detalles ni precios antes de meterse en el metro de Moscú para hacer el trayecto de quince minutos que la llevaría a su casa, sita en el distrito de Yakimanka. La zona era famosa por el parque Gorki, la galería Tretiakov y sus numerosas iglesias, entre la que se incluía la catedral de Cristo Salvador, cuyas cúpulas doradas alcanzaba a ver desde las ventanas de su dormitorio. Vivir tan cerca de la Lubianka tenía sus ventajas y sus inconvenientes, porque, si bien odiaba verse obligada a viajar para ir al trabajo, Sokolov quería tenerla a su entera disposición a cualquier hora del día o de la noche.

Emergió de la estación Kropótkinskaia y se encontró en la calle Voljonka, delante justo de Cristo Salvador. Caminó entre el gentío y al llegar a la parada de autobús se detuvo como si pretendiera admirar el efecto de la luz del ocaso sobre el dorado de las cúpulas bulbosas. Sacó la barra de labios y, abriendo la polvera, usó el espejo para mirar a sus espaldas y a uno y otro lado en busca de alguien que la estuviera observando o pareciese deliberadamente desinteresado. Con el pintalabios, hizo una marca de verificación en la estructura de cristal de la parada antes de volver a guardarlo junto con la polvera y cruzar la calle. Siguió andando hasta llegar a la Prechístenskaia Náderezhnaia, paralela al río Moscova.

Cruzó varias extensiones triangulares de césped y árboles atravesadas por senderos de adoquines con farolas antiguas aún sin encender. Los moscovitas pasaban el tiempo comiendo o leyendo sobre mantas: cualquier cosa con tal de no estar metidos en un piso abrasado de sol a sol por el calor de un septiembre atípico. Había padres corriendo detrás de sus hijos pequeños y hombres pateando un balón con el pecho al aire. La escena hizo que recordara los años en los que salía a disfrutar con Helge de una merienda campestre. Él retaba a los chiquillos a un partido de fútbol sin confesar que era jugador profesional.

Con todo, no había recuerdo alegre que no llegase acompañado de uno triste. A su memoria acudió la noche que hizo saber a Helge que no podía tener hijos, una mentira como tantas otras que con tanta facilidad salían de su boca. Le habían enseñado a mentir sin arrepentimiento ni culpabilidad en pro de una causa más elevada. Claro que podía tener hijos. Lo que pasaba era que no quería: no habría sido justo para la criatura. Tomar aquella decisión le había resultado muy doloroso, pero no había sido ella quien había elegido aquella vida, sino sus padres por ella. Tampoco sabía nunca cuándo tendría que desaparecer sin dejar siquiera una nota de despedida a sus seres queridos. No podía hacerle eso a un hijo.

Sus padres, ya fallecidos, le habían advertido que habría que hacer sacrificios para echar por tierra un régimen comunista… que con el tiempo se había visto sustituido por uno autoritario. Kulikova no cayó nunca en que tales sacrificios la comprometerían en cuerpo y alma.

En el vestíbulo, saludó al portero, con quien intercambió cumplidos mientras esperaba el ascensor. Subió a la duodécima planta. Al final del pasillo estaba el piso, una residencia de noventa metros cuadrados con dos dormitorios y dos cuartos de baño, cocina, comedor y sala de estar independiente. La llave no estaba echada, lo que quería decir que Helge estaba en casa. ¿Y dónde iba a estar? Desde que se había jubilado eran raras, muy raras, las veces que salía a la calle. Prefería quedarse bebiendo vodka, lo que le complicaría mucho su intención de ausentarse el tiempo necesario para dejar la cinta en el buzón.

Del otro lado de la puerta llegó el ladrido de Stanislav y el repiqueteo nervioso de sus uñas contra el suelo de madera dura. Mientras abría, fue diciéndole a aquella bolita blanca de pelo:

—*Da, ya tozhe rada tebiá vídet. Dai mne sniat palto. Seichas.* —«Sí, yo también me alegro de verte. Deja que me quite el abrigo. Un momento».

Kulikova dejó las flores en el banco que había tras la puerta, se deshizo del abrigo ligero de verano y de la bufanda y los colgó en una percha. Luego, se agachó y recogió del suelo a Stanislav, que no dejó de menearse mientras le lamía la mejilla como muestra de amor incondicional.

—*Ti segodnia ne vijodil? Poétomu u tebiá stolko energi?* —«¿No has salido hoy? ¿Por eso tienes tanta energía?».

Le había comprado el *frantsúskaia bolonka* a un criador para la jubilación de Helge con la esperanza de que le hiciera compañía y le diera un motivo para salir del piso. Su marido necesitaba el ejercicio tanto como aquel perro y el deterioro de su cuerpo lo estaba diciendo a gritos, pero, si se lo hacía saber, él se irritaba y respondía con un ataque:

—¿Para quién quieres que tenga buen aspecto?

Entró en la sala de estar. Las ventanas arqueadas, que iban del suelo al techo, brindaban una vista espléndida de la luz moribunda que se reflejaba en las cúpulas de las iglesias vecinas y rielaba en las aguas grisáceas del río Moscova. Helge estaba, como siempre, sentado en el sillón tapizado de blanco viendo en la televisión otro partido de fútbol. A su alcance, en la mesilla lateral, descansaba un vaso alto de vodka. La mayoría de las noches perdía el conocimiento sin levantarse de allí y María lo tenía que ayudar a acostarse.

Helge no superaría jamás su intento frustrado de formar parte del equipo olímpico de fútbol, un fracaso que le abrumaba el espíritu. María lo había ayudado a encontrar trabajo en el Servicio de Parques y Jardines de Moscú para que tuviese algo que hacer. En él estuvo treinta y cinco años, rechazando un ascenso tras otro, porque tal cosa habría supuesto más horas y más responsabilidad. Cuando volvía a casa, se ponía a beber vodka y a ver fútbol.

—*Ti segodnia Stanislava ne vivodil?* —«¿No has sacado hoy a Stanislav?». Percibió el olor a orín y vio un chaco en un rincón.

—*U meniá niet vrémeni guliat s etoi prókliatoi tsélimi dniami.* —«No tengo tiempo de pasarme el día sacando a pasear al puñetero perro».

—Si no lo sacas, se hace pipí en la madera.

—Tú lo compraste; tú lo limpias. —Se hizo con el vaso para darle un trago largo.

Ella puso a Stanislav en el suelo y se colocó detrás del sillón de su marido para ponerle una mano en el hombro.

—Te lo compré a ti, Helge, para que tuvieras compañía al jubilarte.

Él hizo caso omiso de la mano.

—Sí, por lo menos el perro está en casa de vez en cuando.

María soltó un suspiro y fue a coger papel de cocina. A continuación, abrió un armario y sacó un jarrón de cristal que llenó con agua del grifo.

—Sabes que mi trabajo exige muchas horas, Helge. Supone un sacrificio para los dos, pero gracias a él podemos permitirnos este piso y otras cosas.

—Ya sé que tenemos este piso… y otras cosas gracias a ti. —Le lanzó una mirada que ella obvió.

Metió las flores en el jarrón y, de nuevo en la sala de estar, abrió una de las ventanas del balcón para dejarlas en la mesita que tenían allí. Como la marca que había dejado en la parada de autobús, las flores indicaban que deseaba encontrarse con su contacto.

Cuando se volvió, Helge la estaba observando.

—Hacía meses que no comprabas flores. ¿Qué celebramos? ¿O es que te las han regalado?

Ella pasó a su lado, se arrodilló y limpió la orina de Stanislav.

—He pensado que me alegrarían.

—¿Estás deprimida? Bienvenida al club.

Se obligó a no contraatacar.

—Tenía la esperanza de que pudiésemos pasar una velada agradable. —No era cierto: habría preferido encontrárselo inconsciente en el sillón para poder escaparse. Con todo, la negligencia de él a la hora de sacar al perro había salvado la situación.

—Una velada agradable… Yo no recuerdo ninguna. ¿Hemos tenido alguna vez una velada agradable?

—Es igual. Sigue con tu fútbol, que yo sacaré a pasear a Stanislav.

Volvió a la cocina y tiró el papel al cubo de basura, lleno a rebosar. Sacó la bolsa y le hizo un nudo. No había acabado cuando oyó el teléfono de la sala de estar. Debía de ser la respuesta a la marca de la parada, las flores o ambas cosas. Fue a cogerlo, pero no fue lo bastante rápida: Helge se le había adelantado y la miraba sonriente. María hizo ademán de regresar a la cocina, pero sin dejar de escuchar atentamente.

—*Alló.* —Tras un silencio, añadió Helge—. *Niet. Zdes takij niet. Vi oshiblis nómerom.* —«No, no vive aquí. Se ha equivocado de número».

María hizo lo posible por parecer ocupada y desinteresada.

—*Da.*

Oyó a Helge colgar el teléfono.

—¿Otra vez se han equivocado? Voy a tener que hablar con la compañía. A ver si vamos a tener la línea cruzada... o buscan a alguien que tenía antes este número.

—Puede ser. —Helge se apoyó en la pared que llevaba de la sala de estar a la cocina—. Pero entonces preguntaría siempre por la misma persona.

—¿Y por quién ha preguntado esta vez?

—Por Anna.

—¿Anna?

—La última vez fue por Taniana y, la anterior, por Sasha.

—Qué raro.

—Sí es raro, sí —coincidió él.

—Voy a tirar la basura y saco también a Stanislav. ¿Quieres venir conmigo? —Rezó por que lo disuadieran el vodka y el fútbol.

—No.

—¿Me paro en el Teremok y te traigo algo de comer?

—Ya he cenado.

—No tardo.

—Tómate todo el tiempo que quieras. Cuando estás en casa, tampoco parece que estés aquí.

Ella volvió a suspirar.

—¿Qué quieres que haga, Helge? ¿Dejo el trabajo? ¿De qué íbamos a vivir? Tómate el vodka y disfruta de tu fútbol, que yo me encargaré de Stanislav.

Él alzó el vaso como para hacer un brindis.

—*Priatnoi progulki.* —«Que te vaya bien el paseo».

María salió de la sala moviendo la cabeza de un lado a otro. Al llegar a la puerta, volvió a ponerse la chaqueta, cogió la correa y la abrochó al collar de Stanislav. El perrito se volvió loco de alegría y se puso a agitarse con tanta energía que a Kulikova le costó acertar con la anilla de metal.

—*Idí siudá, málenki. Mi s tobói kak sléduet poguliáem.* —«Ven aquí, chiquitín. Vamos a dar un buen paseo».

Helge oyó cerrarse la puerta del piso y corrió a la cocina, donde echó en el fregadero los restos de su vaso de agua. Sacó la botella de vodka del armario y se echó un dedo en el vaso antes de hacerlo girar sobre sí mismo. A continuación, corrió a la sala de estar y volvió a dejarlo en la mesilla. Abrió la ventana que daba al balconcito y miró hacia la calle. María salió del edificio a la luz de los dos apliques de la fachada y giró hacia el este siguiendo el camino que marcaba Stanislav.

Helge se dirigió al pasillo y abrió el armario para sacar la bolsa de plástico con la chaqueta y la gorra irlandesa que había comprado aquel mismo día en una tienda de segunda mano. Se las puso mientras apretaba el paso para salir al ascensor.

Cuando se abrieron las puertas al llegar a la planta baja, cruzó el vestíbulo y respondió al saludo del portero.

—*Dobri vécher, Helge. Smotreli segódniashni match?* —dijo el hombre—. «Buenas noches, Helge. ¿Ha visto el partido de hoy?».

—El Spartak ha jugado con el culo. No tardo: voy a comprar un paquete de Marlboro Gold.

—Su mujer acaba de salir.

—Lo sé. Ha ido a sacar al perro.

Tomó el mismo rumbo que María. Pese a que quedaba ya poca luz solar, vio a su mujer en la otra acera, esperando a que Stanislav hiciera sus cosas. Se caló bien la gorra por delante y se metió las manos en los bolsillos de la chaqueta mientras observaba a dos hombres que jugaban al ajedrez.

Cuando ella echó de nuevo a andar, Helge cruzó la calle. María dobló la esquina de la calle Akadémika Petróvskogo en lugar de llevar al perro al parque. Cosa rara. La vio dirigirse a la estación de metro Shábolovskaia y bajar las escaleras. La cosa, sin dejar de ser muy rara, prometía. ¿Iría a encontrarse con su amante? Apretó el paso para no perderla en el metro. Llevaba años sospechando que María podía estar viéndose con alguien, pero desde que se había jubilado ya no le cabía la menor duda. Se habían equivocado de número con tanta frecuencia que no podía ser casualidad, como tampoco podían serlo todas las noches que había tenido que quedarse trabajando hasta tarde su mujer. Más de un conocido le había asegurado haberla visto entrar de noche a varios restaurantes y hoteles, lo que lo había llevado a registrar el piso y dar con joyas muy caras escondidas al fondo de un cajón de la cómoda. Helge, desde luego, no se las había comprado. Un buen amigo cuyo padre había trabajado para el KGB le dijo que a la FSB no le haría ninguna gracia enterarse de que la directora de la oficina de administración estaba teniendo una aventura. La agencia querría conocer la identidad del amante para poder investigarlo y asegurarse de que no le había revelado información que debía mantener en secreto. Su amigo decía que, si jugaba bien sus cartas y delataba a su mujer antes de que pudiera cometer un error de consecuencias graves, quizá hasta pudiera sacarle partido al asunto.

Bajó las escaleras mecánicas abriéndose paso por entre los viajeros que aguardaban de pie en los peldaños. Localizó a María en un andén justo en el momento en que llegaba el metro y la vio mirar por encima de un hombro antes de subir al vagón. Agachó la cabeza y montó en uno diferente. Cogió el periódico que encontró en un asiento vacío y se dirigió a las puertas correderas que había entre vagones. No la vio en el contiguo. Abrió las puertas y rebasó a viajeros sentados y de pie de camino al extremo opuesto. Echó un vistazo al vagón siguiente. Aunque había muchos sitios libres, María estaba de pie, agarrada a un asidero, y tenía a Stanislav sentado al lado. Helge levantó el periódico y la observó a través del reflejo de una ventanilla.

María se apeó en la estación de Tiopli Stan, cerca del distrito Yásenevo. Helge bajó la cabeza y arqueó los hombros al tiempo que trataba de mezclarse con el resto de los viajeros. La vio entrar en una tienda de la estación y se colocó detrás de un puesto de limpiabotas mientras ella hacía girar un expositor de postales, aunque daba la impresión de no estar mirándolas, sino observando lo que había tras ellas. ¿Sospecharía que la había seguido? No parecía probable: debía de imaginárselo inconsciente delante del televisor.

Fue hacia el mostrador y compró varios artículos antes de salir de la tienda con el perrito blanco trotando a sus pies. Recorrió Novoiásenevski Prospekt. La luz mortecina anunciaba el triunfo de la noche. Como había menos gente en la acera y menos coches, su marido optó por quedarse más atrás. Se detuvo al llegar a una parada de autobús y la vio cruzar la acera, de nuevo mirando sobre uno de sus hombros con disimulo.

María entró en un Teremok. ¿Había hecho todo aquel trayecto para comprar comida? Aunque no estaba seguro, Helge habría jurado que tenía que haber un Teremok más cerca de casa.

Quince minutos después, la vio salir del restaurante con una bolsa, pero, en lugar de encaminarse hacia el metro, se metió en el aparcamiento de un edificio de una planta de ladrillos blancos con dos chapiteles rematados por sendas cruces. Helge no conocía aquella iglesia ni la relación que podía guardar María con ella. Supuso que su mujer se quedaría fuera, tal vez esperando a quien pudiese haber quedado allí con ella, pero María volvió a sorprenderlo cuando abrió la puerta verde y accedió al templo.

Él cruzó la calle y se plantó delante de una vidriera. A través de una lámina de color rojo, la vio arrodillarse ante el icono de una mujer que sostenía una cruz en una mano y un frasco en la otra. Dio un paso atrás para leer el letrero que había atornillado en la fachada y vio que se trataba del templo de Anastasia Mártir. Ignoraba quién era aquella santa y la significación que tendría para su mujer.

María continuó de rodillas y su marido empezó a dudar de que tuviera la intención de encontrarse con un amante. ¿Sospechaba que él pudiera saber algo o se había dado cuenta de que la seguía y se había metido en la iglesia para confundirlo? Transcurridos unos minutos, las otras dos únicas personas presentes se persignaron varias veces antes de salir sin prestar la menor atención a Helge. Cuando este volvió a mirar por la vidriera, su mujer ya no estaba en el reclinatorio. En un primer momento, no la vio, pero luego reparó en Stanislav, que, desde el extremo de la correa, miraba con la cabeza erguida a alguien situado detrás de la estatua. María.

Tras unos segundos, la vio salir de detrás de la escultura y caminar resuelta hacia la puerta. Helge se apartó del muro, se dirigió al extremo opuesto del templo y la vio salir enseguida y cruzar hasta la acera. Su mujer se detuvo y volvió la vista atrás. Él se acurrucó en las sombras y esperó hasta que la vio encaminarse hacia el metro.

Aquello era muy raro.

Estaba a punto de salir tras ella cuando vio llegar los faros de un coche. Aparcó al lado de la iglesia y de él salió un hombre que se dirigió a la puerta del edificio. ¿Sería el amante de María, que había llegado tarde a la cita? ¿Se lo habría pensado mejor su mujer? ¿No podía tratarse de un simple penitente? Helge volvió a la vidriera. El hombre alzó la vista hacia el icono, se santiguó y desapareció tras él para volver a asomar instantes después. Acto seguido, salió del templo y se fue en su coche.

Helge, sin saber bien de qué acababa de ser testigo, entró en la iglesia. No tenía mucho tiempo, porque debía coger un taxi y volver a casa antes que María... o, al menos, comprar tabaco para tener una excusa que justificara su ausencia. En el interior titilaban decenas de velas encendidas que emitían pequeñas volutas de humo negro y olor a cera derretida. Un chasquido a sus espaldas lo hizo volverse, pero era solo la puerta al cerrarse. Contuvo el aliento y se dirigió al icono con la mirada fija en el pedestal. A continuación, se coló tras él.

—¡Eh, usted! ¿Qué está haciendo?

En la puerta había un guardia de seguridad de uniforme azul mirándolo.

—Nada, es que... es que se me ha caído el móvil y no lo encontraba.

El hombre le dedicó un gesto incrédulo, pero, como no tenía autoridad real alguna, no insistió.

—El templo está cerrado. Vaya saliendo, que tengo que echar la llave.

Helge levantó el teléfono.

—Pues menos mal que lo he encontrado.

—Sí, menos mal —dijo el vigilante.

Helge pasó ante él y salir corriendo en busca de un taxi.

CAPÍTULO 6

Aeropuerto de Sheremétievo (Moscú)

Dos semanas después de su regreso a Langley, Jenkins se encontraba en medio del gentío que se abría paso a empujones hasta el agente de aduanas que se hallaba sentado tras una ventanilla de cristal en el aeropuerto de Sheremétievo, el de más ajetreo de los tres con que contaba Moscú.

Había pasado aquel tiempo en la sede de la CIA, donde lo habían adiestrado en una serie de disciplinas como el empleo de aparatos de audio, la detección de cámaras y equipos de escucha o la comunicación mediante un punto personal de acceso wifi y una plataforma a la que solo tendrían acceso Matt Lemore y él. Había memorizado la información de numerosos pasaportes y otros documentos que lo identificaban como diversas personas inexistentes que iban desde un hombre de negocios británico blanco hasta una abuelita rusa, «gente fingida», según la denominación que usaba la división de disfraces de Langley.

Esta última unidad lo había medido como habría hecho con un cliente un sastre de postín: largo de entrepierna, cuello, manga, cintura, pecho... Tomaron muestras de su pelo y diseñaron pelucas que abarcaban todo el espectro que va de la calvicie a la melena. Aprendió a usar máscaras muy refinadas para mudar su rostro en menos de un minuto y a transformarse en solo cuarenta y seis pasos de un ejecutivo con maletín a una anciana que empuja un carrito de la compra. Aprendió de los mejores de la CIA que disfrazarse no era solo cuestión de máscaras o de maquillaje, sino de crear ilusiones y engaños para conseguir que un testigo jurara y perjurara que no había visto a un hombre negro de uno noventa y seis, sino a un asiático de uno setenta y cinco, por ejemplo.

En el aeropuerto, necesitó más de una hora para llegar ante la ventanilla de aduanas y presentar su pasaporte. El joven agente no daba abasto. Levantó el documento para comparar mejor la fotografía con el hombre que tenía de pie al otro lado del cristal. Con gesto apático, indiferente, escaneó el pasaporte bajo una luz ultravioleta. El código que le había proporcionado la CIA generaría cierto número de visitas a varios destinos de todo el mundo, incluida Rusia.

—¿Y cuál es el propósito de su visita a la Federación Rusa? —preguntó en un inglés monótono.

El Servicio de Vigilancia de Fronteras era un departamento de la FSB. Si los papeles de Jenkins o su disfraz no lograban ocultar su identidad, no tardaría en encontrarse a las puertas de la prisión de Lefórtovo. Él ya había estado allí y no tenía ningún interés en volver.

—Negocios —dijo Jenkins con acento británico.

—¿Qué clase de negocios?

—Industria textil. Mi empresa suministra materias primas para la confección de uniformes como el que lleva usted puesto y he venido a visitar a fabricantes de la maquinaria empleada en el proceso.

—¿Han hecho ustedes este uniforme? —El joven tiró de la solapa de su chaqueta verde militar con aire poco impresionado.

Jenkins sonrió.

—El uniforme no: nosotros suministramos el algodón, la lana o las fibras sintéticas con las que confeccionar el producto.

—¿Poliéster también?

—También.

—Pues hágame un favor: fabríquenlos de algodón o de cualquier otra cosa que transpire. En verano sudo como un pollo, sobre todo cuando no hay aire acondicionado.

—Haré lo que pueda, joven.

—¿Qué empresas tiene la intención de visitar?

Jenkins arrugó la frente.

—Más de una docena de las que hacen los distintos componentes de la maquinaria textil que usan nuestras fábricas. ¿Quiere que le haga una lista?

—Ponga la mano derecha sobre la máquina.

Jenkins colocó la mano en el escáner y la luz le iluminó la palma y los dedos. Los ojos del agente fueron del aparato a su ordenador.

—Ya ha estado en Moscú antes, señor Wilson.

—Varias veces, de hecho.

El joven estampó un sello en el pasaporte y se lo devolvió por la abertura del cristal con gesto apático.

—Que tenga una buena estancia.

Jenkins llamó a un taxi al salir del aeropuerto y le pidió en ruso al conductor que lo llevase al Hotel Imperial, en el distrito de Yakimanka. El conductor se volvió para mirarlo.

—¿Sabe la dirección?

Jenkins se la dio. A diferencia de muchos hoteles del centro histórico, el Imperial quedaba fuera de la ruta turística habitual y no solía alojar a viajeros estadounidenses ni del resto de Europa. Los agentes de la CIA en Rusia lo habían investigado para confirmar que las habitaciones estaban limpias, sin micrófonos ni cámaras, aunque sí que había una de estas, de escasa calidad, en el vestíbulo.

María Kulikova vivía en aquel distrito. De hecho, Jenkins podía ir andando del hotel a su piso, lo que le facilitaría las labores de vigilancia hasta que pudiera determinar el motivo de su silencio. Zinaída Pétrikova, la segunda hermana, trabajaba en la Duma Estatal y tenía su domicilio treinta minutos en tren más al norte, en el distrito Koroliov, donde su marido había ejercido de ingeniero en el programa espacial ruso hasta que había muerto de manera inesperada de un ataque al corazón.

Jenkins pretendía observar primero a Kulikova. Si descubría que la estaban vigilando, sería más difícil comunicarse con ella y sacarla de allí llegado el momento. Entonces, pasaría a observar a Pétrikova.

El recepcionista del vestíbulo pequeño y deslucido del hotel era agradable aunque reservado. Después de que Jenkins le mostrara el pasaporte y la tarjeta de crédito, le tendió la tarjeta de una habitación de la tercera planta.

—¿Me podría decir dónde suele comer la gente por esta zona? —preguntó el recién llegado, de nuevo con acento británico. Al ver que no respondía, volvió a formularle la pregunta en ruso.

El recepcionista sacó de debajo del mostrador una hoja en la que, de un vistazo, identificó el nombre de unos cuantos restaurantes con servicio a domicilio, una tintorería, varias empresas de guías turísticos y otros servicios. Después de pasar medio día en un avión, lo que menos le apetecía era comer en su habitación; pero tampoco deseaba meterse en un establecimiento lleno de turistas. Buscaba algo como su hotel, menos concurrido. Se dirigió al ascensor con puerta de reja de hierro y pulsó el botón del tercero sin detectar cámaras en el interior ni en el pasillo de su planta.

Una vez en su habitación, cerró la puerta y, sin encender la luz, recorrió con la mirada las paredes y el techo en busca de algún puntito verde, rojo o blanco que delatase la presencia de una cámara o un sistema de escucha ocultos. Al no ver ninguno, encendió la luz y dejó la maleta en la cama. Sacó el neceser de afeitado y, de él, lo que parecía una maquinilla eléctrica. Presionó un botón que tenía en la parte de abajo y recorrió la habitación. Aquel aparato detectaba ondas de radio y campos magnéticos, así como equipos de vídeo ocultos, aparatos con los que pinchar teléfonos móviles y localizadores con sistema de GPS. Si encontraba alguno, vibraba y se le encendía una luz LED.

Jenkins no percibió respuesta alguna. Guardó la maquinilla y se quitó la chaqueta. Se desabrochó los botones de la camisa y se la quitó antes de desprenderse también del traje que hacía parecer que pesaba veinte kilos más, concentrados sobre todo en la barriga, y de los guantes ligeros de material sintético que le llegaban casi a los hombros y le conferían unas manos de piel blanca a las que no faltaban siquiera las manchas propias de la edad ni las huellas dactilares del señor Charles Wilson, fabricante textil. Tenía las suyas verdaderas sudadas por el calor, inusual en aquella estación del año. Se deshizo, asimismo, de las lentes de contacto azules, que le habían irritado y secado los ojos durante el vuelo, y las echó al inodoro. Con todo, se dejó puesto el maquillaje protésico, ya que Moscú estaba plagada de cámaras de reconocimiento facial que, a la menor oportunidad, escanearían el rostro de Jenkins, lo asociarían a las imágenes que guardaban en las bases de datos y alertarían sin demora a la policía moscovita y a la FSB, que gracias a ellas podrían seguirlo por toda la ciudad.

Quince minutos después de salir del hotel, entró al Yakimanka Bar, situado en una calle lateral, suspenso en originalidad y diseño, tanto exterior como interior, pero sobresaliente en ser ni más ni menos que lo que necesitaba Jenkins. Exceptuando a los dos hombres que jugaban al billar ruso en una mesa de dimensiones exageradas, el local estaba desierto y escasamente iluminado. No tenía que preocuparle que sus manos fuesen más oscuras que su cara. El local olía a humo de tabaco y a comida grasienta. Se sentó en un banco corrido desde el que alcanzaba a ver la ventana que daba a la calle.

Uno de los dos jugadores dio un grito y llamó su atención. Debía de tener veintitantos y llevaba el pelo a la moda, corto por los lados y largo en la parte alta, de modo que le colgaba cada vez que se agachaba para darle a la bola. Entre golpe y golpe, caminaba pomposo alrededor de la mesa y bebía de uno de los diversos botellines de cerveza que había en el borde mientras anunciaba su siguiente jugada a su corpulento compañero, una mole de hombre cuya cabeza afeitada llegaba casi hasta el techo. La mole parecía perpleja, aunque no preocupada.

El tipo que estaba jugando en aquel momento era musculoso y llevaba una camiseta blanca de tirantes. Tenía una gruesa cadena de oro en el cuello. Jenkins no pasó por alto la camisa de manga larga y la chaqueta de vestir que colgaban de una percha situada al lado de un estante para tacos de billar en el que faltaban dos. Pese a los pantalones de traje y los zapatos de vestir con que completaba su atuendo, no le pareció que tuviera pinta de ejecutivo. De hecho, tenía el brazo derecho adornado por todo un muestrario de tatuajes coloridos que se extendían de la muñeca al hombro.

—*Ya bi na tvoiom meste ij ignoríroval. Yesli ti ne glup, ujodi.*
—«Yo pasaría de ellos. No seas tonto y vete».

Jenkins dirigió entonces la atención al camarero, que había salido de detrás de la barra. Tenía el pelo poblado y canoso y una barba tupida que le cubría la mayor parte del rostro surcado de arrugas.

—Lobotomie. —Jenkins pidió una de las cervezas más populares de Rusia.

El hombre meneó la cabeza, soltó un suspiro y se alejó.

—*Suka!* —exclamó el jugador: «Coño»—. *Prinesi nam yeschche piva.* —«Tráenos más cerveza».

Jenkins no había reparado antes en la mujer que había sentada en un taburete en un rincón oscuro cercano a la mesa, cuyo vestido blanco y ligero apenas le cubría las largas piernas y el escote. Al bajarse dio un traspiés y a punto estuvo de caer de sus zapatos rojos de plataforma. El pieza del billar se echó a reír y le dio en el trasero con el taco, lo que hizo que cayera hacia delante contra la mesa y, de ahí, al suelo.

La mujer estaba colocada con algo más fuerte que la cerveza: alguna clase de narcótico, probablemente.

El hombre la punzó con la punta del palo y le levantó el vestido antes de mirar a su amigo buscando su aprobación. Ella se agarró a la mesa para tratar de ponerse en pie y, tambaleándose, se dirigió a la barra. Esta vez tropezó con un escalón que elevaba aquella zona del bar y fue a estrellarse contra el linóleo desgastado del suelo. El camarero la miró, pero solo un instante y sin hacer nada por ayudarla. Jenkins sintió el impulso de ir a socorrerla cuando pensó que era mejor no inmiscuirse. La mujer se levantó y fue trastabillando hasta la barra. Le dijo algo al camarero antes de darse la vuelta y mirar a Jenkins. El rímel le corría por la cara como lágrimas de payaso.

El alma se le cayó a los pies. Pensando en su hija, se afanó en dominar la rabia ante el maltrato que estaba sufriendo aquella mujer. Cuando volvió a centrar la atención en los dos hombres, el macarra lo estaba mirando fijamente, apoyado en su taco de billar. Metió el pulgar entre el índice y el medio, el equivalente ruso a levantar el dedo corazón.

Jenkins se obligó a apartar la vista. Será macarra.

En ese momento volvió el camarero con su Lobotomie. Jenkins dio un sorbo y le sonrió. Se estaba dando ya la vuelta para irse cuando le preguntó:

—*Vasha kujnia yeshche otkrita?* —«¿Tenéis abierta todavía la cocina?».

A las espaldas del de la barba, la mujer salvó el escalón que la separaba de la zona del billar con cuatro botellines en la mano. Estaba ya cerca de los hombres cuando se cayó al suelo una de las cervezas y se reventó contra el suelo de linóleo.

—*Vot dermó* —dijo entre dientes el camarero. «Mierda».

—*Suka!* —renegó el chulo del billar.

La mole le recogió los botellines que le quedaban.

—*Priberís* —dijo el macarra. «Límpialo». La agarró por el cuello y la lanzó al suelo—. *Oblizhí egó kak sobaka.* —«Lámelo como un perro».

Jenkins apretó su botellín y miró al camarero, quien, a todas luces, no tenía intención de mover un dedo.

El macarra se puso en cuclillas tras la mujer y usó el taco de billar para simular el acto sexual antes de agarrarla por el pelo y obligarla a levantarse. Dijo algo a la mole y los dos salieron con ella por una puerta lateral.

La voz del camarero llamó entonces la atención de Jenkins.

—*Tolko rubili. Kreditnie karti ne prinimáiem. Chto vi jotite zakazat?* —«Solo rublos. No aceptamos tarjeta. ¿Qué quiere?».

De dentro llegaba un griterío de los mil demonios, pero Jenkis supo mantener la calma y hasta logró responder con una sonrisa:

—*Ya dúmaiu ti prav. Dúmaiu, mne luchshe uití.* —«Creo que tienes razón. Creo que es mejor que me vaya».

Jenkins salió del bar, pero no en dirección al hotel. Al final del edificio, vio un callejón lleno de bolsas de basura que rebosaban de contenedores, palés de madera y rimeros de periódicos. En el cono de luz que emitía la lámpara situada sobre la puerta lateral del establecimiento, el macarra tenía a la mujer agarrada por el cuello contra la pared mientras con la otra se desabrochaba el cinturón. La mole, de pie, contemplaba el espectáculo de espaldas a Jenkins.

Se acercó a ellos cuando el pieza abofeteó con fuerza a su víctima.

—¿No quieres lamer la cerveza, perra? —Volvió a darle una guantada igual de violenta—. Será que prefieres lamer otra cosita… ¿No? —La obligó a ponerse de rodillas y le agarró el pelo. De la nariz y de la comisura de los labios le caía un hilo de sangre. Se bajó la cremallera, pero le costó sacar lo que estaba buscando.

—*Vozmozhno, vi ne mózhete yego naití, potomú chto on takói málenki* —dijo Jenkins. «Puede que te esté costando encontrártela porque es pequeña».

La mole giró al instante sobre sus pies y se llevó una mano al bulto que tenía bajo la chaqueta de cuero, pero el macarra lo detuvo con un gesto del brazo. Tirando al suelo a la mujer, salió del cono de luz y entornó los ojos como si le costara ver a Jenkins.

—*Chto ti skazal, starik?* —«¿Qué has dicho, abuelo?».

Jenkins, sin quitar la vista de las manos de la mole, respondió:

—Que quizá te está costando encontrarte el rabo porque lo tienes pequeño.

El pieza sonrió, aunque con gesto inquieto. Era evidente que se estaba planteando si aquel vejete que lo estaba insultando iba borracho, tenía pocas luces o simplemente había perdido la chaveta. Miró a su compañero, que también parecía perplejo, y se echó a reír. La mole soltó también una carcajada, pero Jenkins pudo advertir que, en gran parte, estaba provocada por los nervios.

—Tienes pelotas, vejestorio —dijo el macarra—. El abuelete las tiene muy gordas, ¿no te parece, Pável?

El gigantón asintió sin palabras. Jenkins no le perdía de vista las manos.

El macarra agarró entonces el taco de billar, que había dejado apoyado en el muro, y avanzó hacia él.

—Seguro que estás deseando enseñárnoslas, ¿verdad? —En ese momento, volvió la cara y señaló con ella a la mujer—. Seguro que estás deseando enseñarle esas pelotas tan gordas. ¿Qué me dices, abuelo? ¿Tú también quieres ponerte a la cola?

Jenkins sonrió.

—Lo que quiero es que os metáis los dos en el bar y acabéis la cerveza y la partida. Hasta os invito a una ronda.

El joven dejó de sonreír.

—¿La quieres para ti solo, abuelo? —Hizo gestos obscenos con las manos y las caderas antes de decir a su amigo—: El viejo no quiere compartir, Pável. Qué egoísta, ¿no?

—Sí, muy egoísta.

—Te ofrezco compartirla y tú la quieres toda para ti solito.

—No, quiero que se vaya. Que se vaya a su casa —dijo Jenkins.

—¿Ah, sí?

—Ya os habéis divertido bastante. Os estoy pidiendo otra vez que volváis al bar, os acabéis la cerveza y terminéis la partida.

El joven unió las palmas de las manos y apoyó la barbilla en los dedos como si reflexionara.

—¿Y si…? —Levantó un dedo—. ¿Y sl…, en vez de volver al bar, me quedo aquí zumbándomela mientras Pável te muele a palos? ¿Qué te parece esa opción, abuelo?

—¿Sabes? No me gusta nada que me llamen abuelo.

—¿Ah, no?

—No. Te explico: soy de los que piensan que la edad no es más que una actitud, que, si no nos vemos como viejos, no lo somos.

—Todo un filósofo.

—No. —Jenkins meneó la cabeza—. Más bien soy práctico. Mira tú, por ejemplo. ¿Qué edad tienes? ¿Veinticinco años, veintiséis…? Sin embargo, tienes la actitud de un impúber de catorce al que le gusta pegar a las mujeres.

—¿Me estás insultando? ¿Quién coño eres tú?

—Solo un tipo que busca un poco de paz mientras disfruta de una cerveza y algo de comer antes de irse a la cama.

—Pues yo diría que te has confundido de bar y de momento.

—Entonces, todavía estamos a tiempo de salir ganando todos. Yo me voy a comer a otro sitio; la joven se va a su casa, y tú y la mole volvéis adentro y acabáis la partida.

El pieza levantó una rodilla y partió el taco de billar.

—Para eso ya es tarde —repuso lanzándole una mitad del taco a Pável—. Me parece que vamos a acabar esa partida aquí mismo y ahora.

El joven se abalanzó y le asestó un golpe con el palo. Jenkins, en lugar de retroceder, avanzó para bloquearlo con el hombro. Agarró la muñeca que sostenía el taco, giró sobre sí mismo y le golpeó el codo, que dio un chasquido. El macarra lanzó un alarido y se dejó caer de rodillas. Pável, mucho más grande, pero también más lento, levantó su palo como un hacha. Jenkins volvió a avanzar, esa vez para lanzar un golpe rápido a la tráquea de su atacante. Este soltó el palo y se llevó las manos a la garganta. Jenkins le dio una buena patada en la entrepierna y a continuación le golpeó el pecho para hacerlo caer hacia atrás. Pável volcó contenedores al ir a dar con la basura.

El macarra, con un brazo pegado al costado, se levantó y fue hacia Jenkins tajando el aire con la navaja que llevaba en la mano sana. Él evitó la primera cuchillada y, cuando vio aparecer de nuevo la hoja, lo agarró del brazo con la izquierda y le partió la muñeca. El arma cayó al suelo y Jenkins giró lanzando un derechazo que fue a la cara del pieza y dio con él en el suelo. Oyó el ruido metálico de cubos de basura y se dio la vuelta para ver a Pável salir pistola en mano de entre los desechos.

En ese mismo instante, el macarra se puso en pie dando tumbos y, con los ojos rojos de ira, embistió contra Jenkins.

Sonó un disparo.

El macarra dio un traspié y cayó en los brazos de Jenkins.

La puerta del bar que daba al callejón se abrió. El camarero. Miró a Jenkins y luego al hombre que yacía derribado en sus brazos. La sangre de la herida empapaba la camiseta del color del vino tinto. Abrió los ojos de par en par y corrió a cerrar de nuevo la puerta. Pável, al fondo del callejón, empezó a recular sin dejar de apuntar con la pistola. Tropezó con la basura y mantuvo el equilibrio como pudo antes de darse la vuelta y echar a correr.

Jenkins dejó al macarra en el suelo. La bala le había dado en la espalda, cerca del omóplato izquierdo. Le buscó el pulso, pero no tenía.

La mujer estaba agazapada con el cuerpo pegado a la pared y gesto entre confundido y aterrado.

—*Seichás vi dolzhní uití* —dijo Jenkins. «Debería irse».

Ella miró al macarra, tumbado bocabajo sobre el pavimento, y a continuación a Jenkins. De pronto se le despejó momentáneamente la vista.

Por el miedo.

—*Chto vi nadélali?* —dijo. «¿Qué ha hecho?».

CAPÍTULO 7

Yakimanka Bar, Moscú

Tras contraer matrimonio, al inspector jefe de la policía de Moscú Arjip Mishkin le había seguido fascinando cuanto tenía relación con la labor de investigador criminal menos las noches que lo llamaban para acudir al lugar donde se había cometido un delito y tenía que dejar el calor y la comodidad de su cama y la compañía de su esposa. Sus padres le habían puesto el nombre de la diosa eslava de la belleza y Lada había sido un verdadero tesoro para Arjip durante treinta y seis años. Desde su muerte, ocurrida hacía casi dos a causa de un cáncer de mama, el inspector había conocido pocas alegrías; pero ya no le importaba que lo llamasen a las tantas cuando se había cometido un acto criminal. Su cama estaba fría. De hecho, casi todas las noches se quedaba dormido leyendo en el sillón.

Cuando lo llamaban, al menos, tenía algo que hacer.

Redujo la velocidad al acercarse a un agente de uniforme que dirigía el tráfico pese a los pocos vehículos que había en la calle a aquellas horas de la noche. Miró el reloj. De la mañana, de hecho. El agente le indicó con gestos enérgicos que siguiera adelante y él, en cambio, bajó la ventanilla del coche. El joven lo miró airado.

—¿Qué hace? Circule si no quiere que lo arreste.

Ah, la euforia de la juventud. Aun así, aquel agente debía trabajar su actitud. «Se cazan más abejas con miel que con vinagre», como le gustaba decir a Lada. Arjip le sonrió y sacó la placa que lo identificaba como inspector jefe del Departamento de Investigación Criminal del Ministerio del Interior. El nombrecito se las traía.

El joven, horrorizado, levantó las manos como en señal de rendición.

—Mis disculpas, señor inspector jefe.

—Tranquilo. —Arjip volvió a sonreír—. Si pudiese mover esos conos...

El subordinado corrió a recoger los conos naranja y le dio paso con la mano. El inspector aparcó y se bajó del coche. Se puso la chaqueta deportiva de verano y un sombrero pardo de ala corta y copa baja.

—Gracias, agente —dijo al ver acercarse al joven cariacontecido—. ¿Me permite un consejo?

—Por favor, señor inspector jefe.

—Intente sonreír más a menudo. Se cazan más abejas con miel.

El otro hizo lo que pudo, pero solo consiguió una expresión atribulada.

—Ya verá como con la práctica le resulta más fácil —le aseguró Arjip.

Se palpó los bolsillos de la chaqueta y, al dar con la forma de su cuaderno de espiral y su lápiz, siguió avanzando hacia el nutrido grupo de policías, excesivo, se diría, para un tiroteo en un bar. Ni que hubieran matado al presidente de Rusia. Alguien había cometido el error de pintar de rojo la fachada del bar, que era como eso otro que decía Lada, lo de ponerle un vestido a una mona, porque el descascarillado llamaba más todavía la atención sobre el estado ruinoso del local. En una zona de Moscú que estaba experimentando una rápida revitalización, aquel establecimiento parecía estar llamando a gritos a la bola de demolición.

Enseñó la placa y los agentes se fueron apartando hasta que llegó a la puerta principal. Ya en el interior, lo condujeron ante un compañero que hablaba con un hombre de mediana edad dotado de una melena revuelta de pelo canoso y barba a juego. El agente entrecerró los ojos para leer en la penumbra la placa de Arjip.

—Inspector jefe —dijo.

El recién llegado recorrió con la mirada la multitud de agentes de uniforme y de criminalistas que se había congregado en el bar. Ojalá alguien se hubiera tomado la molestia de hacer una relación de todas las personas que había presentes, contaminando el lugar de los hechos, aunque le parecía poco probable.

—¿Inspector jefe? —repitió el agente.

—¿Mmm? —Arjip se volvió hacia el uniformado, que señaló con un gesto al hombre de la melena rebelde.

—Este es el dueño del bar.

Los dos eran por lo menos quince centímetros más altos que él, que no llegaba al metro setenta; pero ya estaba acostumbrado. Su madre le decía que, si Dios no lo había agraciado con una gran altura física, su intelecto era capaz de escalar cualquier montaña. Quizá sí, pero ni los entrenadores de fútbol ni las mujeres se fijaban en el intelecto. Menos su Lada, claro. Aunque ella también le sacaba más de siete centímetros, siempre había sabido hacer que se sintiera el más alto de cualquier lugar.

—Un momento, por favor. —Arjip se volvió de nuevo hacia el resto—. Perdonen. Perdonen… —Todo el mundo siguió charlando.

—¡Eh! —gritó el de uniforme, con lo que se atrajo la atención de todos antes de mirar al inspector y bajar la barbilla.

Arjip sonrió.

—Gracias, agente. —Alzó la voz—. Soy Arjip Mishkin, inspector jefe del Departamento de Investigación Criminal del Ministerio del Interior. Si no son criminalistas ni testigos, por favor, salgan inmediatamente de este recinto. No toquen nada y denle su nombre y su número de placa a... —Miró a un agente joven que había en la puerta—. ¿Cómo se llama usted? Sí, usted.

—Gólubev.

—Por favor, denle su nombre y su número de placa al agente Gólubev para cuando necesite un informe detallado de su estancia esta mañana en mi lugar de autos.

Con aquello consiguió despejar el bar. A los agentes les encantaba tener algo que hacer por la noche, pero odiaban tener que hacer papeleo. Cuando el local quedó vacío, reparó en los bancos corridos ajados y las mesas llenas de arañazos, el techo bajo y el suelo de linóleo rasguñado y desgastado. Al fondo, subiendo un escalón, había una mesa de billar con bolas. Habían dejado una partida a medias. Uno de los tacos descansaba sobre la mesa. El segundo no lo encontró, aunque en el estante de la pared faltaban, sin duda, dos. En la percha que había al lado vio una chaqueta y una camisa de vestir. El borde de la mesa estaba lleno de botellines de cerveza. En el suelo había uno roto y cerveza derramada que nadie había limpiado.

Aquel establecimiento era para beber. Se percibía el olor a cerveza que inundaba el aire. La gente iba allí para acabar borracha como una cuba y olvidar sus problemas, quizá hasta su vida misma. Arjip lo había visto con demasiada frecuencia. Un borracho tiraba una cerveza. Otro borracho se ofendía y decía algo. Una cosa llevaba a la otra y, antes de que nadie pudiera decir qué había pasado, uno de los dos borrachos había caído muerto, probablemente apuñalado. Lo único que cabía preguntar era...

—¿Dónde está el cadáver? —El inspector recorrió el salón con la vista.

—¿Perdón? —preguntó el agente. El propietario y él se miraron.

—Me han dicho que habían matado a alguien de un disparo. Daba por hecho que tendríamos un cadáver. —Arjip los miró con una sonrisa amable.

—Está en el callejón, inspector jefe Mishkin —dijo el agente.

—Ah, que siguieron discutiendo fuera.

—¿Perdón?

—Los dos borrachos. Discutieron, uno tiró una cerveza, al otro le pareció una tragedia de consecuencias inmensurables y siguieron discutiendo fuera. La cosa fue subiendo de tono. Alguien le dijo algo al otro y... tenemos un cadáver.

El agente y el dueño volvieron a mirarse.

Arjip usó la goma del lápiz para rascarse el eccema que le había salido en la zona de la nuca. Su médico decía que era por el estrés, posiblemente por la muerte de su mujer. Le había dicho que tardara menos en la ducha y le había recetado una crema. Aseguraba que lo más seguro era que remitiese cuando se jubilara, cosa que ocurriría a final de aquel mismo mes; pero, a medida que se aproximaba esa fecha, daba la impresión de que, más bien, se estuviera extendiendo. Se volvió hacia el hombre de la melena.

—¿Es usted el propietario?

—Sí —dijo el hombre.

El inspector miró hacia la barra sin ver a ningún otro empleado.

—¿Y el camarero?

—Sí.

—¿Ha visto lo que ha pasado? Quizá quiera contármelo.

—Sí, desde luego. Yo estaba...

Arjip levantó una mano.

—Por favor. —Metió la mano en el bolsillo de la chaqueta, sacó el cuaderno de espiral y lamió la punta del lápiz.

—¿Quiere grabar la conversación? —preguntó el agente alzando su teléfono.

Su superior lo miró.

—¿Para qué?

—Para... documentar lo que se diga.

—Para eso tendré mis notas. Además, usted le tomará declaración en Petrovka. Pero, si lo considera necesario, no lo dude, por favor. En fin... —Se volvió hacia el dueño—. Cuénteme qué ha pasado.

—Pues... entran dos hombres en el bar...

Arjip soltó una risita que dejó perplejos al camarero y al agente.

—Perdón, es que... lo cuenta usted como si fuese el principio de un chiste. —Ninguno de sus interlocutores sonrió siquiera—. Continúe, por favor.

—Estaban con una mujer. Pidieron cerveza y chupitos. Ya estaban borrachos cuando entraron.

El inspector volvió a levantar la mano.

—¿Le consta que estuviesen ebrios?

—¿Cómo que si me consta?

—¿Se lo dijeron ellos?

—No, claro que no, pero llevo años de camarero. Se veía por su actitud, la forma de mirar...

—O sea, que lo infirió.

—¿Qué?

—Que infirió por su conducta y sus peculiaridades físicas que los hombres llegaron bebidos.

—Supongo.

—Continúe.

—El caso es que pidieron chupitos y cerveza y se fueron al billar a echar una partida.

—¿Solo los hombres o también la mujer?

—No, solo los hombres.

—¿Qué pasó con la mujer?

—¿Cómo que qué pasó?

—¿También se puso a jugar?

—Ella es prostituta —señaló el dueño con aire perplejo.

—Lo sabe porque se lo dijo.

—No, pero... lo *inferí*.

—*Inferí*. Lo infirió por sus peculiaridades físicas y su conducta.

77

—Más bien por la ropa. Además, ya había estado aquí antes.

—¿La conoce?

—Se hace llamar Isabella. Creo que es un…

—¿Un alias?

—Eso.

—Continúe, por favor.

—Entonces entró otro hombre. Se sentó en esa mesa de ahí, la de los bancos corridos, y se puso a mirar a los hombres y a la mujer. Eso también lo inferí —añadió enseguida—, porque Eldar le hizo una higa.

—¿Eldar?

—Uno de los dos que se pusieron a jugar al billar.

—¿También lo conocía a él?

—Lo había visto otras veces. Viene al bar a jugar.

Arjip no dijo nada.

—El caso es que me acerqué al hombre de la mesa. Me pidió una cerveza y le aconsejé que se fuera.

—¿Por qué?

—Porque me olí problemas. Parecía demasiado interesado en la mujer. —El camarero movió los ojos hacia arriba y a la izquierda. Mentía. No estaba diciendo la verdad o, al menos, no estaba diciendo toda la verdad.

El inspector, no obstante, consideraba que era preferible no contradecir a un testigo. Con ello solo conseguiría ponerlo a la defensiva. Ya habría tiempo de volver a aquel detalle.

—¿Qué dijo su cliente?

—Preguntó si estaba abierta la cocina.

—¿Comió aquí?

—¿Qué? No. Cuando volví con su cerveza, me miró y me dijo que iba a seguir mi consejo. Salió por la puerta delantera.

—¿Qué pasó luego?

—Oí un disparo en el callejón. Quiero decir…, inferí que era un disparo. Cuando abrí la puerta… —Señaló la parte trasera del bar, al otro lado de la mesa de billar—. La puerta lateral, que da al callejón.

—Continúe.

—Abrí la puerta que da al callejón y vi a Eldar apoyado en el hombre del banco corrido. Le habían pegado un tiro.

—¿Cuándo salió Eldar al callejón?

—Poco antes de que se fuera del bar el hombre del banco corrido.

—¿Y qué me dice del otro hombre y de la mujer?

—Salieron al callejón con Eldar.

—¿Sabe por qué?

—No. —El hombre apartó la mirada.

Otra mentira. También volverían a eso más tarde.

—¿No acabaron la partida ni la cerveza?

—No.

—Entonces, ese hombre… —Arjip comprobó sus notas—. Ese tal Eldar, el otro hombre y la mujer salieron al callejón por la puerta lateral, por un motivo que desconocemos. Poco después, el hombre del banco corrido salió por la puerta principal y, según podemos inferir, debió de dar la vuelta al edificio para llegar también al callejón, donde cree usted que mató a Eldar de un disparo.

—Eso inferí —señaló el dueño en un tono un tanto más enérgico de la cuenta.

—Bien inferido. —El inspector sonrió. Era importante conseguir que los testigos mantuviesen la calma. Arjip había podido comprobar que los ayudaba a recordar—. ¿Dónde estaba la mujer?

—Apoyada en la pared, a mi izquierda.

—¿Y el otro hombre?

—¿Qué otro hombre?

Arjip volvió las páginas de la libreta.

—Me ha dicho que entraron dos hombres en el bar y yo le he dicho que sonaba a uno de esos chistes… Luego me ha dicho que parecían borrachos los dos.

—Sí, sí. No sé dónde estaba. No lo vi.

—¿No estaba en el callejón? —Parecía extraño.

—Lo que digo es que no lo vi.

—No lo sabe.

—Inferí que no estaba allí… porque no lo vi.

—Está bien. Sí. ¿Qué pasó después?

El hombre puso gesto de terror.

—¿Qué cree usted que pasó después?

—Le puedo asegurar que no tengo la menor idea.

El camarero soltó aire.

—Que cerré la puerta. No quería que me pegasen un tiro. Cerré la puerta y llamé a la policía.

—Bien pensado. Muy bien pensado —dijo Arjip. Se volvió hacia el agente—. ¿Fue usted el primero en llegar al lugar de los hechos?

—Sí, mi compañero y yo. Él está fuera, hablando con la gente por si alguien vio algo.

—¿Había alguien más en el bar? —preguntó Arjip al dueño.

—No, se había ido ya todo el mundo.

—¿Quiere ver el cadáver, inspector jefe Mishkin? —El agente se dirigió al escalón que llevaba a la mesa de billar—. Creo que podría explicar algunas cosas.

—Sí, por supuesto. —Arjip lo siguió y, de pronto, se detuvo y volvió al lado del camarero—. Otra pregunta. Me ha dicho que al interfecto le dispararon. ¿Cómo lo sabe?

El dueño repuso exasperado:

—Porque oí el disparo.

—Cuando abrió la puerta, ¿vio que el hombre del banco corrido tuviese un arma?

—Pues… no.

—No.

—Pero… Quiero decir, que oí el disparo y, cuando abrí la puerta, Eldar estaba apoyado en el hombre. ¿Puedo inferirlo?

—Por supuesto. —Hasta que un buen abogado lo sacara a declarar y lo hiciera trizas. Arjip cerró el cuaderno y lo volvió a echar junto con el lápiz en el bolsillo—. Ha sido usted de gran ayuda. El agente volverá para acompañarlo a Petrovka y tomarle declaración.

—Se refería al Departamento de Investigación Criminal, sito en el bloque 38 de la calle Petrovka.

—¿No puedo irme a casa? —preguntó el propietario.

—No. —Arjip se volvió hacia el agente—. El cadáver, por favor.

El agente se dirigió a la puerta del fondo del bar seguido del inspector. Al pasar al lado de la mesa en la que, según el camarero, había estado el tercer hombre, vio un botellín de cerveza todavía lleno y un criminalista a la espera de instrucciones.

—Asegúrese de no dejarse atrás ese botellín. Quiero que lo analicen en busca de huellas y posibles muestras de ADN.

—Sí, señor inspector.

Arjip siguió al agente al exterior. El cuerpo estaba tendido en el suelo, bajo una sábana blanca alrededor de la cual se arracimaba el personal de la oficina del forense. Los cubos de basura que había cerca de la puerta estaban volcados y había montones de desechos esparcidos. Advirtió la mitad de un taco de billar en el suelo. Buscó la mitad que faltaba y la encontró a casi cinco metros de allí. Había habido una pelea.

—El segundo taco —anunció.

—¿Cómo? —preguntó el agente de uniforme.

—Al estante de la pared le faltan dos tacos. Uno estaba en la mesa y ese es el segundo.

—Ah. El cadáver…

—Aquí ha habido un altercado.

—Eso parece.

Arjip se dirigió al compañero del agente que había permanecido en el callejón.

—Quiero fotos, muchas fotos de este sitio. —Señaló las ventanas de los edificios que rodeaban el callejón—. Que los agentes de a pie vayan de puerta en puerta por los bloques que dan aquí por si alguien ha visto u oído algo y que alguien averigüe qué prostitutas trabajan por esta zona. Quiero hablar con la mujer que estuvo aquí. Isabella se llama.

—Sí, inspector jefe Mishkin —repuso el agente.

Arjip se volvió y miró a las farolas y los postes de teléfono. Sobre una de las primeras de la acera opuesta al bar había una de las cámaras de reconocimiento facial de Moscú con cuatro lentes y una de ellas apuntaba directamente al callejón.

—Averígüenme también el número de esa farola —añadió alzando la voz antes de dirigirse al primer agente que llegó al lugar de los hechos—. Tenía usted interés en que viese el cadáver, ¿verdad?

—Sí. —El agente se colocó al lado del cuerpo que yacía bajo la sábana.

El médico forense tendió unos guantes de látex al inspector, que se los colocó antes de ponerse en cuclillas. El forense retiró la sábana. Ya había envuelto en sendas bolsas las manos de la víctima para proteger cualquier resto de sangre o de piel que pudiera haber quedado bajo las uñas por la refriega. Arjip bajó más aún la sábana para observar la herida de bala. Justo a la derecha de la escápula izquierda tenía una herida de bala. El proyectil le había alcanzado, sin duda, el corazón. La muerte había sido instantánea. Aun así, el agujero de la camisa era redondo y apenas tenía sangre. Casi con toda certeza se trataba de una herida de entrada y no de salida. El camarero decía haber visto al interfecto apoyado en el tercer hombre, pero no un arma. Con mucha razón, porque parecía poco probable que el desconocido disparase al interfecto.

—Denle la vuelta —pidió a los dos hombres de la oficina del médico forense, que obedecieron y confirmaron lo que había inferido Arjip. La herida de salida era más grande e irregular, y tenía más sangre—. Mmm… —Se puso en pie.

—¿Inspector Mishkin? —dijo el agente—. Hemos confirmado la identidad del cadáver.

—¿Ah, sí? —Al ver que no proseguía, añadió—: Pues no lo ocultemos más.

—Es Eldar Veliki.

—Veliki. ¿De qué me suena a mí ese apellido?

—Es hijo de Yekaterina Velíkaia. El nieto de Alekséi Veliki.

—El gánster.

—De la mafia —dijo el oficial.

—¿Y por qué no me lo ha dicho antes? Eso lo cambia todo.

CAPÍTULO 8

Distrito de Yakimanka, Moscú

Jenkins se metió en un callejón que olía a orina y a basura en descomposición, aunque esa era la menor de sus preocupaciones. Lo que lo inquietaba de veras era su aspecto… y lo que acababa de ocurrir. El camarero había abierto la puerta del callejón y, al ver al macarra con el disparo y apoyado en Jenkins, había llegado a la conclusión, errada pero muy comprensible, de que, tras salir del bar, había acudido al callejón para matar al joven. Desde detrás de la puerta, abierta hacia fuera, no podía ver a Pável, el amigo del muerto.

Se quitó la chaqueta de cuero y, tras arrancarse la camisa manchada de sangre y lanzarla a un cubo de basura, volvió a ponerse la chaqueta y se la abrochó hasta arriba. No dejaba de darle vueltas a lo que había pasado. Tenía que haberse ido de allí sin más. Su instinto le había estado pidiendo a gritos que se alejara de aquella situación, pero su voz no era tan fuerte como la de aquella punzada de su conciencia que no le permitía ver degradar con tanto descaro a otro ser humano. Le habría resultado imposible quedarse de brazos cruzados mientras pegaban y humillaban a aquella mujer. Daba igual que fuese prostituta. En todo caso, dicha circunstancia hacía más imperativo un trato solidario. Desde luego, no merecía que la pisoteara un camorrista de tres al cuarto.

De todos modos…

¿Qué había querido decir la mujer? «¿Qué ha hecho?», le había preguntado.

Había pronunciado aquellas palabras con tanta claridad y… miedo, un miedo que se había abierto paso entre todas las sustancias que palpitaban en su organismo. El terror la había serenado como a un borracho sobre el que arrojasen un cubo de agua helada. Las palabras habían salido de su boca en un susurro inquietante, como si aquella mujer, al menos momentáneamente, no lograra aceptar lo que veían sus ojos y su mente registraba.

«¿Qué ha hecho?».

Jenkins había calculado mal la determinación de aquellos hombres. Su experiencia y el adiestramiento recibido en el ámbito del *krav magá* le habían enseñado que la mayoría de las personas, después de verse desarmadas e incapacitadas con tal velocidad, habría echado a correr para salvar el pellejo y poder combatir otro día. La mayoría habría considerado que por aquella mujer no valía la pena sufrir de ese modo.

El grandullón lo había entendido tarde. El macarra, ni eso. Además, este último era quien dirigía el cotarro. El hecho de que no hubiera dejado que le bajasen los humos hacía pensar que no estaba acostumbrado a que se enfrentasen a él, a que le negaran lo que quería, y que normalmente debía de salirse con la suya con semejante actitud. Una cosa así suscitaba la pregunta más importante: ¿quién era aquel tipo?

Al menos, durante el altercado llevaba puesta la máscara. Volvería al hotel y descartaría para siempre a Charles Wilson… Se detuvo en seco y se miró las manos. Mierda. Se había quitado los guantes de látex. ¿Qué había tocado? La puerta del bar, la superficie de la mesa…

El botellín de cerveza.

Miró hacia atrás, pensando si tendría tiempo de volver y… No, era evidente que no. No tenía más remedio que jugársela. Seguir adelante. Tenía otras máscaras, otros disfraces.

Comprobó la hora. Había activado el cronómetro en el momento de salir de aquel callejón. Caminó con paso enérgico. Llevaba las manos en los bolsillos de la chaqueta y volvía la cabeza cada vez que pasaba al lado de una farola con cámara. No corría, porque no quería parecer sospechoso, pero tampoco tenía mucho tiempo. La policía recurriría a las grabaciones y vería la pelea que habían tenido en el callejón. Identificarían a Charles Wilson por la foto de su pasaporte, que habían introducido en su sistema en el aeropuerto de *Sheremétievo*, y lo seguirían desde el bar hasta el hotel, pues, por lo que le habían contado, las cámaras de vigilancia tenían la calidad necesaria.

Aunque no fuese así, el sentido común llevaría a la policía a seguir la misma senda y llegar a la misma conclusión. Jenkins había llegado al local andando. Cualquier buen sabueso descartaría la posibilidad de que hubiese usado el metro o el autobús para acudir a semejante antro, sobre todo cuando el camarero confirmase que era la primera vez que lo veía. Cualquier buen sabueso llegaría a la conclusión de que había ido caminando desde un hotel de los alrededores para pedir una copa y comer algo. El camarero confirmaría este hecho, que, antes o después, llevaría a la policía del bar al Hotel Imperial, donde el recepcionista, que había hecho una copia del pasaporte de Jenkins, no dudaría en dar su número de habitación.

Charles Wilson estaba a punto de ver segada su corta vida.

El conserje lo saludó con una sonrisa cansada y le dio las buenas noches.

—*Spokoinoi nochi.*

Dedicó unos instantes a hablar con el hombre a fin de parecer relajado, sereno y racional. Le dijo que había cenado bien, que dormiría hasta tarde y que, por favor, no lo molestaran por la mañana.

El recepcionista le sugirió que colgase el cartel de «No molestar» en la puerta, aunque añadió que se aseguraría de que lo supiera la camarera de piso.

Ya en su habitación, dejó las luces apagadas para buscar, de nuevo, algún posible punto de luz. Nada. Sacó el teléfono y lo acopló a una cajita negra que le brindaba un punto personal de acceso wifi. Introdujo los tres nombres elegidos al azar que le servían de nombre de usuario en la aplicación y, acto seguido, el código alfanumérico que le permitía contactar con Matt Lemore. Empezó a escribir y se detuvo. Se estaba precipitando y necesitaba analizar bien la situación. Respiró hondo. Dejaría el hotel y se olvidaría de Charles Wilson. Para algo tenía más disfraces. No necesitaba hacer saltar la alarma tan pronto. Así que escribió:

He llegado.

Envió el mensaje, que Lemore tardó un minuto en leer y responder.

Llegada confirmada. Posible cambio de planes.

Jenkins había estado a punto de escribir algo parecido. Decidió no decir nada y escribió sin más:

OK.

Lemore escribió a continuación:

Primero Puerta Roja 2.

Aquello quería decir que sacarían en primer lugar a Zinaída Pétrikova, la segunda hermana. Jenkins preguntó:

¿Problema?

Un minuto después, recibió la respuesta:

Roja 1 ha contactado. Hay algo en marcha. Sacar Puerta
Roja 2.

Jenkins reflexionó un momento sobre aquella información.
«Hay algo en marcha». Kulikova se había puesto en contacto con
el agente al mando. Debía de ser algo importante para que rom-
piese el silencio que había mantenido durante meses. ¿No sería más
bien que los rusos habían sabido de un modo u otro del regreso de
Jenkins y le estaban tendiendo una trampa? «Hay algo en marcha».
Jenkins entendió que sacar a Kulikova en aquel momento podría
poner en peligro lo que fuera que estaba en proceso o amenazaba
con delatar a la espía. Escribió:

Puerta Roja 2. Confirmado. Corto.

Miró el reloj. Hacía ya casi media hora que había salido del
callejón. Desconectó el teléfono del punto de acceso y fue al cuarto
de baño para quitarse la máscara de látex. La dejó, junto con el
pasaporte y otros papeles de Charles Wilson, en un incinerador que
parecía una cantimplora metálica normal y corriente. Sacó una pas-
tilla oxidante de un tubo de antiácidos para la digestión, la encendió
con una cerilla, la introdujo en la cantimplora y cerró la tapa. El
fuego ardería sin oxígeno y sin echar humo.

Volvió al dormitorio y levantó el doble fondo de la maleta,
oculto bajo una placa forrada de un material con un alto índice de
absorción de rayos X para burlar las máquinas de seguridad del aeropuerto. Sacó un segundo disfraz y se sirvió del espejo del cuarto de
baño para colocárselo tan metódicamente como le habían enseñado.

Cuando acabó, el reflejo le devolvió la mirada de un hombre de mediana edad y ascendencia baskiria. Zaguir Togán, integrante de una de las etnias más comunes de Rusia, tenía rasgos ligeramente asiáticos, el pelo oscuro y perilla. Sacó el pasaporte y repasó la información sobre los aspectos fundamentales de la vida de Togán que había memorizado en Langley.

Terminó de hacer el equipaje, se dirigió al cuarto de baño, echó al inodoro las cenizas de la cantimplora y descargó la cisterna. Miró el cronómetro: hacía cincuenta minutos que había salido del callejón.

Tenía que ponerse en marcha.

CAPÍTULO 9

Residencia de los Veliki (Novorizhskoie Shossé, Moscú)

Yekaterina Velíkaia entró en su despacho, en penumbra por estar bajadas las persianas de los ventanales. La única luz de la estancia era la de una lámpara de escritorio de vidrio emplomado de color verde. La familia —que incluía a los parientes consanguíneos de Eldar y a otros que habían trabajado para su abuelo, para su padre y, en aquel momento, para Yekaterina— se había congregado en el salón principal de la mansión. Su padre había hecho construir aquella vivienda de mil cuatrocientos metros cuadrados en una finca de dos hectáreas del barrio residencial que se había formado en torno a Novorizhskoie Shossé. Los que llegaban hacían la misma pregunta, aunque nunca delante de ella: ¿quién iba a querer matar a Eldar?

Cuando la noticia de su muerte traspasara los límites de la familia, cosa que no tardaría en ocurrir, no habría movimiento de Yekaterina que no observasen con lupa. Sabía que, pese a todo el tiempo que llevaba en el poder, su sexo no sería una cuestión irrelevante. ¿Tenía la firmeza necesaria para actuar de forma racional, pero decisiva? ¿Respondería a la violencia con violencia? ¿Podría apartar los sentimientos personales provocados por la muerte de su único hijo y actuar en defensa del negocio familiar?

Todo dependía de lo que hubiese ocurrido. Lo primero era lo primero.

De lo que sí estaba segura era que no iba a llorar.

Todavía no.

Tenía aún mucho que hacer. Necesitaba información.

Delante de su escritorio estaba, de pie, Pável Ismaílov, al lado de Mili Kárlov, quien llevaba años al servicio de Yekaterina en calidad de arreglalotodo —lo que Michel Corleone llamaba un *consigliere* en la gran pantalla—. Mili había ido ascendiendo en tiempos del padre y era como un abuelo para ella. Si el imperio familiar no se había fragmentado en una docena de facciones rivales y Yekaterina, hija única de Alekséi, se había hecho con el timón, había sido en gran medida por él. Su padre, obsesionado con las películas de *El padrino*, había organizado su propia familia según la estructura de la mafia italiana y exigía total lealtad y fidelidad a quienes trabajaban para él.

Yekaterina bajó la barbilla y los dos hombres ocuparon sendas sillas de respaldo recto en el límite del círculo de luz proyectado por la lámpara, lo que llenó de sombras sus rostros. La pierna de Pável se activó como un pistón. Yekaterina encendió el cigarrillo que había sacado del paquete que tenía sobre el escritorio, al lado de un cenicero nuevo. Había dejado de fumar de un día para otro, hacía años, y había hecho que retirasen de la casa todo rastro de tabaco y hasta el último cenicero, amén de prohibir que se fumara en su presencia. Ese día, en cambio, no dudó en inhalar la nicotina, que le resultó calmante como un vaso de *whisky* escocés, y trazar con el humo una estela en la oscuridad del despacho.

—Cuéntame lo que ha pasado —dijo en tono pausado.

Pável asintió.

—Estábamos… —Se echó a llorar, tanto que hasta respirar le costaba.

Yekaterina no sabía aún si los suyos eran sollozos de dolor o de miedo. Había visto muchas veces ambas cosas. Los hombres que suplicaban por su vida lloraban a menudo no porque les doliese lo que habían hecho, sino porque lamentaban haberse dejado atrapar.

A un gesto suyo, Mili fue por la licorera de cristal del mueble bar y le sirvió coñac en una copa de boca ancha. Llamó la atención de Pável dándole unos golpecitos con la base en el hombro y él la cogió, dio un sorbo y recobró en parte la compostura.

Pável había sido amigo y guardaespaldas de Eldar. Se habían criado juntos y habían entrenado juntos en la Asociación Deportiva Rusa fundada por el padre de Yekaterina. Como su abuelo, Eldar había jugado al *hockey*, aunque no tan bien como él. Alekséi Veliki había sido profesional antes de montar el negocio familiar. Una falsa denuncia de extorsión lo había mandado por primera vez a la cárcel y matar a quien lo había acusado se convirtió en la primera prioridad de Yekaterina cuando, más tarde, se convirtió en *comare* o madrina.

Eldar nunca tuvo la disciplina de su abuelo ni tampoco le tenía ninguna afición al esfuerzo. Su hijo abandonaba todo enseguida. Quería que le dieran las cosas hechas y, por lo general, lo conseguía.

Como tener a Pável de guardaespaldas. Cuando una lesión de rodilla había acabado con el futuro de campeón de halterofilia de Pável, Eldar le había pedido que lo contratase para protegerlo y Yekaterina lo había hecho. Aunque nunca habían dejado de ser amigos, su hijo abusaba de aquella relación... como abusaba de todas sus relaciones.

—Sé que es difícil, Pável. Sé que Eldar y tú erais íntimos, pero necesito saber lo que pasó y me lo vas a contar.

Pável asintió.

—Fuimos al bar para jugar al billar.

—¿Eldar y tú solos?

—Sí.

Bajó los ojos a su bebida. Aquel era el tic que lo delataba. Su primera mentira. Le había dejado muy claro que mantuviese a su hijo alejado de las prostitutas. Ya habían aparecido dos muertas en compañía de Eldar, lo que había provocado un jaleo de padre y muy señor mío que había tenido que arreglar de inmediato Mili.

—Entró un hombre en el bar. Era un hombre mayor. Estaba borracho. Retó a Eldar a una partida de billar diciendo que tenía dinero para apostar. Yo le dije que se fuera a la mierda y se metiera en sus asuntos.

De nuevo lo delataron sus ojos y el tono de su voz. Las frases eran demasiado perfectas y la cadencia, demasiado sosegada. No estaba recordando un acontecimiento traumático, sino recitando la descripción de una escena que había recreado y practicado. Mentía.

—¿Qué aspecto tenía ese hombre? —preguntó Yekaterina.

—Mayor, de cincuenta y tantos o sesenta y tantos.

—Descríbelo.

—No lo vi bien, porque en el bar había poca luz.

—Inténtalo.

—Era alto. Fornido para un hombre de su edad. Estaba en forma. Siento no…

—¿Ruso?

—Hablaba ruso, pero puede que fuera checheno. Era muy insistente. Eldar quería jugar con él, dejarlo sin blanca y darle una lección; pero yo le dije que no me parecía prudente.

—¿Por qué no?

—Porque…, porque el hombre tenía algo que… Estaba demasiado seguro de sí mismo, demasiado… No sé. No me gustó. Pensé que podía ser alguna clase de trampa. Era como si le estuviera echando el anzuelo a Eldar.

—¿Qué pasó luego?

—Volví a decirle al hombre que no me interesaba y hasta me ofrecí a invitarlo a una copa. Después, le dije a Eldar que pasara de él, pero ya conoce usted a Eldar. Cuando se propone algo, no hay manera de quitárselo de la cabeza.

Su hijo era tozudo, también como su abuelo, pero raras veces se proponía nada. Actuaba de forma impulsiva, a menudo violenta. No pensaba en las consecuencias, porque casi nunca tenía que hacerles frente. Eso, en cambio, parecía haberlo sacado de su padre, del marido de Yekaterina. Su marido la engañaba porque creía que podía. Se equivocaba, claro, y Yekaterina se había encargado de hacerlo desaparecer.

—¿Qué hacía Eldar en aquel callejón?

Al ver que Pável no respondía de inmediato, supo que estaba repasando el cuento que se había inventado.

—¿Qué hacía? —Empezaba a andarse con evasivas.

—Sí.

—Yo había aparcado el coche en la parte de atrás, en el callejón.

—¿Por qué?

—La puerta del callejón estaba cerca del coche y así… no teníamos que pasar al lado del fulano ese, que estaba sentado en las mesas de la entrada.

—¿No me habías dicho que estaba retando a Eldar a una partida de billar?

—Sí. Me he expresado mal.

—Hicisteis muy bien yéndoos de allí. —Señaló con un gesto de la cabeza la copa y Pável dio otro trago—. ¿Habíais bebido Eldar y tú?

El interpelado volvió a apoyarse la copa en el regazo.

—Tomamos unas cervezas y un chupito en el bar.

—¿Y antes?

—Un cóctel durante la cena, algo de vino… Nada excesivo.

Lo dudaba mucho.

—¿Qué pasó luego?

—Salimos al callejón. El hombre saldría por la otra puerta, imagino. El caso es que lo vimos doblar la esquina. Llevaba en la mano un palo de billar y fue a atacar a Eldar, pero yo conseguí desviar el golpe. Lo tiré al suelo y pensé que la cosa acabaría ahí, que se iría. Lo siento, no me lo esperaba y tenía que haberlo previsto.

—¿No te esperabas qué?

—Tenía una pistola. El fulano tenía una pistola. Me di cuenta demasiado tarde. —Volvió a echarse a lloriquear—. Lo siento, no me dio tiempo a evitarlo.

Cuando dejó de sollozar y la miró, ella volvió a señalar la copa y él volvió a beber coñac.

—¿Dónde le disparó?

—En la tripa.

—¿Y cómo conseguiste tú salir de allí sin un tiro?

—El camarero tuvo que oír el disparo. El caso es que abrió la puerta que daba al callejón. Yo estaba detrás de la puerta, así que dudo mucho que me viera. El hombre salió corriendo al ver al camarero.

—¿Dónde estabas?

—¿Dónde? Cerca del lateral del bloque.

—En la puerta del lado sur. —Había pedido que le enviasen un plano del edificio y fotografías del callejón y los tenía desplegados sobre el protector del escritorio, bajo el cono de luz.

—No me acuerdo de la dirección…

—Pero dices que estabas detrás de la puerta cuando se abrió.

—Sí.

—Entonces, tenías que estar cerca de la bocacalle.

—Sí. Eso es, ahora me acuerdo: sí que estaba allí.

—¿Por qué no le impediste que huyera?

—Porque… tenía una pistola.

—¿Tú no llevabas la tuya?

95

Pável vio el pinchazo que tenía su cuento y trató frenético de taparlo antes de que se escapara todo el aire.

—Todo fue muy rápido, *comare*. Además… Es que todo fue muy rápido: el camarero que sale por la puerta, el hombre que se escapa… No supe qué hacer.

—Y decidiste dejar que mi hijo muriera solo en aquel callejón. Él abrió los ojos de par en par.

—Su… Supuse que era mejor que no me vieran allí.

—¿Y por qué no viniste aquí? ¿Por qué he tenido que mandar a Mili a buscarte?

—Porque no podía pensar con claridad, *comare*. Eldar era mi amigo. No sabía qué hacer. —Sollozó de nuevo.

Yekaterina miró a Mili y le hizo un gesto de asentimiento. Mili alargó el brazo para hacerse con la copa e indicó a Pável que se pusiera en pie.

—Vuelve al salón —dijo ella—. Quédate con los demás por si tengo que preguntarte algo más.

—Siento mucho…

Ella alzó una mano.

—Fuera de mi vista.

Pável cruzó la alfombra persa en dirección a la puerta que le sostenía abierta Mili. Miró a este sin poder leer nada en su rostro y luego volvió la vista hacia Yekaterina con idéntico resultado. Mili cerró la puerta tras él.

Yekaterina dio una larga calada al cigarrillo y contuvo el humo. Después, lo fue exhalando lentamente y lo dejó escapar por la nariz y la boca mientras decía:

—Averigua qué es lo que ha pasado de verdad. Llama a los contactos de la policía de Moscú y resuélvelo.

Conocía a su hijo, sabía como era y no ignoraba que era muy probable que hubiese sido él quien lo había provocado todo. Si había estado bebiendo, no habría sido poco y, además, seguramente había una mujer de por medio, una prostituta. Por no hablar de drogas.

Porque su hijo era así.

Y el padre de ella, su abuelo, también.

A los dos les gustaba beber, vestir bien y andar con mujeres. No les bastaban con que los viesen, sino que deseaban hacerse notar. Los dos eran tramposos y misóginos. Creían que la familia los hacía omnipotentes y que esa omnipotencia les permitía ser crueles, en particular con las mujeres.

Pero Alekséi era su padre.

Y Eldar era su hijo.

Y aquella era su familia.

Si se trataba de otra familia, que había aprovechado la ocasión de matar de un tiro a Eldar, estallaría una guerra y ella la ganaría. Y si había sido el Gobierno, que lo había matado como había matado a su padre, a la salida de un restaurante de Moscú, paralizaría sus proyectos urbanísticos con dilaciones diversas que les costarían miles de millones de dólares. Alguien iba a pagar por aquello, con sangre o con rublos.

—¿Qué hago con Pável? —preguntó Mili.

—De momento, que pase el duelo con los demás. Asegúrate de que no sale de la propiedad ni habla con nadie más de lo que ha pasado. Mi hijo no ha sido un buen hombre en vida, pero, como con mi padre, voy a hacer lo que esté en mi mano para que lo recuerden como buena persona ahora que no está. Vete y tráeme la información que te he pedido.

CAPÍTULO 10

Estación de ferrocarril de Bólshevo (Koroliov, óblast de Moscú)

A primera hora de la mañana siguiente, Jenkins, sudando y disfrazado de Zaguir Togán, esperaba en el andén de la estación ferroviaria de Bólshevo. Los meteorólogos habían pronosticado otro de los días abrasadores de Rusia. Ni los periódicos ni la televisión habían dicho nada del enfrentamiento que había protagonizado en el bar de Yakimanka. Aun así, no dejaba de darle vueltas a la reacción de la prostituta y al terror de su mirada. «¿Qué ha hecho?».

Se sacudió aquel pensamiento. Tenía que concentrarse. Lo único que debía importarle en aquel momento era Zinaída Pétrikova. Durante su estancia en Langley, había memorizado sus costumbres y las de Kulikova, así como las señales que usaban ambas para comunicarse. Todos los días entre semana, Pétrikova salía por la mañana de su casita de ladrillo rojo independiente para ir a pie a aquella estación y tomar el tren que, en una media hora, la dejaba en la estación Kazanski de la plaza Komsomólskaia; cruzaba la calle para tomar el metro, y salía en la terminal de Ojotni Riad, desde donde se dirigía caminando al edificio federal de la Duma.

Después de alojarse en un segundo hotel, Jenkins había accedido a la página encriptada usando un código de acceso distinto —pues este cambiaba a diario— para solicitar información adicional sobre la confidente. Lemore le había hecho saber que Pétrikova había consultado en Google el tiempo que haría en Moscú el viernes la noche de antes desde el ordenador de su casa. Había escrito mal deliberadamente *viernes* a fin de indicar que quería establecer contacto. La CIA tenía varios anuncios de pago en la página de consultas meteorológicas y Pétrikova había pinchado en el de la farmacia (*apteka*) A5, que llevaba a un catálogo de productos del ramo. Había seleccionado dos y luego se había salido.

Minutos después, había publicado una fotografía en su cuenta de Facebook. En ella aparecía en la cocina de su casa, mostrando orgullosa lo que había preparado para la cena: *bliní*, *pelmeni* y ternera Stróganov. Había encendido la luz de encima de los fuegos para simular que era de día y en el reloj de la pared se leía que eran las 7:48, que era la hora en la que estaría en la farmacia A5.

A las 7:12 en punto de la mañana recorrió el andén de cemento vestida para ir al trabajo, con una blusa, falda y zapatillas de deporte, y con los ojos pegados al teléfono. En la otra mano tenía un cigarrillo al que daba caladas de cuando en cuando. Jenkins la reconoció por las numerosas fotografías suyas que había estudiado. A sus sesenta y cinco ya cumplidos, se mezclaba perfectamente con el resto de los viajeros, pero iba mejor vestida como correspondía a su posición en la Duma estatal. La otra señal que usaba eran los pañuelos que llevaba o no al cuello. En este segundo caso, indicaba que no tenía nada que comunicar ni, por tanto, necesitaba reunirse con su contacto. Si deseaba encontrarse con él o tenía información que transmitir, se ponía un pañuelo —o una bufanda— de uno u otro color según el día de la semana: amarillo los lunes, rojo los martes, azul los miércoles, etcétera. Para informar de un problema, usaba uno de un color distinto del que correspondía. Aquella mañana llevaba uno azul.

Problema.

La misión de Jenkins consistía en determinar el problema, comunicarle a Pétrikova que había recibido su mensaje y hacerle saber que habían trazado un plan para sacarla de Rusia. Ella alzó la mirada del teléfono para saludar a otra mujer que recorría el andén en sentido contrario. Las dos se dieron un beso sin apenas rozarse las mejillas y Pétrikova se guardó el teléfono.

Jenkins se llevó el suyo a la oreja como si estuviera haciendo una llamada y se puso a observar a los pasajeros que, en número creciente, se congregaban en el andén. Un minuto o dos después de la llegada de Pétrikova, apareció una joven vestida con atuendo formal y con un maletín colgado del hombro. A diferencia del resto de las mujeres del apeadero ataviadas con ropa de oficina, llevaba zapatos de tacón en lugar de zapatillas deportivas. Era evidente que no solía tomar el transporte público para ir a trabajar. La recién llegada recorrió el andén con la mirada haciendo ver que estaba pendiente de la llegada del tren, pero, cada vez que volvía la cabeza, Jenkins advirtió que se detenía un instante en Pétrikova. La joven sacó el teléfono del bolsillo del abrigo y lo estudió. Había recibido un mensaje de texto. Escribió algo y bajó el aparato. Jenkins miró al resto de viajeros en busca de alguna reacción y, segundos después de que la mujer enviara el mensaje, vio a un hombre vestido con camiseta negra y vaqueros que le daba la vuelta al móvil que tenía en la mano para leer la pantalla. Se llevó un cigarrillo a los labios, echó el humo y, a continuación, escribió una respuesta. Jenkins volvió a centrar su atención en la mujer, que miró la pantalla de su teléfono. Su compañero también había llegado.

Pétrikova no se había equivocado: tenía un problema.

Cuando llegó el tren, Pétrikova subió a bordo sin dejar de charlar con su amiga. Jenkins hubo de reconocer que la mujer no abandonó su personaje ni un instante. Jamás miró al resto de los que poblaban el andén ni ofreció indicio alguno de preocupación, aunque era evidente que sospechaba, con razón, que la estaban siguiendo. El hombre y la mujer subieron al tren por puertas distintas. Uno se sentó al principio del vagón y la otra al final. Jenkins montó también y se fijó en las cámaras que había en el techo. El Gran Hermano. Ya no quedaban asientos libres, de modo que se quedó de pie.

En cada parada subían pasajeros con destino al centro de Moscú que fueron llenando el vagón de aroma de loción para después del afeitado y olor corporal. A la cuarta se apeó la joven de los tacones. Jenkins, que no se lo esperaba, la observó por si la veía cruzar la mirada con otro viajero que entrase al tren, pero no fue así. Entonces miró a sus espaldas. El hombre seguía en su asiento, centrado en su móvil. Jenkins observó al resto de los presentes sin poder determinar si el hombre le había mandado un mensaje a alguno.

Soltó un reniego entre dientes. Aquello podía complicar las cosas.

Después de una media hora aproximada, llegaron a la estación Kazanski, uno de los tres nudos de transporte principales de la plaza Komsomólskaia. Él la conocía bien, ya que Pavlina Ponomaiova y él habían tomado un tren de la estación Leningradski a San Petersburgo mientras los perseguía la FSB.

Pétrikova bajó del tren y el hombre de la camiseta negra también, como debió de hacerlo la persona que, presumiblemente, había sustituido a la mujer. Pétrikova se despidió de su amiga en el andén y entró en la fastuosa estación, donde cruzó suelos de mármol bajo los frescos y las arañas que ornaban los techos abovedados. En el vestíbulo había numerosos establecimientos: cafeterías y comercios de artículos diversos. Jenkins miró el reloj. A las 7:48, Pétrikova entró en una farmacia y anduvo por los pasillos. No estaría dentro más de tres minutos.

Jenkins volvió a estudiar la situación. El hombre de enfrente de la farmacia tenía la barbilla levantada como si estuviese leyendo el panel en el que se relacionaban las llegadas y salidas de los trenes.

Observó a los otros viajeros y luego a los clientes de dentro de la *apteka* sin ser capaz de dar con el segundo agente que la seguía.

Cuando le quedaba un minuto, entró en el establecimiento y caminó por el pasillo de los productos de oftalmología. Pétrikova avanzaba en sentido opuesto. Obligándose a no mirarla, se detuvo y cogió el primer artículo en el que había pinchado ella la víspera: Visín, un colirio.

El lema publicitario del producto, «Saca el rojo del ojo», casaba a la perfección con el nombre de la operación y la denominación en clave de las agentes.

Ella se detuvo a su lado, cogió la solución para lentillas a fin de comunicarle que no había pasado por alto la confirmación de él y la echó a la cesta. Él vio que le temblaba la mano pese a lo compuesto de su apariencia y consideró que se trataba de una buena señal: tenía miedo. De haber sido aquello una encerrona, ella no habría tenido nada que temer.

Jenkins pagó en caja su compra, se volvió y puso fin a la vigilancia. Había confirmado que Pétrikova tenía un problema y había acusado recibo de su mensaje. Esa era la parte fácil. Lo difícil sería lograr librarse de quienes la seguían el tiempo necesario para encontrarse en algún lugar y comunicarse en privado.

Salió de la farmacia y entró en varias tiendas para volver sobre sus pasos y asegurarse de que no llevaba a nadie tras él.

Al ver que no, se dispuso a buscar el modo de dar con un sitio seguro.

CAPÍTULO 11

Dirección General del Ministerio del Interior,
calle Petrovka, número 38 (Moscú)

Arjip Mishkin llegó a su mesa del Departamento de Investigación Criminal después de pasar buena parte de la mañana sintiéndose como un perro que se persigue el rabo y cada vez lo ve más lejos. Los agentes de uniforme habían recorrido los establecimientos y las viviendas de los alrededores del Yakimanka Bar haciendo especial hincapié en los que daban al callejón, pero nadie había visto ni oído nada. Como la mayoría de los moscovitas, los vecinos del barrio no querían complicarse la vida con un asunto policial. Arjip había dejado claro a los agentes que no revelaran que podía tratarse también de un asunto de la mafia, lo que no habría hecho sino dificultar aún más las cosas.

En cuanto a la identidad de la víctima, había advertido a la oficina del forense que se trataba de información reservada y que el informe preliminar, que debía estar listo cuanto antes, iría dirigido a él y solo a él. Había enviado órdenes similares al Centro Tecnológico del departamento. Arjip debía ser el destinatario exclusivo del vídeo que había grabado la cámara del exterior del bar. Pese a todas estas precauciones, sospechaba que, más temprano que tarde, se filtraría la identidad del interfecto.

Lo que no esperaba era que fuese tan temprano.

Se secó la frente con el pañuelo. Todo el esfuerzo de aquella mañana, con el aire húmedo de Moscú, lo había llevado a sudar con profusión.

—Tienes pinta de estar deseando pillar la ducha, Mishkin —le dijo Faddéi, compañero suyo de departamento, cuando lo vio pasar al lado de su escritorio como una exhalación.

Arjip sonrió, pero no redujo la marcha. Faddéi se volvió y se reclinó en su asiento.

—He oído decir que te han dado un caso de asesinato… con lo cerca que estás de jubilarte. No habrá sido idea de alguien que quiere joderte ese historial impoluto tuyo, ¿no?

En los veinticinco años que llevaba investigando, Arjip no había dejado un solo crimen sin resolver. Algunos inspectores tardaban más que otros en hacerlo, pero él siempre se había tenido más por tortuga que por liebre. Lo suyo era la persistencia y la determinación. Con todo, no había pasado por alto que el homicidio que tenía delante podía retrasar su jubilación forzada si no se descifraba pronto.

—¿Es interesante por lo menos?

—Un muerto a tiros en un bar. —Arjip retiró la silla de su mesa y se sentó.

—Tienes que aprender a relajarte, Mishkin. ¡Si parece que te estén arreando con una picana eléctrica! ¿Qué piensas hacer cuando te jubiles y no tengas casos que investigar?

No tenía la menor idea. Se quitó la chaqueta deportiva y el sombrero de copa baja, se sentó y descolgó el teléfono con la esperanza de disuadir a Faddéi de hacer más preguntas para las que no tenía respuesta. Tampoco andaba sobrado de tiempo para ponerse a pensar en el futuro. Ya iba con retraso. Unos agentes veteranos de uniforme del distrito de Yakimanka habían dado con la prostituta, Boiana Chabon, más conocida como Isabella. Por desgracia, aunque pretendieran que pareciese otra cosa, ya la había encontrado antes alguien más. Arjip había subido tres pisos por las escaleras de un bloque de pisos en ruinas que no iban a tardar en echar abajo para verla tendida en una cama con el bíceps demacrado envuelto con una goma y una jeringuilla en la fosa cubital. De joven había sido inspector de narcóticos, de manera que no le costó inferir que el contenido de la jeringa debía de ser heroína, mezclada posiblemente con alguna sustancia mortal como estricnina o fentanilo. Lo sabría con seguridad cuando recibiera el informe del laboratorio, por más que aquel dato no le sería de gran ayuda en su investigación.

Estando en el piso de Chabon, había recibido una segunda llamada de los agentes de paisano, que habían conseguido la dirección de Pável Ismaílov, guardaespaldas de Eldar Velikai, que vivía en un exclusivo bloque de apartamentos, también en Yakimanka, aunque a años luz de la vivienda de la prostituta en cuanto a precio y condiciones.

Ismaílov no respondió cuando llamaron a su puerta, pero el vecino del piso contiguo sí abrió la suya. Aquel hombre de mediana edad, que sostenía en brazos a un perro de ladrido agudo, se quejó de la música *heavy metal* que ponía a todas horas, de día o de noche, Ismaílov. Tras tres minutos de filípica, Arjip consiguió hacer una pregunta y supo que no estaba en casa o, por lo menos, el vecino no había oído su música ni sus pasos la noche de antes ni esa mañana. También les dijo que le había extrañado, ya que el coche de Ismaílov sí estaba en el garaje subterráneo.

—Y el hombre da unos pisotones que parecen los de un percherón.

El inspector encontró, en efecto, en la cochera el vehículo de Ismaílov, un Mercedes negro muy caro, y también a Ismaílov, en el maletero y con un agujero de bala en la nuca. Si hubiese sido dado a las apuestas, no habría dudado en jugarse mucho a que le habían disparado en el momento de abrir el maletero y luego lo habían echado adentro, muerto antes de saber siquiera qué le había pasado. Aquello resultaba mucho más fácil que tratar de levantar a un hombre del tamaño de Ismaílov. Hizo que llevasen el coche tal como estaba, con muerto y todo, en grúa hasta el laboratorio forense de la calle Petrovka a fin de que lo analizaran.

O se encontraba en medio de una guerra de bandas o alguien andaba limpiando después de un destrozo. ¿Qué clase de destrozo? Por el momento, no tenía la menor idea; pero lo averiguaría.

Siempre lo averiguaba.

Veinte minutos más tarde, Arjip estaba esperando en una de las salas de interrogatorio de poco más de dos metros cuadrados y sin ventanas del Departamento de Investigación Criminal. El espacio estaba dominado por una mesa y tres sillas que habían llenado de arañazos las paredes de color verde pálido, en tanto que las planchas irregulares de linóleo del suelo se veían desgastadas por años de trasiego. Sobre la mesa pendía un fluorescente de gran potencia que casi hacía pensar que estuviesen a plena luz del día. Cuando los dejaban solos, los sospechosos podían oír zumbar el tubo como una mosca exasperante. Todo estaba destinado a intimidarlos al simular la estrechez y soledad de una celda. El espacio olía a olor corporal y a miedo, muy mal disimulados por un desinfectante químico.

Arjip podría haber optado por un entorno más acogedor —una de las salas de juntas de la división o una mesa de la cafetería—, pero la *bratvá*, la mafia rusa, tenía informantes a sueldo entre los trabajadores del Ministerio del Interior y no quería que se liase gorda demasiado pronto. Cuanto más tiempo pudiera ocultar la noticia a la prensa, más fácil le resultaría obtener información no contaminada por sobornos o favores. De entrada, ya les habían tapado la boca a dos de sus tres testigos. Tenía que encontrar rápido a aquel tercer hombre misterioso, pero antes necesitaba hacerse una idea más clara de a qué se enfrentaba y aquel era el motivo de aquella reunión.

Alguien abrió la puerta sin llamar. Un hombre calvo con el pelo en herradura asomó la cabeza como si no estuviera seguro de haber acudido al sitio correcto.

—¿Inspector jefe Mishkin?

—Arjip, por favor. Usted debe de ser el inspector Gúsev. Entre, haga el favor. Me levantaría, pero el espacio escasea.

Gúsev se hizo a un lado para poder cerrar la puerta y le dio la mano. Recorrió la sala con la vista mientras disponía una gruesa carpeta granate sobre la mesa.

—Ah, perfecto. Ha traído usted su expediente sobre los Veliki.

El recién llegado sonrió con aire condescendiente.

—Tendría que ser mago para traer el expediente de los Veliki, porque no cabe en este cuarto. Esto son mis notas personales.

—Claro. Siéntese, por favor. —El linóleo chirrió cuando Arjip tiró de la mesa para que Gúsev pudiera sentarse—. ¿Lleva mucho tiempo sirviendo en el Departamento de Control del Crimen Organizado?

—El CCO —corrigió—. Sí, más de dos décadas.

—Entonces, conocerá bien a los Veliki.

Otra sonrisa, también condescendiente.

—¿Quién no conoce bien a los Veliki? Son el mayor clan mafioso de Moscú —señaló como si, más que de una familia, estuviera hablando de una entidad. Gúsev se ajustó la corbata de cachemira y la alisó contra la camisa azul marino.

—Sí, claro. Quizá pueda hacerme un resumen. Me interesa sobre todo su jerarquía.

El otro se echó a reír.

—¿Cuánto tiempo tiene?

Desde la muerte de su mujer…

—Todo el del mundo, inspector Gúsev, aunque hoy me conformaré con la versión corta.

Gúsev dejó escapar un suspiro.

—Está bien. ¿Puedo saber de qué va todo esto?

—A su tiempo. —Arjip no desveló nada más.

El otro necesitó unos minutos de silencio para entender lo que quería decir. Con una risita, miró el reloj y preguntó:

—¿No quiere dejar constancia de lo que diga?

—Sí, claro. —El inspector jefe se palpó la chaqueta y sacó la libreta y el lápiz—. Gracias por recordármelo.

Gúsev volvió a sonreír.

—Me refería a si no desea grabar nuestra sesión. —Alzó la vista hacia la cámara que había en un rincón del techo—. ¿Está grabando?

—No —repuso Arjip sonriente—. Además, con tomar notas me sobra.

Había aprendido muy pronto que las grabadoras actuaban como muletas y que los investigadores dependían tanto de lo que registraban en sus cintas que omitían prestar atención a las respuestas de los testigos. Sin prestar atención no podían escuchar y quien no escucha no puede formular preguntas inteligentes a partir de las contestaciones de su interlocutor. Ocasión que se deja pasar es ocasión que se pierde. Por eso él tomaba notas y aprovechaba así al máximo su capacidad de intuición. Los años de práctica le habían permitido recordar casi al pie de la letra lo que había dicho un testigo.

—Proceda, por favor.

Tras unos instantes, Gúsev le hizo saber que los *vorí* surgieron en tiempos de los zares. La palabra significaba «ladrones», lo que englobaba a cualquier miembro del hampa. Los Veliki procedían de la Jitrovka, célebres barrios bajos situados a solo diez minutos a pie del Kremlin.

—He leído sobre eso —lo interrumpió Arjip.

—¿Ah, sí?

—Estos dos últimos años he leído muchos libros de historia rusa. Me está hablando de zonas llenas a reventar de cobertizos, chabolas, bloques de pisos y casas en las que las enfermedades campaban a sus anchas. Lo más pobre entre lo pobre.

—Barrios aislados y criminalizados para ladrones y asesinos —dijo Gúsev sin asomo de solidaridad.

—El delito es el hijastro de la pobreza, ¿verdad?

—Puede ser, pero los *vorí* modernos, que es lo que le preocupa, son de todo menos pobres y tomaron forma en los campos de trabajos forzados de Stalin.

—En los gulags.

—Todos los reclusos tenían un enemigo común y juraron no apoyar nunca al Gobierno. Serguéi Veliki pasó años en un gulag de Siberia. Era un gánster audaz y ambicioso con talento para los números y un don de mando extraordinario.

—Un cabecilla nato —comentó Arjip.

Gúsev se mofó.

—Se imponía a los demás con una violencia brutal y despiadada. Su error consistió en querer alardear de su posición. Se paseaba por todo Moscú vestido con un traje color crema, pajarita y canotier, granjeándose el favor del público con fiestas en la calle en las que no faltaban el vodka y la comida gratis. Su hijo, Alekséi Veliki, se educó en las mejores escuelas de Moscú y se hizo cargo del negocio familiar cuando Serguéi murió a manos de una mafia rival. Se apartó del estilo tradicional de los *vorí* que había seguido su padre. Se dejó fascinar por las películas americanas de *El padrino* y, en concreto, por los empeños de los Corleone en convertirse en un negocio familiar legítimo. Intentó mezclarse con la nueva minoría selecta y crear una estirpe nueva de gánster y hombre de negocios, el *avtoritet*.

—«Autoridad», mucho más distinguido que ladrones, ¿verdad?

—Un ladrón no deja de ser un ladrón por más que se le cambie la etiqueta que lleva pegada a la espalda. En los noventa, en medio de todo el caos, Alekséi Veliki amasó toda una fortuna especulando con divisas y empleó el capital en comprar propiedades inmobiliarias en Moscú.

—Como parte de su pretensión de legitimar el negocio.

—El que nace lechón muere cochino. Convencía a los ancianos y los inválidos para que vendieran sus apartamentos. Los que se negaban desaparecían.

—Vaya —dijo Arjip.

—Compró docenas de edificios por una miseria, los rehabilitó y los vendió a precios exorbitantes. De paso, fue haciéndose con contactos políticos. A cambio de hacer la vista gorda, garantizaba que los proyectos urbanísticos municipales se ejecutaran a su debido tiempo y que la mano de obra tuviese un precio razonable. Eso permitió un crecimiento sin precedentes en Moscú, mejoras millonarias en los supertrenes del metro, la construcción y reparación de carreteras y una gran expansión aeroportuaria. Alekséi Veliki, sin embargo, era digno hijo de su padre. Su filantropía lo convirtió en una celebridad y se aficionó a ser el centro de atención.

—Ya veo adónde va a parar todo eso.

—Sí. Cuando el presidente Putin se hizo con el poder, la mayoría de los *avtoriteti* volvió a operar en la sombra. Alekséi Veliki no. Él pensó que la amplitud de sus negocios, su red de informantes y el cariño que le profesaba el público lo protegerían.

Gúsev se detuvo: no pensaba decir nada más con una cámara en la sala, por más que Arjip le hubiera asegurado que no estaba grabando. La historia de la muerte de Alekséi Veliki la conocía bien todo Moscú. En 2008, durante una campaña por obtener un escaño en la Duma, lo mataron de un tiro pese a que llevaba puesto un chaleco antibalas y estaba rodeado de guardaespaldas. El Gobierno culpó a una banda rival hasta que un oligarca desveló la existencia de una rama secreta de la FSB que contaba con la autorización del presidente y actuaba en el seno de la Dirección General contra el Terrorismo para matarlos a él y a otros oligarcas poderosos y jefes de las mafias.

—Lo que nos lleva a Yekaterina Velíkaia —dijo Gúsev—, su hija única, su *málenkaia printsessa*.

—¿Su princesita?

—Ya no. Ahora es…

—Catalina la Grande —Arjip completó la frase con la traducción literal de su nombre—, una mujer. Debe de ser un caso único.

—Sin precedentes. Los *vorí* tienen a la mujer por objeto sexual o de veneración, pero jamás la respetan. Yekaterina tenía un tío que decía de ella que no tenía pelotas para dirigir el negocio de su padre. Lo encontraron ahorcado en un almacén, castrado y con las pelotas en el esófago.

—Se empeñó en demostrar que el tío se equivocaba.

—Desde luego. Es el vivo retrato de su padre. Desde entonces, responde a todo desafío con una violencia rápida y decisiva. También ha sacado la inteligencia del padre y ha sabido legalizar el negocio familiar mientras aplaca al Kremlin dándole su parte del pastel.

—¿Cómo ha evitado seguir la misma suerte que su padre y su abuelo? —quiso saber Arjip.

—Contrató a antiguos agentes del KGB y a agentes de la FSB que la ponen sobre aviso cada vez que el Estado trata de actuar contra ella o contra su negocio. Además, a diferencia de su padre, evita toda publicidad.

—¿Y tiene hijos? —preguntó el inspector jefe, quien conocía la respuesta, por supuesto, pero quería saber qué opinión que tenía Gúsev de Eldar Veliki.

Gúsev soltó una breve carcajada.

—Un varón, Eldar Veliki. No ha salido a su madre ni a su abuelo. Tiene poco seso, lo que lo vuelve peligroso. Recorre la ciudad gastando dinero en putas, jugando y causando toda clase de problemas. Se rumorea que ha matado al menos a dos prostitutas, pero no ha habido manera de demostrar nada. Dígame, inspector jefe Mishkin: ¿tiene intención de contarme de qué va todo esto?

—No, todavía no.

—Si tiene algo que ver con los Veliki o cualquier otra familia de la mafia, el CCO debería estar informado.

—Lo tendré en cuenta y lo estudiaré con detenimiento. Muchas gracias. Me ha sido de gran ayuda y le estoy muy agradecido. —Deslizó la mesa hacia delante, lo que inmovilizó a Gúsev y le dio a él la ocasión de ponerse en pie y dirigirse a la puerta—. Estaremos en contacto.

CAPÍTULO 12

Plaza del Manège (Moscú)

Avanzada aquella tarde, Charles Jenkins se encontraba, disfrazado de anciano, en un banco de la plaza del Manège, opuesta diagonalmente al edificio federal de la Duma, sito en la calle Ojotni Riad. Había visto a la mujer que había seguido aquella misma mañana a Pétrikova en el andén y en el vagón. Había cambiado de aspecto, aunque quizá se hubiera propasado en su empeño en parecer más joven poniéndose un pantalón corto, una camiseta y calzado deportivo. Se había recogido el pelo en una coleta y había rematado el conjunto con unas gafas de montura negra muy poco favorecedoras.

Poco después de las cinco de la tarde, Zinaída Pétrikova salió del edificio federal y caminó entre las hileras de coches aparcados antes de salvar la cadena que delimitaba un paseo peatonal. No hizo nada que indicase que fuera a variar su costumbre de cruzar la calle y bajar al metro de Ojotni Riad para volver a la estación de Kazanski. No parecía apresurada ni preocupada y en ningún momento dejó que se le fuera la mirada en busca de quien la estuviera siguiendo, por más que supiera que se encontraba allí.

Cruzó al ver un hueco en el tráfico en dirección a las escaleras del metro. Un taxi aceleró y se detuvo en el carril de la derecha. De él se apeó una mujer de atuendo similar al de ella y echó a andar hacia las escaleras. Pétrikova se sentó con aire despreocupado en el asiento trasero justo antes de que el vehículo se fundiera con la densa circulación de la tarde moscovita.

La mujer que la seguía estaba en la acera, cerca de la entrada del metro, con la cabeza gacha y leyendo la pantalla de su teléfono mientras fumaba. Cuando alzó la vista esperando ver a Pétrikova, se topó con la que acababa de bajar del taxi, volvió a mirarla sorprendida y a punto estuvo de seguirla escaleras abajo. A punto. Estudió el vehículo que acababa de internarse en el tráfico, arrojó al suelo el cigarrillo y apretó el paso hacia la calzada, agitando la mano sin dejar de mirar por encima del hombro a fin de no perder de vista el taxi de Pétrikova.

Un coche la esquivó y el conductor hizo sonar el claxon. El vehículo de Pétrikova dobló la esquina en el preciso instante en que se detenía un segundo taxi en el bordillo y la mujer se metía en él. Jenkins rezó por que aquella ventaja bastara para despistarla, al menos el tiempo necesario para que pudiera hablar con Pétrikova. El tráfico de Moscú ayudaría. Jenkins había decidido burlarlo a la vieja usanza.

Se montó en la bicicleta y rodeó la manzana.

Arjip bajó por una escalera interior al Centro Tecnológico del Departamento de Investigación Criminal. Había días en que subir y bajar aquellos peldaños era su único ejercicio físico. El Centro Tecnológico brindaba a los inspectores autorizados acceso a las imágenes en directo y las grabaciones de cada una de las doscientas mil cámaras de vigilancia de Moscú. El contenido se guardaba durante cinco días en una base de datos centralizada del Departamento de Tecnología de la Información de la ciudad.

Los ordenadores eran para él lo que el agua bendita para los vampiros. Daba la impresión de que, cada vez que tocaba uno, salía ardiendo algo. Luego le tocaba llamar a un técnico y tenerlo durante horas en su mesa hasta que resolvía el problema. Había asistido a los cursos de formación y hasta a clases particulares, pero la tecnología seguía siendo chino para él.

Abrió la puerta de cristal y entró en el centro.

—Mishkin, ¿a qué debo tamaño placer? —preguntó Vili Stepánov.

Arjip sonrió. Stepánov era peor que una víbora. Habría vendido a su madre por cuatro rublos.

—Necesito unas grabaciones.

Stepánov soltó aire como una ballena que escupiese por el espiráculo.

—¿Cuántas veces tengo que decirte que, como investigador criminal que eres, tienes acceso a toda esa información desde el ordenador de tu mesa?

—Una más, por lo menos.

—Está bien. Tu tiempo es, a fin de cuentas. Eso sí, tendrás que cumplimentar el formulario. ¿Tienes la ubicación de la cámara que te interesa?

—Sí, tengo el número de la farola y la hora.

—Hasta el último detalle, como siempre. Rellena el formulario. Hay que dejar constancia de quién ha accedido a la información.

—Sí, por supuesto —respondió Arjip—. No vaya a ser que la vea alguien sin autorización.

Tal requisito estaba pensado para aplacar a los activistas que se quejaban de que las cámaras constituían una invasión de su intimidad y se usaban más para identificar a los opositores al régimen que para atrapar delincuentes. Daba igual: los tribunales habían aprobado la presencia de las cámaras y no había nada que hacer para retirarlas. Arjip cumplimentó el impreso, proceso laborioso que casi lo llevó a desear aprender cómo acceder a la información desde su ordenador. Diez minutos después, se lo entregó a Stepánov.

—Prefecto, gracias. Ahora, ya puedes usar ese terminal de ahí.
—Señaló uno de los distintos ordenadores que había en una sala cerrada—. Tendrás que teclear tu identificación y tu contraseña para acceder directamente a la base de datos. Desde allí, introduce la ubicación de la cámara y la fecha y hora que necesitas.

Stepánov, además, pecaba de holgazán.

—¿Y para qué me molesto en hacer todo el papeleo si voy a tener que ponerme otra vez a meter datos en el terminal?

—¿Y para qué has venido aquí abajo si podías haber metido los datos desde tu escritorio? —replicó el informático—. Nos exigen que dejemos constancia de todas las búsquedas para garantizar que nadie juega fuera de su arenero ni hace un uso indebido del sistema.

—Eso sería un horror —dijo Arjip, poniendo todo su empeño en no parecer demasiado sarcástico. Él también consideraba que las cámaras constituían una violación manifiesta de la intimidad personal, pero, como decía su padre, puedes pasarte el día cantando la misma canción, que nadie te va a escuchar.

El inspector se sentó ante el terminal informático e introdujo su nombre y su contraseña. Respondiendo a lo que se le solicitaba en cada momento, segundos después tenía ante sí cuatro ángulos diferentes que incluían el Yakimanka Bar, el callejón contiguo y dos vistas de la calle del establecimiento, la oriental y la occidental.

Impresionante. Una intromisión en toda regla, sin duda, pero impresionante.

Pulsó el botón de reproducción y las cuatro imágenes de vídeo cobraron vida en sendos recuadros de la pantalla. Por la calle en penumbra pasaban coches. Arjip miró al teclado y pulsó la flecha con la que se hacía avanzar la cinta, que detuvo en el momento en que Pável Ismaílov aparcaba un Mercedes negro de grandes dimensiones frente al bar. Dejó que la grabación prosiguiera a velocidad normal. Ismaílov bajó por el lado del conductor. La escasa iluminación no era obstáculo alguno para las cámaras. Arjip usó las teclas para enmarcar el rostro de Ismaílov y pulsó la de retorno. En cuestión de segundos, apareció en un cuadro de diálogo una fotografía de cinco por cinco encima del nombre de Pável Ismaílov y su historial de delitos menores: embriaguez y alteración del orden público, conducción en estado de ebriedad y pago por prostitución.

Ismaílov abrió la puerta trasera y salieron del vehículo un hombre seguido de una mujer: Eldar Veliki y Boiana Chabon. Él llevaba un traje claro, sin corbata y con la camisa abierta hasta la cintura. Dedicó un instante a recolocarse el pantalón, subirse la cremallera y abrocharse el cinturón. Ella, sobre plataformas rojas, iba tropezando y a punto estuvo de caer al suelo. Su vestido blanco no dejaba mucho a la imaginación. No hacía falta ser un gran inspector para deducir lo que habían estado haciendo Veliki y la prostituta en el asiento trasero del Mercedes.

La mujer trastabilló al llegar al bordillo y alargó la mano para aferrarse a la solapa de la chaqueta de Veliki para recobrar el equilibrio. Él le apartó la mano con violencia y la miró airado mientras, al parecer, le gritaba. Arjip volvió a parar el vídeo y enmarcó el rostro de la mujer. Segundos después apareció su foto policial debajo de la de Pável Ismaílov, junto con su nombre, una relación de sobrenombres conocidos y un historial de numerosos arrestos por prostitución y por posesión y compra de sustancias tóxicas. Repitió el proceso con Eldar Veliki, pero la base de datos no reveló antecedentes.

—Dudoso —dijo Arjip.

Pulsó de nuevo el botón de reproducción. El trío entró en el edificio. Pasó hacia delante la cinta hasta que vio acercarse por la acera a un hombre que entró en el bar. Rebobinó y congeló la imagen. La acercó y movió el recuadro hasta enmarcar el rostro del hombre. Al pulsar la tecla de retorno, el ordenador obró su magia; pero esta vez no encontró fotografía ni registro algunos. *Niet sovpadeni.* «No hay coincidencias».

Sin historial delictivo, al menos en Moscú.

El inspector usó el ratón para hacer una copia de la fotografía y enviársela a su ordenador. Entonces se centró en la cámara que enfocaba el callejón situado al oeste mismo del bar y avanzó hasta ver abrirse la puerta lateral del establecimiento. Por ella salieron los dos hombres y la mujer. Arjip acercó la imagen. Veliki agarró a la mujer por la nuca y la empujó contra la pared antes de apretarle la garganta y estrangularla. Pável Ismaílov, de espaldas a la cámara, se limitaba a observar.

Arjip respiró hondo. Era difícil no sentir náuseas ante una escena así de maltrato. En la segunda ventana, la que mostraba la entrada del bar, vio salir al tercer hombre y dirigirse al callejón por la acera. Sin duda, sabía a lo que iba, lo que no dejaba de ser extraordinario, dado que Veliki no era ningún enanito e Ismaílov estaba hecho un coloso.

El inspector se inclinó hacia delante cuando el hombre dobló la esquina del callejón. La pantalla se oscureció por completo, como si alguien hubiese tirado del enchufe de las cuatro cámaras a la vez.

Desde luego, tenía que ser eso. No se trataba de ningún error informático ni humano: alguien había tenido que acceder a la cinta y ese alguien debía de haber sido, probablemente, Stepánov.

Dejó el terminal y regresó al mostrador.

—¿Ya has acabado, Mishkin? —preguntó Stepánov con una sonrisa engreída.

—No. Me gustaría saber quién ha visto esa cinta antes que yo.

—¿Esa misma cinta? Pues yo diría que es muy poco probable que la haya visto nadie.

—En efecto, es muy poco probable. Por favor, míramelo.

Stepánov tecleó algo en su ordenador y, mirando la pantalla, frunció los labios y meneó la cabeza para anunciar:

—Nadie.

El inspector sonrió.

—Muy interesante, ¿no te parece? De todas las cámaras que hay repartidas por Moscú, y no son pocas, resulta que la que ha grabado un asesinato se borra de pronto. ¿Qué probabilidades le calculas tú a una cosa así?

—No sé que decirte... —repuso el otro sin borrar su sonrisa jactanciosa—. Se diría que ha habido un fallo muy poco afortunado. De todos modos, nadie ignora la mala suerte que tienes tú con los ordenadores... y eso aumenta mucho las probabilidades.

—Lo mismo cabe decir de un pago, un pago que haya podido hacer la familia Veliki a alguien de esta oficina. Me refiero, claro, a alguien que estuviera aquí a primera hora de la mañana... y lo cierto es que no veo a nadie más que a ti, Stepánov.

—Adelante —dijo el aludido mientras buscaba unos papeles y los colocaba sobre el mostrador, pero ya con gesto menos confiado y con el rostro encendido—. Tramita una reclamación, a ver adónde te lleva, Mishkin.

—Ya lo creo que lo pienso hacer; es más: ya he hablado con el Departamento de Control del Crimen Organizado y sus agentes me han expresado un gran interés en cualquier asunto concerniente a los Veliki. Me han pedido que los tenga informados —aseveró— y puedes estar seguro de que lo haré.

Stepánov dio la impresión de estar masticando sus palabras para tragárselas. Sin abrir la boca, se apartó del mostrador para meterse en el despacho. Arjip salió de allí. Sabía que Stepánov tenía razón: tramitar una queja no serviría de gran cosa. Lo único que podía esperar era que el miedo aguijara un tanto al responsable de conservar la grabación.

CAPÍTULO 13

Salón de belleza Do or Dye (Moscú)

Veinte minutos después de que Pétrikova se metiera en el taxi, Charles Jenkins, sudando por el disfraz y el calor que abrasaba la ciudad, se apeó de la bicicleta y bajó con ella los cuatro escalones que llevaban a la puerta del sótano del salón de belleza Do or Dye. Escondió la bicicleta detrás de una estantería de madera que contenía toda clase de productos y subió las angostas escaleras interiores que daban a la parte de atrás del salón. Allí había dos lavabos con manguera extensible para lavar el cabello de los clientes. La zona estaba separada por un biombo plegable del resto del establecimiento, que consistía en dos asientos de peluquería dispuestos sobre un suelo a cuadros blancos y negros, una pequeña zona de espera y un mostrador con una pantalla de ordenador. El aire olía a productos capilares.

Suriev, el peluquero, le indicó con un movimiento de cabeza que Pétrikova no había llegado todavía. En una de las sillas que había delante de los lavabos había una mujer de altura y constitución similares a las de la espía, cabía esperar que con el mismo color de pelo que ella. Llevaba una capa de peluquero granate ceñida al cuello y tenía la cabeza envuelta en una toalla blanca. Las deportivas eran de la misma marca y modelo que las que se había puesto

Pétrikova para ir a trabajar aquella mañana. Era su doble, una precaución por si la original no conseguía despistar a su perseguidora. Aunque llevaba años cortándose el pelo y tiñéndose las raíces en el local de Suriev, Pétrikova no acudía a él de forma regular ni usaba su móvil, el teléfono de su despacho ni el de su casa para pedir cita. El salón era uno de los lugares que usaba para reunirse con su contacto.

Jenkins le había hecho saber dónde se encontrarían aquella misma tarde, preguntando por teléfono por Dasha, que era el nombre en clave del salón. Ella había respondido: «Aquí no hay nadie con ese nombre», para indicar que acudiría.

Suriev, homosexual, odiaba el régimen ruso del momento, que oprimía a los suyos y hasta alentaba a la población a perseguirlos al tratarlos de «infrahombres» y «demonios». Él llevaba años trabajando para la CIA con la esperanza de propiciar un cambio de Gobierno.

Jenkins miró hacia la calle. Delante del toldo negro del salón se detuvo un taxi. De él bajó Pétrikova, que se encaminó al local, situado en los bajos de un bloque de pisos de tres plantas. Como la mayoría de la ciudad, la zona había conocido una reactivación notable, aunque sin renunciar al carácter arquitectónico que le conferían los edificios de ladrillo rojo ubicados a uno y otro lado de la vía.

El estadounidense permaneció tras el biombo mientras observaba en un espejo a Pétrikova abrir la puerta. Las campanillas anunciaron su entrada y la recién llegada saludó a su peluquero de toda la vida con un beso en cada mejilla.

—Cuánto tiempo sin verte —dijo Suriev, que la acompañó hasta uno de los dos asientos del salón.

—Con tanto trabajo, nunca me da tiempo —repuso ella siguiendo el guion.

—¿Y hoy?

—Hoy me he dicho que vendría pasara lo que pasase… y parece que lo he conseguido.

—Ya entiendo —dijo Suriev jugando con su pelo.

—¿Crees que podrás hacer algo antes de que sea demasiado tarde?

El peluquero sonrió.

—Claro que sí. Lo mejor será que, ya que estamos, te cortemos las puntas. Las tienes demasiado abiertas.

—Lo que tú digas. Me pongo en tus manos.

Suriev la llevó a la silla que quedaba libre detrás del biombo. Pétrikova miró a Jenkins y a la mujer que había sentada ante el otro lavabo antes de sentarse y echar hacia atrás la cabeza mientras su estilista le lavaba el pelo sin dejar de hacerle preguntas y comentarios por si había alguien escuchando en el salón. Le envolvió el pelo en una toalla blanca antes de dirigirse a su doble y, usando una segunda toalla para taparle a medias la cara, la llevó al sillón de peluquero, que hizo girar de manera que la nuca de ella quedase en dirección al escaparate del salón. No había espejo en el que pudiera reflejarse.

Dmitri Sokolov no habría tenido inconveniente en encogerse en su asiento de la sala de juntas de la Lubianka si aquello le hubiera permitido evitar la mirada del director Bogdán Petrov. Gavriil Lébedev, sentado en el mismo lado de la mesa que Pasternak, dos asientos más a la derecha de él, también daba la impresión de querer alejarse del director tanto como le fuera posible. Petrov, de pie y con las palmas de las manos apoyadas en la mesa y la cabeza inclinada hacia delante, tenía la mirada puesta en sus tres subordinados. Desde debajo de sus pobladas cejas grises, en ese instante taladraba con la vista al general Klíment Pasternak.

—Explíqueme, general, cómo han podido verse atrapados por los agentes de la policía estatal de Virginia dos de sus hombres mejor adiestrados. —Petrov, veterano de numerosas guerras clandestinas, hablaba con calma, aunque sus ojos delataban aquella apariencia sosegada.

El interpelado dejó escapar el aire que contenía en sus pulmones mientras movía la cabeza de un lado a otro.

—Todo estaba saliendo según lo planeado director Petrov.

—Pues no es lo que parece —lo interrumpió Petrov.

Se irguió, aunque en ningún momento despegó sus ojos del general, con lo que ponía de relieve que la respuesta de este había sido insuficiente.

Pasternak lo intentó de nuevo.

—La mujer salió de la casa con sus dos hijos, como habíamos calculado. Mis hombres tenían que esperar hasta recibir confirmación del accidente de tráfico, pero la confirmación no les llegó.

—¿Y por qué no cancelaron la operación de inmediato?

—El tráfico de Virginia es tan infernal como el de Moscú. Supongo que pensarían…

Petrov dio un manotazo en la mesa con el rostro encendido.

—No les pagamos para que piensen, general, sino para seguir órdenes, sus órdenes, de hecho, y, por lo que veo, no fue usted lo bastante preciso a la hora de darlas. Tenían que haber cancelado de inmediato la misión al mínimo atisbo de que algo no estaba saliendo como debía.

—No les dio tiempo. La mujer volvió a la casa diez minutos después de salir, con los niños todavía en el coche.

El director se puso a andar de un lado a otro de la sala.

—¿Y por qué volvió?

—Todavía no lo sé. Podría ser que uno de sus hijos enfermara u olvidase algo: los deberes, la merienda… No lo sé.

—¿Y por qué no salieron sus hombres de inmediato cuando vieron volver a la mujer?

—Esa era su intención, pero la policía se presentó en la casa antes de que tuvieran la ocasión de hacerlo.

—¿Quién llamó a la policía? —quiso saber Petrov.

—Tampoco lo sabemos. En este momento, lo único que puedo hacer son suposiciones.

—¿Y qué es lo que supone?

—Que la mujer vio el coche en el que iban mis hombres cuando salió de la casa y, preocupada por el envenenamiento de personas que se encontraban en circunstancias similares a las de su marido, debió de llamar a la policía, que, por su parte, también estaba avisada de la situación de Ibraguímov y respondió enseguida.

—¿Dónde están ahora sus hombres?

—En este momento, no lo sabemos. Estamos haciendo lo posible por encontrarlos sin divulgar nada que pueda vincularlos a la Lubianka ni al Kremlin, pero no es fácil —aseguró Pasternak.

La sala quedó sumida en un silencio estremecedor. Lébedev lo rompió después de casi un minuto con la siguiente pregunta:

—¿No hemos sabido nada a través de nuestros diplomáticos? El embajador, quizá…

—¿Qué quiere que hagan? —Petrov lo fulminó con la mirada, tanto que parecía que Lébedev se hubiera derretido sobre el cuero del asiento—. ¿Preguntar si por casualidad ha detenido la policía de Virginia a dos hombres de la división de fuerzas especiales más selecta de Rusia que estaban sentados en un coche delante de la casa de un traidor ruso? En eso tiene razón el general Pasternak: los americanos negarán haber detenido a nadie y esperarán a que preguntemos por ellos. Hacerlo, general, sería admitir tácitamente que nuestros hombres tenían autorización del Gobierno ruso para matar a Fiódor Ibraguímov.

—Entonces, ¿qué opciones nos quedan? —preguntó Sokolov sin atreverse a alzar la voz.

—Eso es lo que quiero saber yo —dijo Petrov—. ¿Qué opciones le presento al presidente?

—Mis hombres no dirán nada —aseveró Pasternak tratando de parecer desafiante.

—Su presencia ya ha dicho bastante —contraatacó el director.

Sokolov sabía bien adónde iba a parar todo aquello. El presidente necesitaba verse protegido a toda costa, de modo que a ellos se les presentaba la tarea de dar con una versión que permitiera al Kremlin negar los hechos con un mínimo de credibilidad. Eso quería decir que alguien situado muy arriba, sin duda uno de los allí presentes, tendría que arrojarse sobre su propia espada y reconocer que la entidad que dirigía había autorizado la misión sin conocimiento ni autorización del Kremlin. Dicho de otro modo: alguien de los de aquella sala tendría que convertirse en chivo expiatorio. Los Estados Unidos no creerían jamás semejante explicación, pero estarían dispuestos a aceptarla si podían usarla en beneficio propio, como habían hecho ambas partes en el pasado. Lo más seguro era que exigiesen la devolución de alguno de sus espías retenidos en Rusia. Eso sí: si los americanos decidían ir a por todas, podían llevar el asunto ante un tribunal internacional y humillar a Rusia sometiéndola al escarnio público.

—En este momento, nuestra misión consiste en proteger al presidente —dijo Petrov en el momento más oportuno—. Nuestra misión consiste en encontrar una alternativa que satisfaga a los americanos, recuperar a nuestros hombres y evitar que esta Administración salga malparada del episodio.

Nadie dijo una palabra.

Tras un instante, Lébedev se aclaró la garganta.

—Si se me permite dar mi opinión…

Petrov lo miró fijamente. Sokolov conocía aquella mirada. Más le valía a Lébedev que lo que fuese a decir tuviera mucho sentido.

—Si se me permite dar mi opinión, yo diría que lo que ha pasado aquí no es una mera coincidencia.

El comentario atrajo la atención de Sokolov y Pasternak, que sabían lo que venía a continuación.

—¿Y qué significa eso? —preguntó Petrov.

—Pues que la mujer de Ibraguímov no volvió a su casa porque sí, ni la policía de Virginia se presentó en la zona por casualidad sin dar tiempo a los hombres del general Pasternak a cancelar la operación y huir.

Sokolov sabía bien lo que estaba sugiriendo y lo que intentaba hacer aquella rata hija de perra. Lo que quería era echarle la culpa a otro, probablemente a Pasternak.

—Lo que digo es que quizá los americanos han querido hacer que parezca una coincidencia a fin de proteger a un topo bien situado en la Lubianka que podría haberles transmitido la información. —Lébedev movió su opulento contorno para mirar directamente a Sokolov.

El aludido, sorprendido en un primer momento, necesitó unos segundos para componerse. Acto seguido montó en cólera.

—Si lo que está dando a entender es que la responsabilidad es mía, deje que le recuerde que el presidente y yo nos conocemos de hace mucho, desde la infancia nada menos, y que hemos compartido más de sesenta años de amistad. Así que, por favor, no sea tan reservado: lleve directamente sus insinuaciones ante el presidente y veamos adónde nos llevan.

Lébedev sonrió como el gato que ha atrapado a su presa.

—Te veo muy a la defensiva, Dmitri. —El uso irrespetuoso del tuteo no había sido accidental ni pasó inadvertido—. No pretendía inculparte a ti, sino a alguien de tu departamento que asistió también a nuestra última reunión, alguien que insististe en que estuviera presente pese a mis objeciones, una mujer cercana al poder y con más de sesenta años.

Sokolov hizo lo posible por no reaccionar de manera exagerada.

—Déjame que te diga…, Gavriil, que María Kulikova lleva casi veinte años trabajando para mí. Sus padres eran miembros destacados del Partido Comunista y se enorgullecían de serlo, y a ella la han investigado en varias ocasiones sin encontrar el menor atisbo de deshonestidad.

—Tal vez estés… demasiado cerca de la señora Kulikova para ser objetivo. ¿O no se encarga tu grupo operativo de interrogar a mujeres rusas de más de sesenta años en puestos de poder? Sin embargo, a ella todavía no la han interrogado…

Sokolov buscó otro modo de defenderse y desviar la atención.

—Hacer un comentario como ese no implica solo ofendernos a la señora Kulikova y a mí, sino que constituye una injuria a mi mujer, Olga, y a su padre, el general Portnov. —Sokolov, que no le tenía el menor aprecio a su suegro, tampoco era reacio a recurrir a él en beneficio propio.

—Todos conocemos a tu suegro —dijo Lébedev con cierto tono cauto—. Lo que pregunto es por qué no ha interrogado todavía tu grupo operativo a la señora Kulikova.

—Tal vez quieres llamar la atención del general sobre algo…

—Si han acabado ustedes de apuñalarse por la espalda, hagan el favor de guardar las dagas —dijo Petrov—. Tenemos asuntos más importantes que abordar. General, quiero una actualización completa en cuanto la tenga. Dmitri, por encantadora que me resulte la señora Kulikova, tengo que pedirte que emprendas una investigación interna para garantizar que no ha ocurrido nada improcedente. —Suspiró—. A mí me corresponde la nada envidiable misión de dar la noticia al presidente. Ahora bien, voy a serles muy franco, caballeros: rodarán cabezas, una al menos, y no va a ser la mía. Les sugiero que se ocupen en buscar una versión que pueda usar el presidente para guardar las apariencias si desean mantener la suya pegada al tronco.

CAPÍTULO 14

Salón de belleza Do or Dye (Moscú)

Jenkins bajó con Pétrikova la angosta escalera hasta aquel almacén abarrotado. Arriba, Serguéi subió el volumen de la música. Jenkins giró el sintonizador de lo que parecía una radio antigua, que desde el estante en que se hallaba empezó a emitir ruido blanco.

—Esta tarde no he visto a nadie siguiéndome —dijo ella en ruso.

—Había una joven esperando al lado de las escaleras del metro. Te ha seguido esta mañana en el andén, aunque esta tarde ha cambiado de apariencia. Pantalón corto, camiseta y el pelo recogido en una cola de caballo. Llevaba gafas de montura negra.

—Esta mañana sí la vi. También había un hombre. La mujer se bajó del tren dos paradas antes que yo. —Pétrikova se rodeó la cintura con un brazo. Al llegar al sótano había bajado la guardia y empezaba a parecer asustada.

—He repasado todo lo que he hecho los últimos seis meses y no se me ocurre nada que pueda justificar el interés que tienen de pronto en mí.

—¿Cuándo notaste por primera vez que te seguían?

—Hace cuatro días, de camino al trabajo en el tren. Al principio no estaba muy segura, pero esa tarde vi al mismo hombre al salir de la oficina. Se comunicaba por el teléfono con una mujer, la misma de esta mañana. Pasé varios días así hasta estar segura antes de avisar a mi contacto.

—No es por nada que hayas hecho.

Jenkins le expuso la operación Herodes que había autorizado el presidente.

—Entonces, ha cambiado el fusil por una escopeta de postas.

—Eso me temo.

—Pero si soy miembro de la Duma por elección desde hace veinte años.

—No esperes que te proteja tu posición. De hecho, lo más probable es que te haya elevado a lo más alto de la lista. Tienes acceso a información vedada para otros. Seguro que están tratando de determinar si algo de lo que sabes ha obligado a prescindir de algún agente o a cancelar alguna operación.

—Entonces, supongo que se acabó lo que se daba, ¿no? ¿Tenéis algún plan para sacarme de aquí?

—¿Cuándo?

Jenkins no podía revelar ningún detalle por si Pétrikova era una agente doble.

—Deberías estar preparada para salir en cuanto te lo digamos. —Ella sabía sin duda que no tenía sentido preguntar algo así, pero cabía achacarlo a los nervios—. No puedes llevar nada contigo. — No quería que sintiera la tentación de tratar de viajar con nada que tuviese un valor sentimental para ella: un álbum de fotos, una joya o cualquier otro objeto que pudiera poner sobre aviso a las autoridades de que pretendía escapar.

Pétrikova se puso a caminar de un lado a otro por aquella estancia atestada de cachivaches.

—Sé que tienes miedo —dijo Jenkins—. Sé que no es fácil renunciar a lo que tienes aquí, pero, si haces lo que yo diga cuando lo diga, todo irá sobre ruedas.

Los espías no siempre estaban dispuestos a dejar sus países. Era normal que recelaran de un futuro incierto en un país desconocido con un idioma distinto, con costumbres diferentes y sin el apoyo de amigos ni familiares. Algunos preferían quedarse y asumir el riesgo, retirarse o pasar a ser durmientes. El problema de esta opción, sin embargo, se había hecho más que manifiesto cuando dos traidores estadounidenses, Robert Hanssen y Aldrich Ames, delataron a cientos de confidentes de la CIA infiltrados en el Gobierno ruso, todos ellos reservadísimos y muchos hasta retirados. Tras arrestarlos a todos de inmediato, los torturaron para sacarles información y los ajusticiaron.

Pétrikova negó con la cabeza.

—Me da más miedo quedarme aquí. Desde la muerte de mi marido, llego a casa y me dedico a dar vueltas en una vivienda y una cama vacías. De cena preparo exquisiteces para un comensal solo por pasar el rato. Los fines de semana los paso en el jardín, si el tiempo lo permite, o voy a ver a algún amigo. Mis dos hijos hace tiempo que no viven en Moscú, porque se cansaron del régimen y de la corrupción. El varón vive en Berlín, casado con una alemana, y mi hija, en Canadá, donde trabaja para una empresa de alta tecnología. Los dos me han implorado que me jubile y deje el país. Ahora es el momento. Ya no me encuentro bien y me cuesta comer y hasta dormir. Esto no es vida, ni para mí ni para nadie. Estoy lista para marcharme.

Jenkins miró el reloj. Había puesto en marcha el cronómetro al volver al sótano.

—Tienes que dejarlo todo como esté en tu casa: los platos sin fregar, la cama sin hacer, la radio o la televisión puestas... para no despertar sospechas. ¿Tienes alguna costumbre inamovible los fines de semana?

—No.

Con suerte, aquello les daría un margen de sesenta horas antes de que, la mañana del lunes, cuando Pétrikova no apareciera en el andén para tomar el tren que la llevaba al trabajo, saltasen las alarmas.

—¿Tienen vigilado tu piso?

—Doy por hecho que no, pero no lo sé. Habría que averiguarlo.

—¿Tienes alguna duda?

Pétrikova negó con la cabeza.

—Es la hora —anunció Jenkins—. Mejor será que vuelvas arriba.

Ella empezó a subir las escaleras, se detuvo y lo miró desde los primeros peldaños.

—¿Eres el mismo hombre que vino a pararle los pies al espía americano que estaba revelando los nombres de las demás hermanas, el que sacó a aquella mujer de Lefórtovo?

Jenkins sintió una punzada en el estómago. Todos sus sentidos se pusieron en guardia. Tenía que andarse con pies de plomo.

—No sé nada de esa operación ni de ese hombre.

Pétrikova subió otro escalón y se detuvo al oír la campanilla que anunciaba que se había abierto la puerta principal del establecimiento. Volvió a mirar a Jenkins con gesto alarmado. Él levantó una mano y le indicó que bajase. Ella, en cambio, la subió lentamente, solo lo necesario para mirar el espejo de la pared contraria, en el que se reflejaba la entrada, y ver a la mujer de la parada del metro, que había accedido al salón.

CAPÍTULO 15

Lubianka (Moscú)

Sokolov regresó a su despacho, se sirvió un vodka fuerte que apuró de un trago y, tras uno más, se puso a caminar de un lado a otro delante de las ventanas que le brindaban una vista espectacular de los muros rojos y los chapiteles del Kremlin. Sintió que se le calmaba el pulso y soltó en un bufido la rabia que profesaba a Lébedev por tratar de arrojarlo bajo las ruedas. Había dado lo mejor de su vida por aquel país, cuyos intereses había antepuesto siempre a los suyos propios. Sí, tenía una amante, pero ¿acaso no era eso lo normal entre los hombres que ocupaban un puesto de poder? Aquella clase de amoríos se había vuelto más común en Moscú con la caída del comunismo y el auge prolongado del consumismo. Por una vez, los rusos podían permitirse satisfacer sus caprichos y sus deseos. Sokolov sabía de muchos hombres que entablaban aventuras amorosas, desde relaciones carnales de una noche con prostitutas hasta la creación de familias paralelas, a menudo con la aprobación de ambas esposas. ¿Qué opciones tenían ellas? ¿Divorciarse? ¿Descender a la clase social de la que habían salido? ¿Criar solas a sus hijos? Olga, desde luego, no tenía de qué preocuparse. Además, ni ella ni su padre tolerarían jamás semejante orden de cosas. De cualquier modo, si Lébedev quería lanzar piedras, Sokolov había hecho acopio de un buen arsenal para contraatacar. Tenía un archivo en el que se documentaba la existencia de su segunda esposa y los dos hijos que vivían con ella en un piso del distrito Vóikovski, con quienes Lébedev pasaba dos días a la semana y a quienes mantenía económicamente.

En ese momento sonó el teléfono de su escritorio.

—¿Señor subdirector?

Era su secretaria.

—¿Qué ocurre?

—Hay alguien aquí que desea verlo.

Se situó tras su mesa y estudió el calendario con códigos de color que tenía en uno de los diversos monitores, aunque sabía que aquella franja horaria estaría vacía, ya que había pedido a su secretaria que cambiase todas las citas cuando había recibido la convocatoria de la reunión con Petrov en la sala de juntas.

—Te había dicho que cancelases todos mis compromisos de hoy.

—Esto no estaba en la agenda. Me dicen que la persona en cuestión ha insistido mucho.

Pensó que podía ser Pasternak, convencido quizá de que la unión hace la fuerza. No obstante, descartó enseguida tal posibilidad, ya que, por el momento, Lébedev tenía la mejor mano y lo más inteligente por parte del general sería aliarse con aquel gordo hijo de perra y ayudarlo a arrojarlo a él bajo las ruedas.

—¿De quién se trata? —preguntó, resuelto a rechazar la intrusión.

—De Helge Kulikov.

Sokolov se quedó helado. Había coincidido con Helge en numerosos actos y lo había encontrado insufrible, incapaz de hablar de nada que no fuese su carrera futbolística, normalmente mientras trasegaba copiosas cantidades de vodka gratis. Los dos mantenían una relación cordial. De hecho, Sokolov sentía cierto placer perverso hablando con él a la vez que se cepillaba a su mujer.

Vot dermó. «Mierda».

¿Se habría dado cuenta al final el muy borrachuzo de que Sokolov se acostaba con su mujer... en aquel momento tan inoportuno y después de tantos años? María le había dicho que Helge se había jubilado hacía poco y que se pasaba el día en casa, con lo que hacía más difíciles sus escapadas. Sokolov se preguntaba si no estaría allí para enfrentarse a él. Las medidas de seguridad de la Lubianka hacían imposible que llevara un arma encima, pero...

Vot dermó.

Sokolov juzgó preferible recibirlo y averiguar cuánto sabía y si cabía negarlo de forma verosímil. ¿Qué mejor manera de defender su inocencia, si aquel idiota se empeñaba en acusarlo, que recibirlo allí, en su despacho, con su mujer en la sala contigua, como quien no tiene nada que ocultar?

Por otra parte, ¿qué podía pasar si Helge se había enterado? No estaba en posición de hacer gran cosa. A no ser que...

«¿Y si se lo dice a Olga?».

Dermó, dermó, dermó.

No estaría dispuesto a hacer algo así, ¿verdad? La sola idea le provocó náuseas. ¿Y si lo había hecho ya? Más valía averiguarlo —no en vano la información es poder— y, en caso necesario, hacer frente a sus exigencias.

—¿Señor subdirector?

—Que pase.

Sokolov abrió el primer cajón de la derecha de su escritorio y quitó el seguro de su Makárov antes de volver a cerrarlo solo parcialmente para tener fácil acceso a la pistola en caso de necesitarla.

Cuando se abrió la puerta, su asistente personal recorrió con Kulikov el suelo alfombrado que los separaba de las dos sillas dispuestas delante del escritorio de Sokolov. El recién llegado llevaba puesto un traje que parecía estarle demasiado justo y corbata, aunque se había aflojado el nudo y tenía desabrochado el botón del cuello a fin de hacer sitio a los kilos de más. No tenía buen aspecto. Estaba pálido y abotargado, nervioso, pero no enfadado.

—¡Qué sorpresa tan inesperada, Helge! —Sokolov le tendió la mano y él la aceptó. Otra buena señal.

Kulikov tenía las uñas amarillas del tabaco y la ropa le olía a cigarrillos baratos, alcohol y alcanfor.

—Gracias por recibirme, señor subdirector.

—Por favor, lo de señor subdirector es para mis empleados. Tú puedes llamarme Dmitri. —Sonrió—. Hablamos de hombre a hombre, ¿no? —Acompañó a su ayudante hasta la puerta y bajó la voz—. No le hables a nadie de esta reunión. ¿Entendido?

—Sí, señor subdirector.

Se volvió de nuevo hacia Kulikov.

—¿Puedo ofrecerte algo de beber?

—Sí —respondió Kulikov con demasiada rapidez—. Quiero decir, gracias.

Sokolov se dirigió al mueble bar. Por el momento, aquello no presentaba ninguno de los elementos propios de un enfrentamiento. Miró a Kulikov, que llevaba las manos metidas en los bolsillos de la chaqueta.

—Si no recuerdo mal, te va el Stolíchnaia, ¿verdad?

No tenía la menor idea de cuál era el vodka que le gustaba a Helge Kulikov.

—Sí, con un hielo.

Sokolov sirvió tres dedos, añadió un cubito de hielo y le tendió el vaso.

—Siento no poder acompañarte, Helge, pero tengo reuniones hasta tarde y no debería beber.

—A mí me sabe mal entretenerte.

El subdirector indicó con un gesto que no tenía por qué disculparse.

—Siéntate, por favor. —Señaló las dos sillas que había frente a su escritorio—. Te ofrecería el sofá, que es más cómodo, pero hoy tengo la espalda fatal y necesito sentarme en mi silla. —Mientras se dirigía hacia ella, bajó la mirada al Makárov que tenía en el cajón... y lo abrió un poco más—. Dime qué puedo hacer por ti.

Kulikov dio un trago generoso a su vodka y clavó la mirada en el cubito como pensando pedir más.

—Para mí no es fácil decir esto, Dmitri. Para ningún hombre lo es.

Sokolov apoyó la mano en el cajón con gesto despreocupado.

—Mi padre decía siempre que, cuando algo es difícil de decir, lo mejor es decirlo cuanto antes, porque la espera solo consigue empeorarlo.

—Sí. Es sobre mi mujer, María.

—¿Qué le pasa? —Sokolov metió la mano en el cajón y la posó en el arma.

Kulikov soltó un suspiro y acabó el vodka.

—Recuerdo cuando María entró a trabajar aquí, en la Lubianka. Yo sentía curiosidad, claro. ¿Quién no, en Moscú? Esto tiene tanta historia... Pero ella me dijo que no podía comentar nada de lo que hacía aquí. Me dijo que no estaba permitido, porque a cualquier cónyuge podía escapársele algo, podía divulgar información clasificada y poner en peligro una operación y hasta vidas humanas.

—Eso es muy cierto, Helge. Es algo que inculcamos a todos nuestros empleados. Divulgar información confidencial, aunque sea a un cónyuge, es motivo de despido.

El otro se reclinó en su asiento y respiró hondo. Entonces, sacudió los hombros y agachó la cabeza antes de echarse a llorar.

—Creo que María tiene una aventura.

Vot dermó.

Sokolov fingió sorpresa, pero con la mano derecha había abrazado ya el gatillo de la pistola.

—¿Y qué te hace pensar que María tiene una aventura?

Helge se llenó de aire los pulmones y pareció calmarse.

—Este año me he jubilado del Servicio de Parques y Jardines.

—Eso creía recordar. Enhorabuena.

Helge fue a dar otro trago, pero el vaso estaba vacío y solo logró hacer tintinear el hielo.

—Gracias. Me paso la tarde en casa y a veces llaman por teléfono.

—¿Un amante?

—No… —Acompañó su respuesta con un movimiento de cabeza—. O sea, no sé. No estoy seguro. El que llama es un hombre, pero siempre pregunta por alguien distinto.

—¿Un número equivocado? —El subdirector sacó la mano del cajón. Él no había llamado nunca a casa de María. Se comunicaba con ella en el trabajo, donde convenían dónde y cuándo encontrarse. Cuando había un cambio de planes o alguno de los dos tenía que excusarse, usaban teléfonos desechables.

—Eso intentan hacer ver.

«Una conclusión extraña», pensó Sokolov.

—¿Por quién preguntan?

—Por quién pregunta. Siempre es el mismo hombre. Se me da muy bien reconocer voces.

—¿Y por quién pregunta?

—Por alguien distinto cada vez, Dmitri. Nunca dice el mismo nombre. La otra noche preguntó por Anna.

—¿Y siempre preguntan… pregunta por una mujer?

—No, a veces pregunta por un hombre.

—Ya veo. —Sokolov sintió que se le agitaban los celos en el estómago. ¿Era posible que María estuviera teniendo otra aventura?—. ¿Y qué le dices a ese hombre que llama?

—Que se ha equivocado de número. Entonces, cuelga.

Aquello era muy raro. Con todo, las llamadas le interesaban ahora por un motivo totalmente distinto.

—¿Le has hablado a María de esas llamadas de teléfono?

—Dice que no tiene ni idea de quién puede ser ese hombre, que es posible que tengamos la línea cruzada; pero, si eso fuera verdad…, en fin, el hombre preguntaría siempre por la misma persona. ¿Verdad?

—Es de suponer. —Era una deducción muy verosímil, muy buena. Quizá hubiese subestimado la perspicacia de aquel individuo, aunque es cierto que hasta un reloj roto da la hora correcta dos veces al día—. ¿Hay algo más que te preocupe?

Kulikov sacó un reloj y una pulsera del bolsillo de su chaqueta para tendérselos. Sokolov reconoció ambas joyas, regalos con que había obsequiado a María a lo largo de los años, normalmente a modo de disculpa después de que uno de sus arranques lo hubiese llevado a despedir a buena parte del personal que tenía ella en su oficina. María solía guardarlos en la caja fuerte de su despacho por ese mismo motivo.

—Son auténticas, subdirector. Los he llevado a un joyero y me lo ha confirmado. Setecientos cincuenta mil rublos, si no más. Yo no podría permitirme nunca un lujo así.

Sokolov cogió las dos piezas.

—Mmm… —dijo—. ¿Dónde las has encontrado?

—Al fondo de un cajón de su cómoda, dentro de unas medias.

—¿Y le has preguntado a tu mujer?

—No.

—¿No le has preguntado de dónde las ha sacado?

—Me ha parecido mejor que no supiera que las he encontrado… hasta tener más información. He intentado cazarla con su amante, pero no quiero que sepa que sospecho que tiene una aventura.

Sokolov se encogió de miedo.

—¿Cómo has intentado cazarla?

—Una noche… —Agachó la cabeza para pensar—. Hace dos semanas más o menos, volvieron a llamar, otra vez a un número equivocado. Esta vez preguntaron por Anna y, cuando colgué, mi mujer se interesó por la llamada.

—¿Qué dijo?

—Que iba a sacar a pasear a Stanislav.

—Vuestro perro, si no recuerdo mal. Un regalo de jubilación, ¿verdad?

—Sí. Sospeché que el que llamaba podía ser su amante y que María iba a sacar al perro para encontrarse con él. La seguí, disfrazado, por supuesto. —Buscó con la mirada la aprobación de Sokolov.

—Por supuesto.

—Bajó al metro.

—¿Para sacar al perro? —Aquello también parecía muy extraño.

Kulikov se inclinó hacia delante y dejó el vaso sobre el escritorio de Sokolov. Tenía los ojos abiertos de par en par y buscó de nuevo la aprobación del subdirector.

—A mí también me extrañó. Es raro, ¿verdad? Vivimos en Yakimanka. El distrito está lleno de parques en los que el perro puede corretear. Tenemos cerca el parque Gorki. ¿Para qué iba a coger el metro?

Sokolov se inclinó también hacia delante y, recogiendo el vaso de Helge, lo colocó sobre un posavasos para no dañar la madera.

—¿La seguiste? ¿Adónde fue?

—De entrada, a un Teremok.

Otra sorpresa.

—Me dijo que iba a pedir algo de comer. Luego fue al templo de Anastasia Mártir. Como es pequeño y solo había otra pareja además de ella, me quedé fuera.

—¿Un templo? Eso sí que es raro. —Sokolov empezaba a enojarse—. ¿Y cómo sabes que se encontró con su amante si no entraste?

—Estuve mirando desde una vidriera. La vi ponerse de rodillas delante de un icono y esperar a que se fuera la pareja.

—¿Para qué?

Kulikov alzó un dedo.

—Eso es lo raro. Se levantó y se metió detrás del icono. —Arqueó las cejas como si acabara de revelar un código nuclear.

—¿Y qué hizo? —quiso saber Sokolov.

—No lo sé. Desde donde estaba no veía nada. Estuvo allí unos segundos y se fue.

El subdirector se reclinó en su asiento mientras trataba de ocultar su enfado por haber malgastado su precioso tiempo con aquel imbécil.

—Encargó comida y fue a una iglesia para arrodillarse delante de un icono. Luego se puso detrás del icono y, después, ¿se fue?

—Sí. Yo estaba a punto de entrar en la iglesia cuando llegó un hombre.

—¿Su amante? —La historia volvió a interesar a Sokolov.

—Eso pensé yo.

—De modo que lo abordaste.

—No.

—¿No?

«Joder, este tío, además de imbécil, es un cobarde de tomo y lomo».

—¿Cómo iba a estar seguro sin María allí? Lo que hice fue observarlo… y también él entró y se metió detrás del icono.

Había que reconocer que semejante comportamiento no parecía tener una explicación evidente.

—¿Y luego?

—Se fue.

—Y entonces fue cuando lo abordaste.

—No.

—¿Que no abordaste al hombre con el que sospechas que tiene una aventura tu mujer para pedirle explicaciones? Pero ¡por Dios bendito! ¿Por qué no? —Sokolov se contuvo—. Lo siento, es que suponía que lo habrías hecho.

—¿Cómo quieres que le diga nada si no estaban juntos? Él habría negado saber nada y luego habría avisado a María de que sospechaba de ellos. Eso sí es que era su amante.

—¿Qué hiciste entonces?

—Entré para ver lo que había detrás del icono.

—Y...

—Apareció un guardia y me echó para cerrar el templo hasta el día siguiente.

—Entonces, ¿no encontraste nada?

—No, pero ¿no te parece un comportamiento raro para una persona y más aún para dos con tan poco tiempo de separación?

—Sí, desde luego, es muy raro. —Sokolov pulsó un botón que había debajo de su escritorio. Un instante después, sonó el teléfono, lo descolgó y fingió estar escuchando a alguien. Colgó—. Siento mucho tener que interrumpir nuestra conversación, Helge, pero, como te he dicho, tengo varias reuniones. Déjame ir al grano. ¿Qué quieres que haga por ti?

—María te tiene mucho respeto, Dmitri; tanto como a este despacho. Tengo entendido que las aventuras amorosas están prohibidas para evitar que los empleados puedan divulgar información clasificada a sus amantes.

—Sí, no las aprobamos.

—Tenía la esperanza de que pudieses hablar con ella en privado y recordarle sus responsabilidades y el riesgo que está asumiendo. No es fácil para un hombre pedir algo así... De joven fui futbolista profesional. ¿Te lo he dicho?

Sokolov hizo lo posible por parecer serio, aunque por dentro estaba sonriendo. Lo que le estaba pidiendo era que dedicara un tiempo a su mujer. Sokolov, por descontado, estaba dispuesto a complacerlo. Pasaría más tiempo encima de María... y debajo de María.

—Sí, Helge, y sé que eres un hombre orgulloso, un ruso orgulloso. Te prometo que abordaré este asunto desde todos los ángulos posible. No te preocupes en absoluto ni hagas nada más. Si me entero de algo, de cualquier cosa, te la haré saber inmediatamente. —Miró las joyas que había sobre el escritorio—. Deja esto aquí para cuando hable con María. Me dará cierta credibilidad, ¿no crees?

—Sí, claro. —Kulikov soltó un suspiro de alivio.

Sokolov se dirigió a la puerta del despacho, donde los dos se dieron la mano.

—No le cuentes a nadie nada de esto —le dijo el subdirector—. Lo último que queremos es arruinar la reputación de tu mujer... ni la tuya si luego resulta que no era nada.

—Claro, Dmitri. Agradezco tu discreción.

Helge salió del despacho y Sokolov cerró la puerta tras él. Estuvo a punto de echarse a reír en voz alta. Volvió a su mesa y cogió las joyas. Se puso a pensar. Una parte de él quería llamar a María y darle unos azotes para después poseerla allí mismo, sobre su escritorio... y quizá delante de su marido. Tal vez así terminara entendiendo todo el muy idiota.

Se contuvo y puso freno a su imaginación. Aunque estaba aliviado, era consciente de que había esquivado la bala por muy poco. Aquel descuido de María, el hecho de llevarse a casa las joyas, había estado a punto de delatarlos a los dos, si bien las consecuencias habrían sido mucho más graves para él.

Por otra parte, no podía pasar por alto las llamadas al número equivocado ni la excursión al templo. ¿Sería posible que María estuviese manteniendo una aventura con otro? ¿Haciéndole a otro las mismas cosas que hacía con él? ¿Tenía siquiera tiempo para eso?

Descolgó el teléfono del escritorio y pulsó el botón para llamarla.

—¿Puedes venir, por favor?

Un momento después la tenía en su despacho.

—¿Necesitas algo?

Él activó un interruptor que creó ruido blanco en el despacho.

—Te necesito. Te he echado de menos.

—Has estado ocupado y, además, tienes que mantener contenta a Olga.

—No me lo recuerdes. De no ser por su padre, tú y yo podríamos estar juntos.

No era cierto, ni por asomo, pero tenía la esperanza que dicha posibilidad la incitara a no cerrar las piernas.

—Entiendo perfectamente la situación y la he entendido siempre, Dmitri.

—¿Te gustaría eso, que estuviéramos juntos?

—No juegues con mis emociones.

Por supuesto: prefería dejar los juegos en manos de ella.

—Ha venido a verme alguien esta tarde. ¿Sabes quién?

María negó con la cabeza.

—Tu marido.

—¿Helge? —preguntó boquiabierta y sin color en las mejillas.

Sokolov puso el reloj y la pulsera sobre el escritorio. Ella dejó caer los hombros.

—Sospecha que tienes una aventura.

María cerró los ojos. Tardó un instante en contestar.

—¡Ay, Dmitri! Lo siento mucho.

—Dice que se las ha encontrado escondidas en unas medias.

Ella soltó un suspiro.

—Ha sido un descuido por mi parte llevármelas a casa. Fue la noche del Bolshói. Quería salir con ellas, Dmitri, estar guapa para ti. Lo siento. No tuve ocasión de volver a guardarlas en la caja fuerte, así que las escondí en la cómoda. Luego, se me olvidó por completo.

—Tienes que andarte con más ojo. Helge se ha puesto a seguirte.

—¿A seguirme? ¿Por qué?

—Me ha dicho que llevas un tiempo recibiendo llamadas de teléfono. Dice que son de un hombre que se equivoca de número.

—Ah. —Le volvió la espalda y dijo con voz desafiante—: Está obsesionado con esas llamadas, pero no le da la gana ponerse en contacto con la compañía para averiguar por qué seguimos recibiéndolas. A ver si lo adivino: te ha dicho que son de mi amante, que quiere decirme dónde podemos encontrarnos en secreto.

—Eso es precisamente lo que me ha contado. Dice que te siguió una noche cuando sacaste al perro.

Ella volvió a mover la cabeza a un lado y a otro para indicar que no sabía de qué le estaba hablando.

—Siempre me toca a mí sacarlo mientras él se sienta a beber vodka.

—Te siguió hasta un Teremok.

María volvió a suspirar.

—Pedí comida. No me apetecía quedarme en casa con él borracho. —De nuevo meneó la cabeza—. Además, me pasé por el templo de Anastasia Mártir.

—¿Por qué?

Los ojos se le llenaron de lágrimas.

—No quería volver a casa. Es que…

—Ay, *záichik*, cómo lo siento. Ven. —Le tendió la mano y María se acercó y alargó la suya. Él sintió el calor y la tersura de su piel y pensó en recorrer el suave contorno de su cuerpo. Podía oler su perfume y su aroma natural. Su vulnerabilidad era pavloviana. De hecho, estaba empezando a excitarse.

A ella habían empezado a correrle las lágrimas por las mejillas. Apartó una de las manos para enjugárselas y no estropearse el maquillaje.

—Busco excusas para no estar en casa y, ahora que Helge está jubilado, le sobra mucho tiempo para dedicarse a lanzar acusaciones estúpidas.

—No son tan estúpidas. ¿O es que no tienes un amante? —Sokolov sonrió.

Otro suspiro.

—Se cree Porfiri Petróvich. —Se refería al principal investigador de *Crimen y castigo*.

—Dice que te metiste detrás de un icono y que, después de haberte ido del templo, entró un hombre a hacer lo mismo.

Ella dejó escapar una risita.

—Detrás de la imagen hay velas de repuesto. Si quieres encender una y hacer un donativo, es ahí donde hay que buscarlas.

Sokolov se echó a reír.

—Entonces, quizá tenga más de inspector Clouseau que de Petróvich.

—Dmitri, siento mucho que haya venido a molestarte con esa tontería. ¿Qué puedo hacer?

—Dile que te he dado cien azotes. A ti te gustaría, ¿verdad? A mí, desde luego, sí. —Se ajustó la entrepierna del pantalón para que pudiese ver su erección.

—Estoy hablando en serio, Dmitri. ¿Qué le digo para que lo deje? Si no, es muy capaz de sorprendernos a los dos e ir a contárselo a Olga. ¿Qué pasaría entonces?

—Sí. —La simple mención de su mujer le provocó un escalofrío que lo desinfló por completo. Meditó un instante y luego dijo—: Cuéntale que te he enseñado las joyas, te he amonestado y te he recordado que tienes unos deberes y unas responsabilidades y que has puesto fin al asunto.

—Gracias, Dmitri. ¿Qué haría yo sin ti?

Él abrió las rodillas para acercarla más. Ella posó una mano en el escritorio, dobló una pierna y apoyó la rodilla en la entrepierna de él, que se estremeció al notar que ella aumentaba la presión.

—¿Por qué juegas conmigo? ¿No confías en mí, Dmitri? —Volvió a apretar la rodilla.

Sokolov gruñó de dolor y del placer que le producía.

—Ha sido una tontería. Solo quería divertirme.

María aplicó más fuerza aún, la suficiente para hacer que él se sentara erguido.

—Como si tuviera tiempo para otro hombre… —Se inclinó más hacia él, que se dejó embriagar por su perfume y empezó a mover la nuez arriba y abajo—. ¿No eres bastante hombre para mí, Dmitri? —Le rodeó el cuello con los brazos e hizo que se le abriera la camisa y el crucifijo con cadena de oro que llevaba quedase pendiente entre sus hermosos senos. Le mordisqueó el lóbulo, algo que a él le aflojaba las piernas—. ¿Me lo piensas demostrar o no tienes tiempo?

Él soltó un gemido.

—¡Joder! No puedo. Ha pasado algo. Ha surgido un problema que tengo que solventar antes de que pida mi cabeza el director Petrov.

—Lástima —musitó ella. Repasó con la lengua el contorno de la lengua de él y atrajo su cara hacia sí para hundirla en su escote—. Pídeme perdón. Pídemelo. —Al ver que no respondía de inmediato, volvió a apretarle la entrepierna con la rodilla.

Él hizo una mueca de dolor y sintió que soltaba de golpe toda la tensión de aquel día, quizá de toda la semana. Con un gemido, dijo:

—Perdón.

CAPÍTULO 16

Salón de belleza Do or Dye (Moscú)

Charles Jenkins bajó la escalera de la parte trasera hasta el almacén para esconderse entre las sombras sin dejar de ver el espejo de la pared del salón, cuya orientación le permitía ver el frontal del establecimiento. La campanilla de la puerta tintineó y la joven del pantalón corto y la camiseta a la que había visto frente a la estación de metro cerró la puerta tras ella. Jenkins miró a Suriev, de pie tras el sillón de peluquero. Tenía los ojos cerrados después de reparar, demasiado tarde, en que no había cerrado con llave ni había puesto el cartel de cerrado en la entrada después de que entrase Pétrikova.

Acto seguido abrió los ojos y, sin volver la cabeza hacia la recién llegada, anunció con aire despreocupado:

—*Ya vernús k vam chérez minutu.* —«Estoy con usted en un minuto».

La mujer dio un paso a la derecha para ver mejor a la persona que estaba sentada en el sillón, sin duda a fin de confirmar que se trataba de Pétrikova; pero Suriev se movió hacia el mismo lado para bloquearle la visión. Cuando la joven dio otro paso, el peluquero tomó un tarro de la bandeja que tenía al lado, desenroscó la tapa y aplicó una cantidad generosa de crema verde sobre el rostro de la doble antes de dirigirse al mostrador.

—*Chem ya mogú pomoch vam?* —«¿En qué puedo ayudarla?».

—Estoy pensando en cortarme el pelo —dijo ella, hablando con Suriev, pero mirando el sillón que tenía él a la espalda— y quizá también hacerme unos reflejos.

—¿Le importa quitarse la coleta, por favor? —Cuando hizo lo que le pedía, dio un paso hacia ella—. Vuélvase, por favor. —La mujer se puso mirando a la calle y Suriev jugó con su cabello antes de decir—: Puedo cortarle el pelo, pero no pienso hacerle mechas, porque tiene usted unos reflejos naturales preciosos.

Sonó un timbre.

—Suriev —lo llamó la mujer del sillón.

—Estoy contigo en un segundo, Zinaída. —Volvió al mostrador para mirar la pantalla del ordenador—. Podría hacerle un hueco la semana que viene. Por ejemplo, la tarde del martes, a las cinco y media.

—Tengo un compromiso este fin de semana. ¿No puede ser hoy?

—Me temo que no. Zinaída es mi última cliente de hoy.

—Entonces tendré que buscarme otro sitio —dijo la mujer. Se dirigió a la puerta y volvió la vista para echar una última ojeada antes de salir. Esta vez, Suriev cerró la puerta y puso el cartel con un hondo suspiro.

CAPÍTULO 17

Ministerio del Interior,
calle Petrovka, número 38 (Moscú)

Arjip volvió a su escritorio tras una hora de reunión con su capitán. Ya no podía ocultar por más tiempo la noticia de la muerte de Eldar Veliki. El asesinato ocurrido en el Yakimanka Bar se había filtrado dentro del departamento y aparecía en todos los canales de televisión estatales. En adelante, los posibles testigos medirían muy bien sus palabras... si es que llegaban a decir algo. Su superior quería conocer el estado de la investigación, si Veliki había sido víctima de una mafia rival y si tenía que prepararse el Ministerio del Interior para hacer frente a una posible guerra en las calles de Moscú.

El inspector le aseguró que tal conclusión parecía prematura y no contaba con el apoyo de ninguna de las pruebas de que disponía en aquel momento, cuyo número, tenía que reconocer, era muy limitado. Ni los veinte años que le quedaban para tener su edad ni los años luz que lo separaban de él en cuanto a experiencia impidieron al capitán decirle cómo tenía que hacer su trabajo ni llegar incluso a proponer que, estando la jubilación de Arjip a la vuelta de la esquina, se pasase el caso a algún investigador que pudiera tener un mayor interés personal en el resultado de las pesquisas. Él se limitó a recordarle con gran respeto que poseía un historial excelente y a asegurarle que tenía un gran interés personal en que el asesinato de Eldar Veliki no perjudicara aquello que con tanto empeño había logrado. Se encargaría de llevar a buen puerto aquella investigación. De hecho, prefería permanecer activo hasta la última jornada de su vida laboral y, en caso de que la resolución de aquel caso se postergase, estaba dispuesto a continuar trabajando.

En su ordenador saltó una notificación, un correo electrónico de la oficina del forense con un documento adjunto que solo debía ver él. Abrió el primero y, a continuación, el informe médico preliminar de la muerte de Eldar Veliki. Cogió las gafas de lectura del escritorio y se las colocó en el caballete de la nariz mientras miraba superficialmente los párrafos iniciales, que recogían detalles relativos al lugar en que se había encontrado el cadáver, la posición en que se hallaba y un largo etcétera.

Cerca del final dio con lo que estaba buscando: causa de la muerte, traumatismo causado por una sola herida de bala en el abdomen.

Leyó la frase otra vez y una tercera sin poder creer las palabras de la pantalla. Había visto el cadáver. Había visto el agujero de bala que tenía en la espalda y la herida, mucho menos limpia, de salida. Había visto la profusión de sangre que tenía en la pechera de la camiseta y el charco que había formado en el suelo. Saltaba a la vista que le habían disparado por la espalda. Cualquier idiota con un mínimo de formación y experiencia se habría dado cuenta. Solo había una conclusión posible: aquello no era fruto de un error, sino de una invención deliberada.

Estaba a punto de descolgar el teléfono del escritorio para llamar a la oficina del médico forense cuando sonó el aparato. El número entrante, que aparecía sin identificar, no le sonaba del bloque 38 de Petrovka.

—Mishkin —dijo en tono brusco.

—Arjip, soy Aarón.

—¿Quién?

—Aarón, del taller mecánico. Ya hemos encontrado la avería del vehículo que nos trajiste.

Necesitó un instante para entender las complejidades de aquella llamada, pues seguía concentrado en el informe del forense.

—Me temo que es un poco más complicado de lo que sospechábamos —prosiguió Aarón—. ¿Puedes acercarte al taller de aquí a un cuarto de hora?

En ese momento cayó.

—Sí —contestó—, sí puedo.

Con eso, se cortó la llamada.

Diez minutos después, Arjip salió de Petrovka y se encontró con que, aunque caía ya la tarde, seguía haciendo calor en la ciudad. El tráfico rodado y peatonal de calzadas y aceras era denso. Los moscovitas estaban sentados en las terrazas de bares y restaurantes, bebiendo café o cerveza debajo de toldos y sombrillas y saboreando ya el fin de semana. *Aarón* era Adrián Zimá, que trabajaba en el laboratorio de huellas dactilares del Departamento de Investigación Criminal. Cada vez que creía tener información delicada que comunicarle, proponía un encuentro en el «taller mecánico», el nombre en clave que usaba para el Pit Stop Café, que había sido precisamente un local de reparación de automóviles antes de que su propietario cayese víctima de la enorme renovación que conoció Moscú en vísperas del Mundial de Fútbol de 2018. Al dueño, que llevaba más de cuarenta años en activo, le recomendaron encarecidamente que aceptara el pago que se le ofrecía y encontrase un lugar más adecuado para su negocio. Como la mayoría de quienes recibían tales proposiciones, no dudó en coger el dinero y echar el cierre.

El Pit Stop Café estaba a diez minutos a pie del Ministerio, cerca del cruce de Petrovka con Strastnói Bulvar. La reconversión y renovación de los locales de aquellas manzanas se produjeron como de la noche al día. Aunque a Arjip le parecía triste que tanta gente hubiese perdido sus negocios, la revitalización logró lo que había pretendido el Gobierno: atraer a una multitud más joven y animada a cafeterías, bares y restaurantes, y presentar al mundo la cara moderna de Rusia.

«Muera lo viejo y viva lo nuevo», que habría dicho su Lada. Pronto sería él mismo a quien acompañarían hasta la puerta de no muy buenas maneras. De hecho, ya tenía un pie puesto en el umbral. ¿Qué le esperaría después?

«¿Qué voy a hacer en casa sin ti, Lada?».

Quizá viajar. Tal vez le diese por apuntarse a uno de esos grupos de solteros que se dedicaban a hacer turismo por el mundo. Acabaría embarcado en un crucero, con mocasines blancos, calcetines oscuros y pantalón corto, echando tripa y diciéndole a todo el mundo que debería haberse jubilado hacía años.

No pudo evitar una risita al imaginarse lo que habría dicho Lada ante una propuesta tan ridícula. «¿Tú, confinado durante días en la cubierta de un crucero? ¡Si no eres capaz de estarte quieto ni un minuto! Te volverías majareta».

El Pit Stop Café había conservado la puerta corredera de varias hojas de cristal del taller, que estaba abierta para que los clientes pudieran sentarse fuera, en mesas dispuestas en la acera, aunque todo apuntaba que no para hablar, pues la mayoría tenía la cabeza gacha mientras tecleaba con rapidez en su teléfono. Arjip no había entendido nunca aquella manía. ¿Qué sentido tenía reunirse para hablar por el teléfono con otra persona?

Los jóvenes no comprendían que el tiempo era un bien precioso. Lo creían ilimitado y se tenían a ellos mismos por inmortales. A él también le había pasado, hasta que había dejado de ser así. Hasta que Lada había dejado de estar.

«La juventud no entiende el amor».

Adrián estaba sentado a una mesa de un rincón del fondo. Arjip habría preferido no gastar dinero, pero le resultó incómodo pasar por el mostrador sin pedir nada. El aire estaba preñado de un delicioso aroma a café y a toda una variedad de mezclas de tés, limón y menta. Una joven alzó la cabeza al verlo acercarse, pero no lo saludó ni esbozó siquiera una sonrisa. Él le sonrió de todos modos.

—Una manzanilla —dijo. Si tomaba té o café a aquellas horas, se pasaría la noche en vela, cosa que le ocurría a menudo fuera como fuere.

—¿Para tomar aquí o para llevar?

—¿No estoy aquí? —dijo y, al ver el gesto confundido de ella, añadió señalando con el dedo—. Estaré en la mesa del rincón, con el caballero de las gafas.

Ella puso los ojos en blanco y apuntó hacia un letrero que pendía sobre el mostrador. Arjip levantó la mirada y leyó: Recoja su pedido.

—No servimos en las mesas.

—Entonces, estaré aquí.

Instantes después, tras cobrarle una barbaridad por la infusión, la mujer le tendió una taza de porcelana de tamaño descomunal y él se dirigió con cuidado al lugar en que lo esperaba Adrián. Aunque a menudo pecaba de melodramático, Adrián tenía un instinto excelente y Arjip lo tenía por uno de los integrantes de la policía moscovita de cuya rectitud no cabía dudar.

El inspector dejó la taza en la mesa y se sentó poniendo toda su atención en no derramar el contenido.

—¿Cómo te va? —preguntó.

—He tenido días mejores.

—¿Mucho trabajo?

—Eso siempre, Arjip. Siempre se nos acumulan los análisis de ADN.

—Pues dime: ¿a qué debo este placer?

Su interlocutor se inclinó hacia delante.

—A la huella dactilar que nos has dado. Sabes que la víctima es Eldar Veliki, ¿no?

—Para no saberlo —dijo el inspector rezando por que no fuese aquel el motivo por el que quería verlo.

Adrián se reclinó en su asiento. Parecía dolido, pero Arjip lo conocía bien y sabía que le gustaba representar el papel de inspector que retiene información y captar así la atención de su auditorio, por nutrido que pudiera ser. En este caso, aunque solo tenía a una persona en el público, pero lo suyo no dejaba de ser una actuación.

—Eso sí, me faltan muchos datos. Ha habido novedades un tanto extrañas.

—Pues la cosa se va a poner más extraña todavía. —Adrián miró a su izquierda y luego a su derecha, aunque las mesas contiguas estaban vacías—. Me he hecho con el informe policial. En él se dice que las huellas proceden de un botellín de cerveza y pertenecen probablemente a un hombre que entró en el bar y se sentó en una de las primeras mesas. Las cámaras de reconocimiento facial lo han identificado como Charles Wilson, un industrial británico.

—Todavía no conocía su nombre, pero los detalles coinciden.

—Entonces, hay algo de lo más insólito… que quizá sea intencionado.

—¿A qué te refieres? —preguntó Arjip, si bien aquel «de lo más insólito» encajaba a la perfección con las pruebas que tenía hasta el momento.

Adrián se volvió para sacar un folio del maletín que tenía al lado de la silla. Entonces lo deslizó bocabajo sobre la superficie de la mesa para acercárselo sin dejar de observar al resto de los que había en la cafetería.

—Te ruego discreción —susurró.

Lo hacía para darse importancia.

—Cuenta con ello. —Arjip cogió el papel y le dio la vuelta discretamente.

Ante él tenía la fotografía de un hombre negro. Se trataba, según la información que la acompañaba, de Charles Jenkins, de uno noventa y seis de altura y ciento cuatro kilos.

Estadounidense.

Agente de la CIA.

—¿Este es el hombre que encaja con la huella? —preguntó.

Adrián asintió sin palabras.

—¿Seguro?

—Coinciden más de dieciséis puntos de identificación. No hay duda.

Arjip se echó hacia atrás. Habría dado por sentado que se trataba de un error de no haber sido demasiados los elementos que indicaban lo contrario: la desaparición de la cinta grabada por las cámaras de reconocimiento facial, el informe forense manipulado y la muerte de los dos testigos de vista. Aquello, desde luego, lo hacía todo mucho más interesante. Se había preguntado por qué habría elegido aquella noche precisamente alguien que nunca había estado en el Yakimanka Bar... y en aquel momento empezaba a sospechar que quizá la elección no hubiese sido ninguna coincidencia.

Pero ¿qué podía querer de Eldar Veliki un agente de la CIA?

—¿Trabaja aquí, en Moscú? ¿En la embajada estadounidense?

Adrián movió la cabeza de un lado a otro.

—Lo he comprobado. La embajada no reconoce ese nombre ni hay nadie allí registrado con él.

—Un agente de la CIA —se dijo Arjip.

—Eso es lo que dice la Lubianka, no los americanos. Como te he dicho, ese hombre no existe.

El inspector lo dudaba. Por más que los idealizasen las películas, los espías no solían parecerse mucho a James Bond, a Jason

Bourne ni al resto de los personajes intrépidos a los que daba forma Hollywood.

—¿Y qué pintaba en el Yakimanka Bar? —preguntó.

—Parece obvio, ¿no?

—¿Qué es lo que parece obvio?

—No seas memo, Arjip. Fue allí a matar a Eldar Veliki. ¿Qué otra explicación cabe?

—Pero ¿qué interés puede tener un agente de la CIA en matar a Eldar Veliki?

—No lo sé, aunque, si tuviera que apostar, diría que por un asunto de drogas, de tráfico de drogas.

Arjip recordó la conversación que había mantenido con el inspector Gúsev, del CCO, y lo que le había dicho sobre los planes de legalización del negocio que tenía la familia. El tráfico de drogas parecía contrario a tal propósito.

—Lo que sí te puedo asegurar es que esto va a hacer saltar todas las alarmas en la Lubianka —prosiguió Adrián. Dando unos golpecitos con el dedo a la fotografía de Charles Jenkins, añadió—: A este hombre lo están buscando. He hablado con mi amigo…

—¿Qué? —El inspector apartó de inmediato la vista del papel para mirarlo a él—. ¿Que has hablado con alguien de una investigación de asesinato en proceso?

—Me conoces muy bien. Pues claro que no. No he dicho nada de tu investigación. Lo único que le he pedido es que me pase toda la información que tenga la FSB sobre este hombre. —Volvió a dar en la fotografía con el dedo índice, lo que hizo que se tambaleara la mesa—. Como tú, suponía que mi amigo me diría que este tal Charles Jenkins trabaja en la embajada estadounidense.

—¿Y qué te dijo?

Adrián se inclinó hacia delante y puso la palma de la mano sobre el retrato.

—Que este hombre es un espía que ha conseguido escapar dos veces de la FSB. En la Subdirección de Contraespionaje tienen un expediente entero sobre él y lo consideran de máxima prioridad. —Adrián se apartó de la mesa y apoyó el brazo en el respaldo de la silla que tenía al lado. Miró a Arjip con gesto cómplice—. Es un pez gordo, Arjip, un pez muy gordo. Si ha sido él quien ha matado a Eldar Veliki, no puedes contar con tirar tú solo de la caña.

Ahí estaba, precisamente, el problema. Arjip dudaba mucho que aquel hombre hubiese matado a Eldar Veliki. Cabía la posibilidad, claro, pero era muy remota, al menos por lo que había visto el camarero en el callejón y por los indicios médicos que había visto él con sus propios ojos. Además, sabía de muy buena tinta que los agentes de la CIA no llevaban armas… normalmente. Todo eso, sin embargo, era vender la leche antes de ordeñar la vaca. A él le daba igual quién fuera ese hombre o qué hubiera hecho en el pasado. Lo único que le importaba era que Charles Jenkins era testigo esencial de un asesinato, un asesinato cuya resolución le habían asignado a él. El historial del interfecto era mucho más complicado que el de un borracho cualquiera muerto en una pelea de bar y lo mismo podía decir ya de las circunstancias del sospechoso; pero aquello no cambiaba en nada la misión de Arjip. Su misión consistía en cerrar el caso, como había hecho siempre.

Aun así, no podía menos de preguntarse qué hacía aquel hombre en un bar de mala muerte… y, para colmo, disfrazado. ¿Tendría la CIA algún interés en Eldar Veliki? Tal vez sí. Tal vez tenía razón Adrián y Arjip había pescado al fin a aquel pez gordo.

—¿Por qué sonríes? —quiso saber su compañero de mesa.

El inspector, que no se había dado cuenta, respondió:

—Por nada.

—Yo no estaría tan contento. Tienes que olvidarte de esto, Arjip, alejarte tanto como puedas. Jubílate. Una cosa así podría tardar meses, quizá años, en resolverse.

Precisamente era eso lo que lo había hecho sonreír. Nada le gustaba más que un buen reto. Y si el reto le exigía permanecer en su puesto de inspector jefe…, mejor que mejor.

No le gustaban los cruceros ni los mocasines blancos.

Lo que le gustaba, y más aún desde la muerte de Lada, era mantenerse ocupado y activo. Ya que lo iban a obligar a aceptar una jubilación que no deseaba, tendría que ser a su manera, con un expediente intachable. Para hacerlo, necesitaba encontrar a ese tal Charles Jenkins y averiguar lo que había ocurrido en realidad.

Y vaya si lo haría.

Quizá no tan rápido como algunos, pero nunca se había considerado una liebre. Él era más como la tortuga: lento y seguro. Por supuesto que cerraría el caso.

Como siempre.

CAPÍTULO 18

Residencia de los Veliki (Novorizhskoie, Moscú)

Mili Kárlov esperaba pacientemente en el jardín de Yekaterina Velíkaia con un portátil en la mano. El padre jamás había mostrado ningún interés en las flores ni en las plantas. Como hacía casi con todo, Alekséi Veliki pagaba a otro para que se encargara de aquella parte de la mansión. En la pasión por las flores, Yekaterina había salido a su madre, que pasaba horas plantando, podando y consultando con algunos de los maestros jardineros más afamados de Moscú. Sus creaciones habían figurado en incontables artículos de revistas y diarios, amén de ganar numerosos galardones.

Yekaterina había puesto fin a todo aquello. Jamás se le ocurriría permitir que sus jardines aparecieran en la prensa. Si los mantenía no era por premios ni prestigio, sino por la paz y la soledad que le brindaban. Ella era célebre a su pesar. Nunca había sido, sin más, Yekaterina, sino la hija de Alekséi, rodeada de guardaespaldas cada vez que se alejaba de la mansión para hacer cualquier cosa: quedar con una amiga, asistir a un cumpleaños, ir al colegio... De niña no había conocido nunca la vida real y de adulta eran raras las veces que salía a cenar o asistía a acontecimiento social alguno, ni siquiera cuando los organizaban entidades benéficas a las que hacía generosas donaciones. El jardín era el único lugar al aire libre al que podía ir sola, donde podía encontrarse sin más compañía que sus lilas belleza de Moscú, sus rosas, sus crisantemos y sus orquídeas.

Mili respetaba su intimidad, más aún habida cuenta de cómo habían acabado sus días su padre, su abuelo y, quizá, también su hijo. ¿Habría sido también esta tercera una bala gubernamental, a modo de mensaje no demasiado sutil para evitar que Yekaterina sacara los pies del plato? Estaba al frente del clan criminal más poderoso de Moscú y su perspicacia empresarial no dejaba de hacer crecer cada año su riqueza y su poder. ¿Había sido una advertencia... o algo totalmente distinto?

Lo único que tenía claro era que Yekaterina iba a averiguarlo.

Con su ayuda.

Mili había hecho lo que le había pedido, o sea, lo que había hecho siempre Mili. Había reunido la información necesaria y le había dado la vuelta para que sirviera a los intereses de la familia. Las pistolas y las balas podían matar, pero la información tenía la capacidad de destruir. Había dos modos de hacerse con las riendas de la información. Uno consistía en pagar y el otro, bastante más barato, requería un esfuerzo mucho mayor. El camarero del Yakimanka se conformó con la primera opción, tal como había supuesto Mili en vista de las condiciones en que se encontraba el bar. Si lo llamaban para que testificase, aseguraría que Eldar y Pável Ismaílov habían entrado en el local con la prostituta para jugar al billar y que la mujer salió sola o que no la vio salir por la puerta lateral con los dos hombres. El inspector jefe, Arjip Mishkin, lo pondría en tela de juicio, pero ¿qué pruebas tenía él? Las cintas de vídeo del callejón le habrían dado la razón... si no hubiesen desaparecido; el informe del forense encajaría a la perfección con la versión que deseaba ofrecer Yekaterina, y la prostituta y Pável tampoco podrían apoyar su teoría.

Solo quedaba el tercer hombre, un comodín destinado a favorecer a quien lograra encontrarlo primero.

Mili se volvió al oír pasos en la gravilla roja. Era Yekaterina, que se acercaba con la mirada vuelta hacia sus esmerados macizos de flores. Pese a que había caído ya la tarde, el jardín estaba bien iluminado. Yekaterina llevaba un cubo con herramientas de jardinería y varias bandejas de plástico con plantones criados en uno de sus invernaderos. Se dirigió a un cuadro con flores marchitas, se arrodilló y se puso los guantes.

—¿Qué has averiguado?

Arrancó las plantas muertas y les sacudió el mantillo de las raíces.

Mili le presentó una relación de lo que había hecho: la prostituta, Pável Ismaílov, las cintas de vídeo y el informe del médico forense, la declaración del camarero... Mientras hablaba, Yekaterina iba sacando plántulas de sus contenedores de plástico para colocarlas en los agujeros que había cavado en la tierra. Mili le tendió la regadera.

—El único cabo suelto es ese tercer hombre —concluyó.

—¿Qué sabes de él?

—El camarero dice que era grande, de casi dos metros y algo más de cien kilos. Llevaba una chaqueta de cuero, pero dice que se le veía buena constitución. Tiene el pelo gris y manchas en la piel. Según el camarero, debe de andar por los sesenta y cinco.

Ella giró la cabeza y alzó la vista hacia Mili, un gesto que él ya se había esperado.

—¿Y pudo con Pável y con Eldar? Enséñame el vídeo... —Se sentó sobre las pantorrillas y se quitó los guantes para ofrecerle la mano a Mili, que la ayudó a ponerse en pie.

—¿Seguro que no quieres que te cuente yo lo que pasó, *comare*?

Yekaterina negó con la cabeza.

—A ver.

Mili abrió el portátil y pulsó la tecla de reproducción antes de tendérselo.

161

Yekaterina no usaba ordenador, ni de mesa ni portátil. Tampoco tenía iPad ni móvil. Los aparatos electrónicos eran demasiado fáciles de piratear y más por el Gobierno. Aprendió de su padre a llevar a cabo todas sus transacciones de viva voz y con un firme apretón de manos. Los papeles de los negocios legítimos se encontraban bien guardados en una cámara ignífuga del sótano. La casa y sus vehículos disponían de dispositivos que provocaban interferencias en los micrófonos direccionales. Su negocio era suyo y de nadie más.

Mili dio un paso atrás para dejarle cierta intimidad.

—¿Te ha dicho el camarero si Eldar o Pável trataron mal a la prostituta dentro del bar?

Él no vaciló.

—Dice que Eldar le pegó cuando tiró una cerveza. La lanzó al suelo y la obligó a lamerlo como un perro.

Yekaterina le devolvió el portátil y, tras darse unos instantes para aplacar sus emociones, preguntó:

—¿Has identificado al hombre del vídeo?

—No está en el sistema policial ni en la base de datos del Departamento de Tecnología de la Información.

Ella lo miró por encima de la pantalla del ordenador. No figurar en ninguno de los dos era casi imposible en aquella nueva Rusia.

—¿Y era ruso?

—El camarero dice que hablaba ruso, pero dudaba que fuese de aquí, porque se expresaba de un modo demasiado formal.

—¿Checheno?

—No, americano o británico probablemente.

—Y no era turista.

—No parece probable, a juzgar por la elección del bar.

—¿Y sabe el camarero por qué entró allí?

Mili se encogió de hombros.

—Quería una cerveza y algo de comer. Dejó una huella dactilar en un botellín. Estoy esperando a que me llamen para decirme adónde los lleva esa pista.

Yekaterina meditó al respecto mientras el vídeo seguía adelante.

—El camarero dice que se interesó por Eldar —comentó Mili.

—¿En qué sentido?

—Por lo visto, le molestó cómo estaba tratando a la mujer. El camarero le recomendó que se fuera, pero al principio él se negó. Luego, cuando Eldar sacó a la mujer al callejón, se lo pensó mejor.

En ese instante sonó el teléfono de Mili.

—Es mi contacto. A ver si nos aclara algo —dijo antes de darse la vuelta.

Yekaterina vio a Eldar y a Pável salir por la puerta lateral al callejón. Eldar la arrastró con él y la arrojó contra el muro. Un momento después llegó el otro hombre. Debió de decir algo, porque tanto Eldar como Pável se dieron la vuelta para mirarlo. Tras unos instantes, en los que debieron de hablar algo más, Eldar y Pável fueron hacia él con el taco de billar partido por la mitad. El hombre desarmó a Eldar, probablemente dislocándole o rompiéndole el codo, y luego dejó también inerme a Pável y, golpeándolo, lo lanzó de espaldas a la basura. Pável, pistola en mano, salió de entre los cubos sobre los que había caído. En ese mismo momento se levantó también su hijo, que se lanzó hacia delante en brazos del hombre.

Mili colgó el teléfono y volvió a centrar su atención en ella.

—¿Hay copias de esta cinta?

—Me han dicho que no.

—A ese hombre lo han adiestrado para luchar.

—Sí. Yo diría que para la lucha táctica.

—¿Ejército?

—Tal vez. —Mili sostuvo en alto el teléfono—. Lo han identificado. La huella pertenece a un tal Charles William Jenkins.

—¿Americano?

—De la CIA.

—¿De la CIA?

—Y parece ser que los del Kremlin lo están buscando como locos. Lo tienen en la lista negra para liquidarlo.

Yekaterina recorrió la gravilla roja del jardín. Guardó silencio durante poco menos de un minuto antes de decir:

—¿Un agente de la CIA, con adiestramiento táctico, entra porque sí y a las tantas de la noche a un bar de mala muerte… que casualmente frecuentaba Eldar? —Se volvió hacia Mili—. Quiero saber quién es de verdad ese hombre y quién lo envía. Quiero saber por qué mató a mi hijo.

—Has visto el vídeo, *comare*. Quien mató a Eldar fue Pável.

—Quizá, pero lo provocó ese hombre. Quiero saber por qué. No me creo, ni por asomo, que fuese para proteger a una prostituta enganchada a la heroína. Tengo muchos enemigos, Mili, muchos interesados en ver muerto a Eldar. Búscame a ese hombre. Tráemelo, que estoy deseando averiguar yo misma qué perseguía matando a mi hijo.

CAPÍTULO 19

Óblast de Koroliov (Moscú)

Serafima Chernova bebía café en el asiento delantero del Lada Vesta, aparcado a la sombra del árbol que crecía en la bocacalle opuesta, mientras observaba la casa de ladrillo del centro de la calle. Aquella habría sido una tarde de viernes larga y sin incidentes... de no ser porque lo que estaba a punto de ocurrir no le iba a sentar nada bien.

Todo hacía pensar que Pétrikova tenía la intención de tomar el metro hasta la estación de ferrocarril cuando, de súbito, se metió en el asiento trasero de un taxi. Todo había sido muy rápido, sin pausa alguna, y la mujer que había salido del vehículo iba vestida de forma muy similar a Pétrikova y tenía una estatura comparable y un color de pelo parecido al suyo. No había recibido información alguna, de ninguna de sus fuentes, relativa a que tuviese cita para cortarse y teñirse el pelo, cosa que también resultaba de lo más extraño. Los peluqueros de cierto renombre tenían colas de espera de meses, aunque quizá no para alguien de la Duma. Tal circunstancia, que de ordinario no habría tenido gran importancia, en aquel caso tenía todo el sello de un objetivo tratando de evadir la vigilancia.

—Hoy te has escapado por los pelos —le dijo su compañero, Dima Vinichenko, entre un sorbo y otro de su café, que, por el olor que había en el coche, debía de estar aliñado con ron.

—Tenía que confirmar que era ella. No quería que hubiese errores.

—No me extraña: al subdirector no le haría ninguna gracia un fallo así —comentó él con expresión seria pero tono sarcástico.

Chernova reflexionó sobre el comentario y dijo:

—¿Crees que es una de ellas?

—¿Una de las siete hermanas? —Vinchenko se encogió de hombros—. Personalmente, yo estoy convencido de que todo esto es una farsa de los estadounidenses para tenernos distraídos persiguiéndonos el rabo, como el programa de la Guerra de las Galaxias que se inventaron para defenderse de un ataque nuclear. Dudo mucho que haya habido nunca siete mujeres adiestradas desde que nacieron para espiar a la Unión Soviética. Piénsalo. ¿Cuántas probabilidades hay?

—Las mismas de que en los Estados Unidos haya agentes ilegales rusos formados desde pequeños para ser espías.

Vinichenko negó con la cabeza.

—Estás comparando un huevo con una castaña. Los ilegales rusos han existido desde hace mucho y la paciencia forma parte de nuestra forma de vivir. Los americanos no pueden decir lo mismo. En una sociedad consumista como la suya, lo quieren todo de hoy para ayer.

—Pero esas mujeres no son americanas, sino rusas.

Vinichenko abrió la boca como para contestarle, pero se detuvo. A Chernova no le faltaba razón. Tras un instante, dijo:

—Puede que no, pero los americanos eligen a un Gobierno nuevo cada cuatro años. Así es imposible que mantengan no ya un objetivo claro, sino el interés. Aquí, tenemos a los mismos en el poder… quizá durante décadas y eso permite una continuidad y una planificación estratégica a largo plazo. —Entonces le sonó el teléfono. Respondió, escuchó durante unos segundos, respondió algo con poco más que un gruñido y colgó—. Viene para acá. Nada de interés. Han suspendido su vigilancia, de modo que esta noche estamos solos tú y yo.

—Ahí está. —Chernova señaló y se llevó los binoculares a los ojos para observar a Zinaída Pétrikova recorrer el camino de tierra en dirección a su casa, abrir el portillo de la puerta de metal que permitía la entrada y salida de vehículos y acceder a la vivienda.

—Qué no haría yo por una casita independiente… —comentó Vinichenko antes de reclinar su asiento—. Prepárate para una larga noche sin novedad en el frente.

Jenkins esperaba en la modesta cocina de Zinaída Pétrikova pendiente de cada tictac del reloj de la pared. Seguía con el disfraz de anciano que se había puesto hacía unas horas y estaba sentado ante una mesa pegada a la pared bajo un bodegón de piezas de fruta en una bandeja sobre fondo oscuro que parecía estar en todas partes. La disposición parecía un triste compendio de la soledad que reinaba en la existencia de Pétrikova, cuando las comidas en su casa de la isla de Caamaño en compañía de Alex, CJ y la pequeña Lizzie eran un espectáculo alegre digno de ver en el que abundaban las risas, provocadas normalmente por alguna gracia de la chiquitina de la familia. Su hija estaba ya en edad de hacerlas y las carcajadas del resto de la familia no hacían sino alentarla.

La ventana que había sobre el fregadero permitía ver un patio pequeño pero bien arreglado, con plantas y flores bien cuidadas, aunque Jenkins había corrido la persiana para evitar que nadie husmeara dentro. El jardincito estaba rodeado por una tapia de ladrillo con una puerta de metal. Cada una de las casas de aquella calle, que en los Estados Unidos habría pasado más bien por callejón al carecer de aceras, estaba rodeada por toda clase de cercas: metal corrugado, madera y hasta alambre de espino. Le recordaban a la calle y las casas de Vishniovka, la población de la costa del mar Negro desde la que había salido de Rusia la primera vez.

Había puesto al día a Matt Lemore a través de la página que compartían y había quedado claro que todo dependía de la sincronización. Si todo salía según lo planeado, Zinaída Pétrikova saldría de Rusia aquella misma noche y estaría bien lejos la mañana del lunes.

Si se torcían los planes, las consecuencias podían ser nefastas para ambos.

La puerta de entrada se abrió para cerrarse a continuación. Jenkins se dirigió a la pared situada detrás del arco que daba a la cocina. Se oyó dejar algo sobre la mesa que había al otro lado de la pared. Al llegar al arco, Pétrikova se detuvo con la mirada puesta en la maleta desconocida que había al lado de la mesa de la cocina. Cuando cruzó el umbral, Jenkins le tapó la boca con una mano para evitar que gritase. Ella dio un respingo sobresaltada, pero guardó silencio. Abrió los ojos como si se hubiera quedado sin resuello. Él retiró la mano poco a poco. No había querido asustarla, y menos después de lo que había tenido que soportar aquellos últimos cuatro días; pero no podía hacer otra cosa. La dejó recobrar el aliento.

Luego, usando lenguaje de signos, le pidió que encendiese el televisor. Ella fue a la estancia principal de la vivienda, que contaba con dos sillones cómodos y un sofá, e hizo lo que le indicaba. Acto seguido, Jenkins le dijo que debía echar todas las persianas de la planta baja. Cuando hubo acabado, la invitó a sentarse con él bajo la lámpara que iluminaba la mesa de la cocina.

Ella parecía nerviosa, insegura y preocupada. Le sonrió con la esperanza de ayudarla a relajarse y, acto seguido, abrió la maleta. Del doble fondo sacó la máscara de Pétrikova, la ropa que debía ponerse y el estuche de maquillaje. El equipo de disfraces de la CIA y los agentes que la supervisaban en Moscú habían hecho un trabajo magistral pensando en aquel momento. Jenkins esperaba no pifiarla.

Alargó el brazo con la esponja de maquillaje y Pétrikova dio su consentimiento con un gesto. En la televisión dijeron entonces algo que captó su atención y le hizo retirar la silla y dirigirse al salón. Un periodista de los medios de comunicación estatales estaba hablando de la muerte por herida de bala que se había producido en el Yakimanka Bar y a continuación mostraron una fotografía del macarra. Eldar Veliki.

—Veliki es hijo único de Yekaterina Velíkaia, considerada desde hace tiempo cabeza del clan criminal más poderoso de Moscú.

Jenkins sintió que le daba un vuelco el estómago. En la mente se le representó la imagen de la prostituta diciéndole: «¿Qué ha hecho?».

—El Comité Investigador de Rusia ha hecho saber que la policía está buscando a este hombre. —En la pantalla apareció la fotografía del pasaporte de Charles Wilson junto con su nombre, su altura y su peso—. Charles Wilson es un industrial británico que entró en el país a través de la aduana del aeropuerto de Sheremétievo anoche. El Comité Investigador también ha comunicado que las cámaras de reconocimiento facial identificaron a Wilson en el aeropuerto y de nuevo entrando en el Yakimanka Bar. Dejó el Hotel Imperial, situado en el distrito de Yakimanka, poco después del tiroteo y en este momento se desconoce su paradero. El Comité Investigador insiste en que se busca por su posible participación en el incidente. Toda persona que posea información sobre Wilson o su paradero debe ponerse en contacto con el número que aparece al pie de sus pantallas.

El periodista pasó a la siguiente noticia.

«¿Qué ha hecho?».

Jenkins entendió entonces el miedo de la prostituta. Aquello estaba llamado a complicar las cosas, aunque todavía no estaba seguro de cuánto ni de cómo. Charles Wilson ya no existía ni existiría en el futuro. Tenía que hacer frente a sus problemas de uno en uno.

Regresó a la cocina y vio a Pétrikova que, de pie en el umbral, lo observaba con mirada inquisitiva. No había tiempo para explicaciones ni había motivo alguno para que Pétrikova estuviera al tanto de los hechos. Tenían mucho trabajo por delante, así que la invitó a volver a la cocina y, sentándose a su lado ante la mesa, acercó la silla para seguir maquillándola como le habían enseñado en la división de disfraces de Langley. Ella mantenía la vista clavada en algún punto situado a espaldas de él, con la misma expresión aterrada de la prostituta.

«¿Qué ha hecho?».

CAPÍTULO 20

Edificio de la Lubianka (Moscú)

Iliá Yegórov llevaba casi toda una hora mirando la pantalla de su ordenador.

—Dicen que así te puedes quedar ciego —le había dicho un colega de camino a la puerta—, entre otras cosas.

Él había sonreído, aunque no estaba de humor para chistes. Se enfrentaba a un dilema nada desdeñable. Adrián Zimá y él eran amigos desde hacía veinte años, desde que estudiaban criminología y ciencias forenses en la Universidad de Moscú. Los dos querían trabajar en los cuerpos de seguridad. Zimá disfrutaba trabajando entre bastidores, encontrando, en los recovecos más insignificantes del lugar de los hechos, pistas capaces de desvelar todo lo ocurrido. Siempre había entendido que su ocupación consistía en resolver un rompecabezas.

A Yegórov le gustaban las ciencias criminales, pero no aspiraba a ser un ratón de laboratorio. Quería salir y encontrarse donde estaba la acción en lugar de cazar criminales a través de microscopios y espectrogramas. Quería perseguirlos a golpe de acelerador. Mientras que Zimá había permanecido en el Departamento de Investigación Criminal, él se había hecho agente de la FSB. Ser funcionario federal tenía sus ventajas, pero Yegórov descubrió muy pronto que los días de atrapar delincuentes tras el volante estaban tocando a su fin a gran velocidad. Ya casi todo se hacía con ordenadores y cámaras. Los agentes de la FSB iban camino de convertirse en los frikis que tanto había rechazado él.

En ese momento, Yegórov estaba sentado sobre una bomba de relojería y había sido Zimá quien la había puesto en marcha. Había sido él quien lo había llamado para pedirle que le buscase un nombre en la base de datos de la FSB, un nombre al que habían llegado a partir de una huella dactilar procedente del lugar en que se había cometido un delito en el distrito de Yakimanka y para el que en el Ministerio no encontraban coincidencia. Los dos se habían hecho favores en el pasado y Zimá le había dado a entender que la huella podía estar relacionada con la muerte de Eldar Veliki. El asesinato del hijo del mayor clan criminal de Moscú había acaparado todos los medios de comunicación.

Y aquella huella digital se había convertido en algo todavía más sonado.

No todos los días topaba uno con que hubiese vuelto a Moscú uno de los hombres más buscados de la historia de la FSB. Charles Jenkins era un criminal internacional. El Kremlin había emitido una orden de busca y captura contra él y había alertado a la Agencia Nacional Contra el Crimen del Reino Unido (la NCA) de que estaba en busca y captura por numerosos cargos. Encontrar su huella dactilar era como dar con una pepita de oro en un arroyo: algo tan improbable como valioso… si sabía jugar bien sus cartas. La posesión de un dato de tamaña relevancia podía distinguir a Yegórov y ayudarlo a escalar peldaños en la FSB, tal vez hasta llegar a la Subdirección de Contraespionaje.

Quizá estuviese poniendo en riesgo una amistad de toda la vida, aunque también era cierto que Zimá no tenía por qué saber que había abusado de su confianza. Además, en caso de que lo averiguara…, en fin, Yegórov podía decir, sin más, que solo estaba cumpliendo con su deber para con el Kremlin y para con Rusia.

A fin de cuentas, si aquello le brindaba algún tipo de satisfacción extra, ¿cómo iba a envidiar un buen amigo como Zimá aquella pepita de oro?

Descolgó el teléfono. No tenía intención de hablar con cualquiera, pues temía que alguien se apropiara de su pepita. Había practicado lo que diría: tenía información confidencial para el subdirector. Si le ponían pegas, pediría a su interlocutor que hiciera saber a Sokolov que tenía que ver con alguien cuya extradición se había solicitado a la NCA británica. Aquello haría mucho más improbable que lo rechazasen. Marcó el número mientras en su cabeza volvían a bailar imágenes de coches potentes, mujeres licenciosas y tiroteos.

María Kulikova salió de su oficina poco después de las seis de la tarde afanándose en no parecer apresurada... ni culpable.

«¿Qué has hecho, Helge?».

Sokolov estaría ocupado en reuniones de alto nivel, lo cual era de agradecer. Aquello y el encuentro amoroso del despacho lo distraerían de la conversación que había mantenido con su marido aquella tarde. Durante los últimos veinte años, María había aprendido qué botones tenía que pulsar, qué fetiches volvían loco a aquel baboso y cómo podía administrarle placer y dolor. Había aprendido que, cuando se excitaba, su jefe era como un venado en celo: no pensaba sino en sexo ni recordaba otra cosa que el sexo. Llevaba décadas revelándole todo y sin acordarse de nada.

Aun así, María había tenido que pagar un precio muy alto por aquella información. Se había dejado arrastrar a un pozo de depravación y degradación que la perseguía por el día y le impedía dormir por la noche. Tenía la sensación de haber perdido su brújula moral, la esencia misma de persona buena y decente, de persona de la que poder estar orgullosa.

Tras salir de la Lubianka, pensó en coger un taxi, pero, a esas horas, un viernes por la noche, el metro sería mucho más rápido. Una simple ojeada al tráfico furioso de Moscú bastó para confirmarlo.

Tenía que llegar a casa enseguida.

«¿Qué has hecho, Helge?».

Habían frustrado el intento de asesinato de Fiódor Ibraguímov y, aunque la CIA había querido hacer que pareciese una coincidencia, una casualidad que había llevado a su mujer a volver a casa y topar con dos hombres sentados en un coche, María no era tan ingenua. El director Petrov y el subdirector Lébedev, tampoco.

Además, a diferencia de Sokolov, no estaban cegados por su atractivo sexual. Petrov tal vez, pero Lébedev no, desde luego.

Aquella tarde se habían reunido solo cinco personas en el despacho de Sokolov. ¿Cuántas más conocían la operación? La someterían a una estrecha vigilancia… si no lo habían hecho ya.

Encima, Helge les había dado algo más que tener en cuenta.

Le había hablado a Sokolov de las llamadas telefónicas a su casa, de los números equivocados, y, para colmo, la había seguido al templo. ¿Habría reparado el subdirector en que aquello ocurrió la misma noche en que él se había reunido con los demás para hablar de la operación? ¿Le habría hablado Helge de la llamada que habían hecho preguntando por Anna? ¿Sería capaz Sokolov de dominar sus enfermizos impulsos el tiempo necesario para unir todas las piezas?

La excusa de las velas, que había inventado sobre la marcha, resultaba tan brillante como negligente. Brillante porque ofrecía una explicación verosímil de su actitud y de la de su contacto, y negligente porque resultaba demasiado fácil demostrar que era inventada… en caso de que Sokolov se sintiera intrigado y enviase a alguien al templo. Detrás del icono no había velas, sino solo una piedra que se movía en el pedestal, un buzón que empleaban para hacerse llegar cosas como microchips o cintas de casete.

Subió al tren y encontró un asiento libre cerca de la puerta. Estudió los rostros del resto de los viajeros por si alguno decidía seguirla. En tal caso, tal vez fuese ya muy tarde. Podía huir, salir de Rusia, pero Helge no veía motivo alguno para hacerlo. Y, si Sokolov averiguaba la verdad sobre ella, que era una de las siete hermanas y que llevaba décadas espiando delante de sus narices, no querría dejarlos con vida a ella ni a Helge. Jamás permitiría que aquello saliera a la luz.

Su suegro lo mataría.

Su suegro y también el presidente.

«¿Qué has hecho, Helge?».

Sokolov jugueteaba con una servilleta en una de las mesas del fondo del Vosmiorka s Rulevim. El bar no estaba lejos de su casa, sita en el barrio residencial de Rubliovka, donde tenían su domicilio muchos altos funcionarios del Gobierno y hombres de negocios acaudalados. Las viviendas de allí podían llegar a costar ochenta millones de dólares y él tenía que agradecer a su suegro la posesión de una de noventa metros cuadrados situada en una finca de una hectárea y dotada de piscina, pista de tenis, sala de cine privada y gimnasio. El general había recibido aquella propiedad a la caída del comunismo, cuando el paso al capitalismo había degenerado en un auténtico apropiamiento indebido de dinero. Los bienes inmobiliarios y otros recursos se usaron como pago a quienes habían consagrado su vida a la Unión Soviética.

Con todo, Sokolov estaba pagando un precio por aquella residencia, dado que sus suegros ocupaban la casa de invitados.

El Vosmiorka s Rulevim no tenía nada que ver con aquellas viviendas de postín. Por eso lo había elegido Sokolov para la reunión que había convocado. El nombre de «Ocho con Timonel» era un homenaje a la medalla de oro obtenida en el Campeonato Mundial de Remo de 1985 por un equipo soviético de la ciudad deportiva de Krilátskoie. El interior en penumbra, con las mesas distribuidas en distintos recovecos, lo convertía en un lugar ideal para mantener una conversación privada.

La mano le temblaba cada vez que daba un trago al coñac, lo que conseguía exacerbar el dolor de estómago que las cuatro pastillas que había tomado no habían logrado aliviar. El alcohol tampoco estaba sirviendo de mucho, pero lo necesitaba después de que hubieran escoltado a su despacho a Iliá Yegórov con noticias de que había vuelto a Moscú Charles Jenkins.

Aleksandr Zhomov entró en el bar como si quisiera atracarlo. Aquel mastodonte, retirado de la FSB, mantenía una condición física excepcional. Hacía halterofilia y remo, además de jugar al golf, normalmente con clientes adinerados. Había empezado su carrera sirviendo de tirador de precisión en Afganistán y su amistad con Sokolov se remontaba a la época en la que este último trabajaba en el KGB y se debía al interés que compartían por medrar en la jerarquía burocrática. Zhomov acabó a las órdenes de Sokolov y se convirtió en un cazatopos condecorado que supervisaba encantado la tortura de espías. En cierta ocasión había convencido a la CIA de que pretendía huir a los Estados Unidos, lo que lo había llevado a descubrir que sacaban del país a los espías a bordo de transbordadores que iban a Finlandia. Amante fervoroso de su nación, odiaba con toda su alma a los estadounidenses, su capitalismo y su incesante injerencia, que, a su entender, había provocado la caída de una Unión Soviética otrora orgullosa. Pese a todo, no era reacio a disfrutar de los placeres que podía dispensar un régimen capitalista, como el lujoso Mercedes que conducía.

Desde su jubilación, lo había contratado Sokolov en calidad de apagafuegos y asesino a sueldo. De hecho, había sido él el sicario a quien había encargado en 2008 la muerte de varios dirigentes de clanes mafiosos y de un oligarca cuando el presidente consideró que representaban una amenaza a su hegemonía.

Zhomov tomó asiento frente al subdirector. En ese momento apareció la camarera y él, que no bebía, hizo que se retirara con un gesto de la mano. Sokolov cogió su copa de coñac y volvió a dejarla sobre la mesa antes de reclinarse en su asiento.

—El templo existe —anunció el recién llegado con la voz profunda y reconfortante del pinchadiscos de una emisora de radio de música clásica—. El reclinatorio existe. El icono existe. —Guardó silencio para esbozar un atisbo apenas de sonrisa—. Las velas..., no.

Sokolov sintió que se avivaba el fuego de su estómago. Hizo varias inspiraciones cortas mientras se secaba con una servilleta el sudor de la frente. La camarera puso un vaso de agua en la mesa y Zhomov le dijo:

—Servilletas.

Ella sacó varias de color verde oscuro del bolsillo del delantal y las dispuso al lado del vaso de agua antes de alejarse. Zhomov le tendió una a Sokolov.

—Es más: en el pedestal hay un trozo de piedra que puede levantarse. Debajo tiene un hueco en el que esconder mensajes, cintas y cosas así. Es un buzón sin duda. Los he visto a patadas.

Sokolov cerró los ojos y sintió una rabia ardiente que le invadía el cuerpo. Ese imbécil incompetente de Helge Kulikov había resuelto uno de los resquicios de seguridad más graves y perdurables de Moscú. María llevaba décadas espiando justo delante de sus narices mientras lo atiborraba de sexo y alcohol.

Tras la visita de Yegórov, Sokolov había ido encajando una a una, poco a poco y a regañadientes, todas las piezas. La noche que Helge Kulikov había seguido a su mujer había sido la del día de la reunión que había mantenido él en su despacho con el director Petrov, Gavriil Lébedev y el general Klíment Pasternak, la misma en la que él había insistido en que estuviera presente María para tomar notas. No había salido a sacar al perro ni a comprar comida y alejarse un rato de su marido, sino a transmitir información, la información sobre lo que había conocido aquella misma tarde, relativa a los planes del Kremlin para asesinar a Fiódor Ibraguímov. Los números de teléfono equivocados de los que había hablado Helge no eran tales, sino mensajes en clave de un contacto que le anunciaba qué buzón debía usar de los que tendrían distribuidos por Moscú. Anna, el nombre por el que preguntó aquella noche, era el nombre en clave del templo de Anastasia Mártir.

Lo peor de todo, lo más repulsivo, era que esa mierdecilla rijosa de Lébedev tenía toda la razón.

La mujer de Ibraguímov no había vuelto a su casa por casualidad: los americanos querían que lo pareciese con la intención, como había insistido en hacerles ver Lébedev, de proteger a un topo muy bien situado que les había revelado el plan de matar a Ibraguímov. Un topo muy bien situado con acceso a información extremadamente restringida.

María Kulikova.

Lébedev, como tiburón que huele la sangre derramada en el agua, tendría motivos para exigir que se emprendiera una investigación que, sin duda, sacaría a la luz más secretos que había confiado a María en las últimas décadas. Eso, sin embargo, no era lo peor. Ni mucho menos. Lébedev sostendría que, dada la magnitud de tales revelaciones y su extensión en el tiempo, Sokolov no tenía más remedio que haber sido cómplice de todo aquello, un espía, él también, de los americanos.

¿Qué otra explicación podía haber de semejante fallo de seguridad?

¿Qué podía decir Sokolov en su defensa? ¿Que era adicto al sexo? ¿Qué pruebas podía aportar para exculparse?

Ni siquiera era capaz de recordar todo lo que había desvelado.

¿Y las fotografías que, por petición suya, le había hecho María con una Polaroid estando atado y amordazado? Aquellas imágenes ponían de relieve lo confundida y descarriada que había llegado a estar su mente. Las quería para poder contemplarlas cuando no podía estar con María o para hacer mayor su excitación cuando se encontraban juntos.

Aquella misma tarde, después de despachar a Yegórov y dejarle bien claro que no debía mencionar a nadie la noticia del regreso de Jenkins, había corrido a entrar en el despacho de María. Tenía acceso a las claves de todos sus subordinados. Cuando al fin abrió la caja fuerte, no encontró otra cosa que expedientes. Las joyas que le había regalado a lo largo de aquellos años —y las fotografías— no estaban.

Posiblemente fuesen a ajusticiarlo, pero solo después de torturarlo en Lefórtovo. El presidente entendería su traición como una bofetada atroz, pero su reacción sería mil veces más leve que lo que estaría dispuesto a hacer su suegro a fin de proteger a su hijita y la reputación de su familia.

Sokolov había vuelto a su despacho frenético, furioso y aterrado ante lo que le esperaba. Con el tiempo, se había calmado lo bastante como para caer en la cuenta de que tal vez el regreso de Charles Jenkins a Moscú tampoco fuera una coincidencia. Teniendo en cuenta la puesta en marcha de la operación clandestina de la FSB para encontrar a las siete hermanas y acabar con ellas, parecía muy poco probable. Saltaba a la vista que María, que también tenía acceso a dicha información, había alertado a los servicios secretos americanos. La vuelta de Jenkins solo podía tener un objetivo: sacar de Rusia a las hermanas que quedaban con vida antes de que las descubriesen y las ejecutaran. Pretendía llevarse con él a María Kulikova y a quienquiera que siguiese en activo.

María encajaba con el perfil, por edad, por el puesto que ocupaba y por su acceso a información confidencial. Había cultivado su relación con Sokolov, sacando partido de sus deseos lascivos hasta que había logrado que los anhelara más que a ella, que se volviera adicto al placer y el dolor que con tanta astucia sabía administrarle. Aun así, en medio de su tormento, de su desesperación, Sokolov vislumbró un destello de luz, un destello de la única esperanza que tal vez le quedase, de su única posibilidad de supervivencia.

Todavía podía salvarse. Nunca era tarde y él siempre había logrado salir a flote.

La FSB, como el KGB, estaba dividida en compartimentos estancos por motivos de seguridad. Nadie de su división sabía lo que ocurría en el seno de su subdirección. Nadie podía llevarse nada a casa, ni siquiera una grabadora o un folio. Por la noche, cada agente guardaba su trabajo en una caja fuerte de su despacho para sellarla con un precinto personal que rompía a la mañana siguiente. El servidor informático era una red interna que solo permitía enviar comunicaciones a otros agentes en el seno de la Subdirección de Contraespionaje.

Todavía eran menos quienes estaban al tanto de la operación Herodes. El presidente había confiado aquel asunto a Sokolov en estricto secreto y él se había encargado de elegir a la media docena de integrantes que conformaban el equipo que, a su vez, habían jurado total discreción so pena de despido.

Recordó lo último que les había dicho Bogdán Petrov a él, a Lébedev y a Pasternak en la sala de reuniones:

—Ahora bien, voy a serles muy franco, caballeros: rodarán cabezas, una al menos, y no va a ser la mía. Les sugiero que se ocupen en buscar una versión que pueda usar el presidente para guardar las apariencias si desean mantener la suya pegada al tronco.

Y fue en ese momento cuando se le ocurrió la idea de cómo manejárselas para salir de aquel aprieto. La detención de los dos agentes del general Pasternak bien podía resultar ser un golpe de suerte de los americanos en lugar de un fallo colosal de información, lo que podría salvar la cabeza de Sokolov. Si Zhomov quitaba de en medio a María, su traición permanecería en secreto y, si conseguía capturar a Jenkins, el Kremlin podría usarlo como moneda de cambio para recuperar a los dos hombres de Pasternak. Sokolov pasaría de idiota a héroe. Eliminaría a una de las siete hermanas, aunque nadie sabría que María había sido una de ellas, y repetiría otra de las historias bíblicas del rey Herodes al presentar al presidente la cabeza de Charles Jenkins, aún pegada, eso sí, al cuerpo del americano, quien estaría vivito y coleando.

Zhomov, pacientemente sentado, acariciaba con los dedos el crucifijo de plata que llevaba al cuello, como solía hacer cuando estaba inmerso en una honda reflexión... o interrogaba a un sospechoso de espionaje.

—Dime qué necesitas, Dmitri.

—En primer lugar, cortar unos cabos sueltos. —No podía dejar que nadie hablase jamás de lo que había permitido que ocurriese y, con la ayuda de Zhomov, lo conseguiría—. Luego, necesitaré que hagas lo que mejor se te da: cazar a un espía estadounidense y traérmelo.

CAPÍTULO 21

Óblast de Koroliov (Moscú)

Mientras le ponía la máscara y el maquillaje a Pétrikova, Jenkins no lograba quitarse de la cabeza la idea de que en cualquier momento los agentes de la FSB podían echar la puerta abajo y detenerlo, ni dejar de pensar en la posibilidad de pasar años en una celda de la cárcel de Lefórtovo como la que había ocupado Pavlina Ponomaiova.

El reloj de la pared marcaba los segundos. Jenkins volvió la cabeza al oírlo emitir un zumbido irritante, como si pretendiera dar con una mosca y aplastarla.

—Se atasca un poco —susurró Pétrikova. Encogiéndose de hombros, le dedicó una sonrisa triste—. Al final, te acostumbras. Cuando vives solo, cualquier ruido puede resultar reconfortante.

No dejaba de mover la pierna llevada por los nervios y a Jenkins le costaba maquillarla porque estaba sudando pese al ventilador que habían puesto en la encimera para mover el aire y evitar, junto con el televisor, que los escuchasen. Le producía cierto consuelo que Pétrikova diese muestras de inquietud y recorriera su hogar con la mirada melancólica mientras hablaba de cómo había sido su vida. Ella señaló las fotografías de su difunto marido y de sus hijos que tenía en la repisa de la chimenea del salón. Su familia. Jenkins sabía que lo hacía porque deseaba llevarse con ella aquellas instantáneas, un indicio más de que tenía intenciones de salir de allí y no pretendía engañarlo… o de que el teatro ruso se había perdido a una grandísima actriz.

Aplicó un poco más de maquillaje con la esponja y, acto seguido, se apartó para admirar la obra de Langley. Sostuvo un espejo para que Pétrikova pudiese ver su creación y ella, tras palpar suavemente la máscara, sonrió.

—Cámbiate —dijo mirando su reloj—, que voy a llamar al reparto.

Pétrikova hizo lo que le decía y, a continuación, se puso a recorrer de un lado a otro la cocina mientras Jenkins guardaba el estuche del maquillaje. Ya había acabado cuando llamaron a la puerta principal. Zinaída dio un respingo, pero le bastó con respirar hondo un par de veces para recobrar la compostura. Jenkins hizo un gesto de asentimiento con la esperanza de transmitirle seguridad, pero en su interior sentía sus propios nervios y se preparaba para lo peor.

Ella se dirigió a la entrada y, tras asomarse a la mirilla, se volvió hacia Jenkins y bajó la barbilla en señal de afirmación. Él se ocultó en un rincón poco iluminado del salón mientras ella abría la puerta.

Había transcurrido una hora aproximada de la vuelta a casa de Zinaída Pétrikova cuando pasó por la calle en penumbra en la que habían aparcado Chernova y Vinichenko un coche con un letrero luminoso de Domino's Pizza en el techo. El camino, negro como boca de lobo y sin farolas, contaba con la única iluminación de alguna que otra luz que brillaba en la cerca de una casa y el brillo de las estrellas que poblaban un cielo despejado. Vinichenko seguía en el lado del conductor, con el asiento reclinado y los ojos cerrados.

—Coche de reparto —anunció su compañera.

Él soltó un gruñido.

—¿La has probado? —dijo Chernova.

—¿Que si he probado qué? —preguntó él sin abrir los ojos. Ella lo miró.

—La *pizza* del Domino's.

—No.

El conductor se detuvo al llegar a la puerta de la cerca de Pétrikova. Chernova se incorporó para prestar atención. Apuntó con los binoculares al conductor, que llevaba la cara oculta casi por completo por la visera de la gorra y las sombras.

—Va a casa de Pétrikova.

—No querrá cocinar.

—Creo que es una mujer —dijo ella ajustando el enfoque.

—¿Quién?

—La repartidora. —Chernova reflexionó un instante—. ¿No es raro?

—Supongo que habrá repartidores de todas las formas y tamaños —respondió él, todavía con los ojos cerrados.

—No me refiero a eso. Anoche colgó una foto en Facebook después de preparar una cena de categoría y hoy pide comida basura. A mí me parece raro.

—Ha llegado tarde de su reunión, está cansada y no quiere meterse en la cocina. ¿Qué tiene de raro?

—No me gusta. Con la cerca y las persianas echadas no se ve nada.

—¿Y qué quieres ver?

—Me escama mucho.

—¿Te dice algo tu sentido arácnido?

—¿Qué?

—No me digas que, teniendo hijos, no has visto ninguna de Spider-Man.

—¿Por qué tarda tanto en dejar una *pizza*?

Vinichenko se irguió y miró carretera abajo.

—Se te está desbocando la imaginación. —La puerta volvió a abrirse para dar paso a la repartidora, que caminó hasta el coche—. ¿Lo ves? Sin novedad en el frente.

—Esto no me gusta nada, Dima. Creo que deberíamos comprobarlo.

—¿Y cómo quieres que lo comprobemos? Tenemos órdenes de no establecer contacto si no estamos seguros y yo no estoy seguro.

Chernova apuntó con los binoculares a la repartidora, que en ese momento se metía en el coche. Entonces dio un brinco cuando oyó llamar a la ventanilla del copiloto. Al otro lado había una anciana a la que ya conocían, porque sacaba a su perro a pasear todas las noches.

—Hoy se le ha hecho tarde —comentó Vinichenko—. Deberíamos apostar quién se muere antes, si el perro o ella. —Alargó el brazo para bajar la ventanilla desde el asiento del conductor.

—¿Qué están haciendo ustedes aquí? —quiso saber la señora.

—Esperando a alguien —contestó Chernova sin apartar la vista de la repartidora.

—¿A quién? ¿A quién están esperando? —insistió la anciana.

—A un amigo.

—Señora, haga el favor de dejarnos y siga paseando al perro —dijo Vinichenko—. Vamos, váyase.

—Voy a llamar a la policía.

—Pues venga, llame usted. Ya que está, dígales que traigan café.

La mujer hizo un gesto de desdén y los dejó tranquilos.

El coche de reparto encendió los pilotos traseros y empezó a alejarse.

—Creo que deberíamos seguirlo. Esto no me gusta nada, Dima.

—¿Qué es lo que te ha puesto tan nerviosa? ¿La vieja?

—Que Pétrikova se haya saltado sus hábitos.

—Ha ido a un salón de belleza.

—No. Iba de camino al metro. Entonces, la perdí de vista un instante y ya se había subido a un taxi. Creo que sabe que la estamos siguiendo y también creo que deberíamos seguir al coche de reparto. Si me he equivocado, volvemos y seguimos con lo que estábamos haciendo.

—O sea, nada.

—Lo estamos perdiendo.

—Vale, vale. —Vinichenko se incorporó y se tomó unos instantes en ajustar el asiento.

—Date prisa —lo instó su compañera—. Venga.

Él arrancó y echó a andar calle abajo para girar a la izquierda al final de la manzana como había hecho la repartidora.

—Al final, te das cuenta de que el noventa por ciento de este trabajo no va a ninguna parte. Ya verás. Te pasas semanas vigilando a alguien para luego enterarte de que nos habíamos puesto en guardia por nada. Ya lo verás. De momento…

—Ahí. Dobla a la derecha —dijo Chernova, que no perdía de vista los pilotos del coche de Domino's Pizza.

—¿Cuánto rato vamos a estar siguiéndola? —quiso saber Vinichenko.

—Párala en la manzana siguiente —dijo ella mientras colocaba una luz de policía en el techo del coche.

—¿Y por qué motivo quieres que le diga que la hemos parado?

—No necesitamos ningún motivo.

La luz se encendió y Vinichenko se aproximó al vehículo, que redujo la marcha como para dejarlo pasar. Al ver que no la adelantaba, la conductora se hizo a un lado y se detuvo. Chernova cogió una linterna del suelo del coche y se apeó en cuanto pararon. Se aproximó al lado del conductor con una mano apoyada en la pistola. Llegó al lado de la ventanilla trasera y alargó un brazo para llamar con la linterna a la del conductor. La repartidora bajó la ventanilla.

—¿He hecho algo? —preguntó la joven. Luego, mirando con más detenimiento a Chernova, le preguntó—: ¿Es usted policía?

—Lo siento —dijo ella—. Estamos buscando un vehículo como este. ¿Le importa bajar del coche?

—¿Están buscando un coche de Domino's Pizza?

—Por favor, baje del coche.

—Me gustaría ver su placa. ¿Qué hace sin uniforme? Ese coche no es ni de la policía.

—Baje —repitió Chernova, quien por nada del mundo pensaba enseñar su identificación de la FSB. Si se corría la voz de que estaban por la zona, Pétrikova lo averiguaría si es que no lo sabía ya.

Vinichenko llegó a su lado.

—Estamos sirviendo de incógnito —dijo a la conductora—. Por favor, haga lo que le ha dicho. Así todo irá más rápido y usted podrá seguir repartiendo *pizza* y ganándose sus propinas.

La interpelada salió del vehículo. Chernova levantó la linterna para iluminarle la cara y ella entornó los ojos y apartó la vista.

—Me está dejando ciega.

Chernova bajó la luz y alumbró el interior vacío del coche.

—Abra el maletero, por favor.

La joven accionó el cierre desde dentro del vehículo, el maletero saltó y Vinichenko acabó de levantarlo. Estaba vacío.

—¿Puede usted identificarse? —dijo la agente.

La repartidora le entregó su carné de conducir y Chernova lo estudió a la luz de la linterna. Hizo una foto del documento con el teléfono antes de devolvérselo.

—Ha sido un error. Puede irse.

Chernova volvió al coche y se detuvo a fotografiar la matrícula antes de ocupar de nuevo el asiento del copiloto.

Su compañero se colocó al volante muerto de risa.

—Más vale prevenir que curar —dijo ella mientras marcaba un número en su teléfono.

—¿A quién llamas, a la policía de la *pizza*?

—Al Domino's. Quiero asegurarme de que la conductora es de veras repartidora suya.

Vinichenko dio la vuelta en medio de la calle y regresó al camino. Minutos después estaban estacionados bajo el mismo árbol. La luz de la ventana de la cocina de Pétrikova se apagó detrás de las persianas y, segundos más tarde, se encendió la del salón. Chernova vio parpadear la claridad del televisor a través de la persiana.

—Va a cenar mientras ve la tele. Quién tuviera esa suerte —comentó su compañero bebiendo café.

A dos manzanas de la casa de ladrillo, la anciana caminaba arrastrando los pies entre la oscuridad de la calle en dirección a otro coche aparcado con su fiel perro andando obediente a su lado. Esta vez no llamó a la ventanilla para llamar la atención del conductor, sino que abrió la puerta trasera y puso en el asiento al perro, que se hizo un ovillo, contento a todas luces de haber puesto fin a su ejercicio. A continuación, abrió la puerta del copiloto —habían anulado la luz del interior— y se sentó. Charles Jenkins, disfrazado aún de anciano, arrancó y se separó suavemente del bordillo. Parecían una pareja anciana que hubiera salido a cenar.

Hacer que Pétrikova abordase a los que la vigilaban había sido un acto arrojado y totalmente impropio de alguien que estuviese tratando de evitar que lo siguieran. Jenkins tenía muy claro que había tenido que ser desquiciador para ella.

—¿Ha ido todo bien? —preguntó.

—¿Y si mi vecina decide sacar ahora a su perro?

—Ya lo ha sacado. Ese es otro de los motivos para que llegases hoy a casa más tarde de lo habitual.

—¿Y si sospechan?

—Ya lo sabríamos a estas alturas. Que no hayamos tenido noticias de ellos quiere decir que es muy probable que no te echen en falta hasta el lunes por la mañana. Dependiendo de lo que pase en adelante, podrías llamar el lunes al trabajo y decir que estás enferma para ganar más tiempo. —Miró por el retrovisor y no vio faros de otros vehículos—. ¿Tienes hambre?

Ella lo miró extrañada y Jenkins señaló con la cabeza la caja de *pizza* que había en el asiento de atrás.

—Si te apetece…

Pétrikova hizo un gesto de negación mientras dejaba escapar una risita nerviosa.

—Dudo mucho que sea capaz de comer nada hasta que hayamos salido de Rusia. Y ahora, ¿qué?

—Recibirás la información sobre la marcha. He puesto temporizadores en las luces de tu casa para que vayan encendiéndose y apagándose las próximas horas. Al final, quedará todo a oscuras. Si todo va bien, antes de que se apaguen las de tu dormitorio, estarás saliendo de Rusia.

—¿Y el perro? —preguntó ella señalándolo con la cabeza.

—Habrá que devolvérselo a su dueña.

Pétrikova puso las manos en el regazo y Jenkins no pasó por alto que estaba temblando. Metió la mano en el bolsillo de la chaqueta y sacó una fotografía de ella con toda la familia para tendérsela.

Ella la aceptó con una mueca de dolor. Acto seguido le corrieron lágrimas de alegría por las mejillas.

—Gracias —dijo apretando el retrato contra su pecho.

Era arriesgado que lo llevara consigo, pero Jenkins tenía la esperanza de que pensar en su familia la ayudaría a calmarse, pues más peligrosos podían ser los nervios. Seguía hecha un flan y tenía todo el derecho. Hacía un año aproximadamente, él había elaborado su árbol genealógico, no para él, sino para CJ y Lizzie, para que, cuando, con el tiempo, les picara la curiosidad, pudieran saber quiénes eran y de dónde venían. La historia de la familia de Alex estaba muy bien documentada. Su mujer tenía una carpeta con material sobre sus antepasados en Ciudad de México. La investigación de Jenkins reveló que sus antepasados habían sido esclavos en Luisiana, hasta que su trastatarabuela había escapado gracias al Ferrocarril Clandestino que tan célebre habían hecho los libros y las películas. Aquella pariente lejana había tenido el coraje y la fuerza moral de recompensar su liberación enviando dinero a las empresas que ayudaban a otros a fugarse falsificando documentos y comprando billetes de tren. Cuando supo de su hazaña, Jenkins se preguntó si lo de ayudar a otros a obtener la libertad no sería un rasgo genético de su familia al que no podía hacer oídos sordos.

Tal vez. Con todo, se contuvo de trazar una correlación entre la ayuda que habían brindado a otros sus antepasados y sus empeños en auxiliar a Zinaída Pétrikova a escapar de Rusia. Tampoco le dijo nada a ella.

Otro de sus familiares lejanos, un varón joven, había tratado también de huir de la esclavitud, pero a él lo capturaron y lo ahorcaron.

Condujo hasta llegar al buzón designado, donde, esta vez, tendría que dejar un paquete de carne y hueso. No sabía nada más del viaje de Pétrikova ni el conductor del segundo vehículo tenía más información que su siguiente destino. Así reducían al mínimo las probabilidades de que alguien la traicionase. Jenkins tampoco tendría noticia de si la extracción había tenido éxito hasta que volviese a los Estados Unidos.

Apenas se había despedido de ella y había vuelto a su vehículo cuando empezó a sonar su teléfono.

Era Lemore. El hecho de que no estuviera usando un número encriptado ni la página web que compartían indicaba que el mensaje era tan urgente que lo había llevado a saltarse toda precaución.

El mal presentimiento de Jenkins no hizo sino empeorar cuando oyó la voz de su interlocutor.

CAPÍTULO 22

La voz informatizada de mujer inundó el vagón del metro para informar a los viajeros de que estaban llegando a la estación Kropótkinskaia. María salió con la tromba humana envuelta en olor corporal, colonia, perfume y tabaco. Incapaz de abrirse paso entre aquel gentío, se resignó a dejarse llevar por él. Estudió los ojos de quienes la rodeaban. ¿La estaría siguiendo alguien? ¿La estarían aguardando ya para arrestarla?

Después de cuarenta años, tenía la sensación de que su carrera en el mundo del espionaje estaba tocando a su fin de un modo abrupto y no pudo menos de sentir alegría por que así fuera.

Y también miedo.

Sabía que la perseguirían y que lo harían con saña vengadora. Sokolov había dejado caer lo que había sido de las hermanas que habían sido capturadas, la brutal tortura y los interrogatorios de que habían sido víctimas. La muerte debió de ser todo un alivio para ellas.

Sokolov tenía mucho que perder si se revelaba el alcance de su traición. Si el presidente no lo mataba, lo haría, sin duda, su suegro. La única esperanza que le quedaba a María era el hecho de saberlo todo de él, de conocer sus pensamientos y su instinto de supervivencia. Sabía que él era quien manejaba los hilos del grupo operativo encargado de dar con las hermanas y que la información estaba dividida en compartimentos estancos y sometida a un control férreo. De aquello estaban enterados muy pocos. Sokolov no querría que dicho grupo atrapase e interrogara a Kulikova, porque era consciente de que ella lo destruiría. La única opción que tenía el subdirector consistía en matarla y silenciarla antes de que pudiese decir nada. Además, para asegurarse de que no quedaba nadie más con tal información, ordenaría la muerte de todo aquel del que sospechase que podía tener noticia de la traición de su subordinada o su infidelidad.

A Helge, sin duda.

Si tenía que ser aquel el final de María, lo sería. Nunca había esperado sobrevivir tanto tiempo y hacía mucho que había decidido que jamás daría a quienes estaban en el poder la gratificación de atraparla. Llevaba una cápsula de cianuro en la punta de un bolígrafo que había llevado consigo en el bolso durante treinta años. Cuando llegase el momento, no dudaría en morderla para acabar con su vida y llevarse a la tumba el alcance de su traición. La muerte sería su mayor triunfo. Solo lamentaría no poder vivir para ver el castigo de Sokolov, hecho con el que, al fin, sería ella quien disfrutaría de cierto deleite.

Helge, en cambio, era inocente, tanto que no tenía la menor idea de la magnitud de lo que había desvelado a Sokolov. No tenía la menor idea de que acababa de firmar su propia sentencia de muerte. Tal vez María hubiese subestimado el alcance del dolor que había causado a su marido, el daño que había ocasionado a su orgullo, el agravio que había infligido a su virilidad rusa. Quizá Helge hubiera acudido a Sokolov para guardar las apariencias con la esperanza de que la castigase por quebrantar uno de los dogmas de su posición, para verla sufrir como había sufrido él todos aquellos años.

Salió a la calle frente a la catedral de Cristo Salvador y volvió a detenerse en la parada de autobús para repetir el ritual de sacar la barra de labios y el espejo de la polvera y mirar a sus espaldas por si la estaban siguiendo. Al no ver a nadie, hizo la marca de verificación de costumbre en la estructura de cristal, pero aquella mañana tachó a continuación uno de los trazos para significar que se había acabado y necesitaba salir. Guardó los cosméticos y se apresuró hacia su casa.

Había corrido un gran riesgo al comunicar a sus contactos el plan de matar a Ibraguímov. Cuando había sabido de la operación Herodes, había hecho lo que le habían enseñado a hacer si el Kremlin se acercaba demasiado: cortar toda comunicación con los agentes de enlace. Dejó de usar los buzones y los juegos de prestidigitación. Dejó de responder a las llamadas de teléfono nocturnas o se limitó a responder que no había nadie en casa con ese nombre a fin de dejar claro que no se reuniría con aquellos. Hizo caso omiso de los anuncios publicados en *The Moscow Times* con mensajes ocultos que indicaban el lugar y la hora del siguiente encuentro.

Sin embargo, le fue imposible seguir callada cuando se enteró de los planes que había de asesinar descaradamente a Fiódor Ibraguímov en suelo americano. No se trataba solo de Ibraguímov, ni tampoco, siquiera, de su mujer y sus hijos, que llorarían la pérdida de un marido y un padre: su asesinato acabaría con el último santuario para quienes buscaban una Rusia mejor. Su muerte conseguiría lo que llevaba mucho tiempo tratando de hacer el presidente: enviar un mensaje ineludible de que quienes traicionasen a Rusia no podrían sentirse a salvo jamás. Las repercusiones de aquel acto silenciarían a los disidentes, acallarían toda oposición, llevaría a los desafectos a ocultarse y arrastraría al país a sumirse en unas condiciones que recordarían a sus tiempos soviéticos.

El plan de asesinar a Ibraguímov había vuelto a ofrecer a María un objetivo que perseguir y, si para alcanzarlo había de pagar con su vida, así sería.

Pero no podía pagar con la de Helge.

«¿Qué has hecho, Helge?».

En la entrada de mármol del edificio, saludó al portero.

—Ha hecho calor hoy, ¿verdad? —dijo él—. Menos mal que este vestíbulo tiene aire acondicionado.

María sonrió y se dirigió al ascensor, donde pulsó varias veces el botón que cerraba las puertas. Salió en la planta duodécima y recorrió el pasillo, cubierto de moqueta, con el corazón acelerado. Respiró hondo y metió la llave en la cerradura. No estaba echada. El sonido desató la respuesta pavloviana de Stanislav. La chaqueta de verano de Helge no estaba colgada en la percha. Esquivó al perro y llamó a su marido.

—¿Helge?

El sillón en el que siempre se sentaba para cumplir con su ritual estaba vacío y en la mesita auxiliar había un vaso medio lleno. María había tenido la intención de proponerle que fuese a ver a su hermano mayor, residente en Polonia, con quien mantenía una relación estrecha y con quien iba a veces de cacería. Había tenido la intención de hacer que se alejara de allí.

Caminó en círculos sin saber bien qué hacer ni dónde ir. Entonces sonó el teléfono de la pared y fue a contestar.

—¿Puedo hablar con Ariana? —dijo la voz.

—Lo siento, se ha equivocado de número —respondió. Entonces, igual que había ocurrido con el trazo que había añadido a la marca de verificación, pronunció una frase que había esperado no tener que utilizar nunca—: ¿A qué número llama?

Así confirmó que necesitaba que la sacaran de inmediato del país.

—Perdón por las molestias —dijo su contacto antes de colgar.

No tenía mucho tiempo. Necesitaba salir de inmediato. No podía llevar consigo más que lo puesto. Confiaría a Stanislav al matrimonio del piso contiguo.

Helge... Su conciencia no le permitiría dejar atrás a Helge para que lo matasen. Había desgastado tanto su fortaleza moral que hacía tiempo que había dejado de creer que, en el fondo, fuese una buena persona. Dejar que matasen a Helge comportaría caer más todavía en las cloacas de la depravación y quizá supondría no poder sentirse nunca libre. Estaba convencida de que pagaría por su propia degeneración, si no en esta vida, cuando llegara a las puertas del cielo; pero quizá, solo quizá, Dios le brindaría cierta clemencia si ponía en peligro su propia vida para salvar la de Helge.

Fue a coger la libreta de la encimera de la cocina para pedirle que la llamara en cuanto volviese a casa. La libreta no estaba donde siempre y el bolígrafo tampoco. Rebuscó en la encimera y en la mesa y, al no encontrarlos, volvió al salón. Los encontró en la mesita auxiliar, al lado del vaso de vodka.

Corrió a hacerse con la libreta, inclinó la primera página bajo la lámpara y detectó leves trazos de bolígrafo, pero no logró leer lo que había escrito. No era la primera vez que hacía frente a un problema así. Volvió a la cocina y rebuscó en el cajón que había cerca del teléfono hasta dar con un lápiz. Entonces sombreó ligeramente los trazos de las letras, que empezaron a cobrar forma, vaga pero descifrable.

V...

Vr...

Vrat...

Vratar.

Es decir: «El Guardameta». Sacó el teléfono y escribió el nombre de lo que resultó ser un bar cercano a la Universidad Estatal de Moscú. Jamás había oído hablar de él y le extrañaba que Helge lo conociera, porque tenía a su alrededor suficientes locales en los que beber. Aquello, lo sabía por experiencia, tenía el sello de Sokolov. El subdirector gustaba de atraer a sus presas a lugares en los que no las conocían ni las recordarían.

Activó la aplicación del metro de Moscú en el teléfono mientras caminaba por el pasillo en dirección a la puerta del piso. Para llegar al bar necesitaba cambiar de metro dos veces y recorrer cinco paradas. Sacó del bolso el bolígrafo de la cápsula de cianuro y salió de la vivienda con Stanislav. Lo dejó en casa de los vecinos, que tenían un crío al que le encantaba jugar con el perrito y que iba a verlo a menudo, y a continuación apretó el paso en dirección a los ascensores.

No tenía tiempo de pasar por el buzón. Estaba a punto de perder su oportunidad de ser libre.

Daba igual. Mejor morir así que arder en el fuego eterno.

CAPÍTULO 23

Distrito Rámenki (óblast de Moscú)

Helge Kulikov pensó que decía mucho de la generosidad de Dmitri Sokolov el hecho de que lo hubiera llamado para tener con él una conversación en privado sobre la infidelidad de María. Dado el carácter delicado de la información y lo inapropiado de hablar de ella por teléfono, le había propuesto un lugar de encuentro.

Ojalá no hubiese bebido tanto o, por lo menos, hubiera comido algo. El trayecto hasta la estación de metro lo había ayudado a serenarse, pero el calor y la humedad del vagón, los mismos que imperaban en todo Moscú, habían hecho que le resultara difícil permanecer despierto. Una vez en la calle, volvió a sentirse más despejado mientras salvaba a pie las dos manzanas que lo separaban del Vratar.

Ya cerca del bar, se enjugó el sudor que le caía por la cara y frunció el ceño. Había esperado un establecimiento de mucha más categoría, más acorde con la posición del subdirector, pero el Vratar era más un *ruímoknaia*, uno de esos barecillos moscovitas situados por debajo del nivel de la calle en los que servían alcohol barato y comida más barata aún. No estaba, desde luego, a la altura del subdirector, por más que este le hubiese dicho por teléfono que quería ser discreto. Había que reconocer que al Vratar, situado en un enclave boscoso al final de un callejón sin salida, discreción no le faltaba.

—Está decorado con un surtido de objetos futbolísticos de colección que creo que a alguien con tu historial le resultará muy atractivo —le había dicho Sokolov.

Lo único que esperaba era que tuviesen el mismo vodka que le había ofrecido el subdirector en su despacho, porque no bebía Stolíchnaia con frecuencia. Helge entró en el bar y necesitó un momento para que la vista se le acostumbrara a la escasa iluminación. El interior también defraudaba. En la entrada había una docena aproximada de mesas altas a medio ocupar por parroquianos jóvenes y la música estaba puesta a un volumen excesivo. El aire estaba cargado de olor a alcohol y a fritura.

La vista se le fue acostumbrando, pero no veía a Sokolov. Pasó a un salón con mesas y sillas tradicionales y lo encontró en una de un rincón. Sin duda se había afanado en ser discreto. Llevaba una chaqueta oscura y una gorra de béisbol calada que no encajaban con la ostentación que desplegaba en el ejercicio de sus funciones como alto cargo de la Lubianka.

Sokolov alzó la vista y los dos se saludaron con una inclinación de cabeza. Helge se quitó la chaqueta y la dejó en el respaldo de una silla antes de sentarse.

—Gracias por venir, Helge.

—Gracias a ti por tomarte tantas molestias, Dmitri.

—En fin, como ya te he dicho, la información que he descubierto hasta ahora es, me temo, algo incómoda de tratar por teléfono y puede resultar embarazosa.

—Te agradezco la discreción. ¿Cómo la has conseguido con tanta rapidez?

El subdirector sonrió.

—Me dedico precisamente a reunir información, Helge.

—Claro.

En ese momento llegó la camarera.

—Deja que te invite a una copa. ¿Vodka?

—Sí... Eh... El mismo de tu despacho.

—Por supuesto. Stolíchnaia —pidió a la camarera— con hielo. —Volvieron a quedarse solos—. Por desgracia, un hombre de mi posición se ve obligado a veces a ser portador de malas noticias.

—Seguro que será una de tus muchas responsabilidades.

—Y yo estoy convencido de que alguien de tu categoría, futbolista profesional, no desea que me ande por las ramas, así que iré al grano.

Helge soltó un suspiro.

—Sí, por favor.

—Me temo que María tiene una aventura con un agente de la FSB. Mis fuentes me dicen que es así desde hace bastante tiempo, años, de hecho.

Helge se reclinó en su asiento.

—Sospechaba que las noches que se quedaba hasta tarde y los fines de semana fuera de casa no siempre tenían que ver con el trabajo.

—Eso me temo.

La camarera volvió con el vodka y lo dejó en la mesa. Helge corrió a dar un sorbo. Le costaba evitar que le temblase la mano. Habría vaciado el vaso de un solo trago, pero decidió que era mejor dar al menos la apariencia de que podía dominarse.

—Esa es la mala noticia —dijo Sokolov—, pero también hay una buena.

—¿Una buena?

—Sí, porque ese hombre es agente de la FSB. Está a mis órdenes y estoy en posición de despedirlo por violar uno de los principios de su cargo: el adulterio.

—O sea, que está casado.

—Con tres críos.

Tres críos. No se le había ocurrido que pudiese tener familia. Lo único que quería él era castigar a su mujer.

—¿Y María tendrá su sanción?

—Eso depende de ti. No puedo despedir al agente y no hacer lo mismo con María, por más que me duela, ya que ella también ha vulnerado el mismo requisito.

Helge reflexionó al respecto. La pensión que le había quedado después de jubilarse era poco más que una miseria. Sin el salario de María ni su posición, tendrían que renunciar a su piso. ¿Dónde iban a vivir entonces? ¿Cómo iban a vivir sin los ingresos de ella?

—No creo que haya que ir tan lejos, Dmitri.

—¿No?

—¿No podrías hablar con ellos…? Con los dos, quiero decir. Amonestarlos. Eso, amonestarlos. Yo creo que una amonestación tuya bastaría para que lo dejaran.

—Deja que te diga que eso es muy magnánimo de tu parte, Helge. Dudo que haya muchos hombres dispuestos a hacer algo así. La mayoría se dejaría cegar por los celos y la rabia. Por supuesto, estoy en posición de hacer lo que me propones y tengo que decirte que el agente en cuestión me ha expresado sus más sinceras disculpas.

—Sí, desde luego, tiene que estar muy arrepentido —convino el marido. Luego, no queriendo parecer pusilánime, añadió—: Pero ¿seguro que se arrepiente de lo que ha hecho y no de que lo hayan pillado?

—Muy sabio de tu parte, Helge. Por eso he creído muy conveniente que tengas la ocasión de hablar con él cara a cara… y determinar si está siendo sincero.

—¿Cara a cara?

Sokolov levantó un puño.

—Sabía que te parecería bien, Helge. Un hombre de tu envergadura, un futbolista profesional… No me cabe la menor duda de que, cuando te conozca y entienda quién eres, se lo pensará dos veces antes de volver a hacer algo así.

Helge se irguió en su asiento. A diferencia de la mayoría, el subdirector era muy consciente de sus logros deportivos.

—Sí, sí. Por supuesto que me parece bien. Si me das el nombre de ese hombre y su número de teléfono…

—Está aquí —anunció Sokolov—. He insistido en que venga para que tengas la ocasión de hablar con él cara a cara.

—¿Ahora? —Helge recorrió el bar con la mirada.

—Está en el callejón de atrás, esperando en mi coche. También en eso he querido ser discreto y brindaros cierta intimidad. He pensado que te gustaría desahogarte. —Sonrió—. Yo, desde luego, lo haría.

—Te lo agradezco, Dmitri, pero…

—Venga, lo mejor es resolverlo cuanto antes para que podáis pasar página María y tú. Yo hablaré con ella, pero doy por hecho que una buena reprimenda de tu parte tendrá más efecto, ¿no? —Sokolov se levantó de la mesa.

Helge no quería enfrentarse aquel hombre. ¿Qué podía decirle? Estaban hablando de un agente de la FSB, adiestrado probablemente para la lucha. Con todo, no acertaba a ver modo alguno de evitar aquel encuentro… después de que lo hubiese concertado el subdirector. Si quería guardar las apariencias, tenía que hacerlo. Además, contaba con el respaldo de Sokolov y con la amenaza de despedir a aquel hombre, lo que le confería un poder considerable. Al fin y al cabo, al agente le convenía que Helge optara por perdonarlo. Era él quien tenía la potestad de decidir sobre su sustento… y el de su familia. Eso debería bastar para avergonzarlo.

—¿Sabes, Dmitri? Sí que me gustaría hablar con ese hombre. Haré lo posible por mantener la calma y ser racional, pero no prometo nada.

—Lo entiendo, desde luego, y... En fin, si decides sentarle un poco las costuras, solo para que tenga claro cuál es la situación... —Sokolov sonrió mientras le guiñaba un ojo—. Yo no le diré nada a nadie.

Dicho esto, abrió la puerta de metal y salió con él a la parte trasera del edificio, donde aguardaba estacionado un Mercedes negro.

Charles Jenkins recorrió el Tercer Anillo, la carretera que rodeaba el centro de Moscú, haciendo lo posible por no correr para que no lo parasen. Lemore lo había avisado de que los contactos de María Kulikova habían recibido un mensaje urgente en el que solicitaba una extracción inmediata, pero la espía no se había presentado en el buzón a la hora convenida. El teléfono de Kulikova, que estaba pinchado, había registrado una llamada de Dmitri Sokolov, el subdirector de contraespionaje, al marido de Kulikova, a quien le había propuesto reunirse con él en un bar cercano a la Universidad Estatal de Moscú para hablar de una «situación delicada».

Lemore no tenía más información sobre si Kulikov podía haber delatado a su mujer. Él no trabajaba para la FSB ni ninguna otra agencia de información. Había trabajado en el Servicio de Parques y Jardines hasta su reciente jubilación. Dicho de otro modo: Sokolov no tenía ningún motivo profesional para pedir reunirse con él.

Al tomar la salida, volvió a hablar con Lemore.

—¿Qué puede querer el subdirector de contraespionaje con un empleado de Parques y Jardines? —le preguntó.

—No lo sé. Suena a encerrona.

—Y das por hecho que esa reunión debe de ser el motivo por el que Kulikova no se ha presentado donde había quedado con el contacto...

—En realidad, no lo sabemos; pero han intentado comunicarse con ella varias veces y no han podido. ¿A cuánto estás del bar?

—A tres minutos.

—No te involucres si no es estrictamente necesario —advirtió Lemore—. Podría tratarse de una trampa rebuscada.

—Entiendo. —Jenkins seguía disfrazado de anciano, lo que le daría, al menos, la ocasión de entrar en el local y evaluar la situación—. Y si ella está en el bar, ¿qué hago?

—Sacarla echando leches y cueste lo que cueste.

—Voy a necesitar ayuda.

—Estamos mirando todas las opciones disponibles —dijo Lemore.

«A saber qué coño significa eso», pensó Jenkins. Colgó y miró el mapa en el móvil. Estaba a un minuto de... de lo que fuese.

María Kulikova salió de la estación del metro corriendo a toda velocidad. Las clases de yoga y de pilates con las que había conseguido mantener la forma para la misión que se le había asignado tal vez le sirvieran para mantener con vida a Helge... si lograba alcanzarlo antes de que llegase al bar. Antes de que se reuniera con Sokolov o con el secuaz que hubiese podido enviar allí en su lugar. Tenía el teléfono en la mano para seguir las indicaciones que le proporcionaba una aplicación. Todas las veces que había llamado a Helge le había saltado directamente el contestador.

Llegó a la intersección del final de una manzana y se paró a comprobar el mapa. Tenía la respiración agitada, pero bajo control. Ignoraba lo que iba a hacer cuando llegase al bar ni lo que podía decir, pues no llevaba armas.

Miró el mapa y se dio cuenta de que había recorrido una manzana en el sentido equivocado. Soltó un reniego, giró hacia la izquierda sobre sus talones y, en cuanto el punto azul con la flecha volvió a recolocarse, echó a correr de nuevo.

Una manzana después, vio el neón rojo encendido en lo alto del edificio de una sola planta como un faro para marineros. El Vratar.

Cruzó hasta un aparcamiento casi vacío de suelo terrizo cuya grava crujía bajo sus pies.

Respiró hondo, empujó la puerta del establecimiento y entró.

—*Zakriváietsia cherez desiat minut* —le advirtió una mujer que recogía botellines y vasos de las mesas altas. «Cerramos de aquí a cinco minutos».

María no le hizo caso. En las mesas altas no había nadie. Se dirigió a la parte de atrás del bar sin ver más que mesas y sillas vacías, y estaba a punto de irse cuando reparó en una chaqueta colgada en uno de los respaldos.

La de Helge.

Se le aceleró el corazón.

Llamó a la mujer que recogía vasos y botellines señalando la chaqueta.

—*Vi videli cheloveka, kotori prishel v etoi kurtke?* —«¿Ha visto usted al hombre que ha entrado con esa chaqueta?».

—Acaba de irse. Por atrás.

—¿Solo?

—No, con otro hombre. No hace ni un minuto.

María echó a correr hacia la puerta de metal, pero en el momento de empujar la barra apartó las manos. No sabía qué esperar, pero sabía que, una vez abierta aquella puerta, no habría marcha atrás.

Empujó al fin y abrió la puerta.

Helge estaba de pie entre Sokolov y dos hombres que no reconoció, aunque uno de ellos parecía Aleksandr Zhomov, uno de los asesinos del subdirector, el más despiadado del Kremlin.

Dmitri Sokolov, con la mano puesta en la espalda de Helge, abrió la puerta trasera para acceder a un callejón de luz mortecina. El Mercedes negro, un sedán del parque móvil que tenían a su disposición en la Lubianka los agentes de la FSB, los esperaba al lado de un contenedor de basura azul. Aquella tarde habían rellenado un formulario a nombre de Iliá Yegórov para hacerse con el vehículo.

Cuando llegaron al Mercedes, Sokolov llamó a la ventanilla con su alianza. El conductor alzó la mirada y el subdirector hizo un gesto a Helge. El del automóvil abrió la puerta y, tras quitarse el cinturón de seguridad, se apeó.

—Agente Yegórov —dijo Sokolov—, le presento a Helge Kulikov.

Yegórov asintió y le ofreció la mano.

—Señor Kulikov, es un placer conocerlo. Estaba deseando hablar con usted.

—¿Qué? —preguntó Helge confundido. Miró a Sokolov, que había dado un paso atrás.

Aleksandr Zhomov salió entonces de entre los árboles vestido con una camiseta, unos pantalones y guantes de cuero negros. En la mano derecha llevaba una pistola con silenciador. Levantó el arma y colocó un punto rojo en el pecho de Yegórov antes de apretar el gatillo. La pistola sonó dos veces. El conductor se desplomó como una marioneta a la que le cortan las cuerdas.

Zhomov apuntó entonces a Helge.

—¡Helge!

Sokolov volvió la cabeza al oír aquella voz que tan bien conocía y vio a María de pie en el umbral del edificio.

—¡No, Dmitri!

El sicario volvió a disparar. La bala le dio a Helge en la sien, con lo que hizo saltar sangre y masa encefálica. Helge cayó al suelo.

Zhomov no vaciló un instante. Ni siquiera se paró a confirmar su segunda muerte.

Volvió el arma para apuntar a María Kulikova.

CAPÍTULO 24

Distrito Rámenki (óblast de Moscú)

Jenkins patinó al frenar en el aparcamiento desierto de suelo terrizo que había frente al edificio enlucido. Una única farola iluminaba con su haz macilento un trozo de suelo como un foco que se desvanece en un escenario vacío. Temió haber llegado demasiado tarde o haberse equivocado de bar, pero el neón que había sobre la línea del tejado identificaba claramente aquel local como el Vratar, el nombre que le había dado Matt Lemore.

Acababa de leerlo cuando se apagó el neón.

Salió del vehículo dejando el motor en marcha y aguardó un instante para comprobar que no salía nadie del bosque que rodeaba la parte trasera del aparcamiento y el bar.

Nadie.

Entonces caminó hasta la puerta de metal y, al empujarla, estuvo a punto de chocar con la mujer del otro lado, que sostenía un manojo de llaves y estaba a punto de echar el cierre.

—*Mi zakriti* —dijo ella. «Ya hemos cerrado».

Jenkins miró por encima del hombro de ella para buscar entre las mesas vacías, hasta que vio la silueta de una mujer de pie en el umbral que le daba la espalda. Más allá, a la lánguida luz que salía de la puerta abierta del bar, había un hombre que tenía encañonados a otros dos con una pistola. Antes de que tuviera tiempo de procesar la información, el arma efectuó dos disparos apagados y la primera víctima, un hombre vestido con un traje oscuro, cayó al suelo.

—¡Helge! —gritó la mujer de la puerta, que añadió—: ¡No, Dmitri!

Jenkins apartó a la mujer de las llaves a la vez que le gritaba:

—*Ujódite. Bistro.* —«Váyase. Rápido».

Echó a correr hacia la parte trasera en el instante en que el pistolero mudaba la puntería. El segundo hombre había vuelto la cabeza hacia la mujer de la puerta. El del arma disparó una vez y alcanzó en la sien al hombre, quien también se desplomó. Jenkins estaba ya cerca del umbral cuando el pistolero apuntó a la mujer. Desde detrás de ella, alargó la mano y tiró de la puerta para cerrarla. Acto seguido, oyeron dos balas golpear la hoja de metal.

A su izquierda tenía un cuartucho con útiles de limpieza tras una cortina negra. Se hizo con una fregona y apuntaló con el mango la barra de la puerta. La mujer lo miró boquiabierta y los ojos vidriosos. Estaba en estado de choque. Era María Kulikova. Había estudiado fotos suyas durante su adiestramiento en Langley.

Jenkins la agarró por los hombros.

—*Poidem so mnoi, yesli jochesh zhit.* —«Acompáñame si quieres seguir con vida».

Cruzó con ella el bar. No vio a la empleada, pero la oyó hablar por teléfono con la policía. El palo de la fregona traqueteaba en la puerta.

Apenas tenían unos segundos.

Llegó al exterior tirando de Kulikova, abrió la puerta del copiloto y la lanzó al habitáculo. Acto seguido, rodeó el capó para meterse en el lado del conductor y se sentó al volante. Arrancó el coche. Las ruedas escupieron grava. La luna trasera estalló. Kulikova gritó. Él tendió el brazo para hacer que se agachara más todavía. Oyeron el silbido de las balas y, de pronto, una explosión. El vehículo derrapó, pero Jenkins se las compuso para enderezar la dirección.

Habían perdido una rueda de atrás.

Con tres no podían pretender huir de nadie.

Aleksandr Zhomov apuntó a María Kulikova, pero disparó justo después de que el anciano hubiese cerrado la puerta de golpe. Pasó por encima de Helge Kulikov y tiró de la manivela de la puerta, que traqueteó sin abrirse.

Entonces volvió donde yacían los dos cadáveres y envolvió con la mano de Helge Kulikov la culata del arma, una pistola barata fácil de conseguir en el mercado negro de Moscú. Las huellas dactilares apoyarían la teoría de que el muerto había disparado al amante de su mujer antes de suicidarse y la documentación que había en la FSB confirmarían que Helge había hablado en fechas recientes con Sokolov acerca de la aventura que mantenía con su mujer un agente de la FSB y que había manifestado su deseo de castigarlo.

Zhomov sacó la MP-443 Grach de la pistolera que llevaba a la espalda del cinturón y rodeó el edificio con cautela, pues no sabía si el anciano que había salvado a María Kulikova iría armado. Llegó a la esquina cuando el único coche que había en el aparcamiento echaba a rodar escupiendo grava. Disparó a la luna trasera y la oyó estallar antes de bajar la mira hasta las ruedas y el depósito de gasolina y vaciar el cargador mientras el vehículo se alejaba.

Corrió al Mercedes que había dejado escondido en el bosque mientras, a gritos, indicaba a Sokolov que montase.

—¿Sabes quién es el viejo del bar?

—No —repuso Sokolov mientras corría al asiento del copiloto y Zhomov hacía otro tanto en el del conductor.

—Pues lo vamos a averiguar enseguida. Le he reventado una rueda, así que no creo que lleguen lejos.

Zhomov arrancó y echó a correr hacia la carretera de dos carriles.

Kulikova se incorporó en el asiento del copiloto y miró hacia atrás. El viento silbaba por la ventanilla que acababa de perder la luna y Jenkins alcanzaba a oler la goma quemada mientras botaban sobre el asfalto.

—*Chto s mashinoi?* —preguntó ella. «¿Qué le pasa al coche?».

—*On prostrelil zádneie kolesó* —respondió Jenkins. «Nos ha reventado una rueda de atrás»—. *Ti govorish po-angliiski.* —«¿Hablas inglés?».

—Sí —contestó la pasajera.

Jenkins se quitó la máscara y la lanzó al asiento trasero.

—Charles Jenkins. —Kulikova parecía sorprendida, pero él no tenía tiempo de explicarse.

—No vamos a llegar muy lejos. Estamos a punto de perder la cubierta y quedarnos solo con la llanta. No podemos correr más que ellos. Estoy buscando un lugar en el que abandonar el coche y ganar tiempo. Lo único que podemos hacer es ocultarnos en ese bosque.

María miró por el parabrisas.

—Gire aquí, señor Jenkins —dijo—. ¡Gire!

Él hizo lo que le decía y dobló a la derecha para tomar una salida que, según la señal que la precedía, llevaba a la Universidad Estatal de Moscú.

—En la FSB es usted famoso, señor Jenkins, y más aún en la Subdirección de Contraespionaje. Lo han incluido en una lista negra.

—Eso me han dicho.

—Sabrá entonces que el presidente ha emprendido una campaña implacable para encontrar a las siete hermanas, una división especial en el seno de la subdirección con la única misión de encontrar a las que quedan. No tendría que haber vuelto.

—Tarde. —Jenkins se afanaba por no perder el control del volante. El olor a caucho quemado se había vuelto más intenso—. ¿A quién han matado?

—Creo que uno de ellos era agente de la FSB. El otro era mi marido, Helge.

—Lo siento.

La mujer seguía mirando por el parabrisas, muy concentrada dadas las circunstancias.

—Doble aquí —dijo.

El automóvil accedió así al campus, botando y rebotando mientras rebasaba edificios elevados y cruzaba aparcamientos casi vacíos.

—¿El tipo de la pistola forma parte del grupo encargado de la operación Herodes?

—No, ese hombre es Aleksandr Zhomov, uno de los *naiome ulitsi* más famosos de la historia del Kremlin.

Jenkins sabía que se refería a un asesino a sueldo.

—¿Y qué tiene que ver en todo esto? —El vehículo se elevó como si hubieran dado en un resalte reductor de velocidad y a continuación volvió a caer llenando de chispas el asfalto—. Hemos perdido la banda de rodadura. Tenemos que deshacernos del coche ahora mismo.

—En el aparcamiento. —Señaló un recinto situado delante de un bloque de varias plantas y Jenkins avanzó lentamente hasta allí—. Rodee el edificio.

Él siguió sus instrucciones y dejó el automóvil tras un contenedor azul de basura.

—Deprisa —dijo ella saliendo del coche.

—¿Adónde vamos?

—No tenemos tiempo para preguntas. Ahora me toca a mí guiarlo y a usted seguirme. Si quiere seguir con vida.

Jenkins corrió hacia la parte posterior del vehículo y abrió el maletero. Casi tuvo una arcada por el intenso olor a caucho quemado. La llanta emanaba un calor terrible.

—¿Qué hace? —preguntó ella—. No tenemos tiempo.

Él abrió la maleta y sacó una bolsa de plástico hermética en la que guardaba fármacos comunes como ibuprofeno, aspirina o tratamientos para el resfriado y vació el contenido antes de descubrir el doble fondo.

—Señor Jenkins, tenemos que irnos enseguida.

Jenkins se hizo con los pasaportes, las tarjetas de crédito correspondientes, los rublos y los dólares estadounidenses. Metió todo en la bolsa como pudo y la cerró antes de echársela al bolsillo interior de la chaqueta.

—Vamos —dijo.

Ella echó a correr hacia la trasera de los edificios, donde, según dedujo Jenkins, debían de estar los dormitorios y las aulas. Él volvió la vista buscando los faros de sus perseguidores. Las calles del campus tenían árboles a uno y otro lado, lo que les podía ser de ayuda para ocultarse, aunque no por mucho tiempo. Las aceras estaban vacías.

La mujer cruzó un patio interior rodeado de edificios y siguió adelante como si tuviera claro adónde iba.

—Tenemos que meternos en el bosque —dijo él al llegar a su lado—. Aquí estamos a plena vista.

—Conozco este campus. Estudié aquí y tuve motivos para investigar a fondo todos sus rincones.

—¿Por qué?

—No es el momento. Sígame.

Jenkins no pudo menos de maravillarse una vez más. Kulikova parecía tener un propósito muy concreto. Además, estaba en muy buena forma y, aunque debía de tener más o menos la misma edad que él, mantenía perfectamente la respiración. Él, por su parte, agradeció haber salido a correr por las mañanas y no tardó en lograr un buen ritmo de inspiración y espiración.

Llegaron a lo que parecía la entrada de una facultad, dominada por una vasta extensión de césped y dividida en patios delante de un bloque colosal que Jenkins reconoció por las fotografías que había visto.

—Una de las siete hermanas.

Notó que le faltaba un tanto el aliento. Recordaba la distintiva torre central neoclásica, conformada por distintos niveles. Era una de las siete que se habían erigido en la era de Stalin, de casi cuarenta pisos y flanqueada por cuatro largas alas.

—¿Verdad que tiene su gracia? —Se alejó del edificio en dirección a los patios de ladrillo rojo, rodeados de cuadros de flores y árboles de gran altura que los ayudarían a ocultarse brevemente.

Jenkins optó por no importunarla con preguntas, pues parecía tener muy claro adónde iba y lo que hacía. Kulikova apretó el paso en dirección a una fuente seca situada en el cuadrante sudoeste del patio y semejante a una tarta nupcial de varias plantas con un plato de metal encima. Del receptáculo redondo se extendían cabezas probablemente a modo de gárgolas para expulsar el agua. Aun así, como muchos otros elementos de la ciudad, la fuente se encontraba en estado de abandono y allí donde faltaban cabezas habían quedado solo tubos que sobresalían del cemento picado. No había dinero para mantener los monumentos públicos.

Kulikova rodeó la fuente y de forma sistemática fue tirando de las rejillas que había al pie de la base de cemento.

—¿Qué estamos haciendo? —Jenkins se limpió el sudor de la cara y miró hacia los árboles y arbustos que tenían a sus espaldas tratando de discernir faros de coche.

—Aquí debajo hay un pozo de ventilación. No tengo tiempo para explicárselo. El caso es que hay que abrir una de estas rejillas si queremos meternos.

Jenkins se inclinó para inspeccionar la base desde más cerca. Los barrotes decorativos formaban parte de una única rejilla con bisagras en la parte superior y un clavo embutido en el cemento. Habían taladrado este para fijar aquel con resina epoxi, pero el clavo se había oxidado y presentaba cierta holgura. Jenkins tiró de la rejilla y vio moverse la cabeza del clavo. La sacudió con fuerza y el ruido que produjo hizo eco en todo el patio.

—Debería ser posible sacar el clavo. —Aferró la cabeza con los dedos e intentó sacarlo. El clavo se levantó ligeramente, pero no lo necesario. Dejó de hacer fuerza—. Voy a necesitar algo para hacer palanca.

Se apartó de la fuente para mirar en uno de los macizos de flores que la rodeaban y encontró un montón de piedras en un rincón. Rebuscó hasta encontrar dos que podían servirle. Entonces volvió lo antes que pudo, se puso de rodillas e inclinó la más larga de las dos para colocar el borde más plano bajo la cabeza del clavo, como si fuera la boca de un cincel. Entonces usó la segunda a modo de martillo. La cabeza se levantó ligeramente. Volvió a golpear una vez y otra, otra y otra, logrando con cada golpe separarlo unos milímetros del suelo. Ella, mientras, vigilaba. Cuando consiguió liberar lo suficiente para poder agarrar bien la cabeza, se puso a zarandearlo, pero tampoco consiguió extraerlo. Entonces volvió a martillear. No tenía la menor idea de cuánto podía medir el clavo ni de cuánto tardaría en sacarlo. Lo que sí sabía era que les quedaba muy poco tiempo.

Zhomov avanzó con lentitud, escrutando el bosque que se extendía a ambos lados.

—Podrían haber escondido el coche en cualquier parte —dijo Sokolov.

—No. Si lo hubiesen hecho, veríamos las huellas en la tierra y los arbustos destrozados. Han seguido por la carretera. Habrán intentado alejarse cuanto han podido antes de quedarse por completo sin cubierta.

Llegaron a una bifurcación. La vía principal seguía hasta Moscú y la otra los llevaba a la Universidad Estatal.

—Dudo que se hayan arriesgado a tratar de llegar a Moscú. Más bien habrán intentado esconderlo en algún lugar del campus —dijo Zhomov.

Tomó la salida y avanzó lentamente, sin dejar de mover la cabeza a un lado y a otro para inspeccionar los aparcamientos que tenía a derecha e izquierda. Redujo la marcha casi hasta detener el vehículo.

—¿Qué? —preguntó Sokolov.

El sicario señaló la porción de calzada que iluminaban los faros del coche. Daba la impresión de que hubiesen levantado el asfalto con un garfio.

—Aquí fue donde perdieron la goma del neumático. Ahí está —añadió señalando un trozo de caucho retorcido en el arcén—. No pueden estar lejos. —Siguió los arañazos del suelo hasta el estacionamiento situado en la parte posterior de una residencia de estudiantes y se detuvo detrás del vehículo de la luna trasera destrozada, oculto parcialmente detrás de un contenedor de basura—. Han seguido a pie.

—Pero podían estar escondidos en cualquiera de estos bloques.

Zhomov volvió a descartar tal posibilidad.

—Están cerrados con llave —señaló—. Llama al centro de videovigilancia y haz valer tu autoridad. Diles que miren las cámaras del campus, que estás buscando a un hombre y una mujer que van a pie, seguramente corriendo. Diles que busquen a María Kulikova en el sistema.

Sokolov sacó el teléfono, llamó a la Lubianka e hizo que le pasaran con el Departamento de Tecnología de la Información de Moscú. Les proporcionó su código de acceso y les dijo lo que quería.

—Los hemos localizado —anunció su interlocutor—. Siguen en el campus, cerca del edificio principal de la colina de los Gorriones. Son una mujer y un hombre negro.

—¿Negro? —dijo Sokolov.

—¿Es viejo? —preguntó Zhomov.

—No podría decirle.

—Pero ¿está seguro de que es negro? —insistió el subdirector.

—No hay mucha luz, pero el hombre parece negro, sí.

—¿Puede calcular su estatura?

—Si la mujer no es muy baja, él debe de medir unos dos metros. Es un hombre musculoso, recio.

—Charles Jenkins —concluyó Sokolov.

—¿Quiere que intente hacerle una captura de la cara y buscarlo en el sistema?

—No, no hace falta. —Le mandaron las imágenes de las cámaras y reconoció a Jenkins por las fotografías del expediente—. No quiero que sepan que están juntos —comentó a Zhomov.

—Entonces, deberíamos dar con ellos cuanto antes.

Kulikova rebasó corriendo el edificio principal hasta llegar a un patio extenso y, acto seguido, desapareció tras los árboles.

—Ahí no tienen mucha visibilidad las cámaras. No veo lo que están haciendo.

—Esconderse mientras esperan a que vengan a rescatarlos. —Zhomov sacó un par de auriculares, se metió uno en la oreja y conectó la clavija a su teléfono.

—Solo iré más rápido. Tú, quédate aquí y estate pendiente del vídeo. Si vuelven a aparecer o llega un coche, avísame.

Con esto, giró sobre sí mismo y echó a correr en dirección al colosal chapitel del edificio central situado a la entrada del campus.

CAPÍTULO 25

Universidad Estatal de Moscú
(distrito Rámenki, óblast de Moscú)

Jenkins volvió a golpear la palanca. Había sacado ya unos siete centímetros de clavo. Dejó a un lado las piedras y agarró la cabeza para tirar de ella una y otra vez con fuerza hasta liberarla. Asió la rejilla con ambas manos y la atrajo hacia sí. El borde inferior se separó del cemento unos quince centímetros.

—Las bisagras están oxidadas —advirtió mientras tiraba y empujaba y conseguía que se abrieran poco a poco con un chirrido. Insistió hasta levantar lo bastante la rejilla para que cupiese, difícilmente, una persona.

—Sígame —dijo Kulikova antes de tumbarse bocabajo y, serpenteando con el cuerpo, meterse por debajo de la rejilla. Entonces, se volvió con cuidado y aseguró bien los pies en el cemento del extremo opuesto para no caer al pozo. Giró de nuevo sobre sus talones, se agarró a la parte alta de una escalera metálica atornillada a la pared y bajó por el pozo.

Al ser bastante más corpulento que ella, a Jenkins le costó más colarse bajo la rejilla y, a continuación, moverse en aquel espacio tan reducido. Apoyó las manos y los pies en la pared para girar. Los peldaños de la escalera oxidada descendían hasta internarse en la oscuridad. De lo que había más allá no tenía la menor idea. Volvió la vista a la rejilla, que seguía abierta, y estaba a punto de alargar el brazo para tirar de ella cuando vio a un hombre corriendo por el camino que llevaba a la fuente.

Zhomov, por lo que había dicho María.

No había tiempo de cerrar la rejilla. Si hacía ruido, atraería la atención de Zhomov y, metido como estaba en aquel pozo, sería una presa muy fácil.

Bajó los peldaños tan rápido como se atrevió a hacerlo. Cuanto más descendía hacia la negrura, menor era la visibilidad. Tenía que asegurarse de que un pie encontraba apoyo antes de soltar el otro para dar con el siguiente peldaño. Como un escalador, o como imaginaba que debía de hacer un escalador, trató de mantener siempre tres puntos de contacto con la escalera mientras descendía.

Si perdía pie y caía, no tenía la menor idea de hasta dónde descendería… ni tampoco si Kulikova seguía allí, debajo de él.

Zhomov llegó al patio que había delante del edificio y redujo el ritmo, pues daba por supuesto que el hombre que había acudido en busca de Kulikova, Charles Jenkins, iría armado. No conocía de él más de lo que le había dicho Sokolov. Sabía que había escapado dos veces de Rusia y que la segunda había matado a Adam Yefímov, *el Ladrillo*, uno de los verdugos más temidos de la Lubianka. El presidente lo había incluido en la lista negra de quienes debían ser eliminados y a Zhomov le habría encantado complacer al presidente. Sokolov, sin embargo, había dejado bien claro que había que capturarlo vivo, labor mucho más complicada.

Desenfundó la pistola que llevaba a la espalda y apuntó al suelo mientras seguía caminando y aguzaba el oído. Se detuvo y recorrió con la mirada los árboles y arbustos en busca de un lugar en que hubieran podido esconderse o algún color que desentonara con los propios de la naturaleza. Estaba bien atento a cualquier ruido ocasionado por el hombre.

Llevó un dedo al auricular.

—¿Ves algo?

—No, no se han movido desde que entraron en el patio de delante del edificio principal. ¿Tú los ves?

—*Niet.*

—Pues tienen que estar cerca.

—No lo dudes.

Zhomov dio un paso más y frenó al oír un tintineo metálico. Trató de ubicarlo. Volvió a oírlo y caminó con cuidado hacia él.

—Sí, pero…

—No hables —susurró el pistolero. Se preguntó si aquel ruido no procedería de alguno de los edificios, de algún sistema mecánico, pero enseguida descartó la idea. Aquel ruido no seguía un patrón fijo, lo que hacía probable que lo causara el hombre. Dejó de sonar. Oyó un chirrido, de nuevo provocado por un ser humano, y volvió a avanzar hacia el sonido.

Bordeó una hilera de arbustos y de árboles y llegó al patio del sudoeste, dominado por una fuente seca central. Escrutó las sombras en busca de escondites naturales sin ver tampoco a nadie.

—¿Nada? —susurró por el micrófono de los auriculares.

—Nada —respondió Sokolov.

Tenían que estar allí, en algún lugar. Anduvo por uno de los caminos que desembocaban en la fuente y la rodeó en el sentido de las agujas del reloj sin dejar de mirar a izquierda y derecha. Nadie.

Se detuvo. Escuchó. Aunque no oyó nada, vio algo en una de las rejillas de la base de la fuente que le llamó la atención. Caminó hasta ella y vio que la habían abierto y que sobre el cemento yacía un clavo de diez centímetros. Notó arañazos bajo la cabeza cuadrada y entendió el tintineo, provocado, sin duda, por alguien que pretendía sacarlo del suelo para abrir la rejilla. Con cautela, se inclinó hacia delante con el teléfono en la mano y usó la linterna para descubrir una escalera oxidada que descendía por un pozo. La luz del móvil no alcanzaba a iluminar el fondo.

Se echó hacia atrás y dijo por el micrófono de los auriculares:

—Se han metido bajo tierra. No me llevan mucha ventaja, así que los voy a seguir. Haz que activen las cámaras de los túneles.

—No hay tiempo para explicaciones, pero los túneles no tienen cámaras.

—Entonces, vuelve a la Lubianka y busca un plano con puntos de entrada y salida. Averigua adónde conduce el túnel que hay bajo la fuente del rincón sudoeste del patio. En algún sitio tendrán que salir de nuevo a la superficie. Alerta a la policía de Moscú.

—Acuérdate de que necesito a Jenkins con vida —dijo Sokolov—. Mata a Kulikova y deja el cuerpo bajo Moscú para que pueda pensar con cariño en ella cada vez que vaya en coche a la Lubianka.

—No me apetece nada ser parte de tus fantasías, Dmitri. Haz lo que te he dicho. Y hazlo ya si quieres que acabe el trabajo.

Jenkins dejó el último peldaño e iluminó con el teléfono un enorme búnker subterráneo con laberintos de túneles y salas situados a varios niveles. Le recordaban a los que habían usado Ponomaiova y él en Oslo para escapar. Aquellos los habían construido para que los dirigentes de Noruega se movieran por la capital durante la ocupación nazi. Con todo, los que tenía delante presentaban unas dimensiones mucho mayores.

—¿Qué es esto? —preguntó en voz baja.

—La ciudad subterránea —respondió ella—, Rámenki-43. La construyeron en los sesenta y los setenta para resistir a un ataque nuclear. Puede albergar hasta a quince mil personas, según algunos durante treinta años.

Jenkins soltó un reniego.

—Estáis paranoicos.

—No lo sabe usted bien. No podemos pararnos.

Jenkins la siguió.

—¿Cómo conoces este sitio? ¿La gente sabe que está aquí?

—Algunos —dijo mientras recorría un túnel de ladrillo abovedado. La luz de su teléfono iluminaba poco más que lo que tenían unos pasos por delante—. En mi época de estudiante, un amigo encontró este pozo y por la noche nos traía a mí y a otros para explorar los túneles. Cuando cayó la Unión Soviética, creó los Excavadores del Planeta Subterráneo, una organización dedicada a ofrecer rutas turísticas por debajo de la ciudad... hasta que llegó al poder Putin.

El suelo, irregular, estaba húmedo, resbaladizo. Jenkins sintió que se le escurrían los zapatos.

—¿Y todo esto se hizo por si estallaba la guerra nuclear?

—No sé de qué se sorprende, señor Jenkins. Durante la Guerra Fría, el Reino Unido y su país también construyeron búnkeres subterráneos especiales en los que refugiar a sus respectivos dirigentes. La red que creó la Unión Soviética es mucho mayor que la de ninguno de los dos, pero, como bien ha dicho usted, nosotros somos más paranoicos. Aquí encontrará no solo búnkeres, sino fábricas subterráneas y hasta túneles cisterna.

—¿Es muy grande?

—No lo sé, pero he visto los planos. Hay doce niveles debajo de Moscú. Algunos de los pasadizos son del siglo XIV. Iván el Terrible amplió los túneles durante su reinado, en el XVI, por si algún día tenía que huir del Kremlin. El túnel más grande es una red de vías subterráneas conocida como Metro-2, aunque tiene el nombre oficial de D-6. El proyecto está en marcha desde los años cuarenta del siglo pasado, pero lo usan solo altos funcionarios del Gobierno. Por supuesto, todos ellos niegan categóricamente su existencia. No encontrarás un solo plano ni ningún otro documento que lo confirme si no es dentro de la Lubianka y, gracias a mí, en Langley.

Jenkins resbaló y apoyó una mano en la pared para no perder el equilibrio. También la notó húmeda. A diferencia del Moscú cálido y sofocante de la superficie, el pasadizo estaba fresco y olía a verdín. Sintió un escalofrío en los brazos debajo de la camisa empapada y calculó que la temperatura no debía de superar los siete grados. A la luz del teléfono podía verse el vaho flotando en el aire.

—¿Cómo sabes tanto de eso? —preguntó.

—Porque se estuvo discutiendo sobre quién debía ser responsable de los túneles. En tiempos de la Unión Soviética, los gestionaba el Departamento Quince. A la caída del régimen se cambió su nombre por el de Dirección Principal de Programas Especiales del Presidente o GUSP, que tiene por único objetivo mantener y ampliar esos túneles y mantenerlos en el secreto más absoluto. Sokolov ocupó un tiempo el cargo de director y, como es tan perezoso, me hizo que me estudiara bien el plano para informarlo de todos los detalles. Yo lo hice encantada.

—¿Tienes memoria fotográfica? ¿Cómo sabes adónde vamos?

Ya habían dejado atrás numerosos túneles laterales.

—Estoy siguiendo el principal cable de comunicación. —Inclinó el móvil para que Jenkins pudiera ver una serie de cables como raíces arbóreas que recorrían la pared de ladrillo—. Nos llevará a Moscú. Doy por hecho que tendrá un plan para sacarnos de allí.

—Lo tenía —repuso él—. Por el momento, estoy improvisando. —Miró su móvil, pero, como sospechaba, no tenía cobertura—. ¿Hay cámaras de seguridad o detectores de movimiento de los que tengamos que preocuparnos?

—El Gobierno lo ha intentado, pero todo esto pertenece a los Excavadores y a los exploradores subterráneos, que no son precisamente muy amigos del Gobierno. Han tenido enfrentamientos por el acceso a los túneles. Las cámaras y los detectores de movimiento no duran mucho aquí abajo y el Gobierno se ha cansado de gastar dinero en intentarlo. Póngase detrás de mí, que aquí se estrecha el pasadizo.

Jenkins hizo lo que le pedía y redujeron el ritmo. Caminar por aquellos ladrillos resbaladizos y cóncavos era como avanzar por el interior de una tubería.

—Antes te he preguntado qué pinta Zhomov en todo esto.

Kulikova giró la cabeza para hablar por encima del hombro.

—Sokolov ha recurrido a él para intentar que no trascienda nada de esto. Zhomov y el subdirector se conocen de hace tiempo.

—¿Que no trascienda qué?

—Su aventura conmigo. Sokolov le tiene un miedo atroz a su suegro. Si llegara a hacerse pública su infidelidad, su suegro lo mataría y, si descubren que soy una de las siete hermanas, lo mataría el presidente.

—¿Quién es el suegro de Sokolov?

—El general Román Portnov —respondió ella antes de ofrecerle un rápido esbozo biográfico—. Tiene los medios y la capacidad necesarios para matar a Sokolov. La nuestra, además, no era una aventura cualquiera: me he desvivido durante todos estos años, a un precio muy alto, para asegurarme de que los detalles de nuestra relación resultaran vergonzosos en extremo, de modo que el presidente y el general estuviesen dispuestos a hacer cualquier cosa para evitar que salgan a la luz.

—¿Y Sokolov puede hacerlo? ¿Puede mantener en secreto vuestra aventura?

—Si Zhomov nos encuentra, sí. —Le explicó que la Subdirección de Contraespionaje era un departamento estanco y que Sokolov podía salir con vida de todo aquello si la mataba a ella. El túnel se ensanchó—. ¿Por qué iba usted disfrazado?

—Para burlar las cámaras de vídeo de Moscú.

—Entonces, ¿cómo han sabido de su regreso a Rusia?

Jenkins le contó la pelea del bar. Kulikova se detuvo y se volvió a mirarlo.

—¿Eldar Veliki?

—¿Lo conoces?

—Todo Moscú se ha enterado de lo que le ha pasado a Eldar Veliki, señor Jenkins. ¿Lo mató usted? ¿Por qué?

—Yo no lo maté, pero estaba presente cuando lo mataron. Es una historia muy larga. En resumidas cuentas, es probable que dejase mis huellas dactilares en un botellín de cerveza o en la superficie de una mesa del bar.

Siguieron el túnel de luz blanca que proyectaba el teléfono de Kulikova, quien, tras unos minutos, dijo:

—Ahora empiezo a atar cabos.

—¿De qué?

—De cómo descubrió mi traición Sokolov. Mi marido me siguió cuando fui a dejar en un buzón la información que había conseguido sobre los planes de matar a Fiódor Ibraguímov en Virginia.

—Espera, ¿me estás diciendo que la Lubianka ha intentado matar a Ibraguímov en suelo americano?

—Sokolov me pidió que tomara notas durante la reunión en que hablaron del proyecto. Cuando falló el asesinato, debieron de buscar quién había filtrado los planes y yo tuve que ser la principal sospechosa.

Jenkins entendió entonces lo que había querido decir Lemore la noche anterior al comunicarle que había «algo en marcha» y que debía sacar primero a Pétrikova: la CIA no quería extraer a Kulikova antes de haber detenido a los dos asesinos.

—Sokolov intentó sonsacarme al respecto —siguió diciendo ella—, pero se me da muy bien desviar su atención. Tuvo que enterarse de que había vuelto usted a Moscú y eso le parecería demasiada coincidencia.

—Tenemos que dar por sentado que Sokolov sabe que estoy aquí.

—Si eso es cierto, puede estar seguro de que los Veliki también lo saben. Tienen ojos y oídos en todo el cuerpo de policía de Moscú, igual que en la Lubianka. Yekaterina Velíkaia lo estará buscando con la misma sed de venganza que me tiene a mí Sokolov. Así que imagino que los dos estamos en un buen brete.

—Ya lidiaremos con los Veliki si es necesario —dijo Jenkins—. De momento, deberíamos centrarnos en Zhomov. ¿Me estás diciendo que podría ser el único de toda la FSB de quien tenemos que preocuparnos?

—Lo dice como si fuera algo bueno. Puedo asegurarle, señor Jenkins, que Zhomov es más implacable que una docena de grupos operativos de la FSB… y también más mortal. Se hizo famoso como tirador de precisión en Afganistán, donde causó más de ciento cincuenta muertes. Desde entonces está a las órdenes del Kremlin y es responsable de más del doble.

Jenkins pensó en Víktor Fiódorov, en Adam Yefímov y en la persecución a la que lo habían sometido en sus otras dos visitas a Moscú.

—Parece que la FSB tiene un almacén lleno de tipos así —dijo. Oyó un ruido y llamó la atención de Kulikova con una palmadita en el hombro que la hizo pararse en seco. Se llevó un dedo a los labios y susurró—: Sss… —Le pidió por gestos que tapase la linterna del móvil con su cuerpo y observó la oscuridad que habían dejado atrás. Oyó gotas de agua que caían del techo abovedado. Zhomov no podía seguirlos a oscuras: a no ser que fuese provisto de gafas de visión nocturna, extremo que Jenkins dudaba, tendría que usar una luz como ellos. Contó en silencio dos minutos completos y estaba a punto de seguir adelante cuando un débil reflejo de luz iluminó una de las paredes del túnel. Jenkins lo observó un instante para asegurarse de que no era cosa de su imaginación.

—*Vot dermó* —dijo Kulikova.

CAPÍTULO 26

Zhomov llevaba un paso irregular. No podía ser de otro modo, porque los ladrillos que tenía bajo sus pies resbalaban y el suelo era cóncavo, posiblemente para facilitar su drenaje. No había más luz que los pocos haces que llegaban de la calle que tenía sobre su cabeza. Avanzaba con la linterna del teléfono apuntando al suelo para iluminarse el camino sin revelar su posición y poder distinguir cualquier luz artificial que hubiera en los túneles que tenía por delante. Estos, sin embargo, estaban plagados de vueltas y recodos, con lo que quizá no viese luz hasta estar encima de Jenkins y Kulikova, si es que había tomado la dirección correcta. Siguió los cables de comunicación que recorrían las paredes, convencido de que serían la mejor guía que podía usar para orientarse cualquiera que no conociese bien los túneles.

Sabía de la existencia de aquel laberinto en el subsuelo de Moscú, aunque no lo conocía bien. En 2002, había formado parte de la unidad de las fuerzas especiales que liberó a ochocientos cincuenta rehenes retenidos por los rebeldes chechenos en el teatro de Dubrovka. Tenían que entrar en el establecimiento y neutralizar la amenaza antes de que asesinaran a los rehenes, pero no sabían cómo. La solución les llegó de una fuente muy poco probable: el presidente de los Excavadores del Planeta Subterráneo, que les proporcionó un plano detallado de los túneles que incluía un acceso al teatro. Zhomov y sus hombres usaron el pasadizo para tomarlo por asalto y matar a los cuarenta chechenos después de dejarlos inconscientes.

Zhomov, que entonces había estado demasiado concentrado en la operación, no pudo evitar esta vez sorprenderse ante la magnitud de aquellos túneles que partían de uno central. Cuando llegaba a una intersección, se detenía a escuchar y escrutaba los distintos ramales en busca del menor atisbo de luz artificial. Si no veía ninguno, volvía a ponerse en marcha siguiendo los cables.

A medida que se le acostumbraba la vista y pisaba con más confianza, fue aumentando el paso, pero seguía totalmente desconectado por la falta de cobertura. Tenía que encontrar a Jenkins y a Kulikova o dar con algún indicio de que habían dejado el túnel, en cuyo caso regresaría a la Lubianka y revisaría los vídeos para averiguar dónde habían vuelto a salir a la superficie.

Giró en un recodo del túnel y creyó detectar un destello de luz artificial que se extinguió enseguida. Apagó la suya y apoyó una mano en el muro para seguir caminando a tientas. La luz volvió a aparecer, aunque esa vez tardó un poco más en extinguirse.

Tenía que acercarse más antes de disparar. De lo contrario, al no conocer las vueltas y revueltas de aquellos túneles, fallaría casi con toda seguridad y alertaría de su presencia a Jenkins y a Kulikova. Decidió seguir a oscuras y guiarse solo con el tacto con la esperanza de aproximarse lo necesario para usar el arma con cierta precisión.

—¿Qué pasa? —musitó ella.

Jenkins negó con la cabeza tras mirar a sus espaldas.

—Creí que había visto luz.

—¿Seguro? Yo no veo nada.

—No, no estoy seguro.

—Es poco probable que Zhomov conozca los túneles y ni siquiera así es fácil que encuentre la entrada —aseguró Kulikova.

Él guardó silencio. No quería asustarla revelándole que había visto a Zhomov cerca de la fuente antes de tener tiempo de volver a cerrar la rejilla.

—¿Señor Jenkins?

El estadounidense, que no había apartado la vista del tramo que iban dejando atrás, dijo:

—No te pares. —Bajo un haz de luz procedente de la superficie había visto la silueta de un hombre, casi en un parpadeo como un fotograma de película en blanco y negro—. Mierda —dijo justo antes de que se oyera un disparo.

La bala fue a dar en los ladrillos e hizo saltar polvo a muy poca distancia de Jenkins. Kulikova y él echaron entonces a correr como poseídos. Ella iba doblando a derecha e izquierda en las intersecciones y, al llegar a una escalera, Jenkins le dijo que la subiese con la intención de esperar hasta verla arriba. Desde arriba, al menos podía abrigar una mínima esperanza de sorprender a su perseguidor.

Oyeron pasos batir el pavimento y vieron pasar una silueta delante del túnel lateral en el que se habían refugiado.

Kulikova se había encaramado a la escalera y había salvado ya al menos nueve metros a muy buen ritmo cuando perdió pie en uno de los peldaños, pero consiguió aferrarse a una de las barras. En cambio, el teléfono, que llevaba metido en el dobladillo del pantalón, salió disparado y chocó dos veces con la escalera antes de dar en el suelo y hacerse añicos.

El ruido de pasos se detuvo entonces para reanudarse a continuación. Era Zhomov desandando sus pasos. Jenkins miró hacia arriba y vio a Kulikova desaparecer por un agujero: por el momento, la mujer estaba a salvo. Corrió a trepar por la escalera, que estaba más oxidada y resultaba menos estable que la que habían usado para descender. Subió tan aprisa como le fue posible, tratando de no pensar en la pistola de Zhomov. Si llegaba a dispararla, desde luego, más le valía estar muerto antes de llegar al suelo.

La oscuridad afectaba a su percepción de la profundidad y no sabía si estaba a diez metros o a cien de Jenkins y Kulikova. Ante la duda de si llegaría a tenerlos bien a tiro, obvió el protocolo al que siempre se había ceñido y echó a correr a toda velocidad, hincó una rodilla en tierra, afianzó la puntería y disparó a la luz que delataba la posición de alguien que corría teléfono en mano.

La luz siguió moviéndose de un lado a otro como descosida. Había fallado.

Se puso en pie y corrió de nuevo, perdió de vista la luz, giró y volvió a verla. Jenkins y Kulikova estaban doblando a izquierda y derecha con la esperanza de confundirlo, de perderlo, pero él oía sus pasos batiendo los ladrillos del suelo y chapoteando en los charcos de agua. Zhomov se detuvo, escuchó y siguió los sonidos. Se detuvo una vez más, escuchó… y echó a correr.

Frenó una tercera vez, pero en esta ocasión no oyó nada. Estaba a punto de seguir adelante cuando oyó un ruido metálico y, a continuación, otro. Había sonado a sus espaldas, cerca.

Giró sobre sus talones y corrió hacia otra bifurcación. Se detuvo. Escuchó. Nada. Dio un paso a la izquierda. Esta vez oyó un tamborileo metálico. Alguien estaba subiendo una escalera. Intentaban salir. Apretó el paso y vio un cono de luz procedente de arriba que iluminaba a Jenkins sobre los peldaños, casi a la altura del techo.

Zhomov se arrodilló, apuntó y disparó.

Jenkins estaba a tres metros del último peldaño. El mal estado de la escalera no le permitía subir más rápido. Apartó un instante la atención para mirar la intersección mientras daba el siguiente paso. El peldaño se rompió bajo su peso y descendió más de uno antes de volver a aferrarse con las manos, pero no a tiempo para evitar un violento golpe con la barbilla en aquellos travesaños oxidados. Hizo un gesto de dolor mientras veía las estrellas y sintió que le sangraba el mentón. Con las manos doloridas, siguió ascendiendo con cuidado de no pisar el peldaño roto. Kulikova, asomada a la abertura que tenía sobre la cabeza, lo espoleaba:

—No mire hacia abajo. Suba. Vamos, suba…

Él miró hacia arriba y vio que ella tenía los ojos fijos en el túnel. En ese instante los abrió de par en par. Zhomov.

—Suba —lo instó de nuevo—. Suba.

Jenkins fue a agarrarse al peldaño superior y Kulikova tiró de él para ayudarlo a salir del pozo en el mismo instante en que los disparos hacían sonar el metal de la escalera. Jenkins rodó sobre Kulikova por si las balas rebotaban en el agujero. Los proyectiles no lo habían alcanzado, pero estaba sangrando por la barbilla y las manos. Se levantó a la carrera.

—Vamos, vamos —dijo impulsando a Kulikova para que se echara a caminar.

El suelo del túnel ya no era de ladrillo, sino de grava, y la vía férrea con traviesas que lo recorría los obligaba a correr mirando dónde ponían cada pie, que tenían que levantar como cuando entrenaba al fútbol en el instituto.

Debían de estar en Metro-2, el sistema que, según decía ella, se empleaba para el transporte de autoridades. Ojalá los trenes no pasaran con frecuencia.

Era mucho más angosto que la fastuosa red de metros que llevaba y traía del trabajo a millones de rusos a diario. Jenkins buscó una salida: una puerta o una escalera. Teniendo en cuenta que Zhomov les pisaba los talones e iba armado, y que solo podían correr hacia adelante, era cuestión de tiempo que una de sus balas diera en el blanco… si es que antes no topaban con un túnel sellado, una vía muerta.

Al llegar a una bifurcación, tomaron el ramal de la izquierda. El aspecto de los raíles hacía suponer que era más antiguo y las paredes estaban mucho más deslucidas. Se ocupó de que Kulikova fuera siempre delante de él. Era admirable cómo mantenía el ritmo aquella mujer.

Miró a sus espaldas. Zhomov llegó a la bifurcación, se detuvo y prosiguió a continuación por el túnel de la derecha. Con suerte, aquello les concedería unos minutos de alivio. Siguieron corriendo un minuto más hasta que Jenkins alargó el brazo para asir a Kulikova por el hombro y frenarla. Se dobló por la mitad con las manos apoyadas en las rodillas. El vaho desdibujaba sus rostros con cada exhalación.

—Creo que lo hemos perdido —anunció Jenkins entre resuellos. Alzó la vista para mirar a su compañera y, a continuación, detrás de ella, vio una luz brillante en el muro del túnel inmediatamente antes de sentir una ráfaga repentina de viento.

Kulikova se dio la vuelta con los ojos abiertos de par en par.

Se acercaba un tren.

Jenkins estudió las paredes en busca de una puerta o un hueco en la piedra, algún lugar contra el que poder oprimir el cuerpo.

No vio ninguno.

Sin tiempo para pensar y sin opciones, agarró a Kulikova del brazo y corrió con ella a toda velocidad hacia la bifurcación anterior. A mitad de camino, sin embargo, frenó en seco. En el extremo contrario vio a Zhomov buscándolos. Dos pasos más adelante, Jenkins vio una tapa de registro con agujeros. El aire que soplaba a sus espaldas cobró intensidad. Las luces brillaron en la pared del túnel. Jenkins echó a tierra una rodilla. Zhomov también. Jenkins tiró de Kulikova hacia el centro de la vía y metió los dedos en los agujeros del disco de metal que cubría el registro. Consiguió levantarlo, pero volvió a cerrarse. No podía permitirse agacharse para evitar las balas de su perseguidor: si no se erguía, le resultaría imposible hacer fuerza. La primera le pasó silbando por encima de la cabeza. Por buena que fuese su puntería, Zhomov estaba disparando desde una distancia considerable. Aun así, la iría afinando con cada tiro.

Volvió a tirar de la tapa y consiguió levantarla. Acto seguido, la echó a un lado para evitar que volviese a caer en su sitio. La siguiente bala le rozó el hombro de la chaqueta de cuero. Zhomov se había levantado y corría hacia ellos. Cada paso que diera lo volvería más preciso.

Jenkins metió los dedos en la pequeña abertura que había quedado en el lado derecho del disco y tiró de él para deslizarlo hasta revelar un hueco de sesenta centímetros de diámetro. Hizo un esfuerzo para colocarlo en vertical y usarlo a modo de escudo. Las luces del tren refulgieron a espaldas de Kulikova. El viento se hizo más intenso. La siguiente bala dio en el disco de metal.

Miró la oscuridad que imperaba en el agujero. No tenía la menor idea de la profundidad que podía tener.

El tren dobló la curva y los iluminó directamente con sus faros.

El viento echó hacia atrás el cabello de Kulikova.

Dio por hecho que Zhomov habría echado a correr de nuevo hacia la bifurcación, pero no tuvo tiempo de mirar. Kulikova no se hizo de rogar: se dirigió al agujero y se lanzó al interior. Con la intensidad del viento, Jenkins no la oyó llegar al suelo. Era como estar dentro de una aspiradora.

Con los faros del tren apuntándole directamente, Jenkins metió las piernas en el registro y se dejó caer justo antes de que pasara por encima de sus cabezas el tren de metro. La caída le pareció de varios minutos, aunque sin duda no pasó de unos segundos. Se preparó para un impacto contra tierra que nunca llegó. En su lugar, fue a dar con agua, bajo cuya superficie se hundió con un golpe violento. La gélida temperatura de aquel medio lo llevó a abrir la boca e inspirar, con lo que tragó agua.

Entonces fue el instinto el que se hizo con las riendas. Se impulsó hacia arriba con las piernas sintiendo que se ahogaba. La corriente lo impelía de un lado a otro con una furia propia de una zona de rápidos. Alargó el cuello, buscó aire con ansia e hizo lo posible por orientar los pies corriente abajo. Kulikova, unos metros por delante de él, chillaba con voz aguda y penetrante.

Segundos después, Jenkins se sintió en caída libre, como si fuera un hombre bala. Volvió a hundirse bajo la superficie, pero esta vez no notó corriente alguna al salir de nuevo. Las luces del centro de Moscú iluminaban el cielo y se reflejaban en la superficie de lo que debía de ser el río Moscova. El Kremlin, San Basilio y otros monumentos de la ciudad lo ayudaron a orientarse. Metió la cabeza y nadó hacia Kulikova, que había alcanzado una escalera fijada a un dique de hormigón.

Dando tumbos, cruzaron el dique hasta llegar a un parque y cayeron de rodillas, dando arcadas y echando agua por la boca. Al final, Jenkins logró recobrar el aliento el tiempo necesario para preguntar:

—¿Qué coño era eso?

—El río Neglínnaia —respondió Kulikova tratando de inspirar aire.

—¿Un río debajo de la ciudad?

—Lo cubrieron hace muchos años. Pasa por debajo de la Plaza Roja y desemboca en el Moscova.

—Gracias a Dios.

—¿Y Zhomov?

Jenkins meneó la cabeza.

—No lo sé, pero aquí no podemos quedarnos. Esto está demasiado cerca del Kremlin y de la Lubianka para mi gusto.

—Conozco un sitio —dijo ella—. Es arriesgado, porque Sokolov y yo lo frecuentábamos. Además, vas a estar más cerca todavía de la Lubianka.

—Si no tengo que entrar en el edificio, me vale. Te sigo.

CAPÍTULO 27

Departamento de Tecnología de la Información (Moscú)

Sokolov recorría de un lado a otro la moqueta de una sala poco iluminada del centro de control del Departamento de Tecnología de la Información de Moscú, sito en la calle Zhítnaia, a primera hora de la mañana mientras bebía café de un vaso de poliestireno y hacía lo posible por calmar a su mujer, a la que tenía al otro lado de la línea de su móvil personal.

—No te lo puedo contar todo, Olga —decía—, eso ya lo sabes; pero créeme que se trata de una emergencia y estoy haciendo todo lo posible por gestionarla.

La escuchó mientras, fuera de sí, lo acusaba de haber pasado la noche con otra. Él observó a través de una partición de cristal lo que parecía el centro de mando de una nave espacial de ciencia ficción plagada de terminales informáticos, monitores y luces de colores que no dejaban de parpadear.

Inclinó la cabeza hacia la izquierda y luego hacia la derecha. La contractura del cuello se le agravaba con la tensión y, aunque la cafeína no aliviaba precisamente la situación, la necesitaba para mantenerse centrado. No había dormido nada y tenía la cabeza embotada. Lo último que le hacía falta era una filípica de su esposa.

Había despertado al responsable del centro, Maxim Yugálov, para informarlo de que debía acudir enseguida a su puesto de trabajo por un asunto urgentísimo de Estado. A su llegada, Sokolov hizo hincapié en la necesidad de mantener la mayor discreción al respecto antes de enseñarle fotografías de Jenkins y Kulikova.

—Este hombre —le había hecho saber— es un espía americano. Sin embargo, no deseamos alertar a la prensa de que lo estamos buscando ni queremos que sepan nada cuando lo capturemos. Los americanos no deben saber que lo hemos detenido, porque necesitamos interrogarlo sin presiones. Cuento, pues, con su discreción y con la del técnico a quien recurra para que lo asista en este asunto. Los dos serán responsables personalmente de cuanto pueda filtrarse.

Yugálov, quien debía su nombramiento al Gobierno y entendía a la perfección que la desaprobación de Dmitri Sokolov estaría reñida con su continuidad en el cargo, había comunicado al subdirector que solicitaría la presencia de uno de sus técnicos de mayor antigüedad y confianza.

—Sí, te llamaré tan pronto como me sea posible, Olga. No lo sé. Esta noche quizá. En este momento no sabría decirte, pero te aseguro que esto no es una merienda campestre. ¿Tu padre? ¿Por qué iba a querer yo…? No. ¿Olga? —Sokolov suspiró y miró hacia la puerta en el momento en que entraba en la sala Aleksandr Zhomov con la mirada penetrante de quien tiene un objetivo claro—. Buenos días, Román —dijo el subdirector por el auricular—. Sí, ha sido una noche muy larga y le estaba pidiendo perdón a Olga por no haberla llamado. No. Se trata de una emergencia y no me es posible revelar nada… Ya sé que lo entiendes, claro… ¿Esta noche? Haré lo que pueda, Román.

Sokolov miró el teléfono. Su suegro había colgado, aunque no sin antes dejar claro que esperaba que volviese a casa para ofrecer una explicación verosímil de lo que lo había llevado a ausentarse aquella noche.

—¿Has traído los planos? —preguntó el recién llegado—. ¿Dmitri?

El subdirector lo miró.

—¿Has traído los planos?

—Sí. —Señaló los papeles enrollados que había sobre una de las mesas.

Zhomov lo desplegó y estudió el trazado de los túneles de Moscú, incluido el de las instalaciones del Metro-2.

—¿Qué ha pasado? —quiso saber Sokolov.

—Es demasiado largo para contártelo ahora —respondió Zhomov. Llevó los documentos al terminal informático ante el que se hallaba sentado el técnico. Este se puso a teclear de inmediato y a pinchar en diversos puntos de la pantalla.

En la esquina superior derecha del monitor había un retrato de Charles Jenkins y a su lado fueron apareciendo en rápida sucesión miles de imágenes tomadas por las cámaras de vídeo.

—Deja de teclear —dijo Zhomov, situado a sus espaldas.

Los dedos del hombre, obedientes, guardaron reposo, aunque listos para volver a ponerse en marcha, mientras él, erguido en su asiento como una vela, tenía la mirada clavada en la pantalla.

Zhomov estudió los planos y comunicó a los otros que pretendía encontrar en qué puntos era más probable que hubieran salido de los túneles Kulikova y Jenkins para después revisar las grabaciones correspondientes a dichas zonas a fin de encontrarlos.

—Carga un mapa del centro. Redúcelo. —El técnico obedeció y Zhomov se inclinó sobre su hombro y señaló el campus de la Universidad Estatal de Moscú—. A ver las imágenes en directo de aquí. —El hombre pulsó varias teclas y en la pantalla apareció lo que se le pedía—. Acércate aquí. —Volvió a sonar el teclado y el monitor se centró en el patio que había justo enfrente del edificio principal del campus—. Rebobina la grabación... —dijo antes de comprobar el reloj y decir—: cuatro horas.

El técnico hizo lo que le pedía. Tras detener la reproducción y volver a activarla varias veces, la cámara se centró en dos personas, Jenkins y Kulikova, que accedían corriendo a la plaza en dirección a la fuente y desaparecieron tras colocarse a sus espaldas.

—Rámenki —dijo Sokolov, refiriéndose a la ciudad subterránea que había bajo la Universidad Estatal de Moscú.

—¿Tenéis cámaras ahí dentro? —preguntó Zhomov a Yugálov.

—No. Lo hemos intentado muchas veces, pero los Excavadores del Planeta Subterráneo destrozan las cámaras y los sensores de movimiento. Estamos estudiando...

Zhomov alzó una mano.

—Déjalo.

Yugálov obedeció y el pistolero examinó el mapa. El técnico seguía preparado. Sokolov suponía que, como la mayoría de los moscovitas, no tenía conocimiento real de aquellos túneles de Moscú ni, desde luego, información de hasta dónde se extendían. Para la mayor parte de los habitantes de la capital, todo aquello era más una leyenda que una realidad.

Un minuto después, Zhomov bajó el plano y señaló por encima del hombro del técnico.

—Estuvimos avanzando hacia el nordeste durante una hora aproximadamente. La velocidad de un hombre caminando suele ser de entre cinco y seis kilómetros por hora. —Zhomov dio la impresión de estar haciendo cálculos mentales—. Traza una línea de unos cuatro kilómetros al nordeste de la fuente.

El técnico usó el teclado y el ratón para dibujar una línea recta que, en un punto del mapa más alejado, cruzaba aproximadamente el parque Gorki. Zhomov estudió la imagen teniendo presente al mismo tiempo las que ofrecían las cámaras en directo.

—Trázame otra hacia el nordeste de unos tres kilómetros.

El técnico siguió marcando el mapa con arreglo a las instrucciones de Zhomov hasta que este tocó en la pantalla la zona correspondiente al parque Zariadie.

—Enséñame las grabaciones de las cámaras de esta parte y de las calles circundantes —dijo trazando un círculo en el mapa—. Rebobina una hora y haz que las cámaras busquen las fotografías que te han dado. Como a esa hora no había mucha gente en la calle, si mis cálculos no fallan, no costará mucho.

Zhomov dio un paso atrás y el técnico puso manos a la obra. El pistolero hizo un gesto a Sokolov para que lo acompañase a una de las mesas, donde dispuso el plano.

—Subieron un nivel hasta llegar a Metro-2 —dijo en voz baja mientras trazaba líneas con el dedo en el plano del subterráneo—. Estaba a punto de atraparlos cuando llegó un tren y desaparecieron por un desagüe. —Señaló un canal sinuoso.

—El Neglínnaia —dijo Sokolov—. ¿Crees que se han ahogado?

—Puede ser. El río desagua en el Moscova aquí, aquí y aquí. También es posible que sigan vivos y estén por esta zona. Evitarán el transporte público por las cámaras. Lo más seguro es que vayan a pie o en taxi. Kulikova no volverá a su casa, porque sería arriesgarse demasiado. A un hotel tampoco irán, porque llamarían demasiado la atención con la ropa empapada. Tienen que ir a un sitio donde tengan intimidad, donde no haya cámaras.

Al oírlo, Sokolov sintió el estómago atenazado por la náusea. El piso que tenía para sus encuentros amorosos con Kulikova estaba en Varsonófieski, a un paseo del parque, y ella también sabía que el subdirector había hecho retirar la cámara de aquella calle para mantener en secreto sus visitas. Sin embargo, lo que le preocupaba no era revelar la existencia de aquel piso, sino su contenido, todo cuanto Zhomov encontraría allí si entraba.

Zhomov lo miró de hito en hito, leyendo sin duda la expresión facial de Sokolov.

—¿Sabes adónde han ido? —preguntó.

Él asintió.

—Si han salido por el parque, sí. Lo más seguro es que hayan ido a un piso que tengo por allí, pero, Aleksandr, en ese piso hay cosas que...

—Me importa una mierda lo que hayáis podido hacer allí, Dmitri. Tus lúbricos asuntos son cosa tuya. A mí me pagas para otra cosa. ¿Adónde ha ido?

—A un piso de Varsonófieski.

—Dame la dirección y quédate aquí para avisarme cuando los localicen las cámaras.

CAPÍTULO 28

Varsonófieski Pereúlok (Moscú)

Kulikova marcó el código de acceso en el teclado que había a la derecha de la gruesa puerta exterior de madera. La entrada al bloque de pisos se hallaba debajo de una pequeña pérgola de hierro. Los edificios de aquella manzana eran edificaciones lujosas erigidas antes del surgimiento del comunismo y de sus construcciones baratas, cuadradas y uniformes. Disponían de fachadas de piedra con motivos ornamentales: candeleros, hornacinas, balconcitos rodeados de hierro forjado y modernas ventanas de carpintería metálica blanca. A aquella hora de la mañana, las aceras estaban vacías de viandantes y apenas pasaban coches por la calzada. Un hombre paseaba a su perro atado en un parquecito rodeado de una verja de un metro ochenta de altura, el lugar ideal para sacar a los niños a jugar o las mascotas a que hicieran sus necesidades.

Kulikova y Jenkins accedieron a un patio central que recordaba a los bloques de pisos franceses y subieron una escalera interior hasta el tercer piso. Ella pulsó los botones de otro teclado y abrió la puerta de madera oscura de la vivienda. Se detuvo en la entrada con gesto dolorido.

—¿Estás bien? —preguntó él.

—Lo que está a punto de ver, señor Jenkins, no es María Kulikova, sino la personalidad que tuve que adoptar para hacer lo que he tenido que hacer. —Alzó la vista para mirarlo a los ojos, con los suyos llorosos, pero la mandíbula firme—. ¿Lo entiende?

—No he venido a juzgarte, sino a sacarte de aquí.

La siguió a un vestíbulo pequeño que daba paso a un salón bien decorado contiguo a una cocina de dimensiones modestas aunque dotada de electrodomésticos de alta gama.

—Espere aquí —dijo ella antes de desaparecer por un pasillo oscuro.

El piso tenía un olor peculiar, distinto del de una vivienda habitada. No olía a comida, a tabaco ni a perfume, sino más bien a cerrado y moho, como una cabaña que necesitara ventilarse después de un largo invierno. En la mesa baja vio revistas de porno duro, en su mayoría de sadomasoquismo, y se preguntó si el olor que había detectado no sería sudor humano, quizá aceites.

Cuando levantó la vista, Kulikova estaba de pie en la entrada al pasillo. Llevaba puesto un albornoz y le estaba tendiendo otro. Parecía cohibida y él estaba cohibido por ella. Le tendió el batín de felpa.

—Deme su ropa, que la ponga en la secadora.

Jenkins cogió el albornoz y se quitó la ropa. Sacó de la chaqueta la bolsa hermética y comprobó los pasaportes, las tarjetas de crédito, los rublos y los dólares estadounidenses. Estaban secos. En cambio, el teléfono, que llevaba en el bolsillo en el momento de caer al Neglínnaia, se había apagado, tal vez para siempre.

Kulikova regresó con una toalla para secarse el pelo. Por el pasillo llegaba el sonido de la ropa que daba vueltas en la secadora. Aquella era la primera ocasión real de contemplarla que se le presentaba. Era una mujer atractiva de cabello caoba, rasgos eslavos y un buen cuerpo que, a la vista de lo que acababan de soportar, debía de mantener en plena forma.

—Mi móvil ha muerto —anunció Jenkins.

Kulikova pasó a su lado y entró en la cocina, donde abrió un cajón para tenderle lo que parecía un teléfono plegable anticuado.

—Uno desechable. Tiene una aplicación que redirige la información de contacto a un número aleatorio de Moscú para que no puedan rastrearlo. Sokolov insistía en que los usásemos por si a uno de los dos lo entretenían o no podíamos acudir a la cita.

Teniendo en cuenta lo que se jugaba Sokolov, era de esperar que se hubiera ocupado de que el teléfono fuese seguro. De todos modos, no le quedaba más remedio que aceptarlo, porque necesitaban ayuda. Abrió la tapa y marcó el número que había memorizado. La llamada pasaría a una centralita interna de Langley, donde también se encriptaría y se redirigiría, de tal modo que, si la rastreaban, llevase asimismo a un número aleatorio de cualquier parte de los Estados Unidos.

Cuando la llamada era interna, su contacto respondía: «Lemore»; en el resto de los casos se limitaba a decir: «Hola».

—¿Hola?

—Llamo por los dos sofás que hay que tapizar. Creo que voy a necesitar ayuda.

Lemore apenas dejó pasar un segundo antes de contestar:

—Sí, ¿qué problema hay?

—Querría cambiar el tejido que escogimos por algo que disimule mejor su aspecto actual. ¿Puede enviarme dos muestras distintas para que las compare, una femenina y otra más varonil?

—Por supuesto.

—Además, me lo he pensado mejor y prefiero que sean ustedes quienes recojan las dos sillas; pero, por favor, dígale al repartidor que sea discreto. Quiero que sea una sorpresa para mi mujer.

—¿Me da la dirección?

Jenkins se la dio.

—Dígale al repartidor que pregunte por Nikolái, el supervisor del tercero C. Si mi mujer está fuera, responderé «*Spásibo*» y, si no, diré «*Niet*». ¿Sabe cuánto tardará? Mi mujer me ha dicho que volvería antes de media hora.

—Haremos lo posible por estar allí antes de que llegue.

Jenkins colgó el teléfono y se lo había guardado ya en el bolsillo cuando lo pensó mejor. Si Sokolov sospechaba que María iba a usar el apartamento, también podría pensar en el teléfono y, de un modo u otro, rastrearlo. Así que volvió a meterlo en el cajón y le dijo a Kulikova:

—El transporte y los disfraces vienen de camino, aunque imagino que no será nada tan complejo como los que me dieron al principio. Lo más probable es que se trate de poco más que una muda, una peluca u otra cosa con la que disimular tu pelo y quizá una barba postiza. —Se dirigió a la ventana y apartó la cortina para mirar la calle que empezaba a recibir la luz del día—. Doy por hecho que, en algún momento, nos identificarán gracias a las cámaras y nos rastrearán hasta este bloque.

—Sokolov hizo eliminar la que apuntaba al edificio para esconder mejor nuestros encuentros. Tal vez eso nos dé unos minutos más, pero no muchos, porque, si nos localiza por la zona, deducirá que hemos venido aquí por los motivos que acaba de exponer usted.

Jenkins tenía la esperanza de haber salido de allí mucho antes de que ocurriera.

CAPÍTULO 29

Residencia de los Veliki (Novorizhskoie, Moscú)

Mili Kárlov colgó el teléfono de su escritorio, salió de su despacho y caminó hasta la otra ala de la casa, donde tenía el suyo Yekaterina Velíkaia. Llamó tres veces a la puerta con suavidad.

—*Voidite.*

Mili entró. Yekaterina estaba hablando por teléfono a la luz de la lámpara de su mesa. Por las ventanas rematadas en arco entraba la luz del alba que alejaba el cielo nocturno y ofrecía un tono azul grisáceo apagado. Al lado de una rebanada de pan tostado descansaba un café humeante. Los dos parecían intactos. El recién llegado dedujo que estaba hablando de los preparativos del sepelio. Tras unas frases más, colgó y dejó la mirada perdida.

—Vamos a enterrar a Eldar con su abuelo, en Ekaterimburgo —dijo sin alzar la voz—. Voy a hacer que erijan una estatua de mármol similar en su honor.

Mili no había entendido nunca el deseo de levantar grandiosas esculturas o lápidas de mármol que representasen al difunto en su tumba. En el cementerio de Ekaterimburgo, daba la impresión de que los clanes mafiosos tratasen de superarse unos a otros mediante estatuas en las que el finado aparecía con anillos y joyas enormes o de pie al lado de coches caros o residencias lujosas. Entendía que se pretendía así dar a entender que el fallecido disfrutaría en la muerte de la misma abundancia que había conocido en vida, pero aquellas obras le parecían desmañadas, un derroche de dinero que solo servía para recordar que el homenajeado había muerto demasiado joven.

Él no creía en la vida de ultratumba. Si existía, no iba a tardar en saberlo, pero, hasta entonces, pensaba disfrutar de la terrenal cuanto le fuera posible.

—Seguro que será preciosa, *comare* —dijo.

—Tienes información, ¿verdad?

—Acabo de hablar con Maxim Yugálov, del Departamento de Tecnología de la Información. El señor Jenkins ha sacado la cabeza en Moscú y parece que no somos los únicos interesados en él.

—La policía, desde luego.

—Y la FSB. Dmitri Sokolov ha ido esta mañana a la oficina de Yugálov con otro hombre para rastrear sus movimientos. Están estudiando las grabaciones de las cámaras de seguridad para dar con él.

El rostro de Yekaterina se endureció al oír el nombre de Dmitri Sokolov, a quien, junto con el presidente, hacía responsable de la muerte de su padre. Se puso a caminar de un lado a otro al lado de las ventanas con la mitad del rostro en penumbra.

Mili sabía que, en más de una ocasión, había jugado con la idea de matar a Sokolov igual que había ajustado cuentas con otros que habían incurrido en la ira de su padre; pero Yekaterina no era amiga de tomar decisiones precipitadas. Sabía que liquidar a alguien tan importante como Sokolov supondría el comienzo de una guerra total con el Gobierno y, quizá, con su suegro, antiguo jefe del Departamento S; una guerra que Yekaterina no podía ganar.

—¿Le has hecho saber a Yugálov lo importante que es para mí esa información? —dijo con voz pausada.

—Me ha asegurado que, si da con el paradero del señor Jenkins, me lo hará saber antes que al subdirector.

Ella, dando unos pasos más, se volvió a mirar por la ventana.

—¿Y ha identificado al hombre que acompañaba a Sokolov?

—No, pero dice que salta a la vista que es el que está al mando de la situación y que Sokolov se adhiere a todo cuanto él dispone.

Yekaterina lo miró extrañada. A él también le había parecido raro aquel detalle.

—¿No sabe Yugálov el nombre de ese individuo ni lo que pintaba allí?

—Solo me ha dicho que el señor Jenkins y una mujer han usado los túneles subterráneos para evitar que los capturasen y que ahora los están buscando por las calles. Y otra cosa más.

Ella aguardó.

—Sokolov le ha dicho que toda información relativa al señor Jenkins es estrictamente confidencial y le ha prohibido compartirla con nadie. Hasta le preocupaba a qué técnico podría elegir Yugálov para revisar las grabaciones. Dice que ni siquiera han alertado a la policía de Moscú ni a ningún otro agente de la FSB.

Yekaterina reflexionó al respecto.

—Teniendo en cuenta lo que sabemos de él y que, además, lo tienen puesto en la lista negra, sería de esperar que hubiesen puesto sobre aviso a toda la FSB, ¿no?

—Sí, pero no es el caso. He llamado a muchos de nuestros empleados. —Se refería a los agentes de la FSB que trabajaban para Velíkaia—. Yugálov está en lo cierto: no saben nada del supuesto regreso del señor Jenkins a Moscú ni de ninguna orden de Sokolov al respecto.

—Lo está manteniendo en secreto. ¿Por qué? —Volvió a ponerse a caminar de un lado a otro, entrando y saliendo de las sombras de la ventana—. ¿Quién es la mujer?

—María Kulikova.

Yekaterina se detuvo y lo miró.

—La directora de la oficina de administración, amante de Sokolov desde hace mucho.

Los Veliki llevaban años recabando información de altos cargos del Gobierno que les permitiera chantajearlos y Sokolov había sido un objetivo prioritario en este sentido. Los hombres de Mili habían logrado fotografiar al subdirector con Kulikova, aunque siempre en público, donde siempre había sido discreto. Kulikova y él no viajaban nunca en el mismo vehículo ni caminaban juntos por las calles de Moscú; tampoco se cogían de la mano ni ofrecían muestra alguna de afecto mutuo, ni siquiera cuando cenaban fuera, en un restaurante. Entre las imágenes que habían archivado Mili y sus hombres no había una sola que no pudiese atribuir Sokolov a una reunión de trabajo.

Yekaterina sonrió.

—Menuda zorra —dijo.

—*Comare...?*

Velíkaia lo miró.

—Si Kulikova está huyendo *con* el señor Jenkins y no *de* él, ¿a qué conclusión llegamos? Pues a que es espía.

Mili sintió que se le aflojaba la mandíbula. ¿Cómo había podido pasarlo por alto? Esa era la información que tenía que haberle presentado.

—Y, si eso es así, Kulikova lleva años espiando delante de sus propias narices. —Yekaterina soltó una risotada que parecía fuera de lugar en aquella sala sombría y en penumbra y dadas sus circunstancias—. Sokolov no pretende mantener todo esto en secreto por el señor Jenkins, Mili.

—No tendría ningún sentido —convino él.

—La FSB tiene que estar deseando echarle mano al señor Jenkins. Ese cerdo seboso ha cerrado el pico porque la muy zorra ha usado su aventura amorosa para espiarlo y, si algo así se hace público, Sokolov es hombre muerto. Su suegro y el presidente se pelearán por degollarlo. Si conseguimos presentarles las pruebas necesarias, quizá hasta me concedan a mí el honor de sacarle las tripas.

A Mili le sonó el teléfono. Tras sacarlo del bolsillo de la chaqueta para ver quién lo llamaba, anunció a Yekaterina con una sonrisa:

—Yugálov.

—Sokolov pretende matar a Kulikova para mantener bien guardado su secreto. No podemos permitirlo, Mili. Encuéntramelos y tráemelos aquí. Los quiero vivos. Quiero saber de boca del señor Jenkins qué se traía con Eldar. Para Kulikova, sin embargo, tengo en mente algo muy distinto.

CAPÍTULO 30

Ministerio del Interior,
calle Petrovka, número 38 (Moscú)

Arjip Mishkin usó la goma del lápiz para rascarse el eccema de la nuca. El prurito empeoraba con cada minuto que pasaba, porque con cada minuto que pasaba tenía la impresión de estar alejándose de la resolución del caso de Charles Jenkins. La relación de causa y efecto era evidente. Se estaba quedando sin opciones. Había intentado varias veces hablar con Yekaterina Velíkaia, pero todas ellas le habían hecho saber que la madre del finado estaba sufriendo el duelo y no deseaba hablar con él ni con nadie. Se trataba de un modo cortés de mandarlo a hacer puñetas y lo cierto es que poca cosa más podía hacer él.

Había vuelto a hablar con el camarero del Yakimanka Bar, pero el hombre había contraído de la noche a la mañana el síndrome de los tres monos, lo que le impedía ver, oír y hablar del asesinato. Resultaba asombroso que recordase siquiera que Eldar Veliki y Pável Ismaílov hubiesen entrado en su establecimiento. Arjip desplegó todo su encanto, pero el encanto no tenía gran cosa que hacer frente al miedo como motivación y sospechaba que tampoco debía de soltar tanta pasta.

Había hablado con el médico forense, pero el médico forense le había dado a entender con gran cortesía que su percepción visual había dejado mucho que desear a la hora de evaluar la herida, pues, como indicaba claramente el informe, Eldar Veliki había recibido un disparo en el estómago y había muerto por una hemorragia masiva. Arjip, por su parte, lo amenazó con pedir una segunda autopsia y llevarlo ante los tribunales si los resultados contradecían las conclusiones de la primera. Semejante intimidación no había servido de nada, pues el forense sabía tan bien como él que el cuerpo no pagaría jamás un segundo examen. Así que invitó a Arjip a obrar como considerara más oportuno. ¡Ah! Y, en caso de que estuviese interesado, lo informó de que podía encontrar el cadáver de Eldar Veliki, o al menos sus cenizas, en cierto crematorio del este de Moscú.

En medio de todo aquello, Adrián Zimá había solicitado otra reunión en el taller mecánico, durante la cual le había comunicado que la fuente de la FSB por la que había sabido del regreso de Charles Jenkins había desaparecido. Zimá había hablado con su mujer y ella le había dicho que su marido la había llamado la víspera, avanzada la tarde, para avisarla de que tenía con el subdirector de contraespionaje una reunión importante que podría traducirse en un ascenso. Aquello era lo último que había sabido de él.

En resumidas cuentas, a Arjip lo estaban jodiendo desde más ángulos que cuando vivía Lada.

Miró el retrato de su mujer que tenía sobre la mesa.

—Lo siento —dijo.

Se reclinó en su asiento y contempló su cuaderno. La taza de té, a su lado, llevaba un rato fría. Estaba molido. Se había echado a dormir, sin mucho éxito, en una de las salas de interrogatorio y había comido algo, sin mucho ingrediente sano, en la cafetería. De haber vivido su Lada, le habría advertido de lo pernicioso de trabajar sin descanso y llenarse la barriga de comida basura, hábitos que podían acortarle la vida tanto como lo habría hecho el tabaco de no haberlo dejado ante la insistencia de ella.

¿Qué más le daba ya? Tal vez incluso recuperase aquel vicio asqueroso después de jubilarse. ¿Qué podía perder a fin de cuentas? O, por decirlo de otro modo, ¿qué razón le quedaba, en realidad, para vivir una vez que lo jubilaran?

Pasó las hojas en las que había tomado sus notas y fue tachando tareas pendientes hasta que se encontró con la pauta azul de una página en blanco. Se había quedado sin nada por revisar. Imaginó a un médico de pie ante un paciente, desfibrilador en mano y con la vista puesta en ese cacharro electrónico, comoquiera que se llamara, sin ver nada más que delgadas líneas azules. «Apaga y vámonos. El paciente ha muerto».

Dejó escapar un suspiro mientras tamborileaba en la mesa. Entonces, resignado, tendió la mano para apagar la pantalla de su ordenador, cosa que, decían, ahorraba energía y alargaba la vida del monitor. A quien se quedara con su escritorio y su terminal, desde luego, le importaría un huevo de pato todo eso; pero Arjip lo hizo de todos modos, porque…, en fin, porque era lo correcto. Cogió su chaqueta del respaldo de su silla mientras se arengaba a sí mismo. En sus años de servicio, había conocido muchas noches así, pero sabía en todo momento que en casa lo esperaba Lada y ella siempre había encontrado el modo de animarlo. Le decía que seguro que ocurría algo que lo llevaría a resolver el caso, que algún testigo, abrumado por el peso de la culpa, le daría la información que necesitaba para avanzar. «Espera —le decía— y verás como tengo razón».

Y siempre acertaba.

Sonrió. Qué mujer, que hasta muerta lo hacía sonreír.

En ese momento sonó el teléfono de su escritorio.

Lo descolgó.

—Mishkin.

—¿Ahora tampoco lees el correo electrónico? ¿Por qué le tienes tanta manía a la tecnología, Mishkin?

—¿Con quién hablo?

—Anda, ven al Departamento de Tecnología, que tengo algo que creo que te va a interesar.

Stepánov colgó sin más. Arjip miró el auricular y luego al retrato de Lada que tenía en la mesa.

—Qué va —dijo—, seguro que no es nada.

«Quien siempre ve el vaso medio vacío siempre estará medio lleno», la oyó replicar.

Arjip entró en el Departamento de Tecnología de la Información y estaba a punto de hacer sonar la campanilla del mostrador cuando salió Stepánov de su despacho.

—Sígueme —le pidió como quien tiene un secreto que ocultar.

—¿Adónde?

—No seas terco y haz lo que te digo, Mishkin.

Arjip lo siguió hasta una de las salas de informática, tras lo cual Stepánov cerró la puerta con llave y echó las persianas para ponerse después a teclear en uno de los terminales.

—¿Qué haces, Stepánov?

—Salvaguardando mi jubilación, cosa que estoy deseando que llegue, no como otros, y ahorrando para poder permitírmela. —Tras golpear con decisión un par de teclas, se reclinó en su asiento—. Ahí lo tienes.

—Ahí tengo… ¿qué?

—No seas cazurro, Mishkin, y mira la pantalla. ¿Qué ves?

—Un hombre y una mujer.

Stepánov cerró los ojos y meneó la cabeza con gesto visiblemente frustrado.

—Más obtuso y no naces, Mishkin. Todavía no entiendo cómo has resuelto todos tus casos. ¿A quién estabas buscando ayer cuando viniste a verme?

—Pues a...

El otro levantó una mano.

—¡No lo digas! —Retiró su silla del escritorio—. Yo no sé nada. Supongo que sabes adelantar la cinta, rebobinarla, ampliar la imagen y alejarla, ¿no?

—Sí, claro, pero ¿quién es la mujer?

—El expediente, Mishkin, el expediente. —Stepánov señaló la carpeta que había sobre el escritorio y, con un suspiro, se fue hacia la puerta.

Tenía ya asido el pomo cuando dijo Arjip:

—Stepánov.

El informático ni siquiera se volvió para mirarlo.

—No me des las gracias, Mishkin. No ha sido un acto de heroísmo ni me mueve el deber. Es solo una cuestión de subsistencia. Ahora bien, como por lance del demonio se enteren los Veliki de que he hablado de... —Suspiró—. No tendría que preocuparme nunca más por mi jubilación. Espero que con esto baste. —Dicho esto, salió y cerró la puerta tras de sí.

Arjip no sabía qué pensar. ¿No habría sido su Lada, que había encontrado el modo de que Stepánov reorientase su brújula moral para hacer lo correcto? Tal vez no fuese otra cosa que lo que había dicho él: ¿qué conciencia ni qué leches, si aquello había sido otro acto de egoísmo? Nunca lo sabría, aunque le gustaba más pensar que ella había tenido algo que ver.

«No cuestiones la motivación del acto, Arjip: acepta sin más el acto como fruto de la motivación».

Sí, Lada.

Abrió la carpeta de cartón del escritorio y encontró una fotografía de aspecto oficial de Charles Jenkins junto con sus datos y los diversos crímenes que había cometido supuestamente en Rusia y justificaban la solicitud de una orden de busca y captura a la Agencia Nacional Contra el Crimen del Reino Unido por parte del Kremlin, que había convertido su detención en un objetivo de máxima prioridad. Todo aquello resultaba muy interesante, pero no tanto, quizá, como el hecho de que el amigo de Adrián Zimá, el que lo había puesto al corriente del regreso de Charles Jenkins a Rusia, estuviera desaparecido.

No podía ser mera coincidencia, pero ¿quién iba a querer matar a un agente de la FSB? ¿Y por qué?

Arjip dejó la fotografía a un lado y encontró otra, de una mujer muy hermosa, que hizo que se detuviera. La única otra mujer capaz de causarle aquella clase de reacción visceral había sido Lada. La mujer que tenía delante estaba de muy buen ver. Su melena caoba, bien cortada y peinada, le llegaba por los hombros. El rostro parecía levitar del folio. Dientes blancos y bien alineados, rasgos delicados y unos ojos verdes tentadores enmarcados por unas pestañas largas. De la información física que recogía el informe destacaba su altura: un metro setenta.

María Kulikova, sesenta y tres años.

—Mmm.

Siguió leyendo sobre ella y la cabeza empezó a darle vueltas. Kulikova era directora de la oficina de administración de la Subdirección de Contraespionaje. ¿Otra coincidencia? Parecía poco probable. Por poco que supiera Arjip de la Lubianka, era muy consciente de que la Subdirección de Contraespionaje pertenecía a Dmitri Sokolov y de que Sokolov era uno de los muchos que se habían visto aupados a un puesto prominente del Gobierno por haberse criado en San Petersburgo con el presidente.

Pulsó el botón de reproducción y vio a Jenkins y a Kulikova caminando por las calles de Moscú. Daba la impresión de que acababan de salir de la ducha. Tenían la ropa arrugada y empapada y ella llevaba el pelo pegado a la cabeza. No había nada que hiciera pensar que Jenkins la estuviese llevando a la fuerza a ninguna parte. Arjip se preguntó qué podría significar aquello.

Tendría que comprobarlo para estar seguro, pero no había visto ninguna orden de busca y captura de Jenkins ni Kulikova. ¿Por qué no? ¿Podía ser que aquello fuera demasiado bochornoso para Sokolov y la Lubianka? ¿No estaría tratando de ocultarlo y de buscar que todo el asunto, incluido el castigo, se resolviese de manera interna?

Todo apuntaba a que alguien —una persona o tal vez varias— estuviera desviviéndose por salvar el culo. También era posible que Arjip estuviera predispuesto a pensar así por considerar que aquel era un rasgo genético presente en todas las figuras políticas. O, quizá, que se encontraba en medio de una investigación en la que todo el mundo parecía estar queriendo salvar el culo.

Jenkins y Kulikova doblaron la esquina y las cámaras dejaron de seguirlos. Otra singularidad más que, sin embargo, no desentonaba demasiado en un caso plagado de rarezas.

Con todo, algo era algo, que era mejor que lo que había tenido antes Arjip: nada.

Dejó el vídeo para dirigirse a la puerta, dispuesto a hacer lo que había hecho siempre: seguir aquella pista y ver adónde lo llevaba.

CAPÍTULO 31

Varsonófevski Pereúlok (Moscú)

Charles Jenkins se apoyó en la pared y miró por la ventana apartando apenas la cortina. En la entrada principal del edificio había estacionado una furgoneta blanca de la que salió un hombre con un mono blanco y una gorra de béisbol bien calada. Era alto —Jenkins calculó que debía de medir un metro noventa aproximadamente— y tenía la piel oscura. Se dirigió a la parte posterior del vehículo y abrió los portones traseros para sacar una carretilla. Después de colocar en ella una caja de cartón de grandes dimensiones, la llevó al portal, bajo la pérgola.

Cuando sonó el portero automático, Jenkins fue a la puerta del piso y pulsó el botón.

—Hola.

—*Mogú ya uvídet Nikolaia?* —«¿Está Nikolái?».

—*Spásibo* —respondió antes de abrir.

Se volvió para pedirle a Kulikova que se escondiera en el dormitorio hasta que estuviera seguro de que podían confiar en el recién llegado. Ella, situada en el umbral que separaba la entrada del salón, sostenía una pistola… y lo apuntaba con ella.

Jenkins quedó petrificado.

—Era solo por asegurarme.

—¿De dónde has sacado eso?

—Lleva años escondida en el piso. Si supiera la de veces que me han entrado ganas de dispararle con ella a Sokolov…

Jenkins volvió a respirar.

—Escóndete ahí detrás, en el dormitorio. Si me oyes decir «Kremlin», sal; pero, si digo «San Basilio», no salgas.

Kulikova se ocultó entre las sombras.

Alguien llamó con tres golpes a la puerta del piso. Jenkins la entreabrió dejando siempre un pie detrás de la hoja.

—¿Nikolái? —dijo el hombre.

—*Spásibo*. —Jenkins miró detrás del recién llegado para asegurarse de que estaba solo antes de abrir del todo y dejarlo entrar.

El repartidor metió la caja en la vivienda y la puso al lado de la mesita del salón.

—Hay un hombre aparcado en un Mercedes negro en el callejón de enfrente —advirtió en inglés con acento marcado—. He bloqueado la puerta principal para estorbarle la vista y que podáis pasar del portal del edificio a la furgoneta.

Mientras decía esto, Jenkins se había acercado a la ventana. Haciéndose a un lado, miró con cautela a la calle y vio la rejilla y el capó del Mercedes. Examinó también los dos lados de la manzana y se fijó en un segundo automóvil negro de alta gama, un Range Rover, que había aparcado en la misma acera del edificio. Detectó movimiento dentro del parabrisas tintado del vehículo y una voluta de humo de tabaco que salía de la diminuta abertura de la ventanilla del conductor.

—Kremlin —dijo.

Kulikova salió del dormitorio. El repartidor abrió la caja y sacó varios artículos con los que disfrazarse.

—No nos han dado mucho tiempo, así que hemos traído lo que hemos podido encontrar.

Entregó a Jenkins un par de pantalones holgados y una sudadera, y a Kulikova, una falda larga y un jersey negro de punto. Sacó también dos bolsas herméticas de plástico con lo que parecían pelucas y barbas grises. Aquello dejaba mucho que desear en comparación con las máscaras y los disfraces de calidad exquisita que les habían preparado en Langley, y, para colmo de males, no encajaría con las fotografías de sus pasaportes. Ya buscarían más tarde una solución.

Kulikova se puso la ropa y se acercó con la bolsa a un espejo del vestíbulo. Se probó varias pelucas hasta decidirse por una gris que, con las prendas de vestir, la transformó en una abuelita.

El hombre sacó un mono blanco aún sin desempaquetar y se quitó la gorra de la cabeza para darle las dos cosas a Jenkins.

—Es la talla más grande. Espero que le esté bien.

Entonces, les tendió las llaves de la furgoneta y un sobre marrón de tamaño folio. Jenkins revisó el contenido mientras seguía hablando el repartidor: rublos y cuatro billetes para el ferrocarril transiberiano.

Estaba claro que esperaba que Jenkins se cambiara por él y llevase a Kulikova en la caja para montarla en la furgoneta, pero algo así era difícil que funcionara si tenían vigilando al hombre del Mercedes.

—Yo debo despedirme aquí —aseveró antes de volverse hacia Kulikova para decirle—: Vayan a la terminal Yaroslavski. Está a menos de tres kilómetros de aquí si toman directamente por…

—Sé dónde está.

—Desháganse de la furgoneta, suban al tren número 322, que va hasta Vladivostok. Hemos comprado asientos en primera para una familia de cuatro por si la Lubianka rastrea las reservas de aeropuertos y estaciones de tren. Cuando pasen por el puesto de seguridad, vayan directos a su tren. No tienen que pasarse por el mostrador de venta de billetes. Apuren cuanto puedan su hora de llegada para que las supervisoras no tengan tiempo de mirar con detenimiento sus pasaportes. Hasta entonces, cuanto menos se dejen ver, mejor. —Se dirigió hacia la puerta del piso, dejando atrás la caja y la carretilla—. El portal principal es la única salida posible del edificio. Yo desecharé mi mono en el cubo de basura y esperaré a que se vayan. Que tengan mucha suerte.

—Espera —dijo Jenkins. Con el Mercedes en posición, no podían pretender salir del bloque caminando por la puerta principal y llegar a la furgoneta. Esta, por tanto, les sería del todo inútil si no era como señuelo. Le devolvió al falso repartidor las llaves y la gorra y volvió a meter el mono blanco en la caja—. Coge esa silla, métela en la caja y vuelve con ella a la furgoneta. Actúa como si estuvieses transportando una carga pesada.

—¿Y cómo van a…?

—Haz lo que te digo. Cuando llegues a la planta baja, espera cinco minutos antes de salir a la calle.

El hombre lo miró como si estuviera loco.

—Como quieran. Suerte, entonces. —Levantó la silla y la puso en la caja antes de salir con esta sobre la carretilla.

Jenkins volvió a la ventana.

—Coge el teléfono desechable —dijo a Kulikova—, que quiero que hagas una llamada. —Le explicó lo que debía hacer mientras él se cambiaba y se colocaba la peluca y el bigote.

CAPÍTULO 32

Varsonófevski Pereúlok (Moscú)

Zhomov llegó a Varsonófevski Pereúlok, una calle con calzada de un solo carril con vehículos aparcados a uno y otro lado, lo que la hacía más angosta aún. Los bloques de pisos estaban pegados unos a otros sin más respiro entre tanto cemento y escayola que una humilde franja de césped confinada por una valla de hierro forjado. Encontró un callejón situado al norte del parque desde donde podía observar el portal del edificio amarillo de arenisca que le había indicado Sokolov.

Sin embargo, una vez que hubo estacionado, aparcó frente a la acera una furgoneta blanca que impidió al subdirector observar la puerta del edificio. De ella salió un hombre alto y de piel oscura con un mono blanco y una gorra negra de béisbol, que sacó una carretilla y la usó para transportar una caja alta de cartón hasta el portal. Incapaz de ver nada, Zhomov salió del vehículo y se dirigió a pie a la esquina del edificio. Cuando el repartidor entró en el bloque, se vio tentado de echar a correr hacia la puerta, pero optó por esperar. Transcurrieron quince minutos antes de que la puerta se abriera de nuevo para dar paso al hombre, a quien Zhomov no pudo ver con la suficiente claridad para confirmar si se trataba de la misma persona. El repartidor volvió a meter la caja de cartón en la furgoneta.

Zhomov se acercó, sacó el arma de la pistolera que tenía oculta bajo la chaqueta y la sostuvo oculta tras la espalda. Estaba a dos metros del hombre cuando dijo:

—*Proshú proschchenia*. —«Perdone».

El otro no le hizo caso, de modo que fue incapaz de verle bien la cara. Se acercó un poco más y se colocó el arma al lado de la pierna.

—*Proshú proschchenia!*

El hombre lo miró entonces.

—¿Es conmigo?

—Quítese la gorra.

—¿Para qué?

Zhomov levantó el arma.

—Haga lo que le digo.

El hombre alzó las manos.

—Yo lo que reparto son muebles. No tengo nada de valor.

El pistolero le arrancó la gorra sin miramientos. No era Charles Jenkins. Miró hacia la caja.

—¿Qué lleva ahí?

—Una silla que hay que tapizar.

—Abra la caja.

El hombre abrió la caja y dejó ver la silla.

—¡Quieto ahí! —gritó alguien—. Suelte el arma. Suelte el arma.

Zhomov miró a un hombre bajito vestido con una americana deportiva y un sombrero de copa baja que lo tenía encañonado. En la otra mano sostenía su placa y su identificación.

—No vuelva a hacer un movimiento si no se lo indico. Soy Arjip Mishkin, inspector del Departamento de Investigación Criminal de Moscú. Suelte el arma inmediatamente.

El pistolero volvió a clavar la mirada en el repartidor y, acto seguido, la dirigió hacia las ventanas del edificio.

Puso el arma en el suelo.

Mili Kárlov y sus dos asociados supervisaban el bloque de pisos de la calle en la que aseguraba Yugálov que habían localizado las cámaras a Jenkins y Kulikova. Un fallo de cobertura cuyas causas ignoraba su confidente les había impedido identificar el edificio en el que habían entrado. Yugálov había dado por hecho que debían de haberse escondido en uno de los de aquella calle al no ver aparecer a ninguno de ellos en las cintas de ninguna de las cámaras del extremo opuesto de la manzana ni del callejón que confluía en ella. Aquello limitaba las posibilidades a una docena de bloques y a varias docenas de pisos.

El chófer de Mili dio una calada al cigarrillo que tenía entre los labios y echó el humo por la ventanilla.

—¿Qué hacemos?

—Paciencia. Vamos a ver qué ocurre.

Una furgoneta de reparto enfiló entonces la calle en dirección a ellos, pero se detuvo y estacionó. Mili observó con detenimiento al conductor.

—Tenemos compañía —anunció.

Por suerte, se habían colocado en el sitio adecuado.

Minutos después de entrar en el edificio con una caja de grandes dimensiones sobre una carretilla, el repartidor volvió a salir a la calle con la misma caja. Mili tendió la mano hacia la manecilla de la puerta cuando llegó un hombre por la acera. Al pasar bajo una farola, Mili pudo ver que sacaba una pistola que llevaba enfundada a la espalda.

El corazón le dio un vuelco.

—Zhomov —dijo.

El hombre que, según se sospechaba, había apretado el gatillo y abatido a su jefe, Alekséi Veliki. Sintió que lo invadía la rabia al ver tan al alcance de la mano la posibilidad de hacer que pagase por lo que había hecho. Echó mano a la pistolera que llevaba bajo la axila izquierda e hizo ademán de salir del coche.

El chófer lo aferró enseguida por el brazo y advirtió:

—No, la policía.

Mili miró por el retrovisor y vio a un hombre bajito con una chaqueta deportiva de lana escocesa y un sombrero color pardo bajo de copa abordar a Zhomov por un costado con el arma en una mano y una placa con identificación en la otra. Saltaba a la vista que lo había sorprendido con la guardia baja.

—Era una trampa —dijo el chófer.

—Hay que salir de aquí —observó Mili—. Ya.

El conductor arrancó. En ese instante se oyeron sirenas durante una fracción de segundo antes de que los coches blancos y azules de la policía de Moscú doblasen la esquina de la manzana con las luces estroboscópicas encendidas.

—Recula.

Mili miró por encima del hombro en el momento en que aparecían más vehículos policiales en el extremo opuesto de la calle para detenerse detrás de su Range Rover. Los agentes se aprestaron a hacer frente a un tiroteo, con las puertas abiertas y las metralletas apoyadas en las ventanillas bajadas.

La mano derecha de Velíkaia volvió la vista y vio a Zhomov dejar el arma en el suelo y alejarla de una patada. Se arrodilló con las manos en la cabeza y sin dejar de mirar a una de las ventanas de arriba. Los agentes avanzaron y le esposaron las manos a la espalda antes de lanzarlo bocabajo contra el asfalto y registrarle los bolsillos.

A gritos, ordenaron a Mili y a sus hombres que salieran del vehículo con las manos sobre la cabeza. Él indicó a los otros con una inclinación de cabeza que debían obedecer. Mientras se apeaba, Zhomov, ya de pie, clavó los ojos en él y él le sostuvo la mirada.

Una pareja de ancianos salió entonces del bloque de pisos y se alejó por la acera con cierta premura. Mili estudió sus rasgos y supuso que se trataba de Jenkins y Kulikova disfrazados.

El abuelete dejó vagar la mirada solo un instante, pero lo suficiente para cruzarla con la de Mili, quien sonrió y bajó la barbilla. Ya se encontraría con ellos más adelante.

CAPÍTULO 33

Varsonófevski Pereúlok (Moscú)

Sirenas de policía. El hombre también las oyó y, aunque durante un momento pareció vacilar en obedecer la orden de Arjip, aquel sonido —y la súbita aparición de coches de policía doblando con precipitación la esquina de ambos extremos de la manzana a gran velocidad— pareció convencerlo. Con cuidado, puso el arma en el suelo, la apartó de una patada y se arrodilló con las manos en la nuca.

Arjip dedujo que debía de haber hecho aquello otras veces, muchas, o había pedido a otros que lo hicieran.

De los vehículos descendieron agentes de uniforme que tomaron posiciones defensivas. Él levantó la placa para que la vieran todos, aunque la primera luz de la mañana apenas permitía distinguirla con precisión.

—Soy Arjip Mishkin —gritó—, inspector jefe del Ministerio del Interior.

Mientras los agentes se acercaban para esposar al detenido del suelo, los del otro extremo de la calle sacaron a tres hombres de un Range Rover.

Un policía de uniforme abordó a Arjip.

—¿Qué tiene, inspector jefe?

La pregunta lo sorprendió. No tenía la menor idea de cómo ni por qué se habían presentado allí todos aquellos coches policiales.

—¿Qué quiere decirme con eso?

—Hemos recibido un aviso alertándonos de la presencia de hombres armados que estaban atracando a un repartidor, uno en un Mercedes negro y tres en un Range Rover.

—¿Y quién ha dado el aviso?

—Una mujer.

—¿Cómo se llama? —preguntó Arjip, dando por hecho que sería María Kulikova.

—Ha querido permanecer en el anonimato. ¿Qué hace usted aquí y cómo ha llegado tan rápido?

El inspector no estuvo seguro del todo hasta que se abrió el portal del bloque de pisos y vio salir a un hombre alto y una mujer. Contemplaron la escena y se alejaron apretando el paso. Parecían mayores, pero la memoria de Arjip, bien habituada tras años de práctica, no dudó de que se trataba de la misma pareja que había visto en las imágenes de las cámaras de reconocimiento facial, solo que disfrazada. Dio un paso hacia Jenkins y Kulikova, pero se lo pensó dos veces. Miró al detenido y vio que él también tenía la vista puesta en ellos. Entonces miró a los tres ocupantes del Range Rover, que también tenían los ojos clavados en el hombre y la mujer que apretaban el paso al pasar frente a ellos.

Los otros tres debían de ser hombres de Yekaterina Velíkaia, en tanto que el del Mercedes probablemente fuese agente de la FSB o lo hubiera sido, pues parecía conocer bien el protocolo de detención. Todo aquello suscitaba preguntas aún más apremiantes.

¿Por qué había mandado la FSB a un solo agente para atrapar a un hombre y una mujer a los que buscaba con tanta desesperación? La única explicación lógica era que, como había sospechado Arjip, quisieran mantener en secreto aquel asunto. En tal caso, si detenía a Jenkins y lo llevaba al bloque 38 de la calle Petrovka, dudaba mucho que le fuesen a brindar la ocasión de interrogarlo sobre la reyerta del callejón que había provocado la muerte de Eldar Veliki, que era, en el fondo, lo único que interesaba a Arjip.

La FSB le arrebataría a Jenkins, y también, ya puestos, a Kulikova, antes de que el inspector tuviera ocasión de abrir la boca. Por otra parte, la presencia de los tres hombres de Velíkaia en aquel Range Rover no era sino una demostración más de que en el bloque 38 de la calle Petrovka había más agujeros que en una loncha de queso suizo.

Arjip no podía esperar respuestas de ninguno de los cuatro arrestados. Eran gente avezada que sabía que no tenía que contestar sus preguntas. La FSB rescataría enseguida al conductor del Mercedes y a los otros tres los liberaría el dinero de Velíkaia.

En consecuencia, la investigación de Arjip se vería jodida una vez más y el inspector ya había tenido suficiente jodienda aquel día. No necesitaba más, muchas gracias. Era muy probable que no se le volviera a presentar la ocasión de interrogar a Jenkins, y menos si la FSB le echaba el guante primero.

Lo que le hacía falta era lo mismo que necesitaban Jenkins y Kulikova, lo mismo que los había llevado, probablemente, a provocar aquella situación: tiempo.

—¿Inspector jefe?

Arjip sacó una tarjeta de visita del bolsillo de la chaqueta y se la dio al agente. A continuación, se quitó la americana y el sombrero y se los tendió también.

—Hágame un favor —le dijo—: deje mi sombrero y mi chaqueta sobre mi mesa del bloque 38 de la calle Petrovka. —Tras ofrecerle instrucciones detalladas, concluyó—: Puedo contar con usted, ¿verdad?

—Me encargaré de ello, pero…

—Lleve a Petrovka a los cuatro detenidos y fíchelos por presunto robo a mano armada y tenencia ilícita de armas. A este me lo mantiene separado de los otros tres.

—¿Y qué va a hacer usted?

—Soy inspector —repuso él—. Voy a hacer mi trabajo.

CAPÍTULO 34

Terminal de ferrocarril Yaroslavski (Moscú)

Jenkins y Kulikova evitaron las vías principales y transitaron por callejones cada vez que encontraron la ocasión. Avanzaron con tanta rapidez como les fue posible sin parecer sospechosos. Él miró la hora. Tenían cuarenta y cinco minutos para llegar a la estación y pasar los controles de seguridad. Le habían hecho saber que, si bien la terminal Yaroslavski tenía cámaras de vigilancia, a bordo del transiberiano no había ninguna. De cualquier modo, una vez en el tren, tendrían que permanecer en su compartimento e intentar que no los vieran. La reserva que les habían hecho era para una familia de cuatro integrantes que viajaba a Vladivostok, el final de la línea. Siete días de trayecto. Jenkins, sin embargo, no tenía ninguna intención de llegar hasta allí. Suponía que Lemore le haría llegar, de un modo u otro, recado de apearse en una estación concreta en la que tendrían preparado un medio de transporte alternativo. Aún quedaba por resolver cómo iba a poder recibir sus mensajes con un teléfono dañado por el agua, pero por el momento ya tenía suficientes problemas que abordar.

—¿Cuánto queda? —preguntó, agradecido, al menos, de que Moscú se hubiera despertado y les permitiera mezclarse mejor con el gentío que empezaba a poblar las aceras. Los autobuses y demás vehículos escupían sus humos de gasóleo.

—No mucho —respondió Kulikova.

—Cuando lleguemos, tendremos que separarnos, pero sin perdernos de vista. Luego, nos volveremos a encontrar a bordo del tren. Lo que yo haría al llegar a…

—Señor Jenkins —lo atajó Kulikova—, llevo toda la vida en escondites reales o imaginarios. La Yaroslavski es la estación más concurrida de Moscú y está llena de comercios en los que poder ocultarnos hasta que salga nuestro tren. No se preocupe por mí. Más bien, debería preocuparse por usted. En Moscú no es frecuente ver a hombres de su estatura y su color de piel. Me sorprende que haya sobrevivido todo este tiempo. Debe usted de ser muy bueno en lo suyo.

«Y tengo mucha suerte», pensó él.

—El hombre del Mercedes era Zhomov, imagino, ¿no?

—Sí. Supongo que los tres del Range Rover eran los hombres de Yekaterina Velíkaia. Detendrán a los cuatro, pero no por mucho tiempo. Espero que, por lo menos, sí el necesario para subir al tren.

—¿De dónde sacan la información los hombres de Velíkaia?

—Yo diría que, normalmente, de agentes de la FSB. Yekaterina paga a mucha gente y lo que paga es más de lo que ganan de funcionarios federales. Sin embargo, si Sokolov está manteniendo en secreto mi traición y su regreso a Rusia, Velíkaia ha tenido que saberlo por la policía de Moscú, que tiene acceso al Departamento de Tecnología de la Información.

—¿La agencia que gestiona las cámaras de vigilancia?

—Y almacena la información que recogen.

—¿Has reconocido al agente de paisano que ha abordado a Zhomov?

—No lo he visto bien. Supongo que será de la policía, inspector probablemente.

—¿Y por qué iba a responder un inspector a un aviso de un atraco a mano armada? —preguntó Jenkins.

—Eso no lo sé.

Tenían ya a la vista la plaza Komsomólskaia, un hervidero de actividad con cuatro estaciones de ferrocarril, trenes que partían a docenas de destinos y gente que caminaba en todas direcciones. Pavlina Ponomaiova y Jenkins habían tomado el tren que los llevó a San Petersburgo en la estación Leningradski, en aquella misma plaza. Jenkins fue volviendo la vista atrás por si los seguía alguien por la acera, pero no vio a nadie. Con todo, tampoco es que tuviera demasiado tiempo para observar. En la terminal Yaroslavski entraban y salían oleadas de viajeros, en número suficiente, esperaba, para que los dos pudieran perderse entre ellos. La estación parecía una catedral de piedra blanca dotada de gruesas columnas, ventanas angostas y hasta una torre de gran altura.

Jenkins se acercó a un desagüe situado en el bordillo y se agachó como para atarse un cordón. Sacó del bolsillo la pistola que le había dado Kulikova y dejó caer el cargador a la alcantarilla antes de hacer lo mismo con el arma. Habría preferido quedársela, pero tal cosa era imposible con los detectores de metales con los que examinaban a toda persona y toda pieza de equipaje que accedía a la estación.

Siguió a Kulikova hasta la puerta principal. Los dos llevaban la cabeza gacha. Dentro, Jenkins se desvió hacia la derecha para unirse a una de las colas que avanzaban hacia los arcos de seguridad. Ella hizo otro tanto, pero a la izquierda. Las voces de los pasajeros resonaban mezcladas con la computarizada que, por los altavoces, anunciaba las llegadas y salidas. Jenkins se centró en la gente que los rodeaba, en los hombres y las mujeres que se sumaban a la cola y en los agentes que observaban desde el otro lado de los detectores. Nadie parecía interesado por Kulikova ni por él y, a diferencia de lo que había ocurrido durante su excursión con Ponomaiova, los policías no estudiaban sus teléfonos ni comparaban un retrato con el rostro de los viajeros que pasaban ante ellos. Como ninguno de los dos tenía equipaje que supervisar, llegaron al principio de la fila y pasaron por las máquinas antes de reunirse de nuevo al otro lado, aunque haciendo ver que no se conocían.

Jenkins se dirigió enseguida a los comercios del interior y fue mirando los diversos artículos que había a la venta hasta dar con lo que buscaba. Compró dos gorras, una de béisbol con un logo y una boina azul. También cogió dos sudaderas de talla extragrande con capucha, una de ellas de rojo chillón y la otra gris, así como un pañuelo azul marino. Compró asimismo una mochila, pagó en rublos y lo metió todo en una bolsa grande de plástico.

Entró en los servicios y, tras quitarse la peluca y el bigote grises, se puso la sudadera roja. Se encasquetó bien la gorra de béisbol para que la visera le tapase buena parte de la cara. Se colocó por encima la capucha, metió la peluca y el bigote en la mochila y, antes de salir, recordó el adiestramiento recibido en la división de disfraces de Langley sobre cómo inventar un personaje. Un buen disfraz no consistía solo en máscaras y maquillaje, sino en crear ilusiones en el modo de andar, en la postura o en los gestos y asumir el papel de un personaje.

Salió a la terminal con el paso rápido y confiado de un hombre más joven que llegara tarde al tren. Apretó los talones en dirección a las puertas batientes de cristal que llevaban al andén al aire libre, aunque, en lugar de salvarlas de inmediato, se hizo a un lado mientras el gentío iba y venía, y sacó el billete como si estudiara qué andén le correspondía cuando, en realidad, tenía la vista puesta en lo que había más allá de las puertas. Miró si había alguien observándolas y buscó las cámaras. Dio con una con cuatro lentes situada en una farola, a gran altura, sin duda para vigilar el andén. En el centro de este había otro conjunto de tiendas que parecían vender artículos similares a los que había encontrado en los comercios interiores.

Buscó cámaras en las farolas que había tras las tiendas y no vio ninguna, lo que no quería decir que no las hubiese.

Miró el reloj. Faltaban trece minutos para que saliera el tren.

Salió al andén y aligeró el paso hasta llegar al comercio más alejado de la puerta. Con el rabillo del ojo localizó a Kulikova, que había cambiado el jersey negro por un pañuelo colorido y, de un modo u otro, se las había compuesto para subirse la falda larga por encima de las rodillas. También había sustituido el calzado plano por zapatos de tacón y se había quitado la peluca. Se había recogido el pelo bajo una gorra de corte moderno que habría encajado a la perfección en la cabeza de un chiquillo de los años cincuenta del siglo XX que vendiera periódicos en una esquina. Así y todo, la parte más compleja de su disfraz no eran sus prendas, sino su compañía, toda vez que paseaba al lado de un hombre y dos niños pequeños, con la cabeza vuelta para evitar que la reconociesen las cámaras de la farola al cruzar el andén. Jenkins buscó sin éxito a la cónyuge de aquel hombre. Kulikova completaba el retrato familiar, quizá en el papel de madre, pero más probablemente en el de abuela de aspecto juvenil.

CAPÍTULO 35

Varsonófevski Pereúlok (Moscú)

Arjip apretó el paso, pero sin precipitarse, porque no quería dar la impresión de estar persiguiendo a nadie. Al pasar frente al Range Rover, estudió los rostros de los tres hombres esposados y los fijó en la memoria. Uno de ellos, el que parecía mayor que el resto, llevaba un traje a medida y unos zapatos que a él le habrían costado el salario de todo un año. Al verlo pasar, lo miró sin humillar la frente, le dedicó una sonrisa casi imperceptible e inclinó la cabeza como si quisiera darle a entender que volverían a verse.

El inspector no le devolvió el gesto.

Dobló la esquina en la dirección que habían tomado Jenkins y Kulikova para mezclarse con la multitud que empezaba a ocupar las aceras y a congregarse en las mesas de las cafeterías. Aunque no tan nutrida como entre semana, aquella afluencia bastaba para que Arjip, que no llegaba al metro setenta, pasara inadvertido.

Localizó a Kulikova y a Jenkins a lo lejos justo antes de que doblasen la siguiente esquina. Necesitaba acercarse, pero no demasiado. Reflexionó sobre cuál sería la prioridad de ambos. Salir del país, sin duda; pero ¿cuál era el mejor modo de lograrlo? ¿Un medio de transporte? Claro, pero ¿cuál?

Analizó la ubicación. ¿Estarían acudiendo Jenkins y Kulikova a un punto de encuentro designado para que los recogiese un coche? Tal vez. Sin embargo, algo así resultaría arriesgado para todos los participantes y, en particular, para quien los ayudara, habida cuenta del interés que tenía todo el mundo en atraparlos.

Arjip sintió que le sonaba el teléfono y lo sacó del bolsillo. El número era el del cuerpo de policía de Moscú.

—Al habla el inspector Arjip Mishkin.

—Inspector, soy el agente Orlov. Acabamos de hablar en el lugar de los hechos.

—Sí, agente. ¿Qué noticias tiene?

—Pues nada, me temo.

—¿Nada?

—El detenido se llama Zhomov, Aleksandr Zhomov, pero, cuando he buscado su nombre en las bases de datos de costumbre desde el ordenador de mi coche, no he encontrado nada. Su expediente está bloqueado.

Entonces, era más que nada; de hecho, mucho más que nada.

—¿Y en virtud de qué autoridad lo han bloqueado? —preguntó Arjip, aunque sospechaba cuál sería la respuesta.

—De la Lubianka. Mientras lo buscaba, me ha aparecido un número de teléfono para que llame de inmediato.

—¿Y lo ha hecho?

—He creído más conveniente llamarlo a usted, como me pidió.

—Yo me encargo de la llamada, agente Orlov. Si tiene que rodar alguna cabeza, prefiero que sea la mía. De todos modos, estoy a punto de jubilarme.

—Gracias, inspector.

No le costó notar el tono aliviado de su voz.

—Lleve al señor Zhomov a la calle Petrovka y reténgalo como le he indicado hasta que vuelva a tener noticias mías. No le permita hacer llamadas telefónicas hasta entonces.

Colgó, volvió a guardarse el móvil en el bolsillo del pantalón y sonrió. ¿Qué podían hacerle si no llamaba? ¿Despedirlo?

Se acercó más a Jenkins y Kulikova, pero sin dejar de mantener una distancia segura. Los coches y los autobuses llenaban las calles de olor a gasóleo y los sonidos propios de la ciudad en pleno despertar. Se estaban aproximando a la plaza Komsomólskaia. A las estaciones ferroviarias. Por supuesto. Moscú contaba con más de nueve terminales con numerosos andenes en cada una. Si lograban evitar que los detectase el sistema de videovigilancia y subir a bordo de uno de los trenes que partían de allí, podrían poner muchos kilómetros entre ellos y Moscú. Lejos de la ciudad, apenas encontrarían cámaras... si es que daban con alguna. Se detuvo al ver que los dos lo hacían. Jenkins se agachó. Desde donde estaba, le era imposible ver el motivo. De todos modos, volvió a erguirse enseguida y entró con Kulikova en la terminal de ferrocarril Yaroslavski. Ya no había tiempo que perder: si los perdía dentro de la estación, no sabría a qué tren habían subido y dudaba mucho que Stepánov volviera a ser tan caritativo con él o que en los municipios a los que pudieran encaminarse hubiera cámaras disponibles.

Se identificó para eludir la cola y acceder a la terminal. De entrada no vio a ninguno de los dos, pero poco después encontró al anciano que había dado por hecho que era Jenkins pasar por uno de los detectores de metales. Luego vio a Kulikova en un arco de seguridad diferente, todavía disfrazada. Se habían separado, lo cual había sido muy inteligente por su parte. Decidió seguir a Jenkins, pues, al fin y al cabo, él era su sospechoso. Volvió a enseñar la placa para evitar los detectores. Jenkins había entrado en una tienda de la terminal. Arjip se sentó en un banco cercano a las consignas y esperó a que saliera. Su objetivo tardó unos cinco minutos en volver a aparecer con una bolsa de plástico grande y se dirigió a los aseos del otro extremo de la terminal.

Vigiló la puerta. Entraron y salieron muchos hombres, pero entre los segundos no vio a Jenkins, el anciano. ¿Para qué meterse en los aseos? Para lo de siempre, claro; pero, entonces, ¿por qué entrar a comprar en la tienda? ¿Para hacerse con otro disfraz?

Recorrió la terminal con la mirada y vio a un hombre que estudiaba su billete delante de las puertas del andén. Llevaba una sudadera roja con la capucha echada sobre una gorra de béisbol que le tapaba buena parte de la cara y una mochila. Con todo, no eran solo la capucha y la gorra lo que hacían difícil reconocerlo. Si aquel era Jenkins, se diría que había transformado todo su ser: su postura y los andares con los que caminó hacia la puerta y, tras abrirla, accedió al andén. Iba más rápido y llevaba los hombros caídos y la cabeza gacha. Parecía mucho más joven y daba la impresión de estar a punto de perder el tren.

Lo siguió y lo vio llegar a otro conjunto de tiendas situado en medio del andén y situarse en el extremo más alejado. Arjip miró hacia atrás y vio las cámaras que había sobre una farola. El hombre pretendía eludir la videovigilancia mientras, desde la otra punta de las tiendas, observaba las puertas de la terminal como si buscase a alguien. No lograba verle bien la cara.

Minutos después, el hombre se puso en la cola para subir a un vagón mientras las *provodnitsi*, revisoras uniformadas con boina roja y uniforme azul oscuro, comprobaban billetes y pasaportes. Arjip consiguió al fin verle el rostro. Jenkins.

El inspector se dirigió al mostrador y enseñó la placa.

—¿Adónde va el tren del andén dieciocho?

—La línea acaba en Vladivostok.

—Necesitaré un compartimento privado —dijo.

Jamás había montado en el transiberiano, pero sí había leído al respecto. Como en el caso de la mayoría de los moscovitas, aquel tren figuraba en la lista de deseos de Lada y suya, entre los que jamás encontraron la ocasión de tachar. Estaba a punto de hacerlo y para ello tiraría de las dietas que le correspondían. Aprovechando que todavía podía usarlas.

No tenía sentido malgastar su fondo de pensiones, por lo menos, de momento.

CAPÍTULO 36

Lubianka (Moscú)

Dmitri Sokolov, de pie ante las ventanas de su despacho, contemplaba Moscú y el Kremlin haciendo caso omiso de su teléfono móvil, que se había puesto a sonar. Bebió un largo trago de vodka y se volvió al oír abrirse la puerta. Zhomov entró en la sala después de haber pasado casi toda la mañana en la comisaría de Moscú. El agente que lo había arrestado se había negado en redondo a permitirle una llamada y, al parecer, tampoco había querido buscar su nombre en el sistema informático. De haberlo hecho, habría recibido de inmediato una notificación sobre la necesidad de liberar sin más al detenido. Todo apuntaba a que, al final, Zhomov había empleado un número suficiente de clichés para lograr que un capitán del Departamento de Investigación Criminal se encargara de introducirlo en la base de datos, tras lo cual lo pusieron en seguida en libertad.

—Vamos a tener un problema —anunció.

—¿Uno solo? —preguntó Sokolov.

—Los tres hombres a los que han detenido trabajan para Yekaterina Velíkaia. ¿Qué interés tienen en todo esto?

—Es lo que llevo varias horas intentando entender.

—¿Has estado bebiendo?

—Sí, eso también. Y mucho.

—Y… ¿qué has averiguado?

Sokolov le refirió que habían encontrado la huella dactilar de Charles Jenkins en un botellín de cerveza del bar de Yakimanka en que mataron a Eldar Veliki y que dudaba mucho que fuese una coincidencia.

—Parece ser que Yekaterina usó su influencia para eliminar la cinta de la cámara que había en el callejón del bar y la prostituta y el guardaespaldas han muerto asesinados.

—¿Y el camarero?

—Ha cerrado el pico y no piensa volver a abrirlo.

—¿Quién es el inspector que me ha detenido?

—Arjip Mishkin.

Sokolov abrió una carpeta que descansaba sobre su escritorio y le lanzó una fotografía de veinte por veinticinco sobre el tablero.

Zhomov asintió.

—¿Cómo sabía que Jenkins estaba en el apartamento?

—Ni idea. Lo único que se me ocurre es que alguien lo avisara cuando vio a Jenkins en las cintas de vídeo.

—Alguno de los tuyos se está yendo de la lengua.

—Ya lo solucionaré cuando encuentres a Jenkins y Kulikova.

El pistolero sonrió.

—Entonces, a Jenkins le están dando caza la policía de Moscú y los Veliki además de la FSB. Quizá alguno de ellos nos quite de en medio el problema…

—No. Eso solo conseguirá agravar la situación. Si los detiene la policía de Moscú, correrá la noticia de que Kulikova es una espía antes de que podamos hacer nada y el interés que mueve a Yekaterina Velíkaia es diametralmente contrario al mío. Está resentida por la muerte de su padre y Kulikova tiene en su poder la clase de información capaz de destruirme. Yekaterina matará a Jenkins por su participación en la muerte de su hijo y nosotros… perderemos la ocasión de usarlo en nuestro provecho. Necesito a Kulikova muerta y a Jenkins vivo. Necesito que los encuentres tú antes que nadie.

Si Zhomov lograba ambos objetivos, Sokolov podía contar con el puesto de director y con un lugar en la mesa de negociaciones del Kremlin. Eso le conferiría un gran poder frente a su suegro en caso de que el general llegara a enterarse de su relación amorosa con Kulikova. Elevado él a director de la Comisión Antiterrorista Nacional, Román Portnov no tendría más remedio que pedir a su hija que perdonase y olvidara… por sus hijos, aunque en realidad sería por el propio general, pues contar con alguien en tan altas instancias del Gobierno lo pondría en situación de cosechar favores que en ese momento estaban fuera de su alcance y, por más que quisiera a su hija, el general Román Portnov sentía una gran atracción por los lujos que podría procurarle semejante título.

—¿Sabemos adónde han ido Jenkins y Kulikova? —preguntó Zhomov.

—El Departamento de Tecnología de la Información dice que está en ello. Tenemos que dar por sentado que lo que puedan averiguar llegará también a los Veliki, quizá incluso antes de que nos llegue a nosotros.

—¿Qué quieres que haga entonces?

—Estar preparado para actuar —concluyó Sokolov—. También tengo a gente observando a los Veliki. Todavía pueden sernos de ayuda. Irán tras Jenkins y, cuando lo hagan, te avisaré.

CAPÍTULO 37

Terminal de ferrocarril Yaroslavski (Moscú)

El tren a Vladivostok no era una de esas aerodinámicas balas blancas que unían a gran velocidad Moscú y San Petersburgo, entre otros lugares. Sus vagones eran mucho más vetustos y lentos. Su gracia no radicaba en la rapidez con que podía ir de un lugar al siguiente, sino en la experiencia misma del viaje. Los coches iban pintados de colores muy vivos: azul intenso, rojo brillante, amarillo chillón y verde subido. Jenkins tenía la esperanza de que la elección de tren despistara a quienes los buscaban a Kulikova y a él, que se centrarían en medios más rápidos para salir de Rusia. ¿A quién se le iba a pasar por la cabeza que dos fugitivos querrían pasar días viajando en un tren?

Se colocó tras los comercios y se quitó la sudadera y la gorra para guardarlas en la mochila y trocarlas por la boina azul y el pañuelo. Miró al otro lado del andén y vio que Kulikova no había cambiado de ropa ni de apariencia. El disfraz de ella era mucho más refinado que el suyo y basaba su éxito en el hombre y los dos pequeños que parecían encantados con su presencia y hacían pensar en una familia a punto de emprender una aventura en aquel tren histórico. Kulikova se dirigió a una de las dos revisoras que comprobaban los billetes de los pasajeros antes de que embarcasen. La *provodnitsa* no le pidió el pasaporte, una muy buena señal.

Jenkins se dirigió al otro extremo del vagón y se mezcló con otro grupo de viajeros, volviendo el rostro para evitar las cámaras y encorvándose cuanto le era posible. El *provodnik* varón resultó no ser tan amigable como sus compañeras. Se puso a pedir pasaportes, con lo que retrasó el avance de Jenkins. Este metió la mano en la bolsa y sacó uno de los pasaportes que le habían falsificado en Langley. La fotografía lo mostraba como un alemán negro con barba.

El revisor estudió el pasaporte y el billete de Jenkins ayudándose de sus gafas redondas y, a continuación, sostuvo en alto la fotografía a fin de compararla con el titular.

—*Vi pobrilis.*

Él entornó los ojos como si no entendiera la lengua.

—Digo que se ha afeitado usted —tradujo el *provodnik* con un inglés de acento marcado mientras se frotaba la barbilla con una mano.

—A mi mujer no gustaba la barba. Por ella me afeité —repuso Jenkins en un inglés tosco de acento alemán.

—¿Dónde está el resto de su grupo? —El revisor miró a sus espaldas, buscando, presumiblemente, a su supuesta mujer y a los dos hijos o nietos de ambos.

—Allí. —Señaló a la zona del andén en que se encontraba Kulikova, quien en ese momento embarcaba en el tren detrás de dos chiquillos—. Yo me he entretenido comprando recuerdos.

El hombre estudió el atuendo de Jenkins y le devolvió el pasaporte y el billete.

—Disfrute del viaje. Si hay algo que pueda hacer para hacer más agradable su experiencia, no dude en preguntar.

—*Danke...* Digo... *spásibo.*

—*Pozháluista.*

Una vez a bordo, una supervisora le cogió el billete y señaló el lugar en que se encontraban el inodoro y el lavabo, al fondo del vagón, antes de guiarlo por el estrecho pasillo con las ventanillas exteriores a la izquierda y los compartimentos a la derecha. Rebasaron cuatro de estos y se detuvieron al llegar a una puerta situada en el centro del vagón. La señora le advirtió que podía cerrar con llave la puerta desde dentro y que solo las supervisoras y los *provodniki* o las *provodnitsi* podían cerrarlas o abrirlas desde el exterior. Él le dio las gracias, le dio diez rublos y se metió en el compartimento. Lanzó la bolsa en la que había metido la mochila en un portaequipajes situado sobre dos literas y se puso de lado para llegar a la ventanilla y, desde detrás de las cortinas, buscar en el andén algún rostro conocido.

Momentos después se abrió la puerta del compartimento. Kulikova, con la espalda vuelta hacia Jenkins, rio mientras acababa la conversación que mantenía con un hombre, el padre de los dos críos con los que había embarcado, cabía suponer. Entonces dejó de fingir. Estaba pálida y parecía exhausta. Se sentó en una de las literas, que no eran mucho más anchas que un banco, y alzó hacia Jenkins una mirada extenuada. Ninguno de los dos había dormido gran cosa en más de veinticuatro horas.

—¿Ha ido todo bien? —preguntó él.

Ella asintió sin palabras antes de anunciar:

—Me han invitado a una copa antes de cenar.

—Ha sido muy inteligente lo de aparentar que venías con él.

Kulikova se encogió de hombros.

—Lo de seducir hombres es algo natural en mí, señor Jenkins. ¿Sabe cuántos se han ofrecido a invitarme a una copa en toda mi vida? Yo tampoco. Eso sí, le puedo decir a cuántos se la he aceptado por el hecho de poder conocerlos mejor: ni uno solo. —Soltó un suspiro y cambió enseguida de tema—: ¿Cree que nos han visto?

—No lo sé. Seguro que tú estás más enterada que yo de lo que pueden hacer las cámaras de reconocimiento facial. Nosotros oímos de todo, desde que el sistema está plagado de problemas técnicos hasta que es tan preciso que puede identificar a un sospechoso aunque lleve puesta una máscara.

—Las cámaras son muy buenas. Miden la distancia entre los ojos, la nariz y la boca, y registran la forma de la barbilla entre otras cosas. Al Gobierno le gustaría que creyéramos que pueden reconocer a una persona aunque lleve la cara parcialmente cubierta, pero semejante adelanto todavía no existe, por lo menos en las cámaras que yo conozco. Una vez hechos los cálculos, el sistema usa algoritmos para comparar las facciones de un individuo con los millones de muestras que hay almacenados en las bases de datos de la policía y otros cuerpos gubernamentales.

—Supongo que no tardaremos en saber si son buenas. ¿Desde cuándo no duermes?

Kulikova se encogió de hombros.

—Llevo años sin dormir toda la noche.

—¿Por qué no te echas? ¿Tienes hambre?

—No. —Acompañó su respuesta con un movimiento de cabeza.

—Creo que lo mejor es que no nos dejemos ver mucho, por lo menos hasta que estemos al cabo de la calle.

—¿De qué calle?

—Es una frase hecha. Quiero decir hasta que tengamos más datos. Cuando pasen con el carrito de la comida, compraré bebida y un tentempié. —Sacó el teléfono y pulsó el botón lateral con la esperanza de que hubiese tenido tiempo de secarse. El aparato se encendió, pero saltaba a la vista que estaba dañado—. Por lo menos, funciona.

—Sí, pero sin wifi ni internet. —Estaba en lo cierto: no había cobertura—. Conque, de momento, no podemos contar con nadie.

Jenkins abrió una puerta interior que daba al compartimento contiguo.

—¿Está casado, señor Jenkins?

Él se dio la vuelta.

—Tutéame, por favor. Sí, estoy casado.

—¿Con hijos?

—Dos, un crío de doce y una hija de casi dos añitos.

Kulikova entornó la mirada como si no lo hubiese entendido bien. Él estaba más acostumbrado a aquella reacción.

—Qué pequeños.

—Me casé tarde. Mi mujer es veinticuatro años más joven que yo.

—¿La quieres? —preguntó ella sin atreverse a alzar la voz.

—Sí, más que nada en este mundo.

Ella le dedicó una sonrisa triste.

—Yo nunca he conocido el amor.

Sonaba tan fatalista como Pavlina Ponomaiova la noche que se alojaron en la casa de playa de la costa del mar Negro, como Zinaída Pétrikova la noche que la había ayudado a salir, hacía solo un día, aunque pareciese una semana.

—Sé que tu vida no ha sido nada sencilla.

Kulikova volvió a sonreír con aire melancólico.

—No lo sabes bien.

—Ni puedo imaginármelo. Estabas casada…

—Con Helge, por guardar las apariencias, no por amor. Mis padres me dijeron que era mejor así, que era preferible que no lo quisiera. Tenían razón, supongo, pero él merecía algo mejor. Sospechaba que tenía un amante. Yo pasaba demasiadas noches fuera, hacía demasiados viajes… Estoy segura de que eso le hirió su masculinidad en lo más hondo. No merecía morir. —Se secó las lágrimas que le habían brotado.

—Tu vida será mucho mejor en los Estados Unidos —aseveró Jenkins tratando de animarla—. El centro de realojamiento te asignará una identidad nueva y podrás empezar de cero. ¿Quién sabe? Todavía estás a tiempo de conocer el amor...

—Suena maravilloso, pero no te ofendas si te digo que no te creo. El Kremlin es un pulpo cuando se trata de cazar espías: tiene muchos brazos y son todos muy largos. No podría poner a nadie en semejante peligro, y menos aún a alguien a quien quisiera de verdad.

—Duerme un poco. Todavía tenemos por delante un viaje muy largo.

Sabía bien lo que estaba teniendo que soportar Kulikova. No conocía los detalles de su vida, pero sí podía hacerse una idea de la culpa y la vergüenza que debían de atormentarla. Mientras la veía echarse sobre la manta azul, pensó en los muchos años que había vivido como un eremita en la isla de Caamaño, incapaz de perdonarse aquello de lo que había sido cómplice en Ciudad de México, el número de personas muertas por su labor de agente de la CIA siendo joven. Le había resultado imposible hacerse a la idea de que algún día sería digno de perdón. Entonces, un buen día, entró en su vida Alex y la cambió por completo a mejor. Gracias a ella, Jenkins había logrado perdonarse a sí mismo y amar de nuevo.

Ojalá alguien hiciera lo mismo por Kulikova.

CAPÍTULO 38

Terminal de ferrocarril Yaroslavski (Moscú)

Arjip se dirigió a su compartimento. Dos literas. Se acordó de Lada. Puso sobre una de ellas la bolsa con las dos camisas que acababa de comprar antes de embarcar, se sentó al lado de la ventana y observó al resto de pasajeros subir a bordo con maletas y macutos. Algunos tenían ya cierta edad, como él, y quizá estaban tachando un punto pendiente de su lista de deseos, en tanto que los más jóvenes, cargados con voluminosas mochilas, parecían resueltos a emprender una aventura antes de que se los tragara la vida. Ninguno de ellos iba solo: todos tenían a alguien con quien compartir la experiencia.

Le sonó el teléfono. Su capitán.

—Inspector jefe Mishkin —respondió.

—¿Qué está haciendo usted exactamente? —quiso saber su superior.

—No le entiendo. Tendrá que ser más concreto.

—¿Tiene la menor idea de quién es el hombre al que ha detenido?

—No —mintió.

—Pues un antiguo agente del KGB y la FSB que trabaja en proyectos especiales del Kremlin.

—¿Y a qué se refiere exactamente con proyectos especiales? ¿A trabajos de pintura o algo así?

—No sea insolente, Mishkin. Acabo de colgar con la Lubianka y me han dicho que ha interferido usted en una operación emprendida por la FSB para capturar a un individuo de la máxima prioridad.

—¿Y cómo podía saber yo eso? ¿Con quién ha hablado?

—Con el subdirector de Contraespionaje. Me ha dejado bien claro que debe usted cerrar su caso y no volver a interferir en esta operación.

—¿En qué operación?

El capitán soltó un gruñido.

—La que han emprendido para capturar a un espía americano llamado Charles Jenkins.

—No tengo ningún interés en Charles Jenkins el espía americano, pero ese mismo Charles Jenkins es la única persona que puede decirme qué pasó la noche que murió Eldar Veliki. No puedo cerrar mi caso sin hablar con él.

El capitán alzó la voz y Arjip percibió la frustración que impregnaba cada una de sus palabras.

—A Eldar Veliki lo mató de un tiro Charles Jenkins, Mishkin. Tenemos el informe del médico forense.

—El informe del médico forense es un cuento. Yo vi el cadáver. A Veliki le dispararon por la espalda, no por delante, y, por tanto, su asesino no pudo ser Charles Jenkins.

—Eso ya no es problema suyo, Mishkin, sino de la Lubianka.

—¿Cómo quiere que cierre mi caso?

—Considérelo cerrado. No vuelva a interferir en él, Mishkin. Deje que la Lubianka se haga cargo del asunto y jubílese en paz… o tendré que despedirlo. Dudo mucho que desee usted algo así.

No, desde luego; pero tampoco podría jubilarse, por lo menos si deseaba hacerlo en paz. Primero tenía que hablar con Charles Jenkins.

—¿Y qué ha sido de los otros tres detenidos? —quiso saber.

—Una confusión. Estaban esperando a un amigo que vive en aquellos pisos.

—¿Con armas?

—Yo no sé nada de que tuvieran armas, Mishkin.

—¿Dónde están ahora?

—¿Cómo quiere que lo sepa? Le acabo de decir que los hemos puesto en libertad.

«Qué oportuno», pensó Arjip.

En ese momento oyó silbar los frenos del tren y sintió una sacudida mientras se movía marcha atrás para a continuación volver a avanzar.

—¿Dónde está usted? —preguntó su superior.

—En casa, por supuesto.

—¿Y qué es ese ruido de fondo?

—El hervidor. Me estoy preparando una infusión.

—Escúcheme, Mishkin. Le queda muy poco para jubilarse. Se lo ha ganado. Relájese, tómeselo con calma hasta que llegue el día.

«Tómeselo con calma —pensó él—. ¿Qué tengo que hacer exactamente?».

—Gracias. De hecho, creo que me voy a tomar unos días libres. He acumulado bastantes de los que me correspondían, ¿verdad?

—Perfecto. ¿Lo ve? Ya ha empezado a aprender a relajarse. Olvídese del trabajo. Piense en todo lo que hará cuando se jubile. ¿Por qué no hace un viaje que tenga pendiente?

Arjip miró por la ventana mientras el tren salía de la estación.

—Puede que lo haga antes de lo que piensa.

Colgó y se quitó el gorro de piel que había comprado en las tiendas del andén para volver a calárselo y estudiar su reflejo en el espejo que había en la puerta del compartimento. Aquella prenda lo hacía por lo menos cinco centímetros más alto. Pudo oír a Lada decir con una risita: «El hombre que se pone sombrero para parecer más alto… alguna carencia estará ocultando».

Corrió a quitarse el gorro.

CAPÍTULO 39

Ferrocarril transiberiano

María Kulikova se despertó sobresaltada. Se incorporó de inmediato, confundida por su entorno. Tenía el corazón acelerado y la camisa empapada en sudor. Fue a mirar el reloj de la mesilla de noche, pero la mesilla no estaba allí.

No estaba en su cama ni en su casa.

El suave vaivén del vagón y el ruido irregular del tren mientras avanzaba por las vías la devolvieron al presente. Hizo varias inspiraciones largas y miró por la ventana. Fuera estaba oscuro. Era de noche.

Miró hacia su puerta. Jenkins había echado el cerrojo. Por la puerta interior que comunicaba los dos compartimentos, vio a Charles Jenkins durmiendo en una de las dos literas, de lado y mirando hacia la pared. Se daba un aire a Sviatogor, el guerrero gigante de la mitología rusa, tratando de dormir en una cama de niño. Oyó su respiración pesada y rítmica y lo envidió. Eran raras las noches que María podía dormir tan profundamente o hasta que se hacía de día. Cuando tenía suerte, dormía a trompicones y la despertaban sus pensamientos, aunque lo cierto era que las más de las veces conseguía evitar que tales reflexiones se descontrolaran. Para eso le venía bien leer y hacer ejercicio.

Las noches malas, como aquella, se despertaba muerta de miedo, con el camisón empapado, el corazón acelerado e incapaz de poner freno a la idea de que la habían descubierto, de racionalizar el convencimiento de que habían ido a detenerla. Dormía con el bolígrafo a su lado y, en más de una ocasión, había abrigado intenciones de morder la cápsula que llevaba oculta en un extremo.

No obstante, lo había perdido en el Neglínnaia y, sin él, se sentía desnuda.

Observó los reducidos confines de su compartimento y llegó a la conclusión de que sería incómodo hacer ejercicio y, además, iba a despertar a Jenkins. Le sentaría bien una manzanilla y tenía el samovar a pocos metros, en un habitáculo situado en la parte delantera del vagón. Volvió a mirar a Jenkins y pensó en lo que había dicho de la vida que le esperaba en América. Quería creer que era cierto. Quería creer que quizá, una vez que se liberase para siempre de la persona en que había permitido convertirse, volvería a encontrar su verdadero ser. Sintió que estaba a punto de llorar y contuvo las lágrimas. María Kulikova, se dijo, era una persona buena y decente que volvería a encontrarse a sí misma.

Si conseguía salir con vida de Rusia.

Pensó en la conversación que había tenido con Jenkins y en cómo se le había iluminado el rostro al hablar de su mujer y sus hijos. La había sorprendido saber que no solo estaba casado, sino que tenía dos hijos pequeños. Se había dado cuenta de que también él se había sacrificado, quizá no tanto tiempo como ella, como cada una de las siete hermanas, pero tal vez con la misma intensidad o incluso más. María no había tenido nunca nada que perder… aparte de la conciencia que tenía de sí misma. Cuando llegase el momento de acabar con su vida, la consolaría el convencimiento de que nadie la echaría de menos. Sus padres habían muerto y no tenía hermanos ni hijos. Helge solo habría echado de menos los lujos que tenía gracias a ella, el piso y la ropa. A ella no.

El hecho de no tener familia la llevó a darse cuenta de que Jenkins, que sí podía contar con dos pequeños y una mujer a los que adoraba a todas luces, había acudido a un país que lo había puesto en una lista negra de personas a las que eliminar para rescatar a una mujer que no conocía. Eso quería decir que él corría un riesgo mayor y tenía una mayor necesidad de acabar con éxito la misión y volver a casa. Tenía seres queridos por los que valía la pena vivir. Debía de ser un hombre de un carácter moral elevado y una ética inamovible, porque una cosa era hacer el trabajo de uno y otra muy distinta arriesgar la vida por la vida de otro, y más aún si había tanto que perder.

María se puso las pantuflas baratas que tenía al lado de la litera, abrió la puerta del compartimento y salió al pasillo. El tren avanzaba por las vías con su traqueteo y hacía que el vagón se sacudiera ligeramente, pero se movían con relativa suavidad. En el samovar había un hombre con un vaso que, de espaldas a ella, se dio la vuelta al oír que se acercaba.

—Me alegra ver que no soy el único que no consigue dormir —dijo.

Parecía tener unos sesenta y cinco años, más o menos como ella. Era bajito y de pelo escaso, con gafas redondas y un rostro que su madre habría calificado de distinguido. Su mirada azul y relajada invitaba a conversar.

María sonrió por toda respuesta.

—¿Puedo invitarla a tomar algo? —preguntó.

Ella cerró los ojos antes de menear la cabeza diciendo:

—No bebo… con extraños.

—Lo siento —repuso él con gesto arrepentido—. Pretendía ser un chiste, un chiste malo. Lo que quería decir es si le pongo un café o una infusión.

María estudió la expresión del hombre. Parecía sincero.

—Una manzanilla, por favor.

—Buena elección. Eso relaja. Yo, a veces, consigo dormirme tomando manzanilla. Otras no.

Cogió un vaso y lo llenó de agua caliente.

—También le cuesta dormir —dijo María—. ¿Qué es lo que se lo impide?

—Muchas cosas. Problemas cotidianos. —Le tendió el vaso de agua caliente y se apartó para que pudiera elegir la infusión—. El poleo asienta el estómago.

Ella dio un paso al frente, estudió las opciones que se le presentaban y se decidió por la menta.

—Yo me llamo Arjip —dijo él ofreciéndole la mano—, ya no tenemos que considerarnos extraños.

—María —contestó ella sin tenerlas aún todas consigo.

—El vagón comedor está cerrado, pero creo que el coche salón no. —Apuntó con un dedo a sus espaldas—. Por si no quiere beber sola en su compartimento. Una mala costumbre si puede evitarlo. Yo lo sé de buena tinta. —Le dedicó una sonrisa que borró enseguida—. Otro intento lamentable de hacer una gracia.

Kulikova dejó escapar una risita.

—Si se ríe, tal vez no haya sido tan lamentable.

—Claro.

Él la miró confundido.

—Me refiero a lo del coche salón. —María supuso que estando en el tren no podía incurrir en un gran peligro y, además, no le apetecía sentarse en su compartimento y reflexionar sobre todo lo que podía salir mal—. Lo sigo.

Arjip abrió la puerta que había entre los dos vagones y accedió con ella a un coche de decoración alegre dotado de asientos tapizados, molduras refinadas y ventanillas de vitrales.

—Colorido no le falta, ¿verdad? —preguntó.

—No, desde luego que no.

Él retiró una silla y esperó a que María se sentara antes de retirar otra y tomar asiento frente a ella.

—Espero no haberle parecido demasiado atrevido —dijo.

—No. He sido yo, que lo he malinterpretado.

Arjip dio un sorbo a su bebida.

—¿Adónde va usted, María? ¿Hasta la última estación, Vladivostok?

—Nunca se sabe —respondió con deliberada imprecisión—. ¿Y usted?

María mentía con facilidad y sin remordimiento, y era muy rápida evaluando caracteres. Sabía determinar con gran celeridad lo que deseaba su interlocutor, sobre todo si era varón, y tenía la sensación de que Arjip no quería más que un poco de compañía. Si era de la FSB, poco probable, o de los Veliki, menos probable aún, no lo parecía.

—Hasta el final, por supuesto. Es la primera vez que monto en el transiberiano y puede que sea la última. No soy ningún mozuelo.

—¿Qué edad tiene, Arjip?

—Sesenta y cuatro. Estoy a punto de jubilarme.

—¿Y a qué se dedica?

—Trabajo en la seguridad de una compañía industrial de Moscú. ¿Y usted?

—Soy secretaria.

Él le señaló el dedo anular.

—Veo que está casada.

Ella hizo el mismo gesto.

—Y usted también.

—No —contestó él haciendo girar su alianza—. Ya no. Soy viudo.

—Lo siento. ¿Ha sido reciente?

Él dio la impresión de estar meditando la respuesta.

—Para mí, sí. Hace dos años.

—Debía de querer mucho a su mujer.

—Más que respirar. —Sonrió y dio un sorbo a su infusión.

—Qué bonito. Querer tanto a alguien es muy hermoso.

—Sí, aunque hace que perderlo sea muchísimo más doloroso, supongo.

—Y sigue llevando la alianza.

—Sí. —Se aclaró la garganta—. Su marido, entonces, no tiene problemas de insomnio. —Cambió de tema por uno menos hiriente.

—No, qué va. Ronca como un toro.

Siempre procurando no desvelar gran cosa de su vida personal, departió con él de política rusa, viajes, aficiones y del mundo en general. Empezó a relajarse y, aunque en ningún momento bajó la guardia, tuvo que reconocer que disfrutó de la conversación. Daba la impresión de que la vida de Arjip había acabado por girar en torno a su trabajo, en especial tras fallecer su esposa de cáncer de pecho. Dijo varias veces que había sido imbécil por postergar las cosas que debía haber hecho en su momento.

Hablaron hasta que se enfrió lo que quedaba de la infusión de María.

—Debería volver, no vaya a ser que se despierte mi marido y se asuste.

Arjip se puso en pie e hizo una leve reverencia.

—Gracias por soportarnos a mí y mis chistes horribles.

María sonrió.

—A usted por no ofenderse con mi contestación.

—No hay de qué. Seguro que se lo preguntan mucho.

—Hombres muchísimo menos amables que usted. —Echó a andar hacia su vagón.

—Me encantaría tener la ocasión de conocer a su marido, María.

Ella sonrió por toda respuesta.

Lo despertó el chasquido del compartimento contiguo al abrirse. Jenkins, alarmado, se incorporó súbitamente y se dio en la coronilla con el portaequipajes que había sobre la litera. Volvió a dejarse caer y agitó la cabeza con la esperanza de ahuyentar las lucecitas que le ofuscaban la vista. María Kulikova entró en el compartimento y él dejó escapar el aire que había retenido al tiempo que hacía una muesca de dolor.

—¿Adónde has ido?

—A por una infusión —respondió ella levantando el vaso de papel—. No podía dormir.

—¿Has visto a alguien?

—A un viudo insomne solamente.

Jenkins suspiró de nuevo y se frotó la coronilla. Dadas las circunstancias, supuso que aquel momento era quizá el más indicado para salir del compartimento.

—¿Te has hecho daño? —preguntó ella.

—Solo en la autoestima. —Cogió un horario de la litera vacía y lo estudió—. Mañana llegaremos a Perm y, luego, a Ekaterimburgo. Me bajaré cada vez que paremos por si alguien intenta hacernos llegar un mensaje y para tratar de conectarme a internet en el andén. Con un poco de suerte, conseguiré informarme de algo y sabremos qué podemos esperar en adelante. No me gusta nada viajar a ciegas de este modo.

—Por lo menos nos movemos, Charlie. Podría ser mucho peor.

CAPÍTULO 40

Residencia de los Veliki (Novorizhskoie, Moscú)

Mili entró en el despacho en penumbra de Yekaterina dos días después de haber perdido a Jenkins y a Kulikova. El lugar olía a tabaco. En el cenicero había un cigarrillo encendido, al lado de varias colillas, y el humo ascendía en lánguidas volutas hacia el techo. Ella estaba sentada tras su mesa, iluminada por una circunferencia incandescente de luz mientras hablaba por uno de los muchos móviles desechables que usaba para poco después tirar. Había echado las persianas de las dos ventanas con arco de medio punto y el aire de la estancia estaba tan inmóvil que hasta alcanzaba a oír la electricidad estática.

Yekaterina cogió el cigarrillo y le dio una calada larga, como si abrazara a una amiga tras una ausencia de mucho tiempo. Había dejado de fumar cuando había resultado ya imposible refutar la información relativa al vínculo de causa y consecuencia existente entre el tabaco y el cáncer. Se había limitado a hacer desaparecer todos los cigarrillos de la casa, prohibir que se fumara en su presencia y meter a un equipo de limpieza que se encargó de quitar o enmascarar el olor con diversos ambientadores, y había abandonado el hábito de golpe. Mili, que tanto tiempo pasaba con ella, no había tenido más remedio que dejar de fumar también, aunque a él no le había resultado tan sencillo. De hecho, a veces se encendía un pitillo en casa.

Ella cogió el cigarrillo y dio una calada mientras volvía la cabeza al oír cerrarse la puerta a la espalda del recién llegado. Yekaterina parecía haber envejecido diez años en los últimos tres días. Se diría que tenía el pelo más blanco y las arrugas de su rostro, lo que la madre de Mili llamaba en vida «marcas de preocupación», daban la impresión de haberse hecho más hondas, como cortes hechos con una hoja de papel. En este caso, sin embargo, disentía de la descripción de su madre, pues las de Yekaterina no eran de preocupación, sino de duelo. Dudaba que hubiese nada más antinatural ni doloroso que la muerte de un hijo.

Yekaterina puso fin a la llamada y dejó el teléfono sobre el escritorio con cuidado. Él no pasó por alto que el pecho le subía y le bajaba como si le doliera respirar, como si le doliera seguir viva. Eldar había sido un gilipollas malcriado y egoísta, ebrio de un poder y de un dinero que ni había amasado ni se había merecido, pero Mili sabía que no siempre había sido así y que, en ese momento, su madre tampoco lo recordaba así, sino como el bebé al que había dado a luz, el chiquillo aún inocente al que había querido y cuidado, el joven que tanto había prometido antes de que las drogas y el alcohol liberasen a un ser al que apenas reconocía, cruel, irascible, amargado y vengativo.

—¿Sabéis algo más? —preguntó sin alzar la voz ni expresar emoción alguna.

—Yugálov ha localizado a Jenkins y Kulikova.

Se refería al director del Departamento de Tecnología de la Información de Moscú.

—¿Dónde?

—En la estación Yaroslavski. Embarcaron hace dos días en el transiberiano número 322.

—Podrían estar en cualquier parte.

—No. Yugálov y su técnico han trabajado sin descanso revisando las grabaciones de los andenes y las vías entre Moscú y Novosibirsk hasta el momento de la llegada del 322. No se han bajado del tren.

—¿Dónde está ahora?

—Llegará a Krasnoiarsk a las 20:24 y saldrá a las nueve y dos minutos. En avión son más de cuatro horas sin contar lo que se tarda en llegar al aeropuerto y del aeropuerto de Krasnoiarsk a la estación. Sin embargo, la siguiente parada es Irkutsk, a las 3:47 de la mañana. Allí sí que podemos estar para cuando llegue el tren.

—¿Y si el señor Jenkins y la señora Kulikova tampoco bajan en Irkutsk?

Mili sonrió.

—Tengo un plan, *comare*, pero, si vamos a actuar, debo empezar a moverme ya para organizarlo todo. Te llamaré cuando tenga al señor Jenkins y a la señora Kulikova en el avión de vuelta a Moscú.

Una de las comisuras de los labios de Yekaterina se curvó ligeramente en el primer asomo de sonrisa que le veía en varios días.

—No, Mili. Yo no pienso quedarme aquí sentada.

Él negó con la cabeza.

—Deja que discrepe. Lo mejor es traerlos aquí en el avión. Aquí, en la finca, es más seguro y podemos protegerte y mantenerte alejada de todas las cámaras.

—Mi padre pasó años en Irkutsk después de que liberasen a mi abuelo de los gulags de Stalin, Mili. Conozco bien la ciudad y sé muy bien adónde llevarlos. Además, cuanto más lejos estén de Moscú, más lejos estarán de Sokolov. Es lo más inteligente. Ve y prepáralo todo. Yo me cambiaré y te veré en el coche.

CAPÍTULO 41

Ferrocarril transiberiano (Novosibirsk, Rusia)

Jenkins y Kulikova pasaron dos días con sus noches sin apenas dejarse ver mientras el tren avanzaba hacia el este. Cruzaron kilómetros de bosques y pueblos lodosos, pasaron por las ciudades de Yaroslav, Kírov, Perm y Ekaterimburgo y, al fin, entraron en Siberia por los montes Urales, aunque lo que habían visto de estos eran más bien laderas de montañas. Las ciudades iban y venían, grises y apagadas, sin que fuera posible distinguirlas unas de otras, y entre una y otra se extendía un vasto vacío de pastizales y marismas. Jenkins y Kulikova solo salían de sus compartimentos para ir al aseo que había en el extremo del vagón. Se alimentaban de lo que compraban en el carrito de la comida, donde adquirieron también una baraja de cartas con la que matar el tiempo.

—Si vuelvo a comer fideos chinos precocinados, vomito —llegó a decir Jenkins.

Cada vez que paraban, Jenkins dedicaba unos minutos del tiempo asignado estudiando desde la ventanilla a la gente del andén y buscando a alguien ocioso bajo la marquesina o al lado de las farolas de hierro de estilo victoriano. Cada vez que paraban, veían docenas de viajeros esperando a subir a bordo y docenas de viajeros que se apeaban para comprar comida y otros artículos en las tiendas de la estación o a los hombres y mujeres que montaban sus puestos bajo las marquesinas. Quienes ansiaban su dosis de nicotina corrían a bajar para fumar, actividad prohibida a bordo so pena de multas nada desdeñables.

En cualquiera de aquellas ocasiones podía haber subido ya al tren alguien relacionado con los Veliki o con Sokolov, si bien Jenkins no lo creía probable. Kulikova tampoco. Los dos coincidían en que la mejor ocasión que se les podía presentar a unos y a otros de atraparlos sin llamar demasiado la atención era el momento en que salieran los dos del tren, fuera cuando fuese.

Jenkins todavía no tenía la menor idea de cuándo ocurriría tal cosa y odiaba estar a oscuras. Tenía que encontrar un modo de contactar con Lemore.

Cinco minutos antes del momento en que tenían que partir de una de las estaciones, se puso una sudadera y la gorra de béisbol y se cubrió la cabeza con la capucha para ocultar la mayor parte posible de sus facciones. Bajó del tren llevando en la mano un cigarrillo del paquete que había comprado en una de las paradas, lo encendió y comprobó el teléfono. Durante el trayecto entre dos ciudades no tenía acceso a internet. En las terminales no ocurría lo mismo, pero el móvil seguía defectuoso desde el chapuzón que se habían dado en el Neglínnaia. Cuando conseguía tener señal, cosa que no ocurría a menudo, esta iba y venía a su antojo. Observando a otros viajeros con la mirada pegada a las pantallas de sus aparatos, dedujo que el problema no era de la cobertura, sino de su teléfono.

Cada vez que volvía al compartimento, Kulikova se encogía de hombros y decía lo mismo:

—¿Qué le vamos a hacer, Charlie, si es lo que hay? Por lo menos, ninguno de los dos está en una celda de Lefórtovo.

Jenkins no tenía muy claro si estaba siendo práctica o fatalista, aunque sospechaba que tenía un poco de todo.

El segundo día, fracasado el intento de la estación de Novosibirsk, preguntó al *provodnik* si en algunas de las que tenían por delante habría un comercio de móviles y el revisor, que confesó no saberlo a ciencia cierta, le dijo que probablemente encontrase una en la Krasnoiarsk. El Gobierno ruso había invertido miles de millones en modernizar la estación y la ciudad para las Universiadas de Invierno de 2019, competición deportiva para jóvenes de más de sesenta naciones. Si no allí, tal vez en Krasnoiarsk, ciudad que en otros tiempos llegó a conocerse como «el París siberiano».

—Si no encuentra ninguna en las estaciones, pruebe en los comercios de las plazas cercanas, pero tenga cuidado, porque esas dos paradas son solo de media hora y para volver a la estación tendrá que volver a pasar el control de seguridad. Si hay cola, es probable que no llegue. El tren saldrá a su hora.

Kulikova confirmó la advertencia del *provodnik*:

—Los trenes de Rusia eran famosos por sus retrasos, pero eso cambió hace unos años. Ahora observan una puntualidad religiosa. El tren saldrá a su hora, contigo o sin ti, y no podemos arriesgarnos a que salga sin ti.

Jenkins decidió que no tenía más remedio que intentarlo, por lo menos, en Krasnoiarsk. Si tenía tiempo y la estación no estaba muy concurrida, se arriesgaría a salir a la calle y probar suerte. Kulikova propuso que se repartieran el trabajo, ella miraría en los comercios de la estación mientras Jenkins miraba en los de la plaza, pero él descartó la idea, porque no pensaba permitir que ella corriera ningún riesgo.

Aquella noche, cuando el tren se detuvo a unos minutos de las ocho y media, Jenkins salió enseguida, esta vez con la peluca y el bigote que le echaban encima unos cuantos años, y, moviéndose como un anciano, subió las escaleras del andén a la terminal con el resto de los viajeros. Miró a izquierda y a derecha por ver si lo seguían. Buscó en las tiendas de un lado de la estación y luego en las del otro. Entró en varias y preguntó si tenían móviles de prepago. En todas le decían que no y le proponían acudir a otro comercio de la estación. Cuando entró en todos los que le habían recomendado eran ya las 20:52. Miró por los ventanales de la estación las tiendas que había en la plaza y vio una farmacia y, al lado, un Sviaznói, uno de los mayores vendedores de móviles de toda Rusia.

Miró el reloj. El tren saldría en menos de diez minutos. Observó los detectores de metal de la entrada de la estación y vio que la cola se extendía por las escaleras. En su mente resonó la advertencia de Kulikova:

—El tren saldrá a su hora, contigo o sin ti.

María Kulikova recorría de un lado a otro su compartimento: cuatro pasos hasta la ventanilla, cuatro pasos hasta la puerta... Cada vez que volvía a la ventanilla, miraba hacia el andén y hacia los viajeros que fumaban como descosidos o aguardaban en las sombras que se extendían donde no llegaba la luz de las farolas. Charles Jenkins había desaparecido por las escaleras que subían a la terminal. Ella había querido acompañarlo y repartirse con él el trabajo, pero él había descartado la idea. Kulikova entendía la entrega que le tenía él a su misión, a su deber de llevarla viva a los Estados Unidos, pero no le hacía ninguna gracia sentirse tan impotente. Su deseo de ayudar también tenía mucho de práctico. ¿Qué iba a hacer ella si Jenkins no volvía? ¿Adónde iba a ir?

Inspiró hondo y logró dominar sus pensamientos. Haría lo que llevaba haciendo cuarenta años: buscar el modo de sobrevivir.

Volvió a mirar hacia la estación y miró su reloj de pulsera. Eran las 20:59.

Alguien llamó a la puerta y le hizo dar un brinco. El corazón se le aceleró: no era el código que había acordado con Jenkins antes de su partida. Las ruedas del carrito chirriaron en el pasillo. Alguien, quizá la supervisora, llamó una segunda vez. Sabía que las supervisoras tenían, como el *provodnik*, la llave de todos los vagones. Aplicó el oído a la puerta y oyó un sonido diferente. Entonces, bajó la mirada y vio que estaban introduciendo un papel por debajo de la puerta.

Dio un paso atrás. El cerrojo seguía echado y el pomo no se movía. Las ruedas chirriaron de nuevo cuando el carrito volvió a ponerse en marcha por el pasillo. María se agachó y recogió el papel.

Bajen del tren en Irkutsk.
Busquen a un amigo.

Contempló la nota sin saber si confiar o no en lo que leía. Podía ser una trampa. Aun así, los billetes se los había entregado el repartidor que había ido al piso. Los contactos de Jenkins, por tanto, sabían en qué tren viajaban y cuál era el número de su compartimento, pero la información también se compraba —y los Veliki estaban podridos de dinero— o se sacaba mediante coacciones a través del poder que otorgaba un alto cargo —y pocos tenían más autoridad que el subdirector de Contraespionaje.

Mientras consideraba el significado de la nota y si era de fiar, notó que el tren daba una sacudida y comenzaba a salir lentamente de la estación. «Charlie».

Ya no necesitaban teléfono.

Apartó la mirada de la nota para ver la hora. Eran las 21:03. Corrió a la ventanilla y buscó en el andén y en las escaleras que llevaban a la estación.

Charles Jenkins no estaba allí.

La sobresaltó alguien que llamaba de nuevo a la puerta. Esta vez, sin embargo, los sonidos conformaban un código: dos golpes, luego cuatro y, por fin, uno. María fue hacia la puerta y descorrió el cerrojo.

—Había un Sviaznói al otro lado de la plaza —dijo Jenkins entrando en el compartimento—. No he tenido...

María lo abrazó. A continuación, dio un paso atrás y sostuvo la nota en alto. Jenkins la abrió y leyó lo que llevaba escrito.

—¿De dónde ha salido?

—La ha metido por debajo de la puerta la supervisora.

—¿Estás segura?

—No, pero he oído pasar el carrito. La supervisora ha llamado a la puerta y, justo después, han echado el papel por debajo. ¿Qué opinas?

Jenkins sonrió.

—Mi contacto me pidió que recurriese a los métodos tradicionales cuando los de alta tecnología fallasen o pudieran ponernos en peligro. Esto, desde luego, encaja con el primer supuesto. Habrá que andarse con mucho ojo. Nos apearemos en Irkutsk por separado, igual que embarcamos, hasta que podamos estar seguros.

—¿A quién se refiere con lo de «un amigo»?

—No lo sé —dijo—, pero debe de ser alguien a quien reconoceré o que se presentará usando esas mismas palabras.

CAPÍTULO 42

*Ferrocarril transiberiano,
inmediaciones de Irkutsk*

María Kulikova miró el reloj. Eran las 00:42. Llevaba varias horas dando vueltas y más vueltas en la litera, incapaz de dormir. El tren llegaría a Irkutsk a las 03:47. Cabía pensar que la hora debía de ser el motivo por el que Jenkins y ella debían dejar el tren en aquella estación precisamente, pues la oscuridad les sería de ayuda para pasar inadvertidos. Jenkins le había dicho que descansara, pero ella dudaba mucho que pudiese hacerlo. Se incorporó. Él seguía durmiendo a pierna suelta en el otro compartimento.

Se puso las pantuflas, abrió la puerta y miró hacia el samovar. Al no ver a nadie, echó a andar por el pasillo, acompasando las piernas al balanceo del tren. Llenó de agua caliente un vaso de papel y cogió una bolsita de poleo junto con varias servilletas. Miró a través de la separación de cristal el coche salón contiguo y vio sentado a Arjip, solo y mirando por la ventana con la vista puesta en el cristal y el pensamiento, al parecer, muy lejos de allí. Se preguntó si estaría recordando a su esposa, si su muerte era el motivo por el que no dormía. Ojalá ella compartiese aquel dolor. Ojalá sintiera por Helge lo mismo que Arjip por su difunta esposa. Aquello podría ayudarla a aliviar el horrible cargo de conciencia que sentía por la muerte de Helge. Si lo hubiese amado como Arjip había amado a su esposa, como la seguía amando todavía… Aquel amor se veía en sus ojos húmedos, se escuchaba en el temblor de su voz y se deducía del hecho de que siguiera llevando la alianza dos años después de enviudar. María quería llorar la muerte de Helge, pero era incapaz de mentir o, mejor dicho, de mentirse.

Su dolor era más culpa que pena.

Porque no había amado a Helge.

Se dirigió a Arjip, quien, pese a todo, no apartó en ningún momento la mirada de la ventanilla.

—Debe de estar… —dijo.

Él dio un respingo y tiró su infusión… o lo que quedaba de ella, que formó un charquito sobre la mesa y, al llegar al borde, cayó goteando al suelo enmoquetado.

—Lo siento mucho.

María le tendió unas cuantas de las servilletas que había cogido al lado del samovar. Se agachó para secar la moqueta, que olía a poleo y a miel.

—No, tranquila. Ha sido una torpeza de mi parte. De todos modos, no quedaba demasiado… y estaba ya frío. —Limpió la mesa y puso de pie el vaso—. Por favor —dijo ofreciéndole la silla que tenía delante.

—Lo que iba a decirle era que debía de estar resolviendo un problema muy complejo o pensando en un recuerdo que tiene bien grabado en la memoria.

—Se diría que volvemos a ser las dos únicas personas del tren que están despiertas. Me preguntaba si vendría también esta noche.

Ella dio un sorbo a la infusión y se detuvo a reflexionar sobre el comentario. El vagón se mecía y daba algún que otro tirón al tomar una curva, pero, en general, el viaje era agradable y el sonido del tren sosegado. ¿Había estado Arjip pensando en ella? Descartó la idea: le faltaban unas pocas horas para abandonar aquel vehículo y su país y no volvería a ver jamás a aquel hombre.

—Entonces, ¿qué era?

—¿Qué era qué?

—¿Un problema muy complejo o un recuerdo que tiene bien grabado en la memoria?

Él sonrió sin dar una respuesta, al menos de viva voz. Sus ojos, en cambio, lo decían todo. Había aprendido a leer la mirada de los hombres y sabía muy bien que había estado pensando en su difunta esposa.

—¿Qué la trae aquí de nuevo? —preguntó él por cambiar de tema.

—Lo mismo que a usted —respondió ella—. No puedo dormir y no me gusta quedarme dando vueltas en la cama, donde mis pensamientos pueden hacerme más mal que bien.

—No la he visto de día. ¿Están disfrutando del viaje su marido y usted?

—Está resultando muy relajante, gracias. Y a usted, ¿qué le está pareciendo? ¿Es lo que esperaba?

Él meditó la respuesta y sus ojos azules volvieron a iluminarse. Sonrió.

—Necesitaba tener tiempo para pensar —respondió—. Nunca tenemos tiempo para pensar de verdad, ¿no le parece?

—¿Sobre su mujer?

—Sí, y sobre mi trabajo. Sobre mi jubilación.

—Me sorprendió mucho cuando me lo dijo. Todavía es usted joven.

Él sonrió, esta vez pensativo.

—Me temo que no todos piensan lo mismo. En realidad, no he sido yo quien ha tomado la decisión. Los que mandan me tienen por un perro que no tiene ni la capacidad ni la intención de aprender trucos nuevos. Quieren cerebritos de la informática.

—¿Qué piensa hacer? —preguntó ella bebiendo de su infusión.

Él miró por la ventana antes de volver a centrar en ella su atención.

—No lo sé. Ese es el problema. No quiero sentarme mano sobre mano y solo en un piso vacío. Puede que me dedique a viajar más si esta experiencia me resulta agradable.

—Entonces, se lo está tomando como una prueba de lo que podría ser su jubilación.

—Es una forma de verlo.

—Entiendo. Yo también me jubilo.

—¿Ah, sí?

—Y tampoco era precisamente lo que tenía pensado hacer.

—Entonces, sabrá usted cómo me siento. ¿Qué tiene planeado hacer durante su jubilación?

Ella reparó entonces en que tampoco tenía la menor idea. No se le ocurrió nada.

—No lo sé. Asusta no saberlo, ¿verdad?

—Sí. Habrá quien lo considere una gran aventura, pero yo no soy de esos.

—Yo tampoco. Supongo que viviré la jubilación como el resto de mis días: según vayan viniendo.

—Un plan muy sensato —dijo él—. Muy sabio.

Estuvieron hablando media hora más y descubrieron que tenían más cosas en común. Ninguno tenía hijos. La mujer de él no había podido concebir. Habían pensado en adoptar, pero, al final, había optado por vivir solos y aquella existencia les había resultado sorprendentemente agradable y gratificante. María, en cambio, siempre había querido ser madre. Ninguno de los dos tenía hermanos y los padres de ambos habían fallecido.

—Un equipo de uno —dijo María describiéndose.

—Lo que no es precisamente un equipo, ¿verdad?

—No —convino ella. Miró el reloj. No tardarían en llegar a Irkutsk—. Debería volver. —Se puso de pie y él hizo ademán de abandonar también su asiento—. No se levante. Siento haber interrumpido sus pensamientos.

Él se puso en pie de todos modos.

—Querrá decir que me los ha iluminado —replicó con una cortés inclinación—. Además, un hombre que no se levanta cuando ve llegar o despedirse a una mujer hermosa está condenado a sentarse solo el resto de sus días.

María vio afecto en su mirada y en el tono amable de su voz. Ni recordaba ya la última vez que había recibido un cumplido incondicional de un hombre. Tuvo que reprimir el deseo de echarse a llorar que sintió de pronto.

—Una idea preciosa, Arjip. ¿De quién es?

Él sonrió.

—¿La veré mañana por la noche?

Ella sabía que no y una parte de ella se sintió decepcionada.

—Eso espero —dijo.

CAPÍTULO 43

Ferrocarril transiberiano,
afueras de Irkutsk

Charles Jenkins se tensó al oír la puerta del compartimento. Se había despertado hacía un rato y había usado los servicios. Al volver, se había asomado a la litera de Kulikova y, al no verla, había sentido que le subía la tensión. Estaba a punto de salir corriendo a buscarla cuando volvió ella al compartimento.

—¿Adónde has ido?

—Lo siento —dijo ella, consciente sin duda de la expresión preocupada de él—. Estabas durmiendo. He ido a por una infusión y he aprovechado para pasar un rato en un sitio que no fuera este compartimento. Me estoy volviendo claustrofóbica.

—¿Has visto a alguien? ¿Algo sospechoso?

—No, a nadie.

Tenía que haberle dicho que necesitaban buscar una forma de avisar cuando saliera del compartimento para hacerse una infusión (pegar una nota en la puerta o algo por el estilo), pero ya no tenía mucho sentido, porque iban a dejar aquel tren cuando llegase a la estación de Irkutsk, para lo cual quedaba ya menos de una hora.

—Tenemos que ver lo que vamos a hacer cuando se detenga el tren.

Ella se sentó en la litera y Jenkins tomó asiento frente a ella, aunque aprovechó más el espacio que tenía a sus espaldas a fin de hacerse hueco para las rodillas.

—Yo saldré del vagón por la puerta delantera y buscaré a ese «amigo», sea quien sea. Si lo encuentro en el andén y va todo bien, dejaré la mochila en el suelo. Esa será la señal para que salgas tú por el otro extremo del vagón. Si no me ves soltar la mochila, no salgas: quédate en el compartimento y echa el cerrojo de la puerta.

—Entendido. Sin embargo, a menos que haya comprado un billete, nuestro amigo no estará en el andén, sino en la otra punta de la estación, esperando en el aparcamiento.

Tenía razón. Jenkins no había caído en esa posibilidad. Tras reflexionar unos instantes, dijo:

—Si no veo a nadie en el andén, seguiré hasta la terminal. Tendrás que seguirme, pero intenta mezclarte con la gente como hiciste cuando embarcamos. Haremos lo mismo: si en la terminal encuentro a nuestro amigo y va todo bien, soltaré la mochila. De lo contrario, usa tu billete para volver al tren. Hasta Vladivostok no habrá problema.

Kulikova asintió con gesto estoico, pero Jenkins notó sus nervios en el leve temblor de sus manos, que tenía apoyadas en el regazo. Trataba de aparentar fortaleza, cosa que él entendió que debía de haber hecho durante muchos años. Recordó que le había dicho que había pasado décadas yendo a trabajar a diario con la idea de que aquel día podía ser el último, que tal vez necesitara morder el bolígrafo para romper la cápsula de cianuro y quitarse la vida. No le cabía la menor duda de la fortaleza de aquella mujer, pero hasta al más firme se le aflojarían las piernas al llegar tan cerca de la línea de meta, tan cerca de la libertad. Sabía que aquel era el momento más propicio para un ataque de pánico, el momento en que, a menudo, se lanzaban por la borda horas de adiestramiento y planificación. A él le correspondía la misión de transmitir confianza y evitar que se desmoronase todo… por el bien de ambos.

—Pase lo que pase —dijo—, cíñete al plan. Si algo sale mal, vuelve al tren. Si han podido hacernos llegar una nota, podrán hacernos llegar otras. Hay que ser optimistas.

—Lo intentaré. —Bajó la mirada como si reflexionase y a continuación volvió a alzarla—. Cuéntame cómo va a ser mi vida en los Estados Unidos.

Jenkins dedujo que había cambiado de tema para tranquilizarse.

—Al principio, pasarás un tiempo con los agentes de la CIA para transmitirles toda la información que tengas. Luego, el centro de realojamiento te buscará una nueva vida: otro nombre, otra identidad, otro pasado. Te tratarán bien y te darán una buena casa en un barrio agradable.

—¿Y luego?

—Serás libre.

—¿Libre para qué?

La pregunta parecía sencilla, pero, en realidad, distaba mucho de serlo. Ella nunca había sido libre. Había estado atrapada siempre dentro de los confines de su condición de espía, que había acaparado todas sus horas de vigilia y todos sus pensamientos.

—Para lo que quieras.

—Ojalá lo supiera, señor Jenkins. Mis días han estado predeterminados hasta el último minuto durante años, igual que muchas de mis noches. Cuando no estaba trabajando, pensaba en el trabajo, en las cosas que había hecho y en las que tendría que hacer. Me preparaba para la posibilidad de que cada día fuese el último. Tengo miedo de no saber qué hacer sin esa carga que ha ocupado una parte tan grande de mi vida, que ha estado tan presente cada hora del día.

Jenkins quería decirle que él también había vivido muchos años como ella, solo con su culpa. Quería contarle como había aparecido Alex en su vida para cambiarlo todo. Quería decirle que la edad no era más que una cifra, que los perros viejos pueden aprender trucos nuevos; pero todo aquello no serían más que palabras: necesitaba averiguarlo por sí misma.

—Intenta no pensar mucho en lo que viene. Mi madre me decía que la vida se parece mucho a la lectura de un libro. No sabes qué va a pasar a continuación hasta que pasas la página y lo lees hasta el final. Lo bonito de leer es eso: el viaje.

—Espero, Charlie, que el libro que le tocó leer a tu madre fuera hermoso y tuviese un final feliz. Ojalá el mío también.

—Ojalá, María. —Miró el reloj—. Ya es casi la hora. —Trató de sonreír para comunicarle confianza.

Ella tendió la mano y apretó la de Jenkins.

—Todo saldrá bien —dijo—. Vamos a volver juntos la página, Charlie, a ver qué viene ahora.

Jenkins miró por la ventanilla mientras el tren se aproximaba a Irkutsk, pero todavía no habían dado las cuatro de la mañana y el cielo seguía negro como boca de lobo, sin un atisbo del sol en el horizonte. Según el folleto, el ferrocarril debía serpentear en paralelo al río Angará, que atravesaba la ciudad procedente del extremo meridional del lago Baikal, el más profundo de agua dulce de todo el planeta. A él afluían cientos de ríos, pero el Angará era el único que partía de él. Ojalá fuera un buen augurio y Kulikova lograse salir también. La estación estaba construida a orillas del río, a varios kilómetros del lago.

Se puso la sudadera gris, se caló bien la gorra de béisbol y se puso encima la capucha. Se echó la mochila al hombro y ajustó las correas. Se dirigió de nuevo a la ventanilla cuando el tren entraba ya en la estación. A la luz de las farolas que iluminaban el andén, estudió los rostros de cuantos esperaban allí mientras el tren se detenía. Irkutsk era uno de los nudos de transporte más importantes de la línea transiberiana y había muchos viajeros de aspecto cansado aguardando el momento de embarcar. El tren frenó con una sacudida. Jenkins se dirigió hacia la puerta pasando por entre las literas y se volvió hacia María.

—Acuérdate: si dejo la mochila en el suelo, todo va bien; si no...

—Saldré pitando. —Sonrió, aunque él sabía que solo para tranquilizarlo.

Abrió la puerta. A pesar de la hora, no faltaban pasajeros somnolientos que avanzasen en dirección a las salidas arrastrando tras ellos maletas con ruedas. Jenkins cerró la puerta del compartimento y oyó a María echar el cerrojo. Caminó hasta la cola. En la salida, buscó entre los rostros del andén y no reconoció a nadie. Sintió el aire fresco de la mañana y la brisa enérgica que llegaba del río. El *provodnik* iba advirtiendo a los que bajaban que tuvieran cuidado con el escalón. En el andén, avanzó con la masa de viajeros en dirección a una escalera cubierta, buscando en todo momento un rostro conocido y atento por si lo abordaba alguien diciendo ser «un amigo».

Pensó en la posibilidad de que fuese Lemore, pero enseguida concluyó que algo así sería demasiado peligroso. Era más probable que se tratara de un agente que pretendía permanecer en el anonimato. Ojalá no fuera una trampa, aunque también existía dicha posibilidad.

A su derecha, al otro lado de las vías, estaba la terminal, más semejante a un palacio de dos plantas de finales del siglo XIX, pintada de un tono vivo de verde y con franjas blancas que resaltaban las ventanas arqueadas y las elaboradas molduras. Siguió al resto de viajeros hasta la escalera cubierta y descendió con ellos a un túnel que pasaba por debajo de las vías. Las ruedas de las maletas reverberaban en los azulejos de las paredes con un ruido semejante al del motor de un reactor. El cansancio debido a la hora hacía que nadie hablase muy alto. Ascendió la escalera que daba al otro lado de las vías y se detuvo para buscar de nuevo a «un amigo» y, al mismo tiempo, darle tiempo a que se acercase a él o lo viera. Al no encontrar a nadie, entró en la terminal. Aunque mantuvo la cabeza recta, sus ojos no dejaban de mirar a izquierda y derecha, buscando a alguien que pareciera interesarse en los viajeros, alguien que, quizá, ocultara auriculares. Se centró en los labios por si los veía moverse. Si se trataba de una trampa, habría más personas y tendrían que comunicarse.

Tampoco vio a nadie.

Ni nadie lo abordó.

Fue hacia la salida. Se detuvo un instante y se agachó para atarse un cordón y poder buscar a María. No la vio.

Salió y permaneció un instante en la salida para mirar el aparcamiento. Las farolas iluminaban un autobús en la parada que había más allá de los vehículos estacionados. Los viajeros que salían estaban cruzando la explanada.

Jenkins no dejaba de recorrerlo todo con la mirada.

Un Citroën del aparcamiento encendió un par de veces los faros. Instantes después salió de él un hombre a la luz del alba.

No creyó lo que veían sus ojos ni tampoco pudo reprimir una sonrisa. No tenía la menor idea de cómo había podido organizar Lemore una cosa así, pero estaba convencido de que no tardaría en enterarse con todo lujo de detalles. Cruzó el umbral en dirección al aparcamiento mientras se preparaba para quitarse la mochila del hombro.

María Kulikova, conforme a las instrucciones recibidas, esperó en su compartimento unos minutos que se le hicieron eternos. Tenía la bolsa de ropa en una mano. Sin el bolígrafo con la cápsula de cianuro se sentía desnuda, desprotegida. Nunca se había puesto en una situación en que las fuerzas rusas pudieran capturarla y en ese momento la aterraba semejante posibilidad. Sabía muy bien cuál había sido la suerte de las hermanas a las que había traicionado Carl Emerson, agente de la CIA convertido en confidente de la FSB, y era consciente de los meses de tortura física y psicológica que habían tenido que soportar antes de su ejecución.

Anduvo hacia la puerta del vagón más alejada de la que había usado Jenkins para apearse. El hombre que había conocido en el andén de Moscú se había encaminado con sus hijos hacia la misma salida desde el vagón contiguo. Le sonrió y agitó una mano con entusiasmo, lo que hacía pensar que debía de haber estado buscándola en el tren. Los dos chiquillos, un niño y una niña, avanzaban pesadamente, como era de esperar teniendo en cuenta que los debía de haber sacado de la cama unos segundos antes. Llevaban todavía el pijama bajo los abrigos y tiraban de sus maletas de ruedas como presos que arrastrasen piedras pesadas. La del crío chocó varias veces contra la pared.

—*Ya dúmal, vi yédete do konechnoi stantsi, vo Vladivostok* —le dijo llegando a la puerta. «Pensaba que tenía intención de viajar hasta el final de la línea, en Vladivostok».

—Una nunca conoce a ciencia cierta sus planes —respondió María—. ¿O acaso no puede una mujer cambiar de opinión?

Los pequeños bajaron al andén haciendo golpear las maletas con cada uno de los peldaños y, una vez abajo, con el suelo de cemento. El hombre la invitó con un gesto a bajar primero.

—No la he visto a bordo, y eso que la hemos buscado en el vagón comedor.

—Los cambios de hora me han arruinado el sueño —dijo ella aprovechando como excusa los seis husos horarios que separaban Moscú de Vladivostok—. A medianoche me encuentro siempre con los ojos como platos. Por lo que veo, usted no puede decir lo mismo de sus dos hijos.

—Levantarlos ha sido como resucitar a los muertos —aseveró mientras los cuatro caminaban entre el gentío—. ¿Qué plan tiene entonces? ¿Hacer un poco de turismo por la zona?

Ella buscó a Jenkins y vio la capucha por encima de las cabezas del resto a pesar de que había tenido la precaución de simular una altura más moderada.

—Tal vez, porque todavía no conozco el París siberiano. —Recorrió con la mirada los rostros de quienes aguardaban para embarcar.

—Si necesita un guía, para mí sería un placer.

—Muy amable de su parte —dijo ella sin dejar de observar a unos y a otros—, pero yo diría que va a tener que acostar otra vez a estos dos antes de que se duerman encima de la maleta. —Los dos sonrieron mientras se frotaban los ojos—. Dame, que te ayudo con eso —ofreció a la pequeña, que le tendió gustosa el asa de su equipaje.

María no se separó de los tres mientras descendían por la escalera interior para cruzar al otro lado de las vías. Jenkins ya estaba subiendo. Momentos después lo siguieron la familia y ella, que accedieron a la terminal y se encaminaron a la salida que daba al aparcamiento. Estaban ya cerca cuando el hombre quiso saber:

—¿Tiene cómo moverse?

—Me va a recoger un amigo —respondió ella.

—Si quiere, podría llamarla durante su estancia y enseñarle Irkutsk.

—Gracias. ¿Por qué no me da usted mejor su teléfono y así no parezco la clase de mujer que le va dando el suyo al primer hombre atractivo con el que se cruza?

Él le dio su número. María se lo agradeció y se despidieron. Entonces se detuvo y salió al aparcamiento. A su derecha, en otra puerta, vio a Jenkins en el umbral. Tenía el móvil delante, aunque no dudó que debía de estar escrutando la explanada. Ella se colocó tras un pilar y se dispuso a esperar. Uno de los vehículos del estacionamiento hizo destellar los focos y a continuación salió de él un hombre. Jenkins echó a andar hacia él y se llevó la mano a la correa de la mochila para bajarla del hombro.

Había encontrado a «un amigo»

Jenkins caminaba hacia el amigo del Citroën cuando oyó el ronco rugido de un motor y vislumbró un coche que se acercaba a gran velocidad justo antes de que le cortara el paso y se detuviera. En ese instante se abrieron las puertas y le impidieron escapar. Con la misma rapidez, salieron sendos hombres del asiento delantero y del posterior siguiendo una coreografía bien ensayada. Cada uno llevaba un arma y lo tenían encañonado. Jenkins pensó en huir, abrigó la idea de resistirse, pero, en lugar de eso, optó por levantar la mochila para apoyársela con firmeza en el hombro. En la fracción de segundo que necesitó para tomar la decisión, el hombre que tenía a la espalda le asestó un golpe en la nuca con la culata de su pistola. Mientras se desplomaba, lo lanzaron con un empujón al suelo del asiento de atrás.

Acto seguido, se cerraron las puertas y el coche salió de allí a toda velocidad.

Momentos después, el hombre del asiento del copiloto rompió el silencio:

—Es usted un hombre muy popular, señor Jenkins.

Él trató de despejar la mente y aclararse la vista. Sintió que le ceñían con bridas una muñeca y luego la otra. Con los tobillos hicieron otro tanto.

—Dígame, ¿dónde está la señora Kulikova? —preguntó la voz.

—¿Quién?

La respuesta provocó toda una andanada de puntapiés con zapatos de suela rígida, dirigidos todos a sus costillas salvo el que le dio en el rostro.

—Déjese de jueguecitos, señor Jenkins, no sea estúpido. ¿Dónde está la señora Kulikova? —repitió el copiloto.

La boca se le llenó del sabor metálico de la sangre y notó que la hinchazón le estaba cerrando el ojo derecho.

—Ya os he dicho que no sé de quién o de qué me estáis hablando. Yo viajo solo.

Aquello provocó más patadas y algún puñetazo. Sintió el impacto de cada uno de ellos.

—Ya veo —prosiguió el hombre del asiento del copiloto— que vamos a tener que hacerlo por las malas. Qué remedio. Encontraremos a la señora Kulikova, con su ayuda o sin ella.

Uno de los ocupantes del asiento trasero le colocó un saco negro en la cabeza. Con los pies lo mantenían inmóvil y, de cuando en cuando, una patada lo mantenía aturdido y le impedía pensar con claridad. Ojalá «un amigo» hubiese encontrado a María antes que los demás que la buscaban, pues, por horrible que fuera el trato que suponía que le tenían reservado a él, según confirmaba cada patada recibida, sabía que María podía esperar una suerte mucho peor si la cazaba Sokolov.

CAPÍTULO 44

Estación de ferrocarril de Irkutsk

María vio el coche que se aproximaba a Jenkins a gran velocidad y frenaba a su lado. Por supuesto, no era el «amigo». Jenkins volvió a echarse la mochila al hombro cuando salieron dos hombres del vehículo y, sin más aviso, le golpearon la nuca y lo arrojaron al asiento trasero. Trató de luchar contra el pánico, pero las piernas se le quedaron sin vida y como ancladas al suelo. Cruzó su mente un pensamiento. Se volvió a buscar al hombre de los dos chiquillos y lo vio en el aparcamiento, con los hijos sentados ya en el asiento de atrás de un coche que los aguardaba. Él cerró el maletero y echó a andar hacia la puerta del copiloto.

—¡Espere! —lo llamó María afanándose en mover las piernas, que parecían haberse vuelto de plomo. El hombre se metió en el asiento—. ¡Espere, por favor! —exclamó ella de nuevo.

La puerta se cerró y el vehículo dejó el aparcamiento en dirección a la calle.

Y ahora, ¿qué?

Había que ceñirse al plan. Volver al tren.

Se volvió hacia la terminal, pero vio a un hombre alto con la cabeza rapada que caminaba hacia ella por entre los coches estacionados. Miró a su izquierda y vio a otro hombre, más bajo y fornido, acercándose. No, no era «un amigo». Tampoco era Zhomov.

Eran los hombres de Velíkaia.

Una mano la agarró por el brazo y tiró de ella en la única dirección en la que podía ir.

—Aquí está. La he buscado por todas partes. —Era Arjip, aparecido como de la nada—. El autobús sale en menos de un minuto. Hay que darse prisa.

Pasaron por entre otra hilera de vehículos aparcados, iluminados por sus faros. El sonido de los motores y el olor a gasóleo llenaban el aire. María se dejó llevar, preguntándose si no sería Arjip quien les había hecho llegar la nota, si no sería él «un amigo».

En ese instante les cortó el paso otro vehículo que se interpuso entre ellos y el autobús. A través del parabrisas pudo ver el rostro del conductor: Aleksandr Zhomov. El interior se iluminó cuando el ocupante se apeó sosteniendo un arma y les apuntó.

—Abajo. —Arjip lanzó a María al suelo entre dos coches estacionados justo antes de que sonara un disparo.

La bala arrancó chispas al retrovisor lateral de uno de los vehículos. Zhomov volvió a disparar y de nuevo dio en un automóvil, esta vez para pincharle una rueda.

Los demás viajeros quedaron paralizados durante un instante, por miedo o por confusión. Trataron de localizar el sonido preguntándose si no se trataría de un coche petardeando. Arjip se puso en cuclillas entre los vehículos mientras buscaba una salida. Los de Velíkaia avanzaban por un lado y Zhomov les bloqueaba la huida por el otro. Eran blancos fáciles para los unos y para el otro.

En el segundo que tardó María en hacerse cargo de la situación, la respuesta de las armas automáticas y la lluvia de proyectiles agujerearon el metal e hicieron añicos las lunas de los automóviles. Se hizo el caos. Despejada ya toda duda acerca del origen del sonido, los viajeros echaron a correr en todas direcciones, aunque algunos, demasiado aterrados para moverse, siguieron agachados entre los coches. Otros huyeron hacia la terminal de ferrocarril.

Zhomov devolvió los disparos. Uno de los hombres de Velíkaia cayó al suelo. El segundo siguió rociando el coche de Zhomov con el fuego de su automática mientras corría a ayudar a su camarada herido. Se refugió tras un vehículo y Zhomov tuvo que concluir que lo único que podía hacer ante semejante descarga era parapetarse también tras la puerta de su coche.

Arjip usó aquel segundo en ventaja propia y tiró de María hacia la estación. Al llegar a la última fila de vehículos, la última protección que les quedaba antes de los seis metros de espacio descubierto que había ante las puertas de la terminal, se detuvo, metió la mano bajo la americana y sacó una pistola. María volvió a preguntarse si podría ser «un amigo». Quizá fuera aquel el motivo que lo había llevado a entablar conversación con ella en el tren.

—Cuando se lo diga, corra hacia la terminal. —Miró a sus espaldas. Zhomov asomó la cabeza por detrás de la puerta del coche y Arjip hizo fuego y lo obligó a esconderse de nuevo—. ¡Ahora!

Cuando María echó a correr por aquel espacio desprotegido, frenó otro coche ante ella y le impidió seguir avanzando hacia la estación. Se abrió la puerta del copiloto y el hombre que iba al volante le tendió una mano desde el otro asiento.

—Entre, señora Kulikova.

María vaciló confundida. Conocía a aquel hombre. Lo conocía por la labor que había desarrollado durante años en la Lubianka. Sin embargo, no acababa de ubicarlo. Entonces cayó en la cuenta.

—Víktor Fiódorov —dijo.

—Entre, señora Kulikova. Soy un amigo.

Ella sintió la mano de Arjip empujándola por la cintura y los dos apretaron los talones hacia el coche. Fiódorov apuntó con un arma al inspector.

—Me temo que no —dijo.

—No —contestó María—. No pasa nada.

Sin tiempo para discutir, Fiódorov soltó un reniego y bajó el arma. Arjip entró estrujándose y cerró la puerta de golpe. María miró por encima del hombro y vio a Zhomov meterse de inmediato en su coche mientras Fiódorov pisaba el acelerador, esquivaba a varios automóviles y peatones y doblaba a la derecha para tomar la salida a la carretera principal, con tanta brusquedad que hizo chirriar las ruedas.

María se aferró a Arjip, que había agarrado la manecilla de la puerta para no volcarse. Fiódorov alargó el brazo por delante de ella y volvió a apuntar a Arjip.

—Dígame, ¿quién es usted? —preguntó.

María trató de bajar el brazo de Fiódorov, pero no lo consiguió.

—Es un amigo del tren.

—Lo dudo mucho —replicó el conductor, cuya mirada no dejaba de danzar entre el retrovisor, el parabrisas y Arjip—. Entre otras cosas, su amigo lleva un arma. Dígame quién es, amigo, si no quiere que le pegue un tiro y lo deje en la cuneta.

—Soy Arjip Mishkin, inspector jefe de la policía de Moscú.

—¿Es usted agente de policía? —dijo María, aturdida y sintiéndose traicionada.

Arjip miró por el retrovisor.

—Está cada vez más cerca —anunció—. Sugiero que gire con frecuencia si quiere perderlo.

Fiódorov retiró el arma y miró el espejo lateral y el central mientras maldecía una y otra vez. Girando y volviendo a girar, fue recorriendo calles y callejones sin vacilar un instante, de modo que, un minuto más tarde, María había dejado de ver el coche de Zhomov por el retrovisor lateral.

Enfilaron un callejón estrecho, haciendo saltar cubos de basura sobre el capó y el techo del vehículo. Justo antes de llegar al final, giró hacia un garaje con dos plazas en un edificio de bloques de hormigón. La otra plaza estaba ocupada por un automóvil a medio desmontar. Fiódorov salió y cerró enseguida la puerta enrollable.

Volvió al vehículo y blandió la pistola frente a Arjip y a María.

—Ustedes dos, salgan.

María y Arjip obedecieron. La sala de cemento estaba iluminada por tubos fluorescentes suspendidos del techo por cadenas. En un banco de madera yacían recambios de coche y herramientas, el aire estaba preñado de olor a aceite y gasolina.

Fiódorov tenía a Arjip a punta de pistola.

—Saque el arma lentamente y démela —le dijo.

Arjip hizo lo que le pedía.

—¿Es usted agente de policía? ¿Me ha estado siguiendo? —insistió María.

—Agente no: inspector. Además, no la estaba siguiendo a usted, señora Kulikova, sino al señor Jenkins. Siento no haberle dicho la verdad en el tren, pero doy por hecho que podrá entender mis motivos.

—¿Y cómo supo que íbamos en ese tren?

—Los seguí desde el bloque de pisos de Moscú hasta la estación Yaroslavski y, cuando embarcaron en el transiberiano, no tuve más remedio que seguirlos.

—Pero ¿qué pinta usted en todo esto? —quiso saber Fiódorov.

—Se lo voy a decir —repuso Arjip—. Estoy investigando el asesinato de Eldar Veliki y estoy interesado en hablar con el señor Jenkins.

Fiódorov se echó a reír.

—Pues me parece a mí que se ha metido usted en un cenagal bastante más complicado que un simple asesinato, inspector Mishkin.

Arjip miró a María y dijo con aire tranquilo.

—Sí, eso parece.

—En el tren... —A María le costaba encontrar las palabras adecuadas—. No lo entiendo. ¿Por qué no detuvo sin más al señor Jenkins? ¿Para qué subirse al tren y hacer todo el trayecto hasta Irkutsk?

Él no respondió inmediatamente, aunque su mirada lo decía todo. No había estado siguiendo a María, pero sí había previsto sus encuentros.

—Como usted, me encuentro en una situación muy complicada, señora Kulikova. Ya le dije la otra noche que quieren jubilarme. Hasta puede que lo hayan hecho ya. Así me agradecen tres décadas de servicio, con una palmadita en la espalda mientras me acompañan a la puerta. Estoy intentando asimilar mi jubilación forzosa, pero antes estoy decidido a resolver este asesinato. No por ellos, que ya me han apartado del caso, sino por mí.

María miró a Fiódorov y todos soltaron un suspiro.

—¿Qué hacemos ahora? —preguntó.

—De momento, se quedará con nosotros —dijo Fiódorov—. No podemos dejar que se vaya y, por otra parte, matando a un policía solo conseguiríamos atraer más la atención. ¡Como si no fuésemos ya sobrados!

—Yo les aseguro que no tengo más interés en todo este asunto que hablar con el señor Jenkins. Si no puedo dejar el cuerpo con mis condiciones, lo dejaré al menos con un historial intachable. Es poca cosa y, a la vez, no lo es.

—Y usted, Víktor, ¿qué hace metido en esto? —preguntó María—. ¿Es agente de la CIA?

Fiódorov se echó a reír.

—No, no estoy con la CIA. Ya, de hecho, tampoco estoy con la FSB. No tengo vinculación alguna con ningún organismo gubernamental ni deseo volver a tenerla.

—Entonces, ¿qué pinta aquí?

—Me mueve el dinero. Sale más rentable trabajar por cuenta propia.

—¿Se ha puesto usted en contacto con la CIA para ofrecerle sus servicios?

—No: fue la CIA, en concreto el señor Jenkins, quien me buscó hace varios meses para contratarme.

—Usted lo ayudó a sacar a Pavlina Ponomaiova de la cárcel de Lefórtovo y del país.

—Sí, y por ello me pagaron muy bien.

—Entonces, ¿qué hace aquí? No parece que le haga falta el dinero.

—A nadie le amarga un dulce, señora Kulikova. —Meneó la cabeza—. Pero tiene razón: no es por dinero. El agente al cargo del señor Jenkins dio conmigo en París. Parece ser que la CIA lleva un tiempo siguiéndome, a mí o a mi nueva identidad, vaya. Quieren reclutarme. —Miró a Arjip—. Pero, como usted, no permito que nadie más me imponga condiciones en mi trabajo. El supervisor del señor Jenkins me dijo cuál era la situación y yo le dije que no me importaba. Me ofreció dinero y yo le dije que ya tenía dinero. Entonces me ofreció algo que no tenía.

—¿Qué? —preguntó ella.

—La ocasión de escupirle a la cara a Dmitri Sokolov. Es de las cosas que solo se presentan una vez en la vida, ¿verdad?

—El hombre que lo despidió.

—Sí. Además, el agente supervisor del señor Jenkins me contó cuál era el plan para sacarla de Rusia y yo soy de Irkutsk. Nací y me crie aquí. Tengo muchos amigos y me conozco la ciudad al dedillo.

—Fue usted quien envió el mensaje sobre «un amigo».

—Sí, pero, como siempre, con el señor Jenkins nada resulta sencillo, ¿verdad? ¿Sabe quiénes son los hombres que se lo han llevado?

—Trabajan para Yekaterina Velíkaia —dijo Arjip.

—*Vot dermó*. Cuando Jenkins se mete en un lío, se mete hasta las cejas. ¿Y el otro hombre?

—Aleksandr Zhomov —dijo María—. Es…

—*Vot dremó* —repitió Fiódorov con aire exasperado. Dejó escapar un suspiro y se pasó la mano por el pelo que había empezado a asomarle a la cabeza afeitada—. Conozco muy bien a Aleksandr Zhomov… y su reputación.

—¿Quién es, exactamente? —quiso saber Arjip—. De la FSB, sin duda.

María lo puso al día.

—Esto se pone cada vez más interesante —aseguró Fiódorov sin dejar de atusarse el pelo incipiente mientras iba de un lado a otro.

Kulikova le reveló la conclusión a la que habían llegado Jenkins y ella sobre por qué quería Sokolov que no trascendiera su detención.

—Tiene sentido —dijo Fiódorov—. En tal caso, ¿puedo presumir que los rumores de que su relación con Sokolov iba más allá de lo profesional eran ciertos?

María miró a Arjip antes de volver la vista de nuevo hacia Fiódorov.

—Sí, son ciertos.

Fiódorov soltó una risita.

—No se haga la sorprendida, señora Kulikova. En la Lubianka corren toda clase de rumores.

—Con el señor Jenkins, Sokolov estaría pescando un pez muy gordo. Su objetivo ha sido siempre hacerse con el cargo de director y trabajar en el Kremlin.

—Cierto, pero Jenkins está en una lista negra de gente a la que hay que matar.

—Sí, lo que pasa es que Sokolov había pensado algo distinto para él.

—¿Y de qué se trata?

—Quería darle al Kremlin alguien a quien pudiera intercambiar por los dos miembros del Zaslón a los que detuvieron hace poco cuando intentaban matar a Fíodo Ibraguímov.

Fiódorov abrió los ojos de par en par.

—*Tvoiu mat* —dijo. «Su puta madre»—. ¿Eso cuándo ha sido?

—Hace no mucho. Los americanos todavía no lo han reconocido ni tampoco que los tienen retenidos.

—Están esperando a que el Kremlin dé el primer paso —dijo Fiódorov—. Reconocerlo sería ponerse en una situación muy vergonzosa, sobre todo si los americanos pueden demostrar que el presidente estaba al tanto de la operación.

—Desde luego, por no hablar de que justificaría un acto de condena y la imposición de sanciones severas a las que no dudarían en sumarse otras naciones de la OTAN. Si Sokolov consigue entregar al señor Jenkins, brindará al Kremlin una moneda de cambio muy valiosa para que los Estados Unidos devuelvan con discreción a los dos agentes.

Fiódorov miró a Arjip.

—Parece que los de Velíkaia y usted no son los únicos que buscan al señor Jenkins, inspector Arjip Mishkin.

—Así es —convino él.

—Como acabo de decir, cuando el señor Jenkins pisa una mierda, suele ser una de las grandes. Mishkin, hábleme de la muerte de Eldar Veliki y de por qué desea hablar con Jenkins al respecto. Tal vez podamos sacarle partido. Eso sí, dese prisa, porque dudo que al señor Jenkins le quede mucho tiempo.

CAPÍTULO 45

Elaboraciones Cárnicas de Irkutsk

Jenkins había abrigado esperanzas de que el viaje fuese largo. Había abrigado esperanzas de que lo sacaran del coche para meterlo en un avión y llevarlo de nuevo a Moscú. Había albergado incluso la esperanza de verse en una celda de Lefórtovo, porque tal cosa significaría que lo había atrapado la FSB. De haber sido así, habría tenido una posibilidad, aunque mínima, de seguir con vida. Matt Lemore y María Kulikova, cierto era, le habían dicho que la FSB lo había incluido en una lista negra y lo buscaba para matarlo, pero ni siquiera figurar en semejante relación tenía por qué equivaler a una muerte segura. Podía dar por hecho que lo torturarían, lo interrogarían y lo mantendrían aislado mientras las autoridades moscovitas creyeran que tenía información que ofrecerles, algo de valor que pudiesen sacarle. Aquel tiempo precioso permitiría a Lemore mover hilos para salvarlo… siempre que Fiódorov pudiese hacerle llegar la noticia de que seguía con vida. Entre naciones hostiles existía un código no escrito de reciprocidad. Si tú expulsas a mis diplomáticos, yo expulso a los tuyos. Si tú capturas a uno de los míos y lo acusas de espionaje, yo haré lo mismo con uno de los tuyos, sea o no un espía en realidad. Luego, los intercambiaremos. Según María, la CIA tenía en ese momento a dos miembros del Zaslón, unidad selecta y ultrasecreta de operaciones especiales cuya existencia no estaba dispuesta a admitir públicamente Moscú. Eso quería decir que Lemore tenía agentes con los que negociar un trueque.

Aun así, todo aquello se volvió irrelevante cuando el coche en el que lo habían metido a la fuerza se detuvo minutos después de abandonar la estación ferroviaria y los dos hombres del asiento trasero lo sacaron del suelo del vehículo para dejarlo en uno de cemento. Aquellos hombres no eran de la FSB. Aquellos hombres trabajaban a las órdenes de Yekaterina Velíkaia. Eran mafiosos. No tenían interés alguno en negociaciones ni trueques y, probablemente, tampoco en ninguna suma de dinero, por cuantiosa que pudiera ser.

Solo les interesaba una cosa: la venganza.

Los hombres lo agarraron por debajo de las axilas y lo arrastraron hasta lo que supuso, por el cambio de temperatura, que debía de ser un edificio. Una vez dentro, lo levantaron del suelo y sintió una tensión creciente en los hombros. Lo habían dejado suspendido en el aire. Aquello no tenía buena pinta.

Se habían propuesto interrogarlo, pero no mucho tiempo... Solo tendrían una pregunta: ¿por qué había matado al hijo de Yekaterina?

Aquello lo cambiaba todo.

Ojalá Fiódorov, el «amigo» de la terminal de ferrocarril de Irkutsk, hubiese dado con María y la hubiera llevado a un lugar seguro. Ella tendría entonces que avisar a Lemore de que los hombres de Velíkaia tenían a Jenkins y Lemore tendría que hacer saber de un modo u otro a los de Velíkaia que la muerte de Jenkins no haría ninguna gracia a la CIA, que no dudaría en emprender una guerra sin cuartel contra sus intereses comerciales.

Una vez más, aquello era mucho desear y, además, requería tiempo, quizá demasiado. Dada la fuerza de las patadas y los puñetazos que ya había tenido que soportar, era muy probable que lo mataran a golpes antes de que pudiera intervenir Lemore.

El objetivo de Jenkins, no obstante, seguía siendo el mismo: seguir vivo... cuanto fuera posible. Mientras estuviera vivo, cabría retener la mínima posibilidad, la mínima esperanza, de que todo acabase por encajar, de salir de aquel aprieto y volver a casa con Alex y los niños.

Tenía que reconocer que a Matt Lemore no le faltaba talento. La elección de Fiódorov tenía mucho sentido. No tenía ni idea de cómo había podido contactar con él, aunque la CIA y él tenían un expediente muy abultado sobre el antiguo agente de la FSB y sabían que se hacía llamar Serguéi Vladimiróvich Vasíliev. Lo más seguro era que le hubiese seguido la pista hasta algún lugar de Europa ligado a sus cuentas bancarias millonarias. Lemore también sabía que Fiódorov había nacido y se había criado en Irkutsk, que había crecido en el París siberiano, y debía de haber dado por supuesto que un antiguo agente de la FSB tan sobresaliente como él debía de seguir bien conectado.

Al menos, eso esperaba Jenkins.

El frío de la sala se extendió con rapidez por el cuerpo de Jenkins, pues la temperatura del interior debía de ser de veinte grados menos que la del exterior, lo que hacía más lacerantes las patadas y los puñetazos que le propinaban. El dolor le atravesaba la piel como esquirlas de cristal roto que se le clavaran en la carne. Sentía los miembros entumecidos y no solo por la falta de riego. ¿Adónde lo habían llevado, a una cámara frigorífica?

Detectó un olor bien definido, un olor que, por desgracia, había acabado por conocer bien con los años: el de la sangre cálida, teñida de hierro. Además, muy sutilmente, se percibía olor a lejía.

Suspendido de una cadena que se balanceaba. Una cámara frigorífica. Sangre caliente. Lejía.

Un matadero.

Otro escalofrío recorrió su cuerpo, en esta ocasión de arriba abajo e independiente de la temperatura y de la falta de riego que sufrían sus extremidades. Era miedo.

Prefirió no pensar en lo que podían tenerle reservado los Veliki.

CAPÍTULO 46

Residencia de los Vasin (Irkutsk)

María Kulikova contempló la recargada verja de hierro ante la que había detenido el coche Víktor Fiódorov. En cada una de las puertas, que pendían de gruesas columnas de ladrillo y conformaban la vasta entrada a una larga carretera asfaltada, habían diseñado algo semejante a un insecto. De una garita de piedra salió un guardia armado con un fusil de asalto y acompañado de un pastor alemán, que se acercó a la puerta mientras su compañero, desde la garita, pedía a Fiódorov que se identificase e indicara el motivo de su visita.

Fiódorov hizo lo que se pedía y, un minuto después, se abrieron las puertas, que volvieron a cerrarse tras el vehículo en cuanto pasó. El guardia recorrió con un espejo fijado al extremo de un largo mango telescópico los bajos del coche mientras el perro olisqueaba y jadeaba. Tras rodearlos en uno y otro sentido, les indicó con un gesto que podían pasar.

A diferencia de la entrada principal, que hacía pensar en una cárcel, el contorno de la carretera estaba delimitado por luces decorativas que marcaban el lugar por el que atravesaba extensiones de césped bien cuidadas, exquisitos macizos de flores y abetos y abedules esculpidos que daban a la propiedad un aire más amable.

—Esta casa pertenece a Platón Vasin —explicó Fiódorov—, amigo mío de infancia.

—¿A qué se dedica? —preguntó Arjip.

—Los Vasin son a Siberia lo que los Veliki a Moscú. En realidad, las dos familias se llevan como el perro y el gato. Alekséi Veliki empezó aquí, en Irkutsk, pero dejó la ciudad cuando se hizo rico y famoso. Intentó montar una lucrativa red de tráfico de heroína desde Moscú, pero los Vasin no quisieron cuentas con él. Al final acordaron una tregua sangrienta. Los Vasin controlan buena parte del tráfico de heroína en Siberia.

—¿Qué es lo que hay representado en la puerta? —preguntó María—. Parecía un insecto.

—Y lo es, una mosca. De joven, Platón se especializó en asaltar pequeños comercios y almacenes. Cierto capo siberiano dijo de él que no era más que un fastidio, una mosca que podía aplastar con la mano. Antes de matarlo, Platón lo obligó a comerse una fuente de moscas muertas.

—Por Dios —dijo María.

—Se quedó con el nombre para recordar a otros lo que pueden esperar en caso de contrariarlo.

—¿Y así es como lo llaman? —preguntó Arjip—. ¿Mosca?

—Solo sus amigos lo llamamos así. Él lo lleva con orgullo, como verán por la decoración; con tanto orgullo que, en cierta ocasión, intentó tatuarse una mosca en la punta del pene, pero desistió al comprobar que resultaba demasiado doloroso. En lugar de eso, llenó de moscas su casa, incluidos los azulejos del cuarto de baño y el cabecero de su cama.

—Su mujer debe de estar encantada.

Fiódorov sonrió con suficiencia.

—Las dos primeras, no mucho. La tercera ha acabado por aceptarlo. A él le gusta decir: «Es más fácil deshacerse del amor y la esposa que de las moscas de forja o de piedra».

María no tenía claro que lo de escapar de las garras de una familia de mafiosos para caer en las de otros fuese una idea inteligente, pero tampoco tenía más opción que confiar en Víktor Fiódorov. Sabía que había sido un agente de la FSB muy competente y riguroso, hasta que lo usaron como chivo expiatorio cuando Jenkins consiguió fugarse. En efecto, había sido Sokolov quien había ofrecido su cabeza en bandeja de plata. Tal vez el deseo de Fiódorov de pagarle con la misma moneda bastase, pero le preocupaba que no llegara a tiempo de salvar a Charlie.

—Sea lo que sea lo que vayamos a hacer, debemos actuar con rapidez, antes de que los Veliki maten al señor Jenkins.

—Seré tan rápido como pueda —dijo él—, pero no se le mete prisa a Platón Vasin cuando se le pide un favor.

Al final, la carretera desembocó en una rotonda situada ante una casa descomunal sobre una colina. Una posición ventajosa. Parecía un hotel de lujo de paredes de estuco de color amarillo vivo y dotado de un paseo, columnas y balcones. En lo alto de la escalera aguardaban más hombres armados.

Antes de salir del vehículo, Fiódorov se volvió a hablar directamente a Arjip.

—Yo que usted no revelaría a lo que se dedica, inspector Mishkin, a no ser que quiera encontrarse sentado delante de una fuente de moscas. Por favor, deje que sea yo quien hable.

—Por descontado —respondió Arjip.

CAPÍTULO 47

Elaboraciones Cárnicas de Irkutsk

Jenkins sentía cada golpe como una cuña de hielo afilada que iba a estrellarse contra su piel, penetraba en su carne y allí se fragmentaba en millones de esquirlas que corrían por su torso hasta llegar a las extremidades. Empezaron con el tronco, lo que tenía mucho sentido, ya que los golpes en la cabeza podían dejarlo inconsciente, con lo que no habría podido responder a sus preguntas. Querían que sintiera cada puñetazo. Además, le habían quitado el saco de la cabeza para que pudiese ver cada golpe que recibía.

Su evaluación había sido correcta: lo habían llevado a un matadero. Estaba colgado de un gancho unido a una cinta transportadora en una sala que parecía tener la extensión de medio campo de fútbol. A su alrededor pendían cadáveres de animales, algunos desollados: restos de vacas, ovejas, cabras, cerdos y bisontes. Los dos hombres del asiento de atrás se habían propuesto castigarlo y lo hacían con gran profesionalidad. Parecían boxeadores o luchadores en pleno entrenamiento, ataviados con sudadera y pantalón a juego y con las manos vendadas para evitar romperse un nudillo al pegar con todas sus fuerzas. El hombre del asiento del copiloto, mayor que los demás, estaba cómodamente sentado en una silla, con las piernas cruzadas y el cuerpo envuelto en un abrigo largo de lana, guantes y una *ushanka*. Parecía un abuelo rico.

—Le aseguro, señor Jenkins, que esto acabará mucho antes si me dice, sin más, dónde puedo encontrar a la señora Kulikova. — Cada palabra estaba subrayada por una nube de vaho.

Jenkins no sabía qué podían querer los Veliki de María, pero, si aquello podía concederle una prórroga, no dudaría en aprovecharlo. Cada segundo de cada minuto era un segundo más que seguía con vida. No tenía ni idea de adónde habría ido María ni tampoco podía saber siquiera si seguía viva, pero no pensaba decir nada de eso.

—Ya se lo he dicho: no conozco a María Kulikova.

El hombre bajó la cabeza y los otros dos volvieron a hacer trabajar los puños, turnándose para asestarle los golpes como dos peones de ferrocarril que se alternaran para dejar caer la almádena. Con tanta rapidez le pegaban que a Jenkins le era imposible recobrar el aliento y, cuando lo conseguía, lo sentía arder en su pecho. Tras una docena más de puñetazos, el hombre que aguardaba sentado levantó una mano y los dos suspendieron la paliza.

—¿De verdad quiere que sigan? —preguntó.

—¿Qué interés tenéis en esa tal señora Kulikova y por qué pensáis que voy a saber yo dónde está? Creía que estábamos aquí por Eldar Veliki.

—Habrá tiempo para todo —dijo el hombre mayor—. Sobre eso desea dirigir personalmente el interrogatorio mi jefa. En cuanto a la señora Kulikova, sabemos de buena tinta que la ayudó a salir de Moscú, señor Jenkins. Tenemos interés en ella por una cuestión de influencia. No sé si lo sabe, pero en Dmitri Sokolov tenemos un enemigo común, y la señora Kulikova está en posición de servírnoslo.

Esa era, entonces, la respuesta.

—¿Y qué tenéis que reclamarle a Dmitri Sokolov?

—Un asunto pendiente.

—Pues tendrás que ser un poco más concreto si quieres que me lo crea.

—El señor Sokolov ordenó matar a mi jefe y yo ahora trabajo para su hija.

—Sin duda fue por orden del presidente.

—Sin duda, pero el señor presidente no es un objetivo realista, al menos mientras ocupe el cargo. Mi jefa lleva muchos años esperando esta ocasión y no piensa dejarla escapar, así que dígame dónde puedo encontrar a la señora Kulikova para que podamos dejar ya este disparate.

Jenkins soltó una risita.

—¿Tengo que entender que pretendéis soltarme?

—Eso sería una idiotez. Lo que sí puedo hacer es acelerar su muerte.

—Tú sí que eres un amigo de verdad. Ojalá pudiese ayudarte, pero no tengo la menor idea de dónde está la señora Kulikova. Es de suponer que a estas alturas estará muy lejos de aquí, porque bajó del tren antes de llegar a Irkutsk. Yo soy un blanco más fácil, porque tiendo a destacar. Estaba haciendo de señuelo y, por lo que veo, ha funcionado.

El hombre de la silla bajó la frente y los otros dos volvieron a descargar sus puños de almádena. Después de una docena de golpes más, el primero levantó la mano y sus hombres pararon.

—Mentira. A la señora Kulikova la vieron en el aparcamiento de la estación dos de los nuestros. Dígame qué plan tienen para sacarla.

—¿Por qué iban a decírmelo los hombres que se la han llevado? ¿Para que tuvieseis la oportunidad de sacármelo a golpes? Estoy tan mal informado como vosotros.

—Entonces, lo siento mucho por usted.

Los puños volvieron a caer sobre él, esta vez más arriba, rompiendo costillas y desgarrando cartílago probablemente. Cada golpe lo dejaba sin resuello y Jenkins tenía que afanarse en no sufrir un ataque de pánico al no poder respirar. Se tensaba al recibirlos y hacía lo posible por recobrar el aliento.

Cuando cesaron los puñetazos, dijo:

—Tenía entendido que a los rusos os gustaba el deporte. ¿Por qué no me soltáis y hacemos un combate los tres? ¿Tenéis miedo de que os haga morder el polvo a los dos un americano?

El hombre de la silla sonrió.

—Sé que se le da muy bien la lucha, señor Jenkins. He visto el vídeo de la pelea que sostuvo con Eldar y Pável. Me impresionó, la verdad. Está usted muy bien adiestrado. Dígame, ¿lo enseñaron a combatir en la CIA?

Jenkins meneó la cabeza.

—Yo no soy de la CIA, sino contratista independiente. Mercenario, vaya.

—En ese caso, no tiene a nadie que pueda negociar su liberación o a quien le preocupe su muerte. Lástima.

Mierda. No había pensado en eso.

—Yo no estaría muy seguro. Si lo que quieres es guerra, la tendrás.

—¿Qué arte de combate usó para vencer a Eldar y a Pável?

—*Krav magá*.

—El de las Fuerzas de Defensa de Israel. Por lo visto, son tipos duros.

—Diles a tus chicos que me suelten y te lo demuestro.

—¿Por qué lo mandó la CIA a matar a Eldar?

—Ya te he dicho que no soy de la CIA. Además, si has visto el vídeo, sabrás que yo no maté a nadie.

El hombre sacudió la cabeza con un gesto rápido.

—Le voy a decir lo que vi y lo que sé. Un sujeto con un disfraz elaboradísimo entra en un… ¿Cómo lo llaman ustedes? ¿Un tugurio? ¿Para qué si no es porque tiene algún asunto que resolver dentro?

—A lo mejor va disfrazado porque quiere pasar inadvertido y ha elegido el tugurio precisamente por eso.

—Lo que haría que matar a Eldar fuese una insensatez.

—Ya te he dicho que yo no lo maté. Pero sí, fue una insensatez meterme.

—Lo estuvo observando. Se interesó por él…

—No, me interesé por la mujer a la que estaba golpeando y tratando como a un perro.

El hombre se encogió de hombros.

—Era una prostituta. ¿Por qué iba a importarle?

—Esa pregunta ya me dice todo lo que necesito saber de ti.

—¿Ah, sí? Pues dígamelo, señor Jenkins, a ver si su poder de percepción es tan bueno como cree.

—Eres un borrego que le da la razón a su jefa esté o no de acuerdo con ella. Además, o eres un psicópata como Eldar Veliki, de los que disfrutan viendo sufrir a los demás y no tienen empatía ni respeto alguno por la vida humana, o un lameculos tan gordo que le das la espalda a tu propia moral, lo que te convierte en un tío ridículo.

Uno de los dos matones le lanzó otro puñetazo, un directo amplio que fue a caer con un sonido apagado y sordo; pero, antes de que el segundo pudiera hacer lo mismo, el tipo de la silla levantó una mano.

—Quietos. —Descruzó las piernas y se puso en pie para caminar hasta Jenkins y mirarlo con rostro inexpresivo, si bien por sus labios se adivinaba que se estaba mordiendo la lengua. Inspiró hondo por la nariz y soltó una exhalación que se volvió vaho en aquel ambiente frío—. Antes de matarte, quiero que sepas que vi el vídeo. Quiero que sepas que vi a Pável disparar a Eldar por la espalda mientras Eldar te atacaba. Quiero que sepas que Eldar Veliki era un mierda que jamás habría podido hacerse con el negocio familiar. Su madre, por supuesto, lo sabía… —Guardó silencio un instante, quizá para escoger las palabras que usaría a continuación—. Pero ella es su madre y, sí, es mi jefa. Ya ve, de no haber sido por su interferencia, nadie habría disparado y Eldar seguiría con vida. Puede que fuera Pável quien apretó el gatillo, pero fue su intervención la que sacó el arma. ¿Me explica por qué?

—Ya te lo he dicho. Esto no nos está llevando a ninguna parte.

—¿Lo del buen samaritano?

—¿Tienes hijos?

—Que yo tenga…

—¿Tienes hijas? ¿Qué? ¿Te da miedo que pueda salir de aquí y mate a tu familia?

—Le aseguro que eso no va a pasar.

—¿Tienes hijas? —El hombre no le contestó, pero Jenkins pudo ver en su mirada que la respuesta era afirmativa y que entendía por qué había hecho lo que había hecho, por más que tal circunstancia no le sería de gran ayuda en su situación—. Pues ya lo sabes. No lo querrás reconocer, pero lo sabes. Lo que quiere decir que mi evaluación era correcta. No eres un psicópata: simplemente das pena.

—Por desgracia, señor Jenkins, Yekaterina Velíkaia no tiene hijas. Solo tenía un hijo. Yo le sugeriría, por tanto, que, si no tenía un motivo para matarlo, se fuera inventando uno.

—¿Y eso me salvaría la vida?

—No, lo más seguro es que no, pero acortaría bastante su sufrimiento. —Sonrió—. Como ve, sí que puedo tener empatía.

CAPÍTULO 48

Residencia de los Vasin (Irkutsk)

Fiódorov bajó del coche y se acercó a la recargada escalera en forma de V. Sacó un pañuelo del bolsillo y se secó la frente. La ola de calor que atravesaba Rusia había hecho subir las temperaturas de Irkutsk demasiado para aquella época. Al llegar a lo alto de los escalones, miró los cenadores de madera que había más allá de las extensiones de césped bien cuidadas y las diversas casas de invitados con vistas al río Angará. Más allá, contempló las márgenes del lago Baikal, paisaje que conocía desde su infancia, cuando iba a la escuela con los hermanos Vasin. Sus padres también habían sido amigos de infancia, aunque el de Fiódorov, mecánico, no había sentido nunca la tentación de formar parte del negocio familiar de los Vasin ni quería que la sintiese su hijo, razón por la que lo mandó a un internado de Moscú con la siguiente advertencia:

—El dinero es como una mujer atractiva: todo el mundo lo quiere y por eso es tan difícil evitar que vuele.

Odia Vasin, el padre, había muerto en un coche bomba. Algunos lo atribuían a la guerra con los Veliki, en tanto que otros sostenían que su muerte, ocurrida en 2008, solo un mes después de la de Alekséi Veliki, formaba parte del plan elaborado por el presidente para matar a quienes suponían una amenaza para sus aspiraciones de poder absoluto.

Fiódorov había jugado en aquella casa, pero hacía ya muchos años, antes de las reformas. En la vidriera de colores de la puerta principal había representada una mosca. El guardia apostado delante de ella los cacheó a los tres, a María Kulikova un poco más de lo necesario, aunque a Fiódorov no le costó imaginar el motivo. Acabado el registro, el guardia llamó tres veces con los nudillos y se abrió la puerta. El hermano menor de Platón, al que llamaban *Cacahuete* por ser tan grande como un elefante africano y tener afición a comer aquel fruto seco, salió en pantalón corto, chanclas y el torso al aire. Tenía el pecho poblado de vello negro, tan denso como un jersey de lana y como si fuera un todo con la barba y la melena de pelo largo.

—¡Víktor!

Cacahuete le dio un abrazo de oso y lo levantó del suelo. Fiódorov, que medía poco menos de dos metros y pesaba más de noventa kilos, se sintió pequeño como una criatura en sus brazos.

—Buenas, Cacahuete.

—¿Cuánto tiempo hace que no nos vemos? —preguntó él con los ojos abiertos de par en par antes de dejarlo en el suelo.

—Demasiado.

—Ya no vienes nunca a ver a tus amigos de Irkutsk —dijo dándole unas palmaditas en la mejilla—. ¿Qué pasa, que ya no quieres cuentas con los que somos menos que tú? —Cacahuete agitó las manos—. ¡Uuuh! Un agente de la FSB de Moscú. ¡Qué miedo! —Soltó una risotada larga y sonora, como si le estuviera hablando a su hijo o a un hermano menor de edad.

Cuando vio a María Kulikova, apartó a su amigo y, recorriéndole el cuerpo de arriba abajo con la mirada, dijo:

—¿Este era el paquete que iba camino de Vladivostok? No me habías dicho que fuese una cosa tan exquisita... —Le tendió las manos y María respondió extendiendo una de las suyas, cuyo dorso besó con suavidad Cacahuete antes de plantarle otro beso en cada mejilla. Miró a Mishkin—. Y este es…

Fiódorov habló con rapidez.

—Un socio mío. Me temo que nos hemos metido en un lío. ¿Está el Mosca en casa?

—Platón está con sus hijos en la piscina del jardín.

—¿Más hijos? ¿Cúantos tiene ya?

—¿Con su mujer? Tres. En total, siete. Ven, que te acompaño. ¿Queréis beber algo?

—Por ahora no, Cacahuete. Gracias.

—Y la hermosa dama —añadió mirando a María—, ¿no desea beber nada?

—No. Gracias, Cacahuete.

Él fingió un desmayo y se inclinó hacia el hombro de Fiódorov, aunque no bajó la voz tanto que ella no lo oyese.

—¿Seguro que tiene que irse? A mí no me importaría enamorarme de ella.

Recorrieron la casa de llamativa decoración de Platón Vasin, en la que, en efecto, estaba muy presente el motivo de la mosca. Tenía ejemplares fabricados en diversos materiales en repisas y estantes, y estaba también presente en los suelos de mármol, las caras alfombras y los cuadros que decoraban las paredes.

Fiódorov sabía que Platón no había echado en saco roto lo aprendido de la muerte de su padre. Por eso se mantenía evasivo e inaccesible al público, aunque para los amigos estaba siempre disponible. En los círculos criminales había adquirido una reputación casi mítica. De no haber sido el primogénito de un capo de la mafia rusa, probablemente se habría convertido en una figura pública muy poderosa, tal vez un oligarca. En cambio, su infancia le había ofrecido toda la formación necesaria para sobrevivir en las calles, una formación que bien podía compararse con la que habría recibido en la universidad cualquier alto cargo del aparato burocrático. También era un ser contradictorio, pues, pese a su brutalidad, era célebre por su integridad y su sentido de la justicia. Para sus empleados, el Mosca era Dios. Se había ganado su devoción y esperaba de ellos que le correspondieran a manos llenas. Así, aquellos a quienes contrataba debían observar religiosamente una serie de normas y valores, el código de los *vorí*.

Fiódorov estaba bien informado del sistema de valores, obligaciones y castigos de los *vorí* y, aunque no participaba en sus actividades criminales, había convivido estrechamente con ellos en su infancia. El Mosca se había erigido en rey de Irkutsk y, cuando Víktor había entrado a trabajar en la FSB, se habían hecho favores mutuos de cuando en cuando. Fiódorov le proporcionaba contactos e información cuando la central de la FSB en Irkutsk decidía tomar medidas drásticas o cuando otra banda trataba de ganarles terreno.

Aun así, el favor que estaba a punto de pedirle al Mosca era de los que ponían a prueba la fortaleza de una amistad. A diferencia de Cacahuete, que quería a Víktor de manera incondicional, el Mosca era incapaz de amar. Concebía a las personas como piezas de ajedrez que debía mover y manipular en beneficio propio.

Cacahuete los llevó hasta un jardín que más parecía un Disney World en miniatura. La piscina tenía tres alturas y contaba con toboganes de agua y cascadas que caían de un nivel al siguiente, así como un riachuelo artificial que recorría todo el jardín. El interior de la piscina incluía varias barras bien surtidas y, en el fondo, una mosca enorme hecha con teselas. Al lado de la piscina había un campo de fútbol muy verde y en una zona de barbacoa situada tras una cabaña con asientos que no desentonaría en la celebración de una boda real se veía ascender el humo.

Pese a ser por la mañana, el Mosca estaba tendido sobre un flotador enorme y verde en la piscina. El vello, ya canoso del pecho, tan denso como el de su hermano, no había evitado que el sol tiñese su piel de un tono rosa de aspecto inquietante. Parecía tener todo el cuerpo ungido de aceite. Tenía puestas unas gafas de sol y hablaba por el móvil. En sus inmediaciones oscilaba una bandeja flotante con varios vasos de bebidas energéticas a medio consumir, pues tenía debilidad por aquel producto, y dos teléfonos más. De niño, el Mosca había sido un chiquillo muy inquieto, siempre haciendo tratos de toda clase. Le encantaba el arte de la negociación, la capacidad para manipular a otros sin que se dieran cuenta. Fiódorov no lo había visto nunca más de unos minutos quieto.

Su tercera mujer, veinte años más joven que él, había tendido su cuerpo esbelto y bien tonificado en una tumbona al lado de la piscina y se había cubierto el rostro con una pamela y unas gafas de sol amplias. Cuando los presentó Cacahuete, saludó a Fiódorov con un gesto lánguido de la mano.

El Mosca cerró el teléfono de concha, lo lanzó a la bandeja flotante y dedicó una sonrisa a Víktor, que aguardaba paciente en el bordillo. Tras un saludo amistoso, le dijo:

—No esperaba verte aparecer por mi casa, Víktor, aunque te doy la bienvenida y te invito a quedarte, claro.

—Gracias, Platón. Disculpa que me haya presentado sin avisar y que te moleste cuando estás con tu familia.

—Para un viejo amigo, un amigo de Cacahuete, siempre estoy disponible.

—*Spásibo*.

—¿Qué te trae por aquí?

El plan original consistía en recoger a Jenkins y a Kulikova y ponerlos en manos de los hombres del Mosca, pero no incluía reunirse en persona con este. El mayor proveedor de heroína de Siberia enviaba su mercancía por tren, avión y barco a sus socios de Mongolia y Kazajistán para que la repartiesen por todo el mundo. La idea había sido subir a Jenkins y a Kulikova a un vagón y llevarlos hasta un distribuidor de Mongolia que, a continuación, los haría llegar a las costas del mar de la China Oriental, donde embarcarían en un carguero con destino a los Estados Unidos. El Mosca recibiría por ello una suma exorbitante.

—Acabo de recibir uno de los envíos.

—¿Uno? Pues a mí me parecen dos, Víktor.

—Él es Arjip, un socio mío.

—¿Ahora trabajas con socios, Víktor? Debe de irte bien el negocio. He oído que dejaste la FSB y estás trabajando por tu cuenta. ¿Y qué pasa conmigo? ¿Por qué no me has hecho socio a mí?

—Hemos perdido uno de los envíos.

—¿«Hemos»? —El Mosca se dejó caer rodando de la colchoneta al agua, que solo le llegaba a la cintura, y salió de la piscina. Un hombre le tendió un albornoz blanco de gran tamaño y otra bebida energética verde—. Yo no he perdido nada, Víktor. Tu trabajo consistía en entregarme el envío, y el mío, en transportarlo. Ese era el trato, ¿no?

—Desde luego que ese era el trato, Platón, y no quiero sacar provecho de nuestra amistad…

El anfitrión soltó una risita.

—Pero lo vas a hacer de todos modos, ¿verdad?

—Eso me temo. Parece ser que los Veliki también estaban interesados en nuestro envío y lo han recogido en la estación.

El Mosca bajó las gafas de sol y lo miró por encima de la montura.

—¿Los Veliki?

—Sí.

Tras un instante, dijo el anfitrión:

—Siempre has jugado bien al ajedrez, Víktor. —Los llevó a todos a la sombra de un toldo y los invitó a sentarse en un lujoso conjunto de exterior. Otro hombre le tendió una bandeja de gambas gigantescas y dejó en la mesa un cuenco de cristal con salsa cóctel.

Él mojó una de las gambas en la salsa y la engulló hasta la cola—. ¿Estás marcándote un farol para ganarte mi aceptación?

—Contigo nunca me andaría con faroles…, a no ser que estuviésemos jugando de verdad.

—Eso ya lo sé. Así que los Veliki han entrado en mi jardín sin permiso, ¿no? ¿Quiénes?

—No lo sé con certeza, pero tengo entendido que Yekaterina tiene un interés particular en capturar a ese hombre.

El Mosca abrió bien los ojos y dejó de mojar la segunda gamba, que quedó con la cola asomando de la salsa.

—¿Quién es ese hombre Víktor? Me dijiste que era de la CIA…

—Y lo es sin duda, Platón, o, por lo menos, ha venido de parte de la CIA.

El Mosca dio un sorbo a su bebida energética y la dejó en una bandeja de plata.

—Pues tiene que ser muy importante para que Yekaterina vuelva a Siberia después de tantos años y sin que la inviten. ¿Qué quiere de él?

—Cree, aunque se confunde, que ese hombre fue quien mató a su hijo, Eldar.

Saltaba a la vista, por la falta de expresión de su rostro, que estaba bien informado.

—¿Y fue él?

—No —dijo Mishkin.

Fiódorov volvió la cabeza al oír la voz del inspector, consternado ante la intrusión.

—¿Y usted era…? —preguntó el Mosca.

—Arjip Mishkin, socio del señor Fiódorov.

—¿Qué sabe de la muerte de Eldar Veliki?

Mishkin lo informó de los detalles de su investigación, pero omitiendo diestramente el término y cualquier otro que pudiera hacer pensar en la participación de la policía.

—¿Y cómo es que conoce tantos detalles delicados de ese asesinato, señor Mishkin?

Fiódorov fue a responder por él con la esperanza de dar una explicación verosímil antes de que el inspector metiera la pata hasta el fondo y se encontrase sentado delante de un gran tazón de moscas; pero Mishkin se le adelantó:

—Tutéeme, por favor, señor Mosca.

El anfitrión miró a Fiódorov con el rabillo del ojo mientras Arjip proseguía.

—El señor Fiódorov me pidió que lo informase cumplidamente y yo me tomé a pecho semejante responsabilidad y me serví de todos nuestros contactos para hacerme con los datos que acabo de poner en conocimiento de usted.

Fiódorov tuvo que reconocer que Mishkin había sabido manejar bien la situación... y sin mentir.

—¿Por qué no me dijiste nada de que existía la posibilidad de que se diera esta complicación, Víktor?

—Porque no conocía los detalles hasta hace muy poco. Además, dudaba mucho que los Veliki fuesen a incurrir en la temeridad de venir a Siberia sin pedirte primero permiso a ti, Platón.

—No intentes apaciguarme, Víktor, que me resulta hasta indecoroso. —El Mosca pensó unos instantes y dijo a continuación—: Ese hombre no es de mi incumbencia, y aquello de lo que lo acusan, tampoco. No tengo deseo alguno de verme envuelto en una cosa así. Tráemelo y lo embarcaré. Ese era el trato. Si no, viajará ella sola. — Rescató la segunda gamba de la salsa y se la metió en la boca.

—Lo entiendo. Lo que pasa es...

El Mosca se inclinó para coger otra gamba, pero se detuvo a mitad de camino y volvió a mirar a Fiódorov por encima de sus gafas de sol.

—¿Qué es lo que pasa, Víktor?

—Me estaba preguntando qué van a pensar las demás familias de Siberia cuando se enteren de que los Veliki han venido a Irkutsk sin pedir permiso ni sufrir las consecuencias.

El Mosca se reclinó en su asiento y miró a Fiódorov de hito en hito durante lo que pareció todo un minuto.

Cacahuete, de pie a un lado, dijo:

—Podemos quedar de débiles, Platón.

El anfitrión miró a su hermano y luego otra vez a Fiódorov.

—Como te he dicho, siempre has sido duro jugando al ajedrez. —Lo miró con gesto severo antes de sonreír y, a continuación, soltar una carcajada—. ¿Quedar yo de débil? Lo dudo. ¿Qué es lo que quieres en realidad? ¿Por qué es tan importante ese hombre para ti, Víktor?

—Ese hombre es mi amigo, Platón. Me ha hecho ya varios favores y, como te acaba de decir mi socio, es inocente. Quiero hacer que vuelva con su mujer y sus hijos.

—¿Desde cuándo te has vuelto tan sentimental, Víktor? No te pega nada.

—Tal vez, pero a ti puede resultarte muy lucrativo.

—Ah, ¿sí? Dime cómo. —No parecía convencido.

—Me aseguraré de que la CIA sepa que, de no haber sido por tu generosidad, no habríamos logrado rescatar al señor Jenkins.

Fiódorov pudo ver que se había puesto en marcha el cerebro del Mosca. La CIA tenía metidas las narices en todas partes del tráfico de heroína y no vendría nada mal hacer que le debiesen un favor…

—Lo haré, pero por respeto a nuestra amistad y a la de nuestros padres y no por esperar nada a cambio. ¿Está claro?

—Meridianamente.

—¿Qué necesitas?

—De entrada, usar tus recursos para averiguar adónde lo han llevado.

—¿Qué te hace pensar que está aquí y no en Moscú?

—Sokolov también está buscando a ese hombre. ¿Qué sentido tiene llevárselo de nuevo a Moscú para darle la ocasión quitárselo de las manos? Los Veliki esconderán aquí a su presa. Una vez que sepamos dónde, necesitaré a tus hombres para rescatarlo.

—Y empezar una guerra con los Veliki. No, Víktor; eso no es bueno para el negocio.

—No, los Veliki nos devolverán al señor Jenkins por voluntad propia y sin que haya derramamiento alguno de sangre.

—¿Me lo prometes, Víktor? Te advierto que no debes dar tu palabra si no vas a poder cumplirla…

—Te lo prometo, Platón. —Sostuvo la mirada inflexible que le estaba lanzando el Mosca—. De hecho, te lo juro.

Tras un momento, dijo el otro:

—El coste del envío se ha doblado. Llama a tu contacto y consigue que te lo apruebe. Si lo haces, lo interpretaré como una muestra de buena fe y te daré lo que necesites. —Miró a su hermano—. Mientras, Cacahuete, haz unas llamadas y averigua adónde han llevado los Veliki a ese hombre de la CIA.

—Gracias, Platón.

—No me las des, Víktor. Llama, consígueme el dinero y, después, podrás darme las gracias. De lo contrario, podría ser que te ofreciese algo que no fueran gambas. —Con esto, se puso en pie, se ajustó el cinturón del albornoz y entró en la mansión.

Fiódorov se volvió hacia Mishkin.

—Cuando Cacahuete encuentre al señor Jenkins, doy por hecho que algún contacto suyo del Ministerio del Interior podrá filtrar la información a la FSB.

—Pues sí, lo tengo. Vili Stepánov vendería a su madre si el precio le pareciera conveniente.

—Úselo entonces. Si todavía no lo sabe, dígale que el señor Jenkins está en la lista negra del presidente, lo que hará de él un objetivo muchísimo más valioso. Filtre también que los hombres de Velíkaia han capturado a María Kulikova.

Fiódorov había decidido seguir una corazonada. En la estación ferroviaria, Aleksandr Zhomov había tenido la ocasión de matar a Charles Jenkins. Sabía que había sido tirador de precisión en Afganistán y que seguía ejerciendo de tal cuando lo solicitaba el Gobierno. Podría haberse apostado en el aparcamiento, en la terminal o en la ladera que se elevaba tras ella y no lo había hecho. Aquello le decía que no lo quería muerto: su misión consistía en llevarlo vivo a Moscú, probablemente por el motivo que había expresado María Kulikova. Jenkins le era más valioso vivo que muerto. Sokolov lo quería usar para meter la cabeza en el Kremlin y, si la traición de Kulikova llegaba a salir a la luz, Jenkins podía ser el aval que lo mantuviese con vida pese a haber divulgado información secreta.

La paradoja era un arma muy poderosa. Fiódorov usaría las ansias de supervivencia de Sokolov para propiciar su muerte. Eso, claro, si lograba sacar adelante su plan.

—¿Eso no atraerá a Sokolov al lugar en que tienen retenido al señor Jenkins? —preguntó Kulikova.

—Esperemos que así sea —sentenció Fiódorov.

CAPÍTULO 49

Sokolov estaba sentado en un lado de la mesa de la sala de juntas como el gato que está a punto de tragarse al canario, pero solo después de masticarlo bien y quebrarle cada uno de los huesos del cuerpo. Lébedev y Pasternak habían tomado asiento al otro lado, mientras Petrov se encontraba de pie en la cabecera. Minutos antes de entrar a la sala, había hablado por teléfono con Aleksandr Zhomov, que había hablado directamente con el contacto que tenían en el Ministerio del Interior. Este decía saber de buena tinta que el señor Jenkins había sido apresado en la estación de ferrocarril de Irkutsk por los hombres de Yekaterina Velíkaia, que lo habían llevado a un matadero a orillas del río Ushakovka. Además, según él, habían logrado atrapar a María Kulikova. Zhomov le había hecho saber que iba de camino al matadero, donde mataría a los hombres de Velíkaia y, en caso de que estuviera también allí, a Kulikova. A Jenkins se lo llevaría vivo.

Todo eso quería decir que el plan estaba funcionando mejor de lo que había esperado. En cuestión de horas, habría dejado cojo al clan criminal más poderoso de Moscú, habría matado a la mujer que podía arruinarle la vida y habría resuelto el problema más acuciante del presidente: el de cómo hacer volver a los dos aspirantes a homicidas y guardar las apariencias ante la opinión pública mundial. A cambio, el presidente ordenaría a Petrov que nombrara sucesor a Sokolov en calidad de director de la Comisión Antiterrorista Nacional. Una vez allí, la primera orden del día sería expulsar a Gavriil Lébedev.

El propósito de aquella reunión no era otro que poner en común las opciones que se le hubieran ocurrido a cada uno de ellos para recuperar a los dos asesinos frustrados de Pasternak y, se sobreentendía, determinar cuál sería la cabeza que habría de rodar. Los servicios de información estadounidenses seguían negando que tuviesen retenidos a los dos agentes, lo que permitía abrigar la esperanza de que la CIA quisiera entablar negociaciones cuando supiese que Rusia había capturado al señor Jenkins.

—Por lo que sé, este asunto compete ahora a lo más alto de la cadena de mando del Kremlin —dijo Petrov con aire grave. Dio una calada al cigarrillo que tenía en la mano y dejó la colilla en el cenicero—. Nuestros diplomáticos no han sido de gran ayuda. Son como jovenzuelos con su primera mujer, tanteando por ver cómo responderá, y, hasta ahora, los americanos se han mostrado fríos y sin interés.

—¿Y por qué no han respondido? —preguntó Lébedev con aire dramático—. Esta información pondría al Kremlin en una situación muy comprometedora y una oportunidad así no se presenta todos los días.

—Quizá tienen la esperanza de poder usarlos de moneda de cambio en algún asunto importante, pero todavía no saben cuál —dijo Sokolov—. En tal caso, más nos vale dedicar nuestro tiempo minando cualquier cosa que pretendan hacer mediante la eliminación del potencial que tienen de avergonzarnos frente al resto del mundo.

—Yo diría que deberíamos adoptar una táctica distinta, una táctica ofensiva —aseveró Pasternak hablando como un verdadero general.

—¿Y cuál propone? —quiso saber Petrov.

—El Kremlin puede acusar públicamente a los americanos de haber detenido inapropiadamente a dos ciudadanos rusos, asegurar que las armas supuestamente confiscadas son de ellos y exigir que liberen a mis hombres o presenten pruebas sólidas sobre las que apoyar sus acusaciones —dijo Pasternak—. Si de entrada hacemos una declaración firme, tendremos la ocasión de dirigir el flujo de la información y sembrar la idea de que todo esto no es más que una muestra más de su hipocresía, otro intento de desacreditar al Kremlin. De ese modo, podremos rechazar toda información que publiquen los estadounidenses por falsa o engañosa y destinada a poner en su favor la opinión mundial.

—Un plan audaz, general —dijo Petrov—. Sería como tantear con un palo un panal de avispas con la esperanza de salir ileso. No podemos pecar de ingenuos, Klíment. Los americanos tienen pruebas más que suficientes para hacer un gran daño a la reputación de Rusia.

—¿Ha averiguado alguien la fuente de la filtración que propició la captura de nuestros dos hombres? —Lébedev miró directamente a Sokolov, sentado enfrente de él.

Sokolov sonrió.

—¿Tienes alguna prueba de que haya ocurrido algo inapropiado en mi subdirección, Gavriil?

—He oído que la señora Kulikova lleva varios días sin acudir al despacho.

—Sí, eso es verdad, pero, desde luego, no es ningún misterio —respondió Sokolov mirando directamente a Petrov y haciendo caso omiso de Lébedev deliberadamente—. La señora Kulikova está sufriendo dolencias... femeninas. Por no escatimar en medidas de precaución, he mandado a alguien a su piso a fin de que se asegure de que está bien. Por lo que me dicen, está pensando en hacerse una histerectomía.

—En tal caso, esperemos que tenga una recuperación rápida y pueda volver pronto a la Lubianka —dijo Lébedev en un tono que destilaba sarcasmo—. ¿Cómo te las estás componiendo sin ella?

—Tal vez —dijo Sokolov— te convendría dedicar los recursos de tu división en dar con una solución, Gravriil, en lugar de difundir calumnias. Al fin y al cabo, es la misión que nos encomendó el director.

—¿Tú has encontrado alguna? —preguntó Lébedev, cayendo directamente en la trampa tendida por Sokolov.

—Pues lo cierto es que sí —dijo antes de volver a centrar su atención en Petrov—. Mi subdivisión está estudiando comunicaciones clasificadas que hacen pensar en la posibilidad de obtener algo que los americanos considerarán lo bastante valioso para intercambiar por los dos hombres del general y mantener este asunto en la más estricta confidencialidad.

—¿Y de qué se trata? —quiso saber Petrov.

—No es de qué, sino de quién —dijo Sokolov jugando al gato y los tres ratones—. De Charles Jenkins.

Semejante anuncio topó de entrada con un silencio total por respuesta. Lébedev tenía el aspecto de alguien a quien hubieran desinflado.

—¿Ha vuelto? —preguntó el director.

—Eso parece —dijo Sokolov disfrutando del poder que le confería semejante información—. Mi subdirección ha trabajado con diligencia, tal como nos pidió, director Petrov, para encontrar una solución que pudiera usar el Kremlin. El grupo operativo constituido bajo mi mando para identificar y capturar a las que puedan quedar de las agentes de los americanos conocidas como las siete hermanas ha detectado comunicaciones efectuadas mediante una página web encriptada que apuntan a que el señor Jenkins se encuentra en Rusia.

—¿Y por qué no se ha informado de semejante cosa a mi dirección? —preguntó Petrov.

—Con el debido respeto, señor director, me pareció más prudente circunscribir el conocimiento de este hecho a un número limitado de personas de mi departamento a fin de garantizar la correcta gestión y divulgación de la información. Pretendía ponerlo al corriente de todo, con pelos y señales, cuando tuviésemos localizado al señor Jenkins.

—El señor Jenkins ya ha estado en Rusia dos veces más, que sepamos —dijo Lébedev mientras trataba de introducir algo de aire en su torso desinflado y miraba a Petrov en busca de apoyo—, y las dos ha conseguido escapar. Rusia es un país vasto. Saber que está aquí y atraparlo son dos cosas distintas.

—No te falta razón, Gavriil —dijo Sokolov—, pero sé por una fuente fiable que el señor Jenkins se encuentra en Irkutsk, que estamos siguiendo sus movimientos y que su detención podría ser inminente.

—¿Le importaría brindarnos los detalles concretos de esa operación? —pidió Lébedev con tono poco convencido.

—Lo haría, pero, como tú mismo has dicho, Gavriil, se diría que tenemos un topo en la cadena de información y me da miedo que alguien pueda alertar al señor Jenkins y lo empuje a huir en este momento tan crítico. Con el único interés de proteger al presidente, a quienes forman parte del Kremlin y al señor director, opté por manejar este asunto de forma interna.

Lébedev daba la impresión de que lo hubiesen puesto a mascar un trozo de cuero.

—¿Cuándo espera tener información relativa a la captura del señor Jenkins? —preguntó Petrov.

Sokolov miró el reloj con gesto efectista.

—Antes de una hora, diría yo. Estudiaré de cerca la situación y se lo haré saber cuando lo tengamos.

—Sí, por favor —dijo Petrov.

Con esto, se dirigieron a las puertas de la sala de juntas.

—Pero entenderás, Dmitri —añadió Petrov haciendo que todos le prestaran atención; tenía en los labios una leve sonrisa malévola—, que tu decisión de actuar en solitario significa que serás el único que reciba, cuando se complete con éxito la operación, el encomio y la gratitud del Kremlin, y quizá hasta este mismo puesto de director.

Sokolov declinó el elogio:

—No deseo…

Petrov lo atajó.

—Y también serás el único que incurra en la ira y el castigo del Kremlin en caso de que fracases.

CAPÍTULO 50

Elaboraciones Cárnicas de Irkutsk

Aleksandr Zhomov encontró Elaboraciones Cárnicas de Irkutsk en una zona industrial de la ciudad situada al otro lado del Ushakovka. El edificio, con forma de herradura, disponía de plataformas de carga perpendiculares al río y un despacho de carne con acceso desde la calle que vendía género fresco al público. Descartó este último como posible emplazamiento de Charles Jenkins y María Kulikova y se centró en las dos alas de la planta. Le bastó con hacer un rápido reconocimiento del lugar para dar con el vehículo negro al que habían obligado a entrar a Jenkins estacionado delante de una de las plataformas junto con el que había alejado a Kulikova de la estación ferroviaria.

Se sentó en su coche y estudió una representación tridimensional del exterior del edificio a la que había accedido a través de su portátil. Al este del matadero había un centro comercial. Al oeste, un terreno sin construir con vacas y ovejas pastando, un cercado que incluía torres eléctricas cuyas líneas se extendían hasta el edificio. En la trasera del edificio, orientada hacia el cercado, había ventanales de dos plantas de altura, algunos de ellos cubiertos con tablones, y, en un extremo, una escalera metálica que ascendía a las puertas del primer piso. Descartó ambas opciones considerando que las dos supondrían exponerse demasiado.

Había llamado a Sokolov para informarse sobre la disposición interior del edificio y determinar así desde dónde podría disparar con la máxima eficiencia. No le supondría ningún problema matar con rapidez a seis hombres: los dos que habían salido del coche, el conductor y Mili Kárlov, más los dos que se habían llevado a Kulikova. Si Yekaterina había acudido a verse las caras con el asesino de su hijo —extremo que parecía muy probable, dados su temperamento y el hecho de que no hubiesen trasladado a Jenkins a Moscú—, también podría acabar con ella y decapitar al clan criminal más poderoso de la capital rusa, que en ese momento carecía de sucesor.

Pero lo primero era lo primero.

Zhomov estudió el interior del matadero sin dejar de observar cuanto ocurría en el exterior. Aun a distancia se percibía la mezcla de olor a estiércol, a sangre y a productos químicos del edificio y el cercado.

Vio a gente vestida de blanco y manchada de sangre con redecillas para el pelo, gafas de seguridad y cascos blancos que entraba y salía de las plataformas de carga a fin de fumar un cigarrillo y se alegró de contar con aquel posible factor de distracción. También era de vital importancia dar la sensación de que pertenecía a aquel lugar. Ahí era donde entraban en juego los planos. El cercado llevaba a los corrales, donde descansaba el ganado después del transporte. Sabía que no convenía sacrificar a un animal muy estresado, pues las hormonas estropeaban la calidad de la carne. De allí partía un corredor que desembocaba en varias salas en las que aturdían a los animales, los mataban, los colgaban de ganchos, los evisceraban y los sangraban. Los operarios los desollaban, los degollaban y les cortaban las pezuñas. Enviaban estas y las cabezas a salas específicas mediante cintas transportadoras y las canales, colgadas de ganchos, pasaban a una cámara para ser sometidas a inspección. Desde aquel punto, los raíles las llevaban a la larga sala de descuartizamiento y, tras esta, a las cámaras de enfriamiento y deshuesado, para por fin almacenarlas en salas refrigeradas.

Zhomov encontró lo que buscaba en las instalaciones auxiliares: los vestuarios de hombres, que disponían de taquillas y puestos de desinfección. Debía moverse por el edificio como un trabajador más que tiene un propósito concreto.

Memorizada la distribución del edificio, Zhomov llegó a la conclusión de que no había ningún punto idóneo en el que apostarse a la espera de tenerlos a tiro. Tampoco se le ocurría un modo sencillo de meter el fusil de precisión en el edificio, ni siquiera desmontado. Por tanto, decidió usar la Makárov, que ofrecía una precisión letal y tenía un cargador de doce balas. Podía llevar cargadores de repuesto en la mochila, aunque no creía que fuese a necesitarlos.

Se acercó al edificio y dejó el coche en lo que parecía ser el aparcamiento de empleados. Cogió una mochila del asiento trasero, se caló una gorra y caminó hacia la entrada del personal. Contaba con que allí no habría guardias de seguridad. ¿Quién iba a querer meterse en un matadero sin necesidad? De cualquier modo, si no era así, le bastaría con decir que lo acababan de contratar y estaba buscando la oficina de administración para completar el papeleo.

Entró por una puerta batiente y recorrió un pasillo sin encontrar vigilantes. Vio a unos cuantos hombres ataviados con batas blancas, cascos y gafas de seguridad. Todo hacía pensar que se trataba de servicios mínimos. Encontró las taquillas del personal y fue mirándolas una a una. La mayoría, aunque no todas, tenía candado. Qué raro. Siguió hasta las duchas y encontró lo que estaba buscando: batas desechadas, protectores faciales y gafas que debían de haberse usado en un turno anterior. Sin perder tiempo, se colocó uno de cada y un casco que encontró sobre una hilera de taquillas. En uno de los retretes, sacó la pistola, colocó una bala en la recámara, se metió un segundo cargador en el bolsillo de la chaqueta, se ajustó las gafas protectoras y salió.

El simple hecho de encontrarse en un matadero hacía más viva la emoción que le producía la caza.

Zhomov recorrió un pasillo vacío que daba a la entrada de la sala de matanza y cuya escasez de personal también le resultó sorprendente. Aquello le dio que pensar, pero abandonó toda incertidumbre cuando, a través del grueso cristal de una puerta batiente, vio un todoterreno negro dentro de la nave. A su lado estaba Charles Jenkins, suspendido por las muñecas de uno de los ganchos junto a una serie de canales de ternera en un raíl de transporte. No tenía buen aspecto. Le habían reducido la cara a un bulto informe y ensangrentado y bajo él se había formado un charco de sangre y sudor. Los Veliki tenían intención de matarlo... si no lo habían conseguido ya. Vio a tres hombres con él y, de pie entre ellos, a Yekaterina Velíkaia y su guardaespaldas.

Primero la mataría a ella.

Zhomov sacó la pistola de debajo de la bata blanca, se dirigió a la puerta y la abrió hacia dentro.

—De tal palo, tal astilla —dijo.

De pronto se sintió ingrávido y vio que la puerta y el suelo se alejaban.

—¿Qué coño...?

Lo habían levantado en el aire para lanzarlo de espaldas contra la pared de hormigón. Perdió el casco y el arma se le escurrió de las manos, y ambos cayeron al suelo con estrépito. Unas manos le aferraron las muñecas, le pusieron los brazos a la espalda y lo maniataron rápidamente con una brida de plástico. Lo amordazaron envolviéndole la boca y la nuca con cinta americana y le colocaron un arnés alrededor del torso. Acto seguido, se vio de nuevo suspendido en el aire, pero esta vez de uno de los ganchos vacíos, con los pies a dos palmos del suelo.

Una trampa. Una trampa muy elaborada, pero ¿quién la había montado?

El hombre que con tanta facilidad lo había levantado del suelo llevaba también bata blanca y casco. Era tan grande como una de las canales de carne. Otro hombre, cuya cara le sonaba vagamente, dio un paso adelante ataviado con un traje y una corbata caros. Necesitó unos instantes para situar aquellas facciones, pues hacía años que no las veía.

Entonces, cuando cayó en la cuenta, abrió los ojos confundido. Lo había visto en la Lubianka.

—Ya veo que se acuerda de mí, coronel Zhomov. Me halaga —dijo Víktor Fiódorov— y me alegra mucho que haya decidido dejarse caer por aquí para ver en qué acaba todo esto. No pretendía hacer un chiste, claro.

CAPÍTULO 51

Elaboraciones Cárnicas de Irkutsk

Yekaterina Velíkaia estudió a Charles Jenkins, quien, maltrecho y apaleado, no daba su brazo a torcer. Extraordinario. La mayoría se desmoronaba ante la sola idea de tener que soportar semejante dolor. Quienes se tenían por tipos duros cedían antes de recibir la mitad de los golpes que había soportado Jenkins. Aquello la había convencido de que no formaba parte de ninguna operación que hubiese emprendido la CIA para matar a su hijo, sino que se había metido, sin más, en el sitio equivocado en el momento menos oportuno. Aun así, el resultado había sido el mismo: Eldar había muerto porque él había decidido intervenir. Tal vez no hubiese sido la bala que lo mató, pero sí la pistola. Y una bala sin pistola no era mortal.

En otras circunstancias, no habría dudado en ofrecerle un puesto de trabajo a un hombre de tamaña fortaleza. Los hombres con tamaña convicción, con semejante confianza incontestable en sus principios, no abundaban y, de hecho, se volvían más escasos con el paso de los años. Aun así, a Yekaterina ya no le servía para nada. No tenía intención de revelarles el paradero de María Kulikova o simplemente lo ignoraba. Si era lo primero, desde luego, se trataba del hijo de puta más tenaz e indoblegable que hubiera conocido en su vida. Ya daba igual.

Dio un paso atrás y volvió a mirar la hora. Tenían que irse. Tenían que encontrar a María Kulikova de cualquier otro modo.

—¿Sabe qué hacen con la carne de los ijares del animal que no se venden, señor Jenkins?

—Me lo puedo imaginar.

—No lo dudo, pero, aun así, yo se lo voy a contar. Lo pican todo para hacer hamburguesas y salchichas. ¿Ha visto alguna vez un trozo de carne pasar por la picadora, señor Jenkins? ¿No? La máquina lo tritura todo: huesos, cartílagos, tendones, músculos, grasa… Eso sí, la vaca ya está muerta. No siente dolor. —Lo estudió con gesto frío y él pudo ver que sus ojos eran de un azul gélido—. Usted no tendrá tanta suerte.

Jenkins le sonrió sin un atisbo de arrogancia ni desafío. Le sonrió como si se hiciese cargo de su dolor y le pesara. Entonces dijo:

—Ni el que tenga que comerse una salchicha hecha conmigo.

Un chiste que a Yekaterina casi le hizo sonreír. Casi.

Se volvió para dirigirse a Mili antes de arrepentirse.

—Avísame cuando hayáis acabado. Nos vemos en el avión. —No quería quedarse a ver aquello. Había aprendido hacía mucho, tras la muerte de su padre, que la venganza no comportaba ninguna satisfacción. Ni siquiera aligeraba el dolor de la muerte. Sabía que no podía aligerar el dolor de la muerte de Eldar, pero sí dejar muy claro a otros que los asesinatos salían muy caros. Se trataba de imponer un castigo ejemplar. Ojo por ojo.

«Firme ha de ser la testa de quien lleva corona impuesta», que decía su padre.

—¿Algo más, *comare*? —preguntó Mili.

Ella pensó en la familia de Jenkins, en su mujer, a la que no tardaría en hacer viuda, y en aquellos dos hijos condenados a crecer sin su padre. Entonces se preguntó si era peor crecer sin padre o crecer sin un hijo y resolvió que era más doloroso esto último, aunque fuera solo por el hecho de ir contra el orden natural.

—No —dijo.

Subió al asiento trasero del todoterreno y miró por última vez a Jenkins. No pudo menos de pensar que se asemejaba en algo a Cristo, clavado sin vida en la cruz, con los brazos en tensión por el peso de su cuerpo y sin poder tenerse ya erguido. Su chófer arrancó el vehículo y metió la marcha para cruzar el suelo de cemento pulido en dirección a una de las puertas abiertas de las plataformas de carga. Ella levantó la vista y olvidó sus pensamientos cuando lo vio reducir la marcha y detenerse por completo.

—¿Qué problema hay? —preguntó.

—No lo sé. Un operario acaba de cerrar la puerta y le ha puesto el candado.

—¿Qué? —Se inclinó hacia delante para mirar por el parabrisas. El operario desapareció tras las tiras de plástico de una puerta—. Prueba en otra plataforma.

Él hizo lo que le pedía. De nuevo, al encaminarse el todoterreno a la salida, un empleado la bajó y le colocó el candado. Una vez era casualidad; dos, coincidencia. Yekaterina señaló una tercera puerta, pero, antes de que pudiera decir nada, cerraron la persiana. Tres veces era ya un patrón.

Oyó el resto de las puertas que rodeaban aquella ala cerrarse y producir un ruido metálico al llegar al suelo. Las luces del edificio se apagaron y todo quedó iluminado por el fulgor rojo de las de emergencia que indicaban la ubicación de las salidas.

El chófer dio marcha atrás y pisó el acelerador haciendo resbalar las ruedas sobre el cemento pulido y llenando el aire de humo. Giró para volver al lado de Mili y los otros, que habían sacado fusiles de asalto automáticos y se habían apostado espalda con espalda.

Yekaterina salió del coche y el guardaespaldas se colocó delante para protegerla.

—¿Qué pasa? —le preguntó a Mili

—No lo sé, *comare*.

Ella recorrió el lugar con la mirada. Los hombres que habían cerrado las puertas de las plataformas se habían desvanecido y a su alrededor no había nada más que canales pendientes de ganchos.

En ese momento se abrió y se cerró una puerta metálica que resonó en toda la nave. Sobre el suelo de cemento hicieron eco unos zapatos de vestir de hombre. Su dueño surgió de entre las canales colgadas, bañado en luz roja como una aparición fantasmagórica. No se dio prisa alguna. Cruzó hasta ellos con paso decidido. Mientras se acercaba, Yekaterina vio que llevaba un traje de marca cara y algo bajo un brazo. El chófer apuntó su arma, igual que Mili y los demás guardias.

El hombre se detuvo a pocos metros del grupo, abrió una silla plegable y la colocó frente a la que ya estaba allí. Abrió la chaqueta para demostrar que no iba armado e invitó a Yekaterina a tomar asiento.

Ella no sabía quién era aquel hombre. No lo había visto nunca. Sí podía decir que no era el jefe de ninguno de los otros clanes. De Moscú no, desde luego, y dudaba que estuviera al frente de ninguno de los de Irkutsk, porque lo habría conocido.

Fuera quien fuese, se conducía con serena confianza. Sonreía, pero sin engreimiento. A diferencia de otros, tampoco se puso a hablar precipitadamente. Esperó, con gesto educado, a que se sentara Yekaterina.

Cosa que hizo ella movida de la curiosidad.

Víktor Fiódorov se desabrochó la chaqueta y cruzó las piernas. Para que aquello funcionase, tenía que transmitir confianza. Si no, lo acribillarían a balazos. Platón Vasin le había dejado muy claro que no quería una guerra con los Veliki y él le había dado su palabra de no provocar una.

—Mil disculpas por el golpe de efecto, señora Velíkaia. Cuando uno tiene a una hija en las artes escénicas, es normal que se preocupe por crear una impresión favorable al entrar y al salir. —Uno de los guardias dio un paso hacia él, que lo detuvo con una mirada fría—. Le aseguro que no será necesario. No voy armado.

Yekaterina le indicó al guardia con un gesto que volviera a su sitio, aunque sin apartar la vista de Fiódorov en ningún momento. Perfecto: señal de que tenía curiosidad. Aquel era el primer paso si quería que funcionase todo aquello.

—¿Quién es usted? —quiso saber ella.

—Deje que me presente. Me llamo Víktor Nikoláievich Fiódorov.

Ella lo miró como si esperase algo más y, al ver que no añadía nada más, preguntó:

—¿Debería decirme algo su nombre, Víktor Nikoláievich Fiódorov?

—No, no. Seguro que una mujer de su talla no tiene la menor idea de quién soy, pero sí que conoce a mi amigo.

—¿A qué amigo?

Fiódorov señaló a Charles Jenkins con el mentón.

—Por lo que veo, se conocen, y se diría que bastante bien. ¿Te han dejado colgado, Charlie?

—Que te den, Víktor —musitó Jenkins.

Fiódorov se encogió ligeramente de hombros.

—Se pone muy picajoso cuando no le dan de comer.

—¿Qué es lo que quiere, señor Fiódorov?

—Tengo un problema.

—Ya lo creo. ¿No sabe quién soy yo?

—Por supuesto que sí. Es usted Yekaterina Velíkaia, la mujer más poderosa de Moscú.

Le tocaba a ella sonreír.

—Me halaga, señor Fiódorov. Sin embargo, me está reteniendo contra mi voluntad.

—Ya le he dicho que siento tanto dramatismo. Mi hija es actriz y sospecho que los dos llevamos el teatro en las venas.

—El teatro o la estupidez.

Fiódorov sonrió.

—No, la estupidez es solo mía. Mis hijas son muy perspicaces. Han salido a su madre. —Descruzó las piernas—. Necesitaba hacer una entrada llamativa para captar su atención.

—Ya lo ha hecho.

Él asintió. Bajo el traje prestado estaba sudando balas de plomo, pero seguía transmitiendo la seguridad de quien está al mando. Tal vez había dejado escapar su vocación verdadera y debía haber estudiado interpretación como su hija.

—Gracias. Sepa, señora Velíkaia…

—Tutéeme, señor Fiódorov. Esta entrada que ha montado le ha valido ese derecho. Tenga en cuenta, eso sí, que podría ser el último.

—Tutéame tú también entonces. El caso, Yekaterina, es que voy a recibir una suma de dinero considerable para sacar de Rusia al señor Jenkins, pero no me pagarán hasta que lo consiga. Supongo que comprenderás mi situación.

—No, la verdad es que no acabo de ver por qué tiene que preocuparme a mí tu situación.

—Ese, sin duda, es otro problema.

—Sin duda. Así que, si no quieres acabar colgando de un gancho al lado del señor Jenkins, te recomendaría que salieras de aquí ahora que todavía tienes dos piernas que te sostienen y le digas al que ha cerrado las puertas que vuelva a abrirlas. De lo contrario, seré yo quien tenga un problema contigo. ¿Nos entendemos?

—Perfectamente. De hecho, me parece una propuesta justa. ¿Puedo plantear otra?

Yekaterina dejó escapar una risita.

—¿Por qué no?

Fiódorov alzó una mano en el aire e hizo girar un dedo. En toda la nave retumbaron ráfagas de ametralladora al tiempo que por detrás de las piezas de carne asomaba al menos una cincuentena de hombres con bata y casco blancos bañados de luz roja. Fiódorov esperó un instante que resultó verdaderamente dramático. Mili y el resto de los guardaespaldas levantaron sus armas, pero saltaba a la vista lo ridículo de su respuesta.

—Ahí va mi propuesta. Tú quieres resarcirte de la pérdida de tu hijo, tanto que estás dispuesta a matar para ello a un inocente.

—¿Cómo sabes que es inocente?

—Porque estoy al tanto de todas las pruebas del caso.

—¿Y cuáles son esas pruebas?

—Podría exponértelas, pero pensarías que miento, ¿verdad?

—Probablemente.

—En tal caso, ¿me darías el gusto de dejar que sea mi socio, alguien que conoce de primera mano lo que ocurrió, quien te las presente?

Yekaterina asintió sin palabras.

Fiódorov, sin levantarse de su asiento, hizo un gesto a sus espaldas. Al momento se abrió la puerta por la que había entrado para dar paso a Arjip Mishkin, que accedió a la nave y salvó la distancia que lo separaba de ellos. Los hombres de Velíkaia volvieron a levantar las armas.

Al llegar a su lado, Mishkin saludó a Yekaterina con una leve reverencia.

—Mi nombre es Arjip Mishkin.

—Inspector jefe de policía —añadió Mili.

—Sí —respondió él—. Antes de nada, permítame expresarles mis condolencias, a usted y a su familia, por la pérdida de su hijo. Habría deseado hacerlo antes en persona, pero me fue imposible concertar una entrevista.

Tras asentir de nuevo con un movimiento de cabeza, Yekaterina miró a Fiódorov con más curiosidad aún.

Mishkin abrió su propia silla plegable y se sentó.

—Tengo el cometido de cerrar el caso de la muerte de su hijo, señora Velíkaia, y para ello necesitaré contar con el testimonio del señor Jenkins. En toda mi carrera profesional, jamás he dejado un caso sin resolver. Tengo una tasa de éxito del cien por cien.

Yekaterina no salía de su asombro.

—¿Y por eso está usted aquí?

Mishkin no respondió de inmediato. Aguardó unos instantes para decir a continuación:

—Le parecerá extraño, un inspector jefe en la situación en que me encuentro yo. Por más que hayan cambiado mis circunstancias en estos últimos días, mi deseo sigue siendo el mismo.

—¿Y se puede saber cuál es su deseo?

—Que se haga justicia.

—Dígame qué es lo que sabe, inspector jefe.

Mishkin dejó escapar un suspiro.

—Desde que murió mi esposa hace dos años, he vivido con un gran pesar. No duermo bien y, por ese motivo, le pedí a mi capitán que me asignase los homicidios ocurridos por la noche por tener algo que hacer. El asesinato de su hijo fue uno de ellos.

A continuación, fue exponiendo las pruebas que había ido recogiendo desde el momento en que llegó al Yakimanka Bar hasta su irrupción en el matadero.

—Como ve, mis anotaciones y mis observaciones personales ponen de relieve que a su hijo lo mataron por la espalda y no de un tiro en el pecho y que quien acabó con su vida no fue el señor Jenkins.

Yekaterina, quien, según suponía Fiódorov, debía de conocer ya dicha información gracias a las grabaciones de las cámaras de seguridad, no parecía muy impresionada.

—Todo eso me parece muy interesante, inspector jefe, pero no deja de ser cierto que mi hijo está muerto porque el señor Jenkins metió sus narices donde no lo llamaba nadie.

—O quizá las metió donde sí lo llamaban y, a diferencia de muchos, él tuvo el valor de acudir a la llamada. Estoy convencido de que podemos pasarnos horas discutiendo esta cuestión, pero permítame que le haga una pregunta sencilla: ¿duerme usted bien por la noche, señora Velíkaia?

—¿Y a usted qué le importa?

—A mí, nada. Solo lo pregunto porque lo siguiente que me gustaría saber es si ha obtenido alguna satisfacción torturando al señor Jenkins. ¿Cree que eso la ayudará a dormir por las noches?

—¿Adónde quiere llegar, inspector jefe?

—Tal vez a eso pueda contestar yo —dijo Fiódorov—. Seguirás sin poder dormir, porque sabes que, en el fondo, no constituye ninguna victoria matar a un hombre que no mató a tu hijo y, por tanto, no obtendrás ninguna satisfacción con ello. No aliviará tu dolor ni tu pena, y lo sabes porque ya has pasado antes por esto. ¿No es verdad? —Velíkaia no respondió, pero él sabía bien que lo había entendido—. Me refiero a la muerte de tu padre en 2008, aún sin resolver.

—Solo está sin resolver para la opinión pública.

La respuesta avivó las esperanzas de Fiódorov.

—Sí, y ahí es adonde quiero llegar. Si matas al señor Jenkins, seguirás teniendo que vivir con el dolor de la muerte de tu hijo, igual que has tenido que vivir con el de la muerte de tu padre, sin hacer nada contra los verdaderos responsables.

—Me estoy cansando de este juego. ¿Se puede saber qué es lo que me estás ofreciendo, Fiódorov? Decías que tenías una contrapropuesta. Pues hazla o desbloquea las puertas.

—Lo que te ofrezco es la ocasión de deshacer un agravio, algo que raras veces ocurre en estos tiempos. Te ofrezco la ocasión de llevar a cabo algo más que un acto vacío; la ocasión de volver a poder dormir bien por la noche.

—¿Y cómo piensas hacer una cosa así?

Fiódorov volvió a levantar la mano. Esta vez, las canales que colgaban de los ganchos que los rodeaban empezaron a agitarse y avanzaron por el mecanismo transportador. Llegaron donde los raíles doblaban a la derecha y cada una de las piezas de carne fue girando, casi ciento ochenta grados, rozando casi el hombro de Fiódorov. De aquel extremo de la nave llegó un hombre suspendido de un gancho. Tenía la espalda vuelta hacia el grupo allí congregado y, al llegar a la curva, se dio la vuelta y quedó dándoles la cara.

La sangre huyó del rostro de Yekaterina.

—Zhomov —dijo con poco más que un susurro.

—El hombre que mató a tu padre.

Ella aguardó un instante con la mirada fija en Zhomov y los ojos encendidos del odio más puro. Miró a Fiódorov.

—¿Puedes demostrarlo? —preguntó—. ¿Sin dejar lugar a dudas?

—No solo estoy al tanto de la operación, Yekaterina, sino que formaba parte del grupo operativo. Puedo asegurarte, con total certidumbre, que Aleksandr Zhomov mató a tu padre. Pero mi contrapropuesta no acaba aquí.

Ella lo miró con incredulidad.

—Porque no solo te estoy ofreciendo al hombre que mató a tu padre a cambio del señor Jenkins, no: también al hombre que ordenó el asesinato de tu padre.

—¿Vas a darme a Dmitri Sokolov? Lo dudo.

Fiódorov levantó la mano y, cuando volvió a girar el dedo, se abrió la puerta por la que habían entrado Mishkin y él. Esta vez fue María Kulikova la que la cruzó para acercarse. Sabía mucho de Yekaterina Velíkaia por los años que había trabajado para Sokolov y la FSB, lo que incluía la operación que había desembocado en el asesinato de Alekséi Veliki. Tal como había acordado con Fiódorov, se trataba de convencer a Yekaterina de que Kulikova podía entregarle a Sokolov, no físicamente, por descontado, sino de un modo que acarrearía su destrucción.

Kulikova se detuvo al llegar al lado de Mishkin.

—Tengo entendido que su padre era un gran admirador de las películas de *El padrino* y que organizó a su familia basándose en el clan ficticio de los Corleone —dijo.

Yekaterina entornó los ojos.

—Cierto.

—Deje que le diga entonces, señora Velíkaia, que puedo hacerle una oferta que no podrá rechazar.

CAPÍTULO 52

Elaboraciones Cárnicas de Irkutsk

Jenkins no sabía cuánto tiempo llevaba suspendido del gancho para carne. Había perdido todo sentido del tiempo y, de hecho, había perdido en más de una ocasión la conciencia, que era lo único que le aliviaba un tanto el dolor. La segunda vez que había vuelto en sí decidió que era mejor no centrarse en el presente, en cada uno de los golpes, de los pinchazos, de las descargas eléctricas. Lo que tenía que hacer era dejar que se fundiesen cada uno con el siguiente. Sus verdugos le habían pegado como campeones de boxeo bien entrenados, atacando primero el tronco para debilitar su voluntad. Luego, al ver que así no conseguían sacarle información, habían pasado al rostro. Los golpes habían cesado el tiempo necesario para que lo interrogase Yekaterina Velíkaia, pero el dolor, aquel dolor insoportable, no menguaba. Pensaba en Alex, en Lizzie y en CJ. Ojalá hubiese sacado tiempo para hablar con su hijo y prepararlo para lo que estaba por llegarle por el hecho de ser un varón grande y negro en los Estados Unidos.

Vio a María Kulikova entrar en la nave y renegó en silencio preguntándose a qué estaba jugando Fiódorov. María parecía tranquila, relajada. Le dedicó un gesto de asentimiento con la cabeza, como si quisiera hacerle saber que todo iba a salir bien. Cuando oyó a

Fiódorov asegurarle a Velíkaia que María podía entregarle a Dmitri Sokolov, todo empezó a encajar.

Antes de que hablase María, sin embargo, Fiódorov pidió a Yekaterina que descolgase a Jenkins del gancho en virtud de lo que llamó un gesto de buena fe. Ella accedió y uno de los hombres de Fiódorov, un mastodonte tan alto como Charlie, pero ancho como una secuoya, lo levantó como quien toma a un niño en brazos y lo sentó con cuidado en una silla. Ni siquiera así pudo evitar arrancarle una mueca de dolor.

—*Spásibo* —dijo Jenkins haciendo lo posible por recobrar el aliento. Apenas lograba mantenerse erguido en la silla. Le quemaban los costados como si se los hubieran quemado con un soplete de acetileno. La pregunta no era si tenía costillas rotas, sino cuántas. Esperaba que, al menos, ninguna de ellas le hubiera perforado un pulmón. Le costaba respirar, porque con cada inspiración lo asaltaba un dolor insoportable. Había escupido más de un diente y con la lengua repasó el borde irregular de varios que tenía partidos. No podía respirar por la nariz, señal inconfundible de que se la habían partido, lo que explicaba en parte el cartílago que había oído crujir cuando lo golpeaban. Sintió náuseas. No quería tener que mirarse en un espejo.

María, mirando a Yekaterina Velíkaia, reveló los detalles íntimos de su relación con Dmitri Sokolov. Lo hizo como quien refiere una práctica sexual estrafalaria que ha observado y no como quien ha participado en ella, con voz suave y equilibrada, sin apenas alzar el volumen ni manifestar emoción alguna. Jenkins pensó que aquella técnica de no dejarse vincular emocionalmente a los fetiches dementes de Sokolov debía de ser lo que le había permitido sobrevivir todos aquellos años. En cierto sentido, había creado un *alter ego*, quizá como la persona que nos mira desde el espejo, que se parece a nosotros pero carece de profundidad, de moral y de ética. Además de contarlo todo con pelos y señales, puso en conocimiento a Velíkaia de las diversas ubicaciones moscovitas en las que había guardado fotografías de Sokolov en diversas actitudes comprometedoras.

Jenkins tuvo la sensación de que Yekaterina Velíkaia entendía a María Kulikova en cierto sentido que jamás podría entender ninguno de los varones presentes en aquella nave, que entendía que había hecho lo que había hecho en aras del objetivo que tenía que alcanzar, que había cumplido con su deber sin participación emocional ni apego algunos. Lo entendía porque, suponía, Velíkaia debía de haber hecho exactamente lo mismo para sobrevivir durante tanto tiempo en un mundo tan masculino. Cuando habían asesinado a su padre, Yekaterina se había visto elevada al papel de cabeza de familia y Jenkins sospechaba que hacía lo que tenía que hacer para conservar lo que su padre había conseguido con tanto esfuerzo. Respondía a la violencia más atroz con más violencia atroz, a la fuerza más mortífera con más fuerza mortífera. Se preguntaba si también ella habría creado un *alter ego*, si Catalina la Grande no sería sino la imagen del espejo, cuando ella no había creído nunca ser otra cosa que la *málenkaia printsessa* de su padre. En cierta ocasión, en una subasta benéfica del centro de Seattle, Jenkins había conocido a una estrella de cine, un actor de los mejor pagados que se embolsaba veinte millones de dólares por película. Sin embargo, lo que le había llamado la atención de aquel hombre no era aquello, sino su trato llano y su humildad. Cuando le había preguntado al respecto, él le había dicho que el de actuar era, simplemente, su trabajo, un trabajo muy bien pagado, claro, pero un trabajo al fin y a la postre. Su trabajo no lo definía. No creía en los galardones que se le brindaban más que en los ataques que tan maltrechos dejaban a los personajes que interpretaba, porque no eran más que personajes creados para representar un papel en una película. No eran él.

Cuando María acabó, ninguna de las dos movió un dedo. Ninguna dijo nada. Transcurrió un minuto largo. Entonces, Velíkaia se puso en pie. María hizo otro tanto. Las dos mujeres se miraron un instante y, a continuación, la primera dio un paso al frente y las dos se besaron ambas mejillas en señal mutua de respeto.

Velíkaia miró a Fiódorov y, sin delatar emoción alguna, se limitó a decir:

—Acepto tu contrapropuesta. —Acto seguido, se acercó a Alekandr Zhomov y lo estudió—. ¿Sabe qué hacen con la carne de los ijares del animal que no se venden?

Zhomov, amordazado con cinta americana, no pudo responder.

—Se lo voy a contar —dijo ella.

Después de que salieran de la nave Velíkaia y los suyos, Jenkins dijo a Fiódorov:

—Supongo que se ha puesto en contacto contigo Matt Lemore, ¿no?

El ruso dejó escapar un largo suspiro.

—Se diría que eres... ¿Cómo dicen los americanos? —Miró al mastodonte, al que llamó Cacahuete—. *Zhvachka na podoshve moiego botinka.*

—Un chicle en la suela de mi zapato —tradujo Jenkins.

Cacahuete soltó una carcajada.

—¿Te ha amenazado Lemore? —preguntó el estadounidense.

Fiódorov respondió con una risita:

—Digamos que dejó muy claras cuáles serían las consecuencias si no me prestaba a ayudar. Tu señor Lemore te tiene mucho cariño y puede llegar a ser muy persuasivo.

—Creo que lo mueve más el miedo que le tiene a mi mujer que el cariño que pueda profesarme a mí. Le prometió hace tiempo que me devolvería sano y salvo, y ella le hizo saber que esperaba que cumpliese su palabra, porque de lo contrario lo pagaría carísimo.

—Yo, que he estado casado, puedo entender que se afane en cumplirla. —Miró a María—. Lo digo sin intención de ofender a ninguno de los presentes.

Jenkins sabía que Fiódorov podía haber rehusado asumir el riesgo considerable de volver a Rusia. Sabía que no lo hacía solo por el dinero ni por la ocasión de escupirle en un ojo a Sokolov. Tampoco ignoraba que su motivación no era mero altruismo. Era un hombre complicado y Jenkins estaba convencido de que había vuelto a Rusia por razones complicadas.

En realidad, daba lo mismo.

—Gracias, Víktor, por lo que has hecho. Te debo una.

—No seas ingenuo, Charlie. Como recordarás, soy muy bueno al ajedrez.

—*Da, no tvoi blef* — *dermó* —dijo Cacahuete. «Sí, pero tus faroles son una mierda».

—El caso —prosiguió Fiódorov— es que el señor Lemore y yo hemos negociado una generosa donación a mi fondo de pensiones. Parece que el de salvarte la vida se está convirtiendo en una lucrativa fuente de ingresos complementaria. Pero sí, por supuesto que me debes una y algún día pienso cobrármela.

Sabía que Fiódorov lo decía por proteger su imagen. No dudaba de que Lemore había amenazado con delatarlo, pero solo por llevarlo a la mesa de negociaciones. Los rusos eran gente orgullosa a los que no hacía ninguna gracia ver cuestionado u ofendido su carácter ni su coraje y Lemore, que había estudiado su nación en la universidad y la había convertido en el objeto de su profesión, lo sabía sin duda. Tras la amenaza, habría negociado el pago de cierta cantidad para permitir que Fiódorov guardase las apariencias y él había aceptado el dinero con mucho gusto. Con todo, conociendo a Fiódorov, también sabía que no era tan fácil manipularlo y que los motivos de sus actos eran mucho más profundos que los dólares o los rublos.

Dicho de un modo más sencillo, a Víktor Fiódorov le gustaba ganar.

—Creo que tú y yo podríamos trabajar muy bien juntos —dijo Fiódorov—, quizá en el futuro.

Jenkins sonrió.

—¿Me estás amenazando, Víktor?

—En el fondo, somos iguales.

—¿Y eso?

—¿Por qué te metiste a ayudar a la prostituta en el Yakimanka Bar? Tenías que saber que, desde un punto de vista profesional, no era precisamente lo más adecuado.

—Ahora mismo, me duele demasiado la cabeza para mantener una conversación sesuda, Víktor.

—Está bien, pues la tendremos en otro momento. Tal vez cuando tenga la ocasión de conocer a esa esposa tuya. Parece, ¿cómo diría yo?, dura como una piedra.

Jenkins se echó a reír y tuvo que ponerse la mano en el costado. Cuando remitió el dolor, dijo:

—Yo me guardaría de decírselo. —Hizo una mueca de dolor y miró a María—. Sokolov está a punto de llevarse una sorpresa de los mil demonios.

Ella miró a Fiódorov.

—*Jotel bi ya bit mujoi na stene doma Vásina* —«Me encantaría ser una de las moscas que tiene Vasin en las paredes».

Jenkins meneó la cabeza.

—No lo entiendo.

Fiódorov soltó una risita.

—Ya lo entenderás y será muy pronto. Primero tendrá que verte un médico. Necesitarás unos días de reposo antes de estar en condiciones de viajar.

—Creo que será mejor que María y yo salgamos de Rusia cuanto antes —dijo Jenkins.

—Tonterías —repuso Fiódorov—. Eso sería insultar a tu anfitrión. Al sitio al que te llevo no hay nadie que se atreva a ir a buscarte. Le vas a caer muy bien a Platón Vasin. Ya has conocido a su hermano, mi amigo Cacahuete, y a algunos de los hombres que trabajan para él. —Abarcó con un gesto de la mano al resto de los circunstantes.

—¿Cacahuete? Me cuesta imaginármelo así de pequeño.

—Cacahuete no fue nunca pequeño. Supongo que, como tú, nació grande y fue creciendo. Siempre fue el más grande de la clase.

Jenkins alzó la vista para mirar a aquel hombre.

—*Spásibo* —dijo.

Él sonrió y respondió en inglés:

—De nada. —Lo ayudó a levantarse, pero los detuvo el hombre bajito que tenían al lado y que, dando un paso al frente, se dirigió con educación a la concurrencia.

—Discúlpenme. Si han acabado de saludarse ya todos…

Fiódorov se puso en pie.

—Sí, tenemos pendiente una conversación privada. Que salga todo el mundo menos el señor Jenkins y mi socio.

—A mí me gustaría quedarme —dijo María envolviéndole los hombros a Jenkins con una manta.

—Muy bien —dijo Fiódorov y los demás salieron de la nave.

—Señor Jenkins, mi nombre es Arjip Mishkin, inspector jefe de la policía de Moscú. —Se detuvo con gesto incierto antes de encogerse de hombros—. En fin, me hago cargo del trance por el que está pasando, pero he llegado muy lejos para hacerle unas preguntas y quisiera disfrutar de su indulgencia solo unos minutos más. — Jenkins no salía de su asombro ante la presencia de un inspector de Moscú en una sala plagada de mafiosos—. Necesito saber la noche que murió Eldar Veliki en el Yakimanka Bar.

—Si se lo acaba de contar usted a Yekaterina Velíkaia.

—Cierto, pero ¿sabe?, la cinta de vídeo de las cámaras de vigilancia ha desaparecido, el informe del médico forense es una mera invención y los demás testigos han muerto. Usted es la única persona que puede contarme la verdad para que pueda cerrar mi expediente, mi último expediente antes de jubilarme. Estoy convencido de que su testimonio refutará los informes oficiales y quizá le cueste a más de uno su puesto de trabajo.

Mishkin no parecía feliz ante semejante perspectiva.

—¿Ese es el único motivo que lo ha traído aquí?

El inspector miró a María Kulikova.

—Era —dijo.

Jenkins miró a María, luego a Mishkin y entendió.

—¿Qué desea saber, inspector jefe?

—La verdad simplemente.

El interpelado aguardó un segundo.

—¿No quiere dejar constancia de nuestra conversación?

—Por supuesto —dijo Mishkin, que se palpó la ropa antes de decir—, pero me temo que no tengo mi libreta ni nada con lo que apuntar.

—Un momento —se ofreció Kulikova antes de dirigirse a la puerta.

—En el tren, María salió del compartimento por la noche. ¿Habló con usted? —preguntó Jenkins.

—Parece que ninguno de los dos duerme bien —contestó Mishkin.

Ella regresó con un bolígrafo y un cuaderno que llevaba el membrete de Elaboraciones Cárnicas de Irkutsk.

—Con esto será suficiente —dijo él—, gracias. —Miró a Jenkins—. Empiece, por favor.

Arjip Mishkin fue tomando nota de cuantas respuestas ofrecía pacientemente Jenkins a sus preguntas y, cuando hubo acabado, pulsó el botón del bolígrafo para retraer la punta y miró a María.

—Tengo que volver a Moscú. Vuelvo a pedirle perdón por no revelarle mi identidad, pero espero que entienda que tenía mis motivos. —Hizo una ligera reverencia y se volvió para partir.

Sin embargo, lo detuvo la pregunta de María:

—¿Te gusta viajar, Arjip?

Él negó con la cabeza.

—Nunca he tenido tiempo. Siempre he estado trabajando y ahora… —Suspiró—. Esa es una de las cosas de las que me arrepiento. Mi Lada y yo hablábamos muchas veces de los viajes que haríamos cuando me jubilase.

—¿Como el del transiberiano?

—Sí, ese era uno.

—¿Te gustó?

—Sí. Disfruté mucho de nuestras veladas en el tren, María. Disfruté mucho de tu compañía.

—Entonces podemos decir que fue un éxito. Decías que, si lo era, tal vez volverías a viajar.

Mishkin asintió.

—Sí y espero poder hacerlo.

—¿Y has querido alguna vez conocer América?

Él sonrió.

—Pues sí. También figura en mi larga lista de deseos. Me encantaría ver los parques nacionales. El del Gran Cañón, sin ir más lejos.

—A mí también.

Jenkins no estaba en posición de prometer que podrían reencontrarse en algún momento. Después de semanas de interrogatorios, María recibiría un nombre, una identidad y una vida nuevos, y hasta era posible que tuviera que someterse a alguna operación de cirugía plástica. Su vida corría peligro mientras Putin siguiera en el poder. No tenía ni idea de si la CIA podría buscar el modo de que Mishkin se reuniera con ella. El inspector no tenía relación alguna con Sokolov ni con la FSB, ni la FSB sabía nada de la relación que empezaba a surgir entre María y él. Jenkins suponía que, una vez que se jubilara, Mishkin podría viajar a los Estados Unidos sin llamar la atención de los servicios secretos rusos y que, a su llegada, sería posible organizarlo todo para que visitara a María sin delatar su paradero.

Mishkin hizo una reverencia y asintió con la cabeza.

—No me cabe duda de que, al menos, una parte de América me va a resultar muy atractiva.

CAPÍTULO 53

Lubianka (Moscú)

Dmitri Sokolov llegó a la Lubianka a primera hora de la mañana siguiente. Estaba nervioso. Por petición de su esposa, e insistencia de su suegro, había pasado la noche en casa y con el móvil apagado.

Cuando, al fin, lo encendió, comprobó que Aleksandr Zhomov no lo había llamado desde que se había puesto en contacto con él para pedirle los planos del edificio de Elaboraciones Cárnicas de Irkutsk e informarlo de que tenía la intención de acabar con quienes se habían llevado a Charles Jenkins. El director Petrov, en cambio, había llamado con insistencia y le había dejado mensajes para hacerle saber que estaba recibiendo una presión considerable del Kremlin, con quien había compartido la noticia de que Aleksandr Zhomov estaba a un paso de detener a Charles Jenkins. Sokolov había intentado darle largas y, al ver que no podía seguir haciendo caso omiso de sus llamadas, hizo que Olga avisara de que estaba enfermo. Petrov, por su parte, envió un escueto mensaje de texto para exigirle que se reuniese en persona con él a la mañana siguiente para ponerlo al corriente de los progresos de Zhomov. Aun así, todas las veces que, de noche y por la mañana, había llamado al móvil del pistolero le había saltado el contestador y Zhomov tampoco respondía a los correos electrónicos ni los mensajes encriptados que le había enviado.

En casa, las cosas tampoco habían ido precisamente a pedir de boca. Tenía la cabeza en otra parte y no le resultaba nada fácil atender a Olga ni a los niños. Habían cenado todos juntos, lo que también incluía a la familia política. Su mujer había hecho salchichas frescas con patatas fritas, pero la comida, como el silencio de Zhomov, no le había sentado bien. De hecho, se encontraba bastante mal.

Sokolov apretó el paso para llegar pronto a su despacho y se quitó la chaqueta y la colgó en el perchero. Luego, fue directamente al teléfono y llamó a su secretaria, que había entrado a trabajar temprano por petición suya.

—¿Sabemos algo del coronel Zhomov?

—No, señor subdirector.

—Avísame de inmediato si llama. No dudes en interrumpirme.

—Sí, señor subdirector. Eso sí: ha recibido dos paquetes.

—¿Dos paquetes? ¿Cuándo?

—Me los he encontrado esta mañana en mi silla, señor subdirector. Son una caja y un sobre interno. La caja ha pasado todos los protocolos internos. —Lo que quería decir que la habían inspeccionado para asegurarse de que no llevara una bomba capaz de hacer saltar por los aires la Lubianka—. ¿Quiere que se los lleve?

Sokolov pensó unos instantes. Miró la hora.

—Sí, mejor antes de mi reunión con el director.

—El señor director está aquí, señor subdirector.

En ese momento se abrió la puerta del despacho de Sokolov y entró el director Petrov con una caja de cartón de poco más de un palmo por cada lado y el sobre naranja del correo interno. Sokolov corrió a dejar su asiento y recoger los dos envíos.

—Director Petrov, no tenía por qué molestarse.

Petrov le indicó con un gesto que no era nada. Sokolov dejó la caja en la mesilla auxiliar y llevó el sobre a su escritorio. El director ocupó una de las sillas que había frente a él.

—¿No estaría más cómodo en el sofá? —preguntó Sokolov.

—No voy a estar mucho rato…, espero. ¿Ya no coges el teléfono?

—Mi mujer se empeñó en que pasáramos el día en familia con los niños.

El director volvió a hacer un gesto para indicar que no tenía importancia.

—Me has dicho que tenías información sobre los esfuerzos que estás haciendo para arrestar a Charles Jenkins. ¿De qué se trata?

Sokolov volvió al sillón de su escritorio.

—Sí, señor director. Todavía estoy esperando a que el coronel Zhomov me ponga al día sobre el estado de la operación, pero estoy convencido de que llamará de un momento a otro para confirmar que ha sido un éxito.

—¿No has tenido noticias suyas?

—Esta mañana no.

—¿Y qué fue lo último que supiste de él?

—Que tenía conocimiento del paradero del señor Jenkins en Irkutsk y que procedía a detenerlo.

—Y desde entonces… ¿nada?

En ese momento sonó el teléfono del escritorio de Sokolov. Para él fue como la campana que anunciaba el final de un asalto y salvaba al púgil de quedar fuera de combate.

—Discúlpeme —dijo a Petrov—. Le he pedido a mi secretaria que me interrumpa si llama Zhomov.

—¿Y dónde está la señora Kulikova?

—Sigue enferma. Tengo entendido que la han ingresado.

—Dile a tu secretaria que le comunique a la mía en qué hospital está y cuál es su habitación para que pueda mandarle flores.

Sokolov descolgó el auricular.

—Sí.

—¿Dmitri Sokolov, subdirector de Contraespionaje? —Era una voz de mujer, detalle que él no quería revelar al director.

—Sí, ¿hay noticias?

—Su asesino y yo hemos tenido, al fin, la ocasión de conocernos —dijo la extraña— y debo decirle que para mí ha sido un placer inmenso.

—No entiendo... —contestó Sokolov.

Petrov, al otro lado del escritorio, acortó el espacio que mediaba entre sus dos cejas pobladas.

—Sí que lo entiende. Sé que Aleksandr Zhomov es responsable de la muerte de Alekséi Veliki, que le disparó a plena luz del día y que usted luego culpó del asesinato a un clan rival.

Sokolov sintió que se le aflojaban las piernas. Bajo la camisa empezaron a correrle riachuelos de sudor por los costados. Ya no podía seguir guardando las apariencias.

—¿Quién es usted?

—Usted sabe muy bien quién soy, subdirector Sokolov. Aunque no nos hayamos reunido nunca en persona, nos conocemos bien. Podría decirse que está usted al corriente de los detalles íntimos de mi familia, como, de hecho, estoy yo al corriente de sus enfermizas perversiones.

—¿María? —preguntó, aunque la voz no le parecía la suya.

Petrov se inclinó hacia delante.

—No sabe lo que me decepciona —dijo ella— que me confunda con el objeto de su depravación.

Desesperado, Sokolov preguntó entonces:

—¿Dónde está Aleksandr Zhomov?

Aquello alarmó a Petrov.

—No me diga que se ha perdido —dijo la mujer—. Si salió ayer... Tenía que haber llegado a su despacho hoy a primera hora de la mañana.

Sokolov no respondió. Sus ojos se dirigieron hacia la caja que había sobre la mesilla.

—Lo veo confundido. ¿No ha abierto su regalo? Lo hemos envasado en frío, pero debería evitar que se eche a perder. Es un detalle de mi padre, Alekséi Veliki. Yo soy Yekaterina Velíkaia, como la emperatriz. No olvide mi nombre el tiempo que le queda de vida. Otra cosa, María Kulikova le manda recuerdos. Debería llegarle también un sobre por correspondencia interna.

Dicho esto, colgó sin más. Sokolov permaneció con el teléfono en la oreja mientras escuchaba el tono. El terror lo envolvió e hizo que se le aflojaran todas las articulaciones. Las manos le temblaron mientras dirigía la mirada al sobre y, acto seguido, al paquete de la mesa.

—¿Dmitri? —dijo Petrov.

Sokolov retiró su asiento, se puso en pie tambaleante y echó a andar hacia la mesilla. Estudió la etiqueta de la caja.

Elaboraciones Cárnicas de Irkutsk.

Las rodillas apenas lo tenían en pie y se le revolvió el estómago.

—¿Qué estás haciendo, Dmitri?

—Perdóneme, director Petrov, pero no me encuentro bien. ¿Podemos vernos en otro momento? Debe de haberme sentado mal algo.

—¿Quién era? ¿Por qué ha preguntado por Aleksandr Zhomov? Tengo que saber si ha cumplido su misión con éxito. El presidente está esperando una respuesta.

Sokolov tuvo la impresión de estar viajando por un túnel y sintió que la voz del director le llegaba apagada y distante. Se volvió a mirarlo.

—Espero poder dársela antes de una hora, director Petrov. Lo siento. No conozco los detalles, pero los averiguaré y lo pondré al corriente.

Su superior soltó un suspiro y retiró su silla.

—Hazlo, Dmitri. El Kremlin me está sometiendo a mucha presión. Quieren saber cuál es la mejor manera de responder al problema que tenemos con Ibraguímov. No quiero darles esperanzas infundadas ni pienso responsabilizarme si fracasa Zhomov. Ya te lo advertí: la culpa recaerá sobre ti exclusivamente.

—Me pondré en contacto con usted en cuanto pueda. —Sokolov lo acompañó hasta la puerta del despacho y la cerró tras él.

Acto seguido, se volvió a mirar la caja como si el contenido tuviera la rabia y pudiera morderle. Se acercó despacio a la mesilla. La cinta adhesiva que sellaba la caja estaba cortada por motivos de protocolo. Abrió la tapa con cuidado y dentro encontró una neverita de poliestireno. No se apresuró tampoco a abrirla. Recordó haber visto una similar en casa, pero había estado demasiado preocupado para preguntar de dónde había salido. Retiró la tapa y dentro encontró una gran cantidad de salchichas, como las que había servido Olga la noche anterior. Estaban empaquetadas de seis en seis y llevaban etiquetas identificativas de la misma procedencia: Elaboraciones Cárnicas de Irkutsk.

Sokolov cogió el primer paquete y encontró otro bajo él. Hizo lo mismo con este y con el tercero. Al sacar el cuarto, lo lanzó como si le quemara las manos. Dentro del plástico, envasados al vacío, había cinco dedos humanos, uno de ellos con lo que reconoció como el anillo que llevaban las fuerzas selectas rusas del Spetsnaz.

Zhomov.

Al fondo de la caja encontró un mensaje escrito a mano:

Saludos de Alekséi Veliki desde la tumba.

Sokolov se dobló por la mitad y arrojó en el interior de la caja el contenido de su estómago antes de dar varias arcadas finales. Por la cara le caían ríos de sudor que le mojaban el cuello de la camisa. Se abrió la corbata de un tirón y se desabrochó el primer botón mientras a fin de poder respirar. Sintió un escalofrío.

«Piensa».

Necesitaba pensar.

Zhomov había muerto.

¿Y María y Jenkins? ¿También los tenía Velíkaia? ¿Habría algún modo de negociar? ¿Y si le decía a Petrov que Jenkins había conseguido escapar de algún modo, que habían hecho cuanto estaba en sus manos, pero habían fracasado? El americano ya había huido antes dos veces. El director lo entendería. ¿Y el presidente?

Llegó a su mesa balanceándose como quien camina por la cubierta de un barco mecido por las olas, se agarró a su asiento y se dejó caer. Todavía podía salir de aquella. Iba a necesitar ayuda, pero... Su suegro. Podía acudir a su suegro y hablarle de cuanto había hecho por llevar a Jenkins ante la justicia. Si su suegro lo entendía...

Aunque fuese por el bien de sus nietos...

Por la reputación de su hija...

Sí, algo así podía funcionar.

Todavía podía salir de aquella. Miró el sobre interdepartamental que aguardaba en su escritorio. Su secretaria decía que se lo había encontrado aquella mañana en su silla junto con la caja al llegar a trabajar. Dada la hora a la que le había pedido que llegase aquella mañana al despacho, habían tenido que entregar el sobre la víspera.

Lo levantó y miró el cauce que había seguido hasta llegar allí, pero el sobre era nuevo y no contenía más nombres que el suyo propio.

Desenrolló el cordón rojo que rodeaba el botón situado en la parte superior del sobre y abrió la solapa. De dentro sacó docenas de fotografías, todas ellas de él atado en distintas prácticas masoquistas. Fue pasándolas y lanzándolas una a una al escritorio. Algunas de ellas cayeron al suelo.

En todas ellas planeaba sobre él una mujer, María Kulikova, aunque tenía el rostro oculto bajo una máscara de cuero. Llevaba tacones de quince centímetros con pinchos y, en la mano, cadenas, látigos de cuero, plumas, cera caliente y otros adminículos.

Sonó el teléfono. Sokolov tenía la mirada clavada en las instantáneas. Estaba paralizado.

Se impuso la realidad.

El teléfono volvió a sonar.

Pulsó el botón como si lo movieran con un mando a distancia.

—Señor subdirector, siento interrumpir, pero tiene otra visita. Le he explicado que no se encontraba usted bien, pero... ha insistido en verlo de inmediato.

—¿Quién es?

—Su suegro.

Sokolov sintió que le daba un vuelco el estómago. El despacho empezó a girar. Contuvo el impulso de vomitar de nuevo.

—Señor subdirector, insiste en que le deje entrar para hablar con usted —susurró la secretaria con la voz claramente teñida del pánico que podía inspirar su suegro.

Abrió el cajón de su mesa y sacó la pistola para colocarla sobre el tablero.

—Dile que necesito un segundo solamente —dijo. Colgó y miró las fotografías que descansaban sobre su mesa, consciente de que había muchas más y de que, sin duda, su suegro habría recibido una colección similar.

María Kulikova. La fuente de tanto placer, de tanto dolor.

Metió la mano dentro del sobre, pero no contenía ninguna nota de María como había dicho Yekaterina Velíkaia.

Se llevó la pistola a la boca y cerró los ojos antes de apretar el gatillo.

El arma emitió un chasquido en lugar de disparar.

Abrió los ojos y apretó el gatillo por segunda vez y luego una más. La pistola seguía sin dispararse. Se sacó el cañón de la boca y miró el cargador. Estaba vacío. En lugar de las balas, pegada al cargador con cinta adhesiva, había una nota en la que reconoció la caligrafía de María Kulikova.

Siempre te ha gustado el dolor.

CAPÍTULO 54

Residencia de los Vasin (Irkutsk)

Jenkins y María Kulikova pasaron cinco días en calidad de invitados de Platón Vasin en su mansión de Irkutsk y Jenkins llegó a la conclusión de que el Mosca y Víktor Fiódorov debían de ser muy buenos amigos. Si el hombre no hubiese sido un traficante de heroína despiadado, a Jenkins hasta le habría caído bien. Vasin los había alimentado como si fueran de la realeza, aunque los dientes rotos del estadounidense le permitían comer poco. A él le hacían purés que las más de las veces tomaba con pajita. Se sentía culpable tumbado al sol al lado de la piscina. Quería estar en casa con Alex, Lizzie y CJ, a los que echaba muchísimo de menos, pero también sabía que, en el estado en que se encontraba, le sería imposible cumplir aquel deseo. Alex le diría que parecía el monstruo de Frankenstein y que estaba asustando a los niños.

Conque esperó... impacientemente.

A lo largo de cinco días, Vasin hizo acudir a distintos especialistas médicos para que le recolocasen la nariz, le diesen puntos en los cortes, le reconstruyesen los dientes, le vendaran las costillas e hiciesen cuanto fuera necesario para sanar su cuerpo maltrecho, todo ello pagado por la CIA. Tenía seis costillas rotas, pero ninguna de ellas le había perforado los pulmones. Orinó sangre durante varios días, pero, llegado el quinto, ya no tenía resto alguno. También los moratones habían mejorado. Se encontraba con fuerzas para viajar y estaba deseando salir de Rusia. Sabía que aún tendría que pasar un tiempo en Washington D. C., informando a Lemore y ubicando a María. No quería abandonarla sin más, sobre todo conociendo el desasosiego que le provocaba a ella la idea de empezar de cero. Además, quería ver cómo estaba Zinaída Pétrikova, quien, según Lemore, no llevaba bien la idea de no poder ver a sus hijos ni a sus nietos, cosa impensable hasta que pudieran garantizar que tal encuentro no suponía peligro alguno para ella. Para Jenkins, tal circunstancia era un recordatorio más de los sacrificios que habían hecho las siete hermanas, sacrificios que se le hacían más patentes aún cuando hablaba por teléfono con Alex, CJ y Lizzie.

Durante aquellas llamadas, no se cansaba de repetir a su mujer que estaba bien, que, aunque habían tenido algún que otro contratiempo, se encontraba a salvo y estaba preparando el regreso. Con todo, conocía a Alex y sabía que ella sospechaba que no se lo estaba contando todo cuando declinaba hacer videollamadas por FaceTime para que pudieran verlo los niños.

Fiódorov organizó el viaje en coche de Irkutsk a una pista de aterrizaje de Mongolia. Aquella era una de las rutas que usaban los Vasin para transportar la heroína y Jenkins y María contarían con protección durante el trayecto. Mientras se preparaban para salir de la mansión de Platón Vasin con su guardia armada, el Mosca llamó a Jenkins a un fastuoso despacho situado en la planta baja. Como en el resto de las salas, la decoración estaba dominada por una mosca de gran colorido pintada en la pared de detrás del escritorio del anfitrión.

—*Vam u nas ponravilos?* —«¿Ha disfrutado de su estancia?».

El inglés de Vasin no era tan limitado que no le permitiera seguir una conversación: aquel era su modo sutil de recordarle que estaban en Rusia y Jenkins era su invitado.

—*Dazhe ochen* —respondió él. «Mucho».

—Entonces, hábleles a sus jefes de mi hospitalidad.

—Ya lo he hecho y están muy agradecidos.

El Mosca asintió, pero no se dejó aplacar con tanta facilidad.

—La CIA ha interrumpido a veces mis envíos. Dudo que en adelante vayan a causarme problemas, ¿verdad?

Jenkins eligió con cuidado sus palabras.

—Mis jefes son muy conscientes de que estoy vivo gracias a ti y de que vas a sacarnos a la señora Kulikova y a mí de Rusia. —«Por lo cual te pagan muy bien», pensó sin decirlo—. Cuando llegue a mi país, volveré a hacer hincapié en ello.

—*Joroshó* —«Bien»—. Creo que podemos tener una relación mutua muy beneficiosa. Mis contactos en esta región del mundo son numerosos y están muy repartidos. Víktor habla maravillas de usted, señor Jenkins, y eso basta para que yo tenga un gran concepto de usted. No me defraude.

Él asintió sin palabras y Vasin le indicó que podía marcharse.

Encontró a Fiódorov esperando en la rotonda de delante de la mansión. María aún no había salido.

—Aquí me despido de ti, Charlie. Tengo que reconocer que eres quien le da emoción a mi existencia, por lo demás despreocupada. Estoy pensando ahora que soy demasiado joven para jubilarme. A fin de cuentas, el número de hoteles, restaurantes y campos de golf que frecuentar es limitado.

—Eso me gustaría comprobarlo en persona. ¿No quieres cambiarte por mí? No te tenía por golfista.

—Doy pena, pero ahora sé que todos los golfistas dan pena. Lo que pasa es que unos dan más pena que otros.

Jenkins soltó una risotada y recorrió la finca con la vista. Al llegar, se había maravillado ante semejante opulencia: la casa, el jardín, la piscina, la comida... Platón Vasin podía permitirse lo que quisiera y cuando quisiera, pero, a la vez, vivía tan cautivo como Fiódorov, quizá más. El número de guardias armados hacía pensar que la vida de Vasin adolecía de una gran fragilidad. Fiódorov debía de sentirse igual a veces, viviendo a cuerpo de rey, pero solo, en los hoteles y restaurantes más refinados de Europa y en los campos de golf del continente. Llenaba aquel vacío con chicas de compañía de lujo que, a su vez, también dejarían a la postre de resultarle satisfactorias. Jenkins no renunciaría a su casa de la isla de Caamaño por cinco residencias como aquella, ni a su familia por todos los hoteles, las cenas, los campos de golf y las chicas de compañía del mundo. Sospechaba que Víktor Fiódorov, hombre complejo sin duda, era de la misma opinión, aunque jamás se avendría a admitirlo. Aquello le recordaba a algo que le dijo una vez su padre: «Cuando puedes tenerlo todo, no aprecias nada».

—¿Que piensas hacer, Víktor?

—Pues quizá dependa de lo que hagas tú.

Jenkins entornó los ojos tras sus gafas de sol.

—No te sigo.

—Me he dado cuenta de que necesitas ayuda... a menudo. —Fiódorov le dedicó aquella sonrisa suya de gato de Cheshire al tiempo que levantaba las cejas—. Yo puedo proporcionártela, además de otros recursos. Los brazos de Vasin, por ejemplo, llegan casi a todas partes.

—Eso me han dicho. No tengo claro que la CIA vea con muy buenos ojos la idea de colaborar con la mafia de Irkutsk.

—No seas hipócrita. Tu CIA es responsable de la muerte de mucha gente y me consta que está metida en cosas que harían palidecer al Mosca. Además, si no fuera por Platón y por Cacahuete, tú estarías ahora en el estómago de otro.

—Sin duda, pero por eso han recibido una compensación económica muy generosa.

—No seas ingenuo. Platón necesita dinero como el océano necesita agua. Si ha hecho lo que ha hecho es porque se lo he pedido yo, porque le he dicho que eras amigo mío.

Jenkins no pasó por alto que Fiódorov había dejado que la palabra amigo se colara en la frase de manera espontánea. No dejaba de ser extraño que aquel antiguo agente de la FSB hubiese llegado a tenerlo por tal. El estadounidense abrió los brazos.

—¿Ahora es cuando nos abrazamos? Estoy sintiendo que entre los dos hay algo, Víktor.

—No sea imbécil —dijo Fiódorov dando un paso atrás.

Jenkins se acercó más.

—Vamos, Víktor. Un achuchón, hombre.

—¿Un qué? —Bajó los brazos.

—Yo también te tengo por un amigo, Víktor, y sé que tú tampoco has hecho lo que has hecho por dinero.

Fiódorov se encogió de hombros.

—En realidad, sí. Mi océano no está tan lleno como el de Platón.

En ese momento llegaron a la rotonda el olor a gasóleo y el traqueteo de los motores de dos Mercedes negros.

—¿Sabes algo de Dmitri Sokolov?

—Mis contactos de la FSB me dicen que ha desaparecido y que nadie sabe dónde está. Según su secretaria, la última persona que fue a verlo a su despacho fue su suegro.

—En ese caso, es poco probable que se haya librado.

—Mucho. En Rusia desaparece gente a todas horas. Lo más seguro es que esté en Lefórtovo, tratando de recordar toda la información confidencial que ha ido revelando en las últimas tres décadas. Luego, lo ejecutarán; puedes estar seguro. De todos modos, no podemos bajar la guardia, ni siquiera ahora que han salido de escena Sokolov y Zhomov. La FSB, el Kremlin y el presidente querrán hacerse con vosotros más que nunca ahora que saben que Kulikova era una de las siete hermanas. El Mosca te brindará seguridad hasta que la hayas sacado del país, pero después de eso también correrán las noticias como la pólvora y la FSB se adaptará con la misma rapidez. Tienen docenas de Sokolov y Zhomov.

—Entonces, cuanto antes salgamos de Rusia, mejor.

—En eso estoy de acuerdo. —María apareció en lo alto de las escaleras y dijo algo a los guardias armados, que respondieron con una sonrisa—. Ella es la última de las siete, ¿verdad?

—Sí —dijo Jenkins.

—Bien. Entonces, déjame darte un consejo, Charlie. No vuelvas a Rusia, sean cuales sean las circunstancias. Yo no estoy ya para esos trotes.

Jenkins soltó una risita y las costillas se le resintieron.

—No tenía pensado hacer turismo por aquí en mucho tiempo.

—Solo por curiosidad, ¿qué ha sido de los dos asesinos que intentaron matar a Fiódor Ibraguímov?

—Por lo que tengo entendido, cuando yo esté ya en suelo americano, la CIA anunciará su detención y los vinculará al Kremlin. El Kremlin negará saber nada del incidente y los dos países empezarán de nuevo esa danza suya interminable en la que uno acusa y el otro lo niega y contraataca con otra acusación.

—A lo mejor un día cambian de paso —dijo Fiódorov.

—Para que eso pase, tendrán que cambiar mucho ambos Gobiernos —sentenció Jenkins.

Por la escalera bajaron dos guardias que hicieron un gesto de asentimiento a Fiódorov. Uno de ellos abrió la puerta trasera del primer Mercedes. Había llegado la hora de irse. Fiódorov miró su carísimo reloj de pulsera.

—Hasta la próxima.

—¿Qué próxima?

El otro le guiñó un ojo y se metió en el vehículo.

María Kulikova llegó al pie de las escaleras y vio alejarse el primer Mercedes.

—¿Adónde va?

—No lo sé —repuso Jenkins—, pero sospecho que no es la última vez que veré a Víktor Nikoláievich Fiódorov.

—Eso es bueno.

El comentario le sorprendió.

—¿Y eso?

—Víktor era uno de los mejores agentes de la FSB con que contaba la subdirección. No lo tenía por buena persona, pero, la verdad, es bueno tener de tu lado a personas como él.

—Desde luego.

El segundo coche llevó a Jenkins, a María y a dos guardias armados de Irkutsk a Ulán Bátor. El trayecto duró casi quince horas, que se pasaron antes porque los fármacos que estaba tomando Jenkins hicieron que estuviera casi todo el tiempo dormido y se despertase solo cuando paraban a cambiar de vehículo, a repostar o a comprar comida. Cada vez que abría los ojos, encontraba a María Kulikova en vela, mirándolo desde el lado contrario y con un libro en el regazo.

—No has dormido —dijo él.

—Quería estar despierta cuando cruzara la frontera de Mongolia, cuando saliese de Rusia por primera vez. Un momento para considerar...

—¿Para considerar qué?

—Cómo sienta... ser libre al fin.

—¿Y cómo sienta?

Ella sonrió como una colegiala y, de pronto, se quitó diez años de encima.

—Como si estuviera volando. Como si tuviera alas y flotase a muchos metros del suelo.

—Me alegro —dijo Jenkins.

María se secó las lágrimas. Era la primera vez que la veía llorar.

—¿Crees que dejarán salir a Arjip?

—No lo sé, pero estoy convencido de que tú tendrás mucho que decir en esa decisión.

Ella meneó la cabeza con gesto de desdén.

—No quiero ir demasiado rápido. No quiero hacerme ilusiones, soñar. He sufrido ya demasiadas decepciones.

—Vale más soñar y decepcionarse, María, que no soñar. Te lo dice alguien que lo sabe muy bien.

Jenkins pensó en Alex. No es que pudiese considerarla la mujer más dulce del mundo, pero en su compañía se sentía completo, se sentía pleno. Cuando estaba lejos de ella, siempre tenía la sensación de que le faltaba una parte de sí.

—Mi padre me dijo una vez que la persona amada no es aquella con la que puedes vivir, sino aquella sin la que no puedes estar.

—Tu padre debió de ser un hombre muy sabio. Me gusta ese sentimiento. Me gusta mucho.

El coche se apartó de la calzada principal de asfalto para dar un rodeo por un camino de tierra y grava que atravesaba una arboleda espesa. Aunque el vehículo era caro y pesado y absorbía bien los baches y el zarandeo, Jenkins sintió cada una de las irregularidades del terreno en sus maltrechas costillas. Se inclinó hacia delante para preguntar al conductor y al copiloto:

—*Pochemu mi svernuli? Kuda mi yedem?* —«¿Por qué hemos girado? ¿Adónde vamos?».

—*My pochti na meste. Skoro uvidite.* —«Ya casi hemos llegado. Enseguida lo verá».

Minutos más tarde, llegaron a una curva y a un claro que contaba con lo que parecía una pista de aterrizaje sin asfaltar, sin duda para los aviones que usaba Vasin para transportar la heroína. En un extremo de la pista aguardaba una avioneta, una Cessna al parecer, bajo un tentador cielo azul cruzado por trazos de delgadas nubes blancas. Lemore había sabido mover los hilos.

Cuando el automóvil se detuvo, salió del aeroplano un hombre que descendió por las escalerillas. No era alto, pues no medía más de un metro setenta y dos, pero tenía presencia. Llevaba una gorra de béisbol raída y los ojos ocultos tras gafas de sol reflectantes de piloto de caza. Jenkins apenas necesitó un momento para reconocer la arrogancia de aquellos andares, adquiridos sin duda durante los vuelos a los que Rod Studebaker había sobrevivido y de los que, además, había disfrutado, como aquel en el que había hecho aterrizar su Cessna, dañado y con solo un patín, sobre un lago helado de Finlandia para llevar a Jenkins y a Pavlina Ponomaiova a un lugar seguro. Studebaker se quitó las gafas sonriendo mientras Jenkins salía del coche y caminaba hacia las escaleras.

—Macho, ¿quién te ha arreado de esa manera? —El piloto le tendió la mano.

—Yo también me alegro de verte, Rod.

Studebaker contempló admirado el avión que tenía a sus espaldas.

—Me da que este viaje va a ser mucho más relajadito que el último que hicimos juntos.

Jenkins se echó a reír al recordarlo.

—Con que tenga un aterrizaje un poco más suave me conformo. ¿No te aburrirás sin helicópteros rusos persiguiéndote?

—Me he hecho mayor. Me está empezando a gustar lo rutinario. Pero tampoco le diría que no a un meneo de esos. —Se volvió hacia María, que acababa de rodear el maletero del automóvil—. Usted, desde luego, no tiene nada de rutinario. ¡Por el amor de Dios! Pero ¿adónde ha ido el señor Jenkins a por un bellezón como usted?

Ella miró a Jenkins sin entender bien el comentario de Studebaker.

—*On govorit, chto ti krasívaia* —dijo Jenkins. «Te encuentra muy guapa».

—Gracias —respondió María.

—El gusto es mío, faltaría más. Me llamo Studebaker, como el coche, pero me puedes llamar *Hot Rod*.

María volvió a mirar a Jenkins con aire incierto.

—*Mashina yemu tozhe nravitsia* —dijo Jenkins. «El coche también le gusta».

—¿Habéis volado alguna vez en un pajarraco tan flipón?

Jenkins negó con la cabeza.

—En realidad no es inglés —aseveró refiriéndose a la jerigonza de Studebaker—, pero te acostumbrarás enseguida.

—A alguien del otro lado del charco le tenéis que caer muy bien, porque al trasto este no le falta ni comida, ni bebidas, ni un sitio en el que echarse a planchar la oreja.

—¿Es rápido? —preguntó Jenkins—. Estoy deseando llegar a casa.

—Entonces prepárate para disfrutar de lo lindo, porque te digo yo que esta monada sí que te va a encender la llama.

—Está parafraseando una canción que le encanta de The Doors, un grupo de *rock* americano —le explicó Jenkins a María—. Lo que quiere decir que el avión es muy rápido.

Ella indicó con un gesto a Studebaker que lo había entendido.

—Sí. Entonces, estoy que ardo —dijo y, al ver que ninguno de los dos respondía, añadió—: Bruce Springsteen, ¿no? «I'm on Fire», de *Born in the USA*.

Jenkins se echó a reír.

—El Boss. Creo que te va a ir más que bien en América, María. Ya verás como encajas enseguida.

—Entonces vámonos, señor Jenkins, y, como decía tu madre, vamos a volver la página a ver qué pasa luego.

EPÍLOGO

Isla de Caamaño (estado de Washington)

Jenkins pasó una semana en Langley, el tiempo necesario para que mejorasen sus dolores y su aspecto. El personal sanitario de allí lo examinó de los pies a la cabeza y, en general, se mostró impresionado con la atención médica que había recibido en Irkutsk. Antes de partir, también pasó un tiempo en el departamento de disfraces, con un especialista en maquillaje que le enseñó a disimular los cardenales para no asustar a sus críos. A Alex, en cambio, no podría engañarla, aunque sí sorprenderla.

Tuvo la ocasión de ir a ver a Zinaída Pétrikova a un piso franco cercano a Langley. Todavía no había completado la fase de interrogatorios, pero empezaba ya a hacerse a su nuevo hogar. Seguía angustiada por la idea de que no podría ver a sus hijos ni a sus nietos en persona durante un tiempo considerable. Si Rusia la estaba buscando, sus seres queridos serían los primeros a quienes someterían a vigilancia. Sí le habían buscado el modo de que pudiera hacer videollamadas encriptadas para decirles que estaba bien, pero sin dar detalles del trabajo que había desempeñado para la CIA ni su paradero actual.

—¿Crees que saben que has sido espía?

—Son muy listos. Seguro que han sospechado algo y se están haciendo a la idea. Mi hijo dice que ahora entiende por qué nunca se libraba de un castigo cuando hacía algo. —Sonrió—. Los echo de menos y los voy a echar mucho de menos.

—Te deseo lo mejor.

—Y yo a usted, señor Jenkins.

—Por favor, tutéame.

—Tratar a alguien de usted es señal de respeto, señor Jenkins.

—En ese caso, le deseo lo mejor, señora Pétrikova.

Ella lo abrazó y volvió a darle las gracias.

No se sintió mal por dejarlas a ella y a Kulikova, porque ambas habían recibido un trato excelente y habían respondido como cabía esperar. María hasta sintió cierta vergüenza por las atenciones que se le prodigaban y el alojamiento que se le proporcionó. Lemore se aseguró de que no le faltaran comida rusa ni programas de televisión, libros y otros elementos de su país que pudieran hacer más fácil su transición a la vida estadounidense.

Cuando tocaba a su fin la semana, Jenkins habló con Lemore sobre Arjip Mishkin y la posibilidad de que se tomara unas «vacaciones» en los Estados Unidos cuando se jubilara.

—Quizá un crucero —propuso—. Podría desembarcar en un puerto y desaparecer sin más.

Lemore le dijo que no podía garantizarle nada.

—¿Nos volveremos a ver? —quiso saber María antes de despedirse de Jenkins.

—No lo sé. Tu paradero será un gran secreto, pero, con el tiempo, y si cambia el Gobierno en Rusia, tal vez sea posible hacerlo menos reservado.

—Entonces, estaré deseando verlo de nuevo, señor Jenkins, e ir a su casa para conocer a su mujer y a sus hijos.

—Espero que pueda usted formar también un hogar aquí, señora Kulikova.

—En Rusia decimos: *V gostiaj joroshó, a doma luchshe.* «Se está bien de invitado, pero mejor se está en casa». Gracias por todo lo que has hecho por mí… y por todo lo que has arriesgado. —Se aupó para abrazarlo tiernamente y él sintió sus lágrimas en la mejilla. Tras un instante, ella deshizo el abrazo y se secó los ojos—. *Do vstrechi.* —«Hasta la vista».

—*Do vstrechi* —dijo él con la esperanza de que fuera cierto.

Ojalá María Kulikova estuviera un día a salvo y fuese libre de recorrer el mundo como le viniera en gana, aunque para eso daba la impresión de que faltasen todavía muchos años.

En el aeropuerto de Paine Field lo recogió un coche para llevarlo de Everett a la isla de Caamaño. El sol relucía en las aguas del Stillaguamish como si incidiera sobre diamantes y, al cruzar el Camano Gateway Bridge, sintió al fin que había llegado a casa. La misión había comenzado con mentiras, pero él había logrado el objetivo de rescatar a Pavlina, María y Zinaída. Se sentía bien por no haber dejado cabos sueltos. Le habría encantado haber podido rescatar a las demás hermanas antes de que las traicionase Carl Emerson. Merecían un final mucho mejor después de los sacrificios que habían hecho. Conocer a Kulikova y a Pétrikova lo había vuelto mucho más consciente de la magnitud de aquellos sacrificios. Pensar en aquello a lo que habían tenido que renunciar y aquello a lo que aún tendrían que renunciar lo entristecía.

¿Aceptaría participar en más operaciones? Tal vez. Por el momento, se sentía satisfecho de volver a casa y reencontrarse con la familia a la que tanto amaba.

El móvil de Jenkins sonó en el instante en que el vehículo llegaba a la isla de Caamaño, al otro lado del puente. Miró la identificación de llamada, pero se trataba de un número desconocido. En el teléfono nuevo solo había tenido tiempo de grabar dos contactos: el de Lemore y el de Alex. El prefijo, de todos modos, era el de la isla.

—¿Hola? —respondió.

Durante un momento se hizo el silencio. A continuación se oyó:

—¿Papá?

—¡CJ! Hola.

—Hola, papá. Mamá me ha dado mi propio teléfono.

—Ya lo veo.

—Eres el primero al que llamo.

Jenkins forcejeó con sus emociones. Cada vez que se iba, se preguntaba por qué lo había hecho. En su granjita tenía cuanto necesitaba: una mujer que lo quería y a la que él adoraba, dos hijos preciosos, un hogar, un lugar que podía considerar propio... Sin embargo, seguía experimentando aquel anhelo. Necesitaba que lo necesitasen, ayudar a quienes pedían ayuda. Tal vez lo tuviera en los genes, transmitido de generación en generación por aquella trastatarabuela que había dedicado su vida a liberar esclavos. Ojalá lograra encontrar un equilibrio.

—¿En serio? ¡Qué honor! —dijo—. ¿No has llamado a ninguno de tus amigos?

—Tú eres uno de mis amigos. El mejor.

Podía haber pensado que CJ le estaba dorando la píldora, pero lo cierto es que ya no lo necesitaba: había conseguido el móvil. El titubeo y el tono de voz suave de su hijo no dejaban lugar a duda: echaba de menos a su padre. Jenkins también conocía esa sensación. Él había perdido al suyo siendo demasiado joven. Por más que estuviera creciendo y que fuera el más alto de su clase, CJ seguía siendo un niño en el fondo. Quizá como todos los hombres.

—Me preguntaba cuándo vas a volver a casa.

Jenkins sonrió.

—No estoy muy seguro.

Se inclinó hacia delante para indicar con signos al conductor que debía girar justo detrás del templo protestante.

411

—¿Por qué?

—Porque te echo de menos. Creía que te vería pronto.

Jenkins volvió a dar indicaciones al chófer, esta vez para que tomase el camino de tierra. Rebasaron el viejo granero y los pastos.

—Entonces, ¿por qué no miras por la ventana de al lado de la puerta?

—¿Qué?

Jenkins salió del coche.

—Mira por la ventana de al lado de la puerta.

—¡Papá! ¡Mamá, papá está aquí! ¡Papá está aquí!

Oyó el golpe sordo del teléfono al caer al suelo. La puerta delantera se abrió de golpe y CJ salió corriendo por ella. El crío llegó a toda velocidad y Jenkins tendió los brazos para recibirlo. Al hacerlo, se acordó de sus costillas. Tarde. Hizo una mueca de dolor, pero no tenía ninguna intención de soltar a su hijo ni de dejar pasar aquel momento.

Alex salió por la puerta sonriendo. Tenía a Lizzie apoyada en la cadera. Se detuvo y dijo algo a la pequeña, que señaló con los dedos regordetes y, nerviosa, se puso a agitar su brazo rollizo arriba y abajo. Su madre la dejó en el suelo y ella echó a andar como un pato y llegó enseguida donde estaba Jenkins. Estuvo a punto de caerse al llegar a su padre, que se agachó y la recogió en brazos obviando, una vez más, su dolor. La levantó en el aire y la chiquilla se puso a reír. En ese instante, Jenkins pensó en María Kulikova y se dijo que ojalá encontrase no una casa, sino un hogar.

Era, sin duda, donde mejor se estaba.

Jenkins besó a Alex, que lo miró preocupada, pues, sin duda, no había pasado por alto sus muecas.

—Bienvenido —le dijo.

—Qué bien sienta volver a casa.

Alex se pasó la mano por la mejilla.

—¿Llevas puesto maquillaje?

Jenkins rio y susurró:

—No quería asustar a los niños.

—¿A los niños? Me estás asustando a mí.

Él miró a CJ.

—¿Dónde está tu móvil nuevo?

El crío se dio cuenta de que no lo tenía.

—Se me ha caído. Los móviles están bien, pero yo prefiero tenerte delante.

—Yo también, CJ —dijo Jenkins.

—¿Lo has conseguido? —preguntó Alex.

Él asintió sin palabras.

—Te volverán a llamar —dijo ella—. Lo sabes, ¿verdad?

—Sí.

—¿Y has pensado en lo que vas a decirles?

No lo había pensado.

—Por el momento, me alegro de haber vuelto a casa.

—Y nosotros nos alegramos de tenerte aquí.

—Deberías comprarte un móvil mejor, papá —dijo CJ—. ¿Sabes que ahora traen 5G?

—¿En serio?

—Vaya. Así podré estar siempre en contacto contigo cuando te vayas de viaje. Por si pierdes la cartera o te metes en algún lío.

—¿Meterme en un lío? ¿Yo? ¡Jamás! —dijo Jenkins sonriendo a Alex.

AGRADECIMIENTOS

Me lo he pasado en grande escribiendo esta trilogía de Charles Jenkins. Me había propuesto hacer esta entrega diferente de las dos anteriores y, aun así, hacer que el protagonista culminase la misión que había empezado en *La octava hermana* y se había prolongado en *Espías en fuga*. No era labor fácil. Pasé un tiempo repasando con mi editora, Gracie Doyle, los temas que había tratado en ellos. Le dije que quería escribir un libro en el que se desdibujara la línea entre el bien y el mal. La mafia rusa está considerada entre las más brutales del planeta y, no obstante, surgió de los gulags de Stalin como un medio de subsistencia de los reclusos. Imaginé una escena en la que aquellos hombres despiadados acabaran luchando del lado de Jenkins contra hombres más despiadados aún. Aun así, lo cierto es que nunca entiendo de veras una novela hasta después de escribirla. También me maravilla Siberia, que de ser un yermo colosal ha pasado a quedar salpicada de ciudades. Es la región más destacada de las protestas recientes contra el Gobierno ruso y se considera separada del país. La suerte me sonreía, porque Víktor Fiódorov era de Irkutsk. ¿Cosa del destino… o de una buena planificación?

Nunca lo revelaré.

Buena parte de lo que sé de Rusia se lo debo a la visita de tres semanas a la Unión Soviética que detallé en la sección de agradecimientos de *La octava hermana* y *Espías en fuga*. Aunque he viajado mucho, aquellas vacaciones en Moscú y San Petersburgo siguen siendo todo un hito por los lugares que vi y la gente que conocí. Para esta novela, en cambio, me he tenido que convertir en un ratón de biblioteca y en un friki de la informática, algo que me encanta de veras. He leído muchos libros sobre temas muy variados que incluyen Siberia y el transiberiano (*Travels in Siberia*, de Ian Frazier; *En Siberia*, de Colin Thubron; *Midnight in Siberia: A Train Journey into the Heart of Russia*, de David Greene...), retratos de espías rusos y agentes que desertaron del KGB (*Tower of Secrets*, de Victor Sheymov; *The New Nobility*, de Andrei Soldatov e Irina Borogan; *The Moscow Rules*, de Antonio y Jonna Mendez; *Best of Enemies*, de Gus Russo y Eric Dezenhall; *Notificación roja*, de Bill Browder...), la división de disfraces de Langley (*The Master of Disguise*, de Antonio Mendez) y de la mafia rusa de ayer y de hoy (*La ley del crimen*, de Mark Galeotti), por no hablar de las revistas y artículos, suficientes para llenar dos archivadores de diez centímetros de grosor. Gracias en especial a quienes me han ayudado con las cuestiones relativas a espionaje. Sigo en deuda con ellos por su generosa ayuda.

Una vez más, estoy convencido de que he tenido que cometer errores, pero espero que no sean demasiados.

Muchas gracias también a mi gran amigo y compañero de cuarto en la Facultad de Derecho, Charles Jenkins. En nuestros tiempos de universitarios, lo llamábamos Chaz y le decíamos siempre que era un tío grande. En muchos sentidos, lo es. Le prometí que un día lo convertiría en parte de una novela y lo hice en *The Jury Master*, la primera que publiqué. Después de aquello, tuvo el detalle de dejarme que volviera a usar el personaje en esta trilogía y me di cuenta de que nunca había llegado a dedicarle un libro. Chaz no ha estado nunca en la CIA ni en Rusia, al menos que yo sepa. Es un buen hombre con un corazón de oro y lo considero un amigo impagable.

Gracias a Meg Ruley, Rebecca Scherer y todo el equipo de la agencia literaria de Jane Rotrosen. Una trilogía constituye siempre una empresa difícil, pero mis agentes han estado siempre al pie del cañón para ofrecerme su apoyo y su consejo. Les estoy muy agradecido. Estoy dispuesto a seguir escribiendo novelas de Charles Jenkins. Dentro de poco tengo que viajar a Egipto, así que… ¿quién sabe?

Gracias a Angela Cheng Caplan, la agente que se ha encargado de negociar la venta de *La octava hermana* y *Espías en fuga* a la Roadside Attractions para convertirlo en una serie de televisión por todo lo alto. Estoy deseando ver a Charles Jenkins y al resto cobrar vida en la pantalla y espero que a la productora le guste también esta novela.

Muchas gracias también al equipo de Amazon Publishing. Desde que los conocí, en APub, me han tratado como un escritor profesional. Se desviven por garantizar que se me trate con respeto y dignidad y por hacer cuanto es posible por que mis novelas tengan éxito. Gracias a mi editora de desarrollo, Charlotte Herscher, con quien he colaborado ya en más de una docena de novelas. Siempre consigue asegurarse de que todo tenga sentido y de dar prioridad a la tensión y al suspense a medida que avanzan las páginas.

Gracias a Scott Calamar, corrector, que habrá contraído el síndrome del túnel carpiano de tantos cambios que ha tenido que introducir en mis originales.

Gracias a la editora Mikyla Bruder; a Jeff Belle, subdirector de Amazon Publishing; a los editores asociados Hai-Yen Mura y Galen Maynard, y a todo el equipo de la editorial. Me siento agradecido de poder hablar de Amazon Publishing como de mi hogar. Me ha encantado conoceros a todos.

Gracias a Dennelle Catlett, publicista, por su incansable labor de promoción de las novelas y su autor, y, sobre todo, por gestionar las muchas solicitudes para el uso de mi obra con fines benéficos.

Gracias a Lindsey Bragg, Erica Moriarty, Andrew George y Kyla Pigoni, el equipo de mercadotecnia que se esfuerza en dar relevancia a mis novelas y a mí mismo, y en particular a Sarah Shaw por las fabulosas fiestas y los regalos con que sorprende a mi familia y la colma de recuerdos maravillosos.

Gracias a Rachel Kuck, jefa de producción; Lauren Grange, directora de producción, y Oisin O'Malley y Michael Jantze, directores artísticos, que supervisan el diseño de las magníficas cubiertas, incluidas las de *La octava hermana* y *Espías en fuga*. Cada vez que las veo, quedo fascinado. Como todas las demás, esta última ha sido alucinante.

Por encima de todo, gracias a Gracie Doyle, directora editorial de Thomas & Mercer. La de escribir puede ser una ocupación solitaria, pero yo tengo la suerte de contar con una editora que colabora conmigo desde el principio y me ayuda a entusiasmarme con cada libro. Estoy deseando poner muchos más libros en tus manos expertas… y de volver a disfrutar de nuestras celebraciones navideñas.

Gracias a Tami Taylor, que crea mis listas de correo y me mantiene con vida en la Red. Gracias a Pam Binder, presidenta de la Pacific Northwest Writers Association, por el apoyo que brinda a mi obra.

Gracias a mi madre, de la que he heredado el amor por la lectura y la escritura. Ha cumplido ochenta y ocho años. Ya no puede leer este libro, pero puede escucharlo. Ojalá consiga yo alcanzar semejante hito, mamá. Sigues siendo una gran inspiración para mí.

Tengo la dicha de compartir el hoy con una mujer a la que quiero, una mujer que destaca de veras en tantos aspectos que me resultaría imposible enumerarlos todos aquí. Me ha dado dos hijos que se han convertido en dos de las mejores personas que conozco. Estoy orgulloso de ser su padre. Os quiero. Gracias por aguantar a mis amigos imaginarios, mis cambios de humor, las muchas horas que paso frente al ordenador y las veces que me he ausentado para hacer promoción de mis novelas.

Nadie puede sentirse tan rico ni afortunado como yo.

Hasta nuestra próxima aventura, mis fieles lectores, nos lleve adonde nos lleve. Gracias por hacer mis hoy.